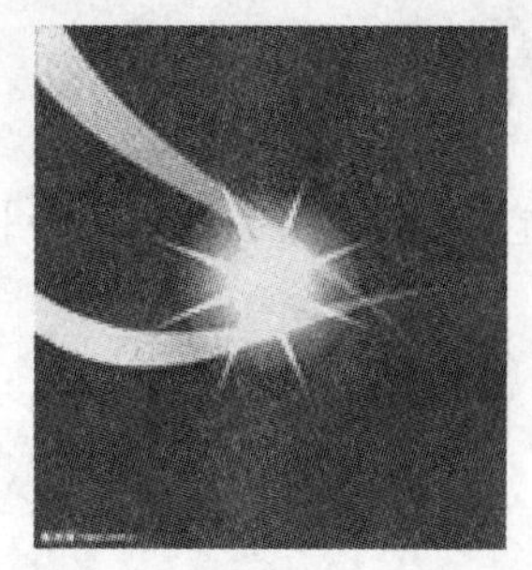

偏离准星的欲望

第 2 版

官昌恒 著

中国财政经济出版社

图书在版编目（CIP）数据

偏离准星的欲望/官昌恒著．—2版．—北京：中国财政经济出版社，2010.1

ISBN 978-7-5095-1463-4

Ⅰ．偏…　Ⅱ．官…　Ⅲ．纪实文学-中国-当代　Ⅳ．I 25

中国版本图书馆CIP数据核字（2009）第210464号

责任编辑：周桂元　　责任校对：徐艳丽
封面设计：楚　楚　　版式设计：董生萍

中国财政经济出版社出版

URL：http：//www.cfeph.cn

E-mail：cfeph@cfeph.cn

社址：北京市海淀区阜成路甲28号　邮政编码：100142

发行处电话：88190406　财经书店电话：64033436

涿州市新华印刷有限公司印刷　各地新华书店经销

787×960毫米　16开　21.5印张　286 000字

2010年1月第2版　2010年1月涿州第1次印刷

定价：29.00元

ISBN 978-7-5095-1463-4/F·1258

（图书出现印装问题，本社负责调换）

本社质量投诉电话：010-88190744

第 2 版出版说明

《偏离准星的欲望》一书于 2006 年 1 月出版，受到了读者的欢迎，许多朋友要书，社会反响很好，先后印刷了三次。一些读者和朋友也热情地指出了不足。从而给了我修订本书后出第 2 版的决心。

在本书第 2 版中，作者在基本保持第 1 版内容和文字风格的基础上，对书中的个别词句、文字进行了修饰，对个别段落进行了调整，使之更具逻辑性。同时，精选了作者近些年在《知音》等杂志上发表的 13 篇作品作为附录放在书后，充实了本书的内容，增加了可读性。

在此次修改书稿的过程中，同样得到了许多朋友、同事、亲属的大力支持与帮助，向他们表示衷心的感谢。同时，对书中存在的不足，也希望广大读者批评指正。

官昌恒

2009 年 10 月于武汉

第1版前言

我的又一本书即将出版了，心中充满了感慨。

《偏离准星的欲望》是我的第五部作品，它既是我心血付出的收获，也是我留住时间的一种方式。许多人问我，你的职业是法官，工作任务十分繁重，哪来的时间写作？我的回答是：一分耕耘，一分收获。我的全部作品都是利用业余时间完成的。多年来我的许多节假日和通常的休息日大都伴随着笔和纸渡过的。时间是挤出来的，它对任何人都是公平的。就看你是否会利用它，就看你把时间花费在什么地方。曾记得有一次，朋友邀我到他家做客。闲来无聊，主人邀我和另几位客人在家打麻将。我未摸过麻将，不熟悉麻将的规则，在他们的诱导下，初上牌桌，脑子反应迟钝，手也显得笨拙，动作总是慢半拍，看到的都是东、西、南、北、中，不知出哪张牌好，受到牌友的指责。而他们的牌技让我眼花缭乱。他们玩得不过瘾，我也玩得非常别扭。虽说牌友的指责让我心中不悦，但也为之高兴：我的时间花费在写作上，有成就，而他们把时光付之在牌桌上，牌技的确熟练，但没有被评为“能手”。而我却一点一点地挤时间，让一个一个的字变成了文章，变成了书。如果将时间花费在牌桌上，我将一事无成。如果充分利用它，把它花费在学习与工作中，它就是成果。时间又是自私的、最昂贵的，它一去不复返，浪费时间等于浪费生命。

我充分利用了时间，工作和业余写作两不误。在法院工作30

年来，发表了许多文章、多次被评为先进工作者……

我的这些自白，不是想说自己如何了不起，只是想说明时间对任何人都是公平的，利用好它就是成就的前提和基础；善于把握它就会取得你意想不到的成绩。运用好时间，才能获取知识、给你力量。

我这个人除注意利用时间外，就是注意积累资料。在长期的办案过程中，经过跟踪调查，对各类犯罪分子的社会背景、犯罪的动机、作案的手段、犯罪的心理轨迹均进行了客观的记载。本书资料就是源于我记载的一宗案件。本书采用纪实报告文学的手法，记叙了书中主人公喻伟的人生轨迹。

喻伟的父亲原是一位大学教授，母亲是位小学教师。在动乱的年代，因出身不好，全家被下放到他父亲的出生地——山区农村。在农村里，喻伟经历了缺钱断粮、被人欺辱的多种磨难。但他有一个目标：一定要出人头地！在没有电灯靠煤油灯的年代，他不畏艰难，发奋学习，终于在1978年——恢复高考后的第二年，考取了大学。后又考取了研究生，毕业后被分配在银行工作。工作之余，他勤奋写作，出版了书籍，发表了很多文章，被选拔为第三梯队。可随着时间和人员更替，由被重用转为受冷落，渐渐地让他失去了进取的动力，消极对待生活，做一天和尚撞一天钟；在机构改革中，没能如愿以偿地继续被提拔使用。后被调到了证券公司工作，当上了老总。在领导岗位，没有监督，为所欲为，吃喝玩乐，结交不三不四之友，找情人、下舞厅，最后发展到盗窃银行巨款，走上了犯罪道路。其犯罪原因和过程发人深省。

本书中，既剖析了喻伟犯罪的主观原因，也论述了其客观原因；对以权谋私的现象进行了批判。

在本书中，也对喻伟的恋爱与婚姻、家庭纠纷、参与其他犯罪活动等做了叙述。可读性较强，既有新颖性，也有知识性；既

有教育作用，也能启迪人生。

纪实文学，贵在反映事情的真实情况。真实、具体、直截了当，内容直奔主题，使读者一读即明。使人们知道什么事情可以做，什么事情不能做，做什么事情需慎重。

本书在写作过程中，得到了许多朋友的指点。特别是在出版过程中，得到了中国财政经济出版社的支持，周桂元主任提出了许多宝贵的意见。也得到家属高虹的大力支持。在此一并表示衷心的感谢，并致以崇高的敬意！

官昌恒

2005 年夏于武汉

目　录

YINYAN

社会是展示人生的舞台

在生活中，有一个展示人生的舞台，这个舞台就是社会。在这个舞台上，有些人顺应社会潮流而动，以人为本，游刃有余；有些人逆历史潮流而行，随着舞台的反向力升降和移动，最终被社会抛弃。

在现实社会里，人生不会都是一帆风顺的。如果顺利了就得志猖狂、目中无人，不顺利就灰心丧气、自暴自弃，甚至采取极端的手段“维护”自己的利益，损人利己，最终只能搬起石头砸自己的脚，甚至还可能殃及他人和家庭，给国家造成无法挽回的损失。我们应当客观地面对现实，正确地对待利益和权力，正确对待“委屈”，树立正确的人生观、价值观。人生得意别尽欢，身处逆境不消沉。在金钱和权力面前要保持清醒。法国哲学家柏格森说过：“名利心很难说是一种恶行，然而一切恶行都围绕名利心而生，都不过是满足名利心的手段。”

作者引用柏格森的哲言，并不是否定名利的作用。在正常的心态下，人需要有奋发向上的精神，需要有好的名声。好的名声是社会对其价值的正面肯定。在不危害国家、集体、他人利益的前提下，正确地运用它，得到自己应得的利益，而不能不择手段地去争夺名利。培根曾说过：“名誉心恰似人体心的黄汁，若分泌运行正常，可以使人活跃、敏捷，但若堵塞、回流，就会烤焦，从而有害有毒。”

在现实社会里，就有这样一些人，不能正确对待名利，自以为很“精明”，在反向力的转动下，挑战社会。他们自以为手段隐蔽、办事巧妙、不为人所知。尤其是一些腐败分子，在各种侥幸心理的支配下，胆子越来越大，问题越出越多，陷入泥潭之中，不能

自拔，最终聪明反被聪明误。如果说这种聪明人能糊涂点，就不会有后悔，就不会有可悲的下场。

真是“难得糊涂”。

对于“精明”的人，现在人们把它划分为四种：大智若愚；精明外露；傻冒儿；精怪。

在这四种人中，真正精明的人叫大智若愚，他们应付各种人和事，得心应手，滴水不漏，藏而不露，不动声色；人们也常把这种人称为“外愚内智”。外愚内智是指外貌似愚钝而内心其实多智慧。

在当今时代，大智若愚被注入了新的内涵：经验丰富，会办事情；对上满腔热情，对下横眉冷对；对上假话大话，数字出官，官出数字；对下压制，名其工作有魄力，实为自己谋取利益。在私下，人们常用弄巧成拙来讽刺这些“精明”的贪官。也就是说，虽然许多贪官在各种光环下，以权谋私，贪污受贿，聪明才智被用于此处，但最终弄巧成拙，聪明反被聪明误。

这也是一种精明。

这种以权谋私、受贿索贿的“精明”，虽然也经过了深思熟虑，以为天知地知、你知我知，他人永远不知，实际上是自认为聪明，终究法网恢恢，疏而不漏。

要使人不知，除非己莫为。这是真理。

中国有一句古话：“智者千虑，必有一失；愚者千虑，必有一得。”也就是说，再聪明的人也有失的时候，再愚蠢的人也有得的时候。问题是遇事要深思，考虑周到，否则好事办成了坏事。古今不乏其例。

“智者千虑，必有一失；愚者千虑，必有一得”这句名言，是从“圣人千虑，必有一失；愚人千虑，必有一得”演变而来，现今赋予了它特有的含义。

据《晏子春秋·内篇杂下》记载：晏婴是春秋时期齐国有名的贤臣，他生性耿直，做任何事都身体力行，而且生活很俭朴，在民众中有很高的声望。因此，在灵公、庄公、景公三朝中，他都担

任相国之职。

有一天，晏婴正在吃饭的时候，齐景公派来一位使者。晏婴就把自己的饭菜分成两份，请使者一块儿用餐。结果可想而知，两个人都没有吃饱。

使者回去以后，把没有吃饱的事告诉了齐景公，齐景公感到很惊奇，说："相国家里竟然穷到如此地步吗？我怎么一直都不知道，这是我的过失啊！"

于是，景公派使者给晏婴送去黄金1000两，供晏婴招待客人，晏婴再三推却。当使者第三次到他家送金时，晏婴就说："请你告诉皇上，我家并不贫穷。我所拿的俸禄，已足够我家的日常开销，还可以救济穷苦的百姓。皇上给我的待遇已经很优厚了，我不能再接受额外的赏赐。"

使者实在无可奈何，只好对晏婴说："相国，我是奉君命而来，如果您不接受的话，我回去不好交代呀！"

"那我和你一起去面谢君王吧！"晏婴说。

晏婴见到齐景公，抢先开口说："陛下厚爱，臣感激不尽。但是，一个忠臣是不应该拿君王的赏赐去施舍别人的，我能够吃饱穿暖就知足了，陛下不要再为难臣了吧！"

景公见晏婴如此谦逊、廉洁，不由大受感动，但他还不愿轻易收回成命，对晏婴说："爱卿，想当初，管仲精心辅助齐桓公治国，终于成就一代霸业。桓公为了表彰他，赏给了他12500户人家和土地，管仲没有推辞就接受了。你看，对于应得的奖赏，连管仲也不拒绝，相国为何一定要推辞呢？"

晏婴还是不肯接受，他诚恳地对齐景公说："圣人千虑，必有一失；愚人千虑，必有一得。在受赏这件事上，可能管仲考虑不够周详，而我的看法却是对的。"

景公见晏婴这样说，只好作罢。

上述例证说明，在古代，许多官吏为了树立自己的形象，治理好国家，十分注意廉洁自律、以身作则。

伸手必被捉，这是事物的必然结果。没有不透风的墙，这是真

理。问题是现在有许多人，一旦伸手被捉，他们不是从主观上去找原因，反而相信命运。认为自己有今天的结果，是命中注定的。他们相信神灵，求神拜佛，乞求神仙显灵，保其平安。可不知，命运是掌握在他们自己的手中。以权谋私，必将受到法律的惩罚。

当然，对于人生，的确好像有许多不可预测的东西。好运总是随着时间的流逝短暂而不断演变，时时刻刻会出现不顺心之事。如果不能正确地把握它，不能用平常的心态对待它，就会心烦意乱，乐极生悲，好事也会变成坏事。如果能正确地把握和运用它，辩证地看待它，坏事也可能变为好事。

真理与谬误只有一步之遥。

本书的主人公——喻伟，其人生就是如此，命运总是捉弄他。在人生的经历中，曲曲折折，起伏不定，好似命运注定是这样的。他曾红极一时，也曾走麦城；在顺境时，他趾高气扬，不注意把握机遇、运用机会，反而却处处与人为敌。在人生“冰点”时，又遇到家庭不幸，他戴着有色眼镜看世界，怀疑人生，游戏人生，胡作非为，发泄不满，以犯罪手段报复社会。

要说他的人生，的确有坎坷的经历，当他被历史抛弃的时候，感悟中他说了句富有哲理的话：“人生得志不要猖狂，失败不要自卑。”

这句话发人深省，值得人们记住。

DIYIZHANG

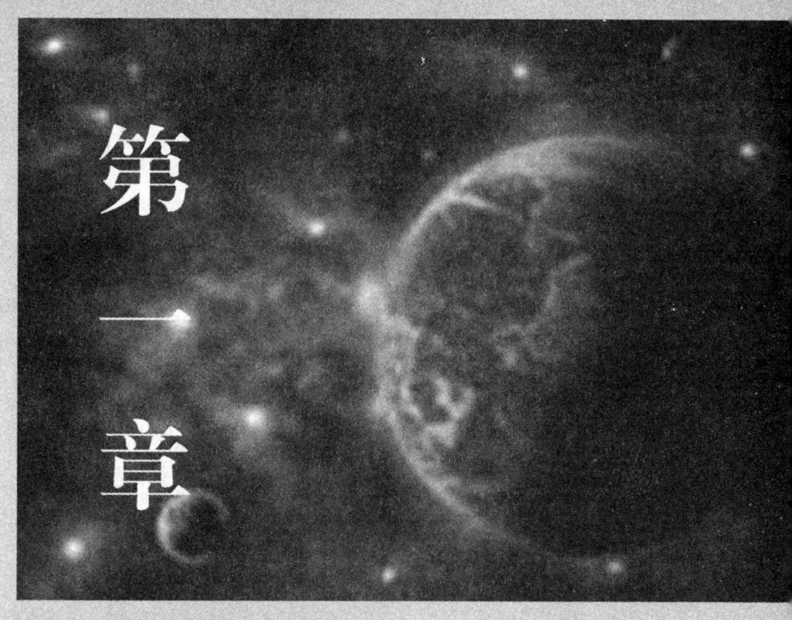

一具浮尸揭开了喻伟的人生罪恶

第一节

欲望不能理解的社会现象

任何犯罪分子作案后，想逃脱法律的惩罚，那只是幻想。任何蛛丝马迹，是逃不脱猎手火眼金睛的。现实证明了这一切，没有哪个犯罪分子在侥幸心理支配下能逃脱法律的制裁。逃脱只是个时间概念，应有的惩罚是最终的结果。

喻伟的犯罪经历也是如此，他在罪恶心理的支配下，自认为事情干得秘密，无人知晓；精心策划不为人知，巧妙安排天衣无缝。正是在这种不正常的心态支配下，损人利己，于法不顾，最终法律无情，自食其果。

要说喻伟的犯罪存在侥幸心理，这是对他不够全面的认识，他在犯罪的初期，存在侥幸心理，后期胆大妄为，在犯罪过程中，不计后果，这是他犯罪的主要表现。客观地讲，他对某些不良社会现象不能正确认识，不注重世界观、人生观的改造，这是他犯罪的主要根源。

喻伟并不是生下来就是坏蛋。他做过一些有益的事。在人生顺利之时，奋斗、拼搏、顾大局，积极向上；可在人生不顺利的时候，逆境中不能把握自己，怨天尤人，不是积极地去应对现实，把握机遇，而是用极端的手段去实现个人的目的。在不平衡的心态驱

使下，为所欲为，最终走上了犯罪道路。

第二节

一具女尸揭开的犯罪秘史

喻伟在犯罪过程中，网罗了许多手段残忍、作恶多端、不计后果的犯罪分子。他们狼狈为奸、相互利用、无恶不作。为了证明喻伟一伙儿犯罪手段的残忍性，为了展示本书的主题，在叙述前，我们先选择一宗犯罪案例予以佐证。

2001 年 10 月 2 日清晨 6 时许，有晨练习惯的鄂西某水电站工人庄明，哼着小调到清江河龙潭水电站去晨练。望着碧蓝的河水，看着清早河水中跳跃的鱼儿，他动心地停住脚步，想到水电站的水坝里常有死鱼，也想试试运气，便顺着水坝向上寻找，看能不能捡几条死鱼。刚走到水坝的闸门处，突然发现一个漂浮的白色东西，他以为是头死猪，顺手拾起一根木棍将白色物翻过来看，不料吓了他一大跳：

“一具尸体!”他丢下木棍，立即跑到电站值班室……

“电站发现了一具女尸。”案情就是命令。某市公安局接到报案后旋即赶赴现场：案发现场位于清江河中龙潭水电站，东端是某开发区，西端与某市办事处相接，水坝下游 2 公里处是某市城区，318 国道经过这里，地形复杂，人员来往多。

女尸长 1.60 米，上穿蓝色裙衣，下穿黑色弹力健美裤，内穿白色衬衣；左脚穿有白色旅游鞋，右脚赤脚。尸体仰面朝天浮于电站水闸旁的水面上，双腿露出水面，头与上身浸泡于水中。在打捞中发现，尸体的脖子被一根双股白色绳子捆绑在一块大石头上，经

测量石头重达26千克。经尸体解剖：左、右肺出血，右侧第4、5、6根肋骨骨折，心底前中部可见大小不等的出血点。气管及支气管内无溺水及泥沙。说明死者生前因暴力造成胸部严重损伤，导致呼吸循环衰竭，死后溺水。

案情重大。为了及时侦破此案，公安机关一方面从周围失踪人员中查找信息；另一方面从现场相邻的地区调查，取得相关的线索；同时从查明死者的身份入手，在各相连的地段张贴了死者的照片，以求群众帮助。照片一贴出，各种线索纷纷汇集到公安机关。

经死者父母辨认打捞的遗物，证实死者名叫高慧平，系鄂西某市高桥人，20岁。嗣后，公安机关根据群众提供的线索，展开了侦查，确定了几名重大犯罪嫌疑人，在追捕中，抓获了本地参与作案的犯罪嫌疑人朱莉。从朱莉交代的犯罪事实中，公安机关获取了一条重要线索。喻伟是本案的主犯……

第三节 令人发指的罪恶

朱莉是在舞场中认识喻伟的，她对喻伟也只是一知半解，对他的身世，只要有钱，她也无需了解得更多。

面对公安人员，朱莉失去了往日的风采，垂肩的头发蓬松而失去了光泽；脸色没有了脂粉，显得暗伤，压低头，不敢正视。在公安人员的面前，朱莉一五一十地交代了其参与犯罪的经过：

2001年7月3日，喻伟以休假为名领着一伙狐朋狗友，来到鄂西某市一家歌舞厅。他们刚到座位上还未坐稳，就听到舞台上传

来一女子嗲声嗲气的声音：

“女士们！先生们！各位恋人情侣！大家晚上好！今晚天空晴朗，星星闪烁，在这欢乐的今宵，为了给成双成对的情侣或朋友们带来更加美好的心情，我为大家唱一首歌，这首歌大家非常熟悉，许多人也会唱，但为了重温好梦，我将这首歌献给大家，同时，希望情侣相亲相爱，好梦成真。这首歌的名字叫《糊涂的爱》，希望各位喜欢。”

还在说话之中，这位小姐在舞台上已不停地扭动着腰肢，手不停地在身体的上下晃动，在音乐的伴奏下，她放开了歌喉。

不知是这女子歌喉的甜美，还是这女子长得漂亮，喻伟很快地被眼前的这位小姐吸引住。

“她叫什么名字?”喻伟将朱莉拉到身边问到。

朱莉在喻伟的胳膊上狠掐了下说：“怎么，你又想吃着碗里看着锅里！我现在还未人老珠黄，你就想抛弃我，那可不行哟!”

喻伟见朱莉不高兴，将脸一沉：“你去叫那女人过来就是了，哪来的这么多废话，把我搞烦了，你小心点。”

朱莉见喻伟又要耍横，想起上次就是因吃醋被扇了耳光，觉得惹不起他，便忙笑着回答：“我去就行了，跟你开个玩笑也不行。等她把这支歌唱完了后，我一定将她弄来送上你的门。”

“真是只馋猫!”朱莉心中非常不满，但又无可奈何，只好借故发泄。她站起来去叫那位小姐时，嘴里还咕噜着：“真是狗改不了吃屎。”

自己被当做狗一样的使唤，朱莉心中很不是滋味。

“小姐祝你演唱成功!”

小姐刚唱完这首歌，朱莉忙捧着一束花走到舞台前献上，并高声的说到。同时，用手指着喻伟对唱歌的小姐说，这是那位先生送你的，唱歌的小姐扭过头回望了一下喻伟，喻伟坐在椅子上忙伸出手向她挥动了两下，随后来了两个飞吻!

小姐随朱莉走到喻伟的身旁，大方地向喻伟献媚说：“谢谢帅哥!”在说谢谢的同时，她献媚的笑脸上，挂着一对酒窝惹得喻伟

情不自禁，喻伟忙从荷包中掏出100元面值的票子送到了她手上，并说："你不仅歌唱得好，娓娓动听，人也像歌一样的美，长得楚楚动人，我见过很多女孩，你是最漂亮的。"

不知是女人天生就喜欢男人夸奖，还是百元票子的缘故，这小姐未迟疑，就大大方方地坐在了喻伟的腿上，然后在喻伟脸上亲了一口。喻伟得意地笑了，笑得是那样的甜美。他回敬地在小姐的嘴上亲了两下，引得同伙们一阵的淫笑。

"小姐，你姓什么？叫什么名字？在哪里工作？"喻伟兴奋地问个不停。

小姐说："我叫李艳，在招待所工作。"

小姐刚介绍后，喻伟忙说，"看看，人长得漂亮，名字也取得好听。"说完，喻伟邀请道："李小姐，能不能赏个脸，今晚我请客，我们一块宵夜好不好。"

李艳世面见得多了，见喻伟出手大方，人长得不算帅也不太丑，不假思索地满口答应。

舞后，李艳跟随喻伟等人来到清江招待所。几杯酒下肚，李艳已昏沉，在清江招待所，喻伟占有了李艳。之后李艳被喻伟的同伙周顺喜占有，二人公开同居，同居不到一个月，李艳发现周顺喜流氓成性，但这时李艳已不能自拔，苦水直往肚里咽。她不得不辞去招待所的工作，随周顺喜到处流浪。2001年7月下旬，周顺喜将李艳带到广东省云浮市去卖淫。同月底的一天晚上，李艳因来月经不愿接客，在歌舞厅只陪同"客人"唱了几首歌，得了50元小费。周顺喜认为李艳一天未接客，赚钱不多，当着其他人的面羞辱说李艳像头母猪，只会吃不会赚钱。李艳听后非常气愤，从周顺喜手中夺过50元钞票撕得粉碎，扬长而去。周顺喜等人十分恼怒，当即赶到云浮市皇都宾馆，抓住李艳的头发，从一楼拉到四楼，对李艳进行了毒打，打得李艳遍体鳞伤。

在广东的几个月中，周顺喜一伙人算了几笔账，仅靠李艳卖淫赚不了多少钱，经过策划，2001年9月初他们重返鄂西，寻找新的目标。9月12日下午，在鄂西某市的舞阳坝，周顺喜首先看见

一单身女子神情不安地站在街头东张西望。凭他多年经验判断该女子刚从山里来，未见过什么世面；从女子胆怯的表情，周顺喜判定她是到城区来找工作的。周顺喜观察了一会儿，便指使李艳上前搭讪：

"这位姑娘，你是从乡下刚来的吗？是来找工作的吗？如果是找工作的，我倒认识几个老板，你可到他们那里去打工，一个月400元，工资也高，你看怎么样？"

每月400元的工资在那个年头的确算是很高的。这姑娘一听觉得工资比较高，她并未直接答应，只是从上到下打量了这位主动与其搭话的人，见她也是女人，就放松了戒备，便回答说："我叫李珍，家住重庆涪陵，19岁，从涪陵准备来鄂西打工，已找了好几天了，也找过几家饭店、宾馆，谁知都没有着落。"李珍一脸的无奈。

"哈哈，我们还是老乡呢，这点小事包在我身上。你看，站在对面街头的那男子就是老板，如果你愿意，看在老乡的分上，我介绍你去当服务员。走！"

李艳不管李珍是否同意，就神气十足地像救世主，强行将李珍拉到周顺喜身旁，装腔作势地介绍一番后，与周顺喜等人将李珍带到晴元酒楼。晚上10时许，吃过晚饭，在酒楼的房间里，周顺喜等人向李珍挑明，要将她带到广东去卖淫赚钱。李珍这时才深感自己已陷入虎口，表示坚决不干。周顺喜一伙人见李珍不从，顿时翻了脸，便对她进行殴打、凌辱，用军用水果刀划伤了李珍的右胳膊，迫使李珍就范。李珍被眼前的这一幕吓愣了，浑身直打颤，周顺喜见状，即叫叶军等人强行脱了李珍的衣裤，当着李艳的面，共同轮奸了李珍。次日凌晨4时许，李珍趁周顺喜一伙人熟睡之机，从三楼冒死跳下逃回了家。

就在李珍逃走的第三天，周顺喜、叶军、李艳等人在鄂西舞阳坝川妹子餐馆吃饭时，叶军要餐馆老板给他们找个小姐陪喝花酒。餐馆老板娘见这伙人来者不善，害怕出事，便将餐馆的服务员高慧平介绍给喻伟等人。吃完饭后，周顺喜对高慧平无理纠缠，要将高

慧平带走，老板娘不许，高慧平也不干。周顺喜便拿出杀手锏，威胁说，“你干也得干，不干也得干，否则我叫你办不成餐馆，如果这姑娘今天不跟我走，我马上就将你的餐馆砸烂。”在周顺喜的淫威下，老板娘无可奈何。高慧平被周顺喜等人挟制到晴元酒楼。次日凌晨一时许，周顺喜告诉高慧平，要将她带到广东去卖淫，高慧平不从，周顺喜令同伙强行脱光高慧平的衣裤，对其殴打后，又用烟头烧高慧平的乳房，并共同轮奸了高慧平。为了逃出虎口，高慧平谎称要抽烟，乘周顺喜等人为其取烟之机，从三楼窗口跳楼逃跑时摔伤。周顺喜等人从楼上追到楼下，在出事地点，周顺喜猛踢了高慧平胸部一脚说，“看你还跑不跑?”并拣起石头准备砸向高慧平头部时，被他人制止。拂晓，高慧平因胸部和头部重伤而死亡。周顺喜惟恐罪行暴露，就将尸体捆绑一块石磨后，抛入清江的龙潭河中，然后，周顺喜等人逃往广东云浮市。

高慧平的死，并未使周顺喜等人有所收敛。在广东省云浮市，他们变本加厉，大肆进行犯罪活动。为了招募“财源”，严格控制卖淫女的活动，规定没得到许可不准上街；不准向嫖客暴露身份；彼此以代号称呼；不得拒绝陪客人；小费一律上交。2001 年 9 月底，李艳在云浮市玉明饭店碰见了已逃走的谭英，周顺喜等人得知后，强行将谭英带到云浮市皇都宾馆 201 室，将谭英的衣服脱光后，令她跪在地上，周顺喜等人用电击手枪击打谭英，并对其拳打脚踢，将谭英的乳房烧伤后，万奎等人当众强奸了谭英。谭英以其乳房被烧伤要去医院治疗之名逃出了魔爪。

谭英再次逃脱后，周顺喜等人更加提高了警惕。为了避免失去“财源”，他们严格控制卖淫女。为了杀鸡给猴看，采取凌辱、毒打等方式迫使卖淫女就范。在这些卖淫女被解救后发现，没有一人不挨打的，身上都有不同程度的伤痕。

可是，由于周顺喜对犯罪团伙控制很严，相互以代号相称，许多人相互不知真姓和真名。朱莉也不知道参与作案人的姓名，虽交代了全部犯罪事实，但她不知道喻伟的真实姓名。案件虽然破了，但未抓获犯罪分子，喻伟、周顺喜等人没有受到法律的惩罚。

应该讲，喻伟在这一犯罪团伙中，是策划和指挥者，他一般不直接参与犯罪，而是遥控指挥同伙的犯罪活动，以达到报复社会的目的。

喻伟一伙儿在长期的犯罪过程中，作案的手段极为残忍。那么，喻伟所网罗的一伙犯罪分子，到底是一些什么人？我们从中挑选几个人的经历就可找出答案。让我们先看一看赵娇艳。

DIERZHANG

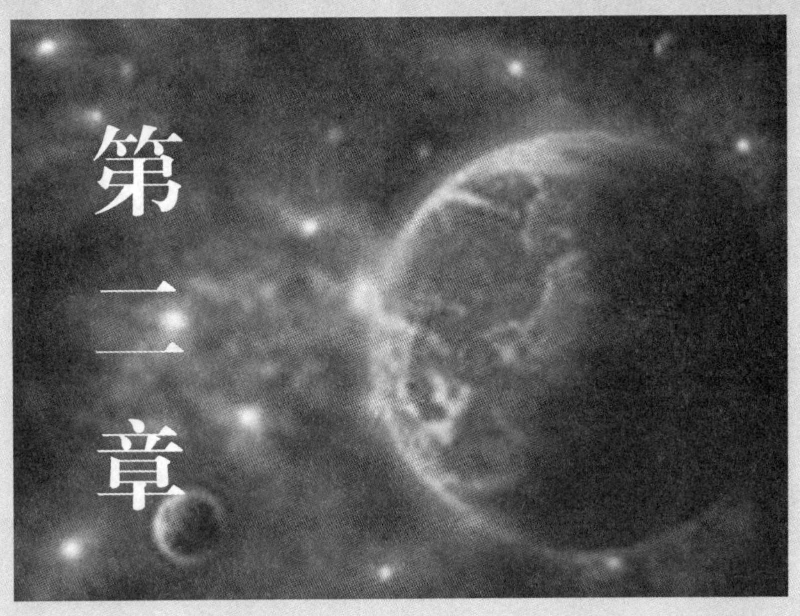

一段流泪的师生恋打造的畸形婚姻

第一节

对伯乐以身相许

赵娇艳应该说开始是一个受害人，她后来竟成了喻伟犯罪团伙的帮凶，在喻伟等人大肆进行犯罪活动时，她多次协助周顺喜监视卖淫女，成了一个害人者。审讯中，她交代了一连串触目惊心的犯罪事实。心灵扭曲的她以犯罪慰藉自己，把幸福建立在别人的痛苦上，她用那三寸不烂之舌，以征婚方式骗人骗财、以非法手段谋财害命。我们在叙述她的罪行之前，先说明一下她的心灵是怎样被扭曲的。

故事还要追溯到 1982 年。

1982 年喻伟大学毕业后，因家庭关系，分配到家乡振华第一中学任教。参加工作后短短的两年内，凭借稀少的本科文凭、扎实的文学根底、新颖的教学方法和勤奋努力的工作，他很快取得了突出的教学成绩，赢得了校领导的信任与青睐。1983 年底，喻伟就被委以重任，担任了高中毕业班的语文教师。而 18 岁的赵娇艳正是他的学生。

赵娇艳是全班最优秀最刻苦的学生，由于家庭贫寒，她利用业余时间，一边读书一边打工来维持学业。正是这一点，得到了喻伟地特别欣赏和特别钟爱。喻伟决心把赵娇艳培养成大学生。他反复

告诫她，“你的路靠自己走，神仙皇帝也不能救你。刻苦学习才是光明大道，走下去灿烂辉煌，上大学是你惟一的前途。”为了培养赵娇艳，喻伟经常利用休息时间给赵娇艳补课。那年月，喻伟每月的工资还不到百元，妻子在农村，家里有两个孩子，生活也很拮据，但为了赵娇艳的学习，每月拿出 25 元资助赵娇艳；在高考前夕，喻伟专门为她买营养品。可就在高考的前半个月，赵娇艳因紧张、劳累而病倒住院，喻伟心如刀绞，一连守护了几个通宵，这份师生情感打动了许多学生和老师的心。然而，1984 年的高考，赵娇艳因患病和临场发挥失常而名落孙山。她不得不挥泪告别她心爱的学校和可敬的老师。在离开学校时，赵娇艳走到喻伟的面前，泪流满面地说：“喻老师，我辜负了您的期望和一片心意，是一个不争气的学生，没有完成您交给我的任务，今生虽然不能圆大学之梦，但我一定以做个好农民来报答您对我的关爱，报答您的情意。”

望着学生怏怏离去的背影，喻伟叹息道：“多好的学生!”他无法接受这个事实，无论从赵娇艳的学习精神，还是聪明才智，高考落榜的不应是她。悲伤、烦躁扰得他不能入睡。赵娇艳灿烂的笑容、敏锐的眼光、超常的能力，还在他脑海里面萦绕。他左思右想，认为所在班共考取的 12 名大学生中，许多比赵娇艳学习成绩差。赵娇艳只是由于临场发挥的原因，才未取得好成绩；如果发挥正常，她一定能考个好学校。

他相信自己的判断。

在一种责任心的驱使下，暑假期间，喻伟骑自行车来到赵娇艳的家。见赵娇艳刚从地里干活回家，挽起的袖子和裤腿，明显比在学校时瘦了许多，因此，心酸的泪水直往外涌。赵娇艳困难的家境，更加激发了喻伟的勇气，他恳切地对赵娇艳的父母说，赵娇艳这孩子与众不同，她勤奋好学，善于动脑子，这次高考落榜只是个意外原因，如果就此辍学对她很不公平；农村为什么这么穷，就是因为农民没有文化，要改变农村的现状，就得让孩子上学去学知识，我们应该为赵娇艳的前途着想，让她复读一年，我保证她能上

大学。然而，赵娇艳的父母是一个典型的农村人，虽然对喻老师的到来很感动，但对女孩子上学有偏见，认为农村的女孩子读不读书无所谓；就是再读下去，家里也供不起，再三推脱。喻伟苦苦劝说，并愿意从自己的工资中拿出30元资助赵娇艳；从大道理讲到小道理，苦口婆心地做了半天的思想工作。赵娇艳父母的心终被喻伟的真诚所打动。

赵娇艳对喻老师的到来感到意外。40多里路，沾满泥土的自行车，一片真诚的心意深深打动了她已沉寂的心，她在一旁焦虑沉默的等待着，泪水像断了线的珍珠直往下淌。当父母答应让其继续上学时，她再也控制不住了，倏然地跪在地上，对恩师连磕了三个头，她说："喻老师，我一定加倍努力学习，不管能不能考上大学，我会报答您的。"

那真诚的语言，动人的场面，感动了在场所有的人。望着衣着简朴、显得苍老的喻老师，赵娇艳能说什么呢！喻伟是她所在中学中最优秀的教师之一，他的学术成果多次在省级以上的刊物发表。尽管身材不很高大，甚至因劳累过度驼背了，那高度数的眼镜让这位青年教师略显沧桑，但是，出众的才华弥补了这些缺陷。

1984年9月底，赵娇艳开始在母校复读，又成了喻伟最得意的学生。每当她沉浸在喜悦中的时候，她就更加深了对喻伟的敬仰。她在日记中写道："父母将我送到了这个世上，却把我抛在黄土地；当我人生步入十字路口，最困难、也最需要人帮助的时候，是喻老师给我指明了前途，把我引向了光明；我的理想彼岸，都蕴含了喻老师的心血，他似父亲而胜过父亲，我终生的恩人；今生可能无法报答他了，但我心中将永远惦记着他。"

1985年4月6日晚上10时许，赵娇艳在学校上完自习后回寝室，正好路过喻伟的宿舍。见透过窗户的灯光照射得十分耀眼，她推门而入，此时喻伟正伏案批改作业。望着老师有些佝偻的背脊，看见老师在其作业上的批注，那专注的神情、那倾注的爱心，赵娇艳感觉这位无私的师长是她今生最值得敬仰的人。看着看着，在一种青春的躁动下，赵娇艳再也控制不住已流淌的眼泪，她走上前，

双手从背后抱住了喻伟："喻老师，您为我付出的太多了，如果没有您，我将永远在黄土地上。有了您的关爱，使我重新点燃了人生的火焰，我的理想和抱负，我的前途和命运，都是您给的。没有您，我哪有勇气和能力再上学；没有您的帮助，哪有我的今天。我今生无法报答您，请您原谅我，就让我用青春报答您的恩情吧！"

这是喻伟始料不及的，赵娇艳的举动一下子把喻伟搞懵了，他没想到事情会发展到这一步，十分尴尬，他掰开赵娇艳的手，用威严且不失礼貌的声音说："赵娇艳同学，请你别这样，要自重，我是你的老师，如同你的父亲一样；别一时的感情冲动而毁了一生，我已30来岁了，有妻子儿女，我不能附和你的爱。请你马上回宿舍休息，明天还要上课呢；请你也别这样任性，这样会毁了你一生的。"

赵娇艳自己也不明白，自己为什么这样的冲动，为什么这样的动情，只有自己对所爱的人无私奉献，才能有这种结果的发生。她想把一生都交给喻伟。可是她未料到的是，喻老师是这样的无动于衷，他太无情无意了。可想而知，作为处世不深的赵娇艳，面对这样的打击，该是什么感受、心里又是什么滋味……

这一夜，喻伟第一次失眠了。赵娇艳热烈而大胆的献身行动，拨动了他多年平静的感情生活。他也知道，作为一个女孩，把一生最珍贵的东西献身给自己，这是什么代价，又是何等的无私。睡在床上，喻伟还在回想刚过去的事情。

赵娇艳也整整地病了一周，她怪老师迂腐，逃避现实，伤害了自己初恋的情感；也怨自己的冲动，过于草率，在自己的恩师面前失去了面子。由爱变成了恨，她恨老师的逃避，也恨自己的草率行为；她甚至想逃回家……

赵娇艳一个星期没有去上课。正在赵娇艳苦恼而不能自拔的时候，喻伟来到学生宿舍，看望了赵娇艳，他用自责的语气很诚恳地向赵娇艳谈了自己的态度……

我不是生活在真空中，也是个有血有肉的男人，有七情六欲，也是一个感情很丰富的男子汉，我很理解你的真诚，但我不能接受

你对我的爱，我已30来岁了，有家有口，尽管家庭有许多的遗憾，但我也是一个有责任心的人。你是世上最优秀的女孩子，最让我牵挂，从内心上讲，其实我也爱你，但我没有足够的勇气接受你的爱，因你还年轻，你的最终目标是圆大学梦，老师我不能耽误你美好的年华，我会一如既往地帮助你，也请你把爱永远珍藏在心里。

老师越讲自己有责任心，越劝她要将爱珍藏，她越觉得喻伟是个可信赖、可依赖的男人，一种幸福感淹没了她的理性，她不顾一切地又一次扑进喻伟的怀抱。

她的感情是那样的真挚，是那样的火热。爱的火焰一下溶化了喻伟的“铁石心肠”，感情的闸门打开了，被冲破的禁区汹涌澎湃，像巨浪荡涤，这一次，喻伟没有拒绝……

喻伟从拒绝到接受，为什么能迈出这一步？在后来喻伟道出了当时的心态：“头一次她向我示爱时，我理智地拒绝了她，她病了一个星期。见她非常痛苦，为了不让她荒废学业，为了圆她大学的梦，不使我的一片苦心付之东流，我考虑再三，只有接受她的爱，才能拯救她。否则，她会因得不到爱而消沉，学业就会半途而废。”

而赵娇艳以后在谈及这段爱情的经历时，作出了这样的解释：“我当时很年轻，不懂得人情世故，把同情当成了爱情，把有恩于我等同于情感，喻伟当年的确为我付出了很多，对我有恩，我是除了拥有美貌外一无所有的农村女孩，除了献身，我还能用什么报答他呢？”

有了爱情的日子，阳光灿烂。特别是在喻伟接受了赵娇艳的情爱后，赵娇艳变得活泼开朗了，学习十分刻苦，她要用百倍的努力，报答喻伟的爱情。喻伟也仿佛年轻了许多，感到多年的情感世界突然变得如此美妙，前所未有的精神解放，使他全心地投入到对赵娇艳功课的辅导中。

在喻伟的强化辅导下，赵娇艳的学习成绩提高很快，几次学校摸底考试，她都取得了优秀成绩。她十分刻苦，肯动脑筋，善于钻研；一份勤奋、一分耕耘、一分收获。在1985年高考中赵娇艳取

得了不错的成绩，被北京一所师范学院录取。

赵娇艳在接到大学录取通知书后，兴奋不已，手捧着录取通知书，一口气跑了40多里路，来到学校，她要喻伟第一个共享她的幸福。她向老师发誓，一定不辜负他的希望，好好学习，刻苦钻研，以优异的成绩回报老师。

喻伟看着赵娇艳的大学录取通知书，也兴奋不已，比自己获得职称更加高兴，含着泪说："你有今天，我为你高兴、为你祝福，祝福你人生的起飞，希望你再接再厉；现在你已是山中飞出的凤凰，我的骄傲，我要为你庆祝、为你洗尘。"当晚，喻伟在餐馆为赵娇艳宴请了学校所有教过赵娇艳的老师。

他醉了，醉得是那样的失控。

赵娇艳前往学校报到，临行前，她向喻伟表白："我不是那种忘恩负义之人，你相信我，大学毕业之日，就是我们结婚之时，你等待我，我要用一生来报答你。"

这是一位19岁女孩对30岁男人的告别之词；也是一位青春年华的大学生在分别时对恩师所说的一份感激之词。然而，一场意外事件改变了这段恋情的进程。

第二节

被拐骗促成了一段姻缘

赵娇艳很快适应了大学环境，各门功课都取得了优异的成绩，暑假带着对喻伟的思念，回家住了一个多月。因赵娇艳长这么大，没有到过武汉，想临近开学到武汉玩几天，了解一下武汉市的风土人情后提前返回学校。大概是这年的8月20日，赵娇艳到了武汉，

她先在武昌下车，游览一下市区；在武昌因人生地不熟，只在武昌火车站转了几圈就是晚上8点多钟了，为了省钱，她就在火车站候车室的一条凳子上过夜。刚朦胧地睡了一会儿，又被往来人群吵醒，不知不觉地在吵闹声中进入了梦乡。一觉醒来，天已黎明，因她是第一次到武汉，便拿出武汉地图寻找到归元寺的路线。这时，一个30多岁的女人走到她面前，主动搭话：

“这位小姐，凭我多年的经验，我知道你是初到武汉，你知道，武汉这么大的地方，人生地不熟的，怎么样去找？如果要到不熟悉的地方，不知要走多少冤枉路。我出生在武汉，你要到什么地方去？我可以免费为你服务，你也可以节约时间和钱。”

赵娇艳开始并未理睬，还是专注地看地图。

“我看得出你是刚从外地来武汉，人生地不熟，如果自己去，要多花很多钱，也浪费时间；如果我为你服务，你不仅节省钱，也少花时间，同时也少走弯路。”那女人重复地说着，两只眼睛快速的转动着。见赵娇艳没有什么反映，她又拿出一张武汉市旅游公司的介绍信自我介绍。

这女人仅凭几句动听的话，仅凭信誓旦旦的保证，就让没有社会阅历的赵娇艳很快去掉了戒心，把自己的情况一五一十地全盘告诉了那女人，并将学生证也给那女人看。那女人装出十分惊讶的样子，说：“我算没有看错人，一见面就觉得你不像一般的人，还是一位大学生。”并装出惊喜的样子，“哟！我们还是老乡呢，我姓李，你就叫我李大姐，既然是老乡，你想到什么地方，我一定为你服好务，你看对面几位也是刚到武汉旅游的，正好我带你们一起去。”

实际上，那女人指的几位，是她的同伙。天刚亮，在武昌火车站，那女人租了一辆出租车，将赵娇艳带到中山公园、归元寺草草地玩了一上午，就带赵娇艳到餐馆吃了顿便饭。然后以太累为由，将赵娇艳带到汉口一小旅社休息。

与她同宿一室的是一位农村姑娘，最多20岁，眉清目秀。同宿一室，免不了相互搭讪，几句话后，一见如故。这位农村姑娘能

说会道，天南海北，无所不知，许多人情世故让赵娇艳感觉新鲜，不时投以赞赏的目光。在谈论中，赵娇艳得知这位姑娘姓“安”，其“姐姐”也在北京读大学，准备到北京去给“姐姐”送钱。“小安”得知赵娇艳也是一个大学生后，更是倍加称赞，便以“姐姐”称呼赵娇艳，很快，“小安”得到了赵娇艳的好感和信任，二人无话不谈。

“姐，你什么时候到北京上学去？”

“明天。”

“火车票买了没有？”

“还没有！我今天玩一天后，明天去买，反正是学生票，多得很，我不着急。”

“是买硬座还是买卧铺？”

“当然是买硬座呐！用学生证也只能买硬座。再说买卧铺要很多钱，不必要花这个钱。”

“姐，钱你不用愁，我有个亲戚在火车站当警察，我可以用你的学生证帮你买卧铺票，价格与硬座的钱一样。”

有这样的好事，让赵娇艳激动不已，她拿出钱和学生证给“小安”，“小安”却推辞说，“姐，急什么呀！我把票买了后，你再给钱不迟，再说同船过渡百年修，我们姊妹俩有这种缘分，能与你这位知识分子相识，已是我今生的荣耀。”

说完“小安”以买火车票为由走开了。

赵娇艳为此感动得直掉眼泪，多热情、多好的妹妹，比自己的亲妹妹还好——

晚上，二人交谈到深夜，随着时光的消逝，赵娇艳有一种相见恨晚的感觉。到了半夜，“小安”说肚子有点饿，又主动邀请赵娇艳宵夜。赵娇艳在盛情难却的情况下，随“小安”到一小巷子里吃了点米粉。返回旅社的路上，小安递给赵娇艳一瓶果汁。在喝了果汁后，赵娇艳身体觉得不适，一阵头晕后便失去了知觉。一觉醒来，人已到了邯郸。原来，果汁中放了安眠药，赵娇艳喝了后昏昏欲睡。在赵娇艳昏睡中，“小安”与另外三个人一起在汉口火车站

坐特快车，第二天就将赵娇艳带到了邯郸。

一时失去主张的赵娇艳，糊里糊涂地跟随“小安”等人坐汽车到了山东省农村一刘姓人家。还未进院子，鼓乐大作，鞭炮齐鸣，赵娇艳未明白怎么回事，就听有人喊：“新郎新娘入洞房”，这时赵娇艳才明白自己被拐卖了。

她大声呼喊，使出平生的力气以自杀相威胁，才引起了刘家堂哥的注意。刘家的堂哥在县城里工作，正好在家休假，听到赵娇艳呼喊，就对“新娘”进行了询问，证实赵娇艳确实是正在大学里读书的学生，出于一种正义感，他便让刘家放了赵娇艳。

这一段有惊无险的经历，让赵娇艳明白了许多，这世上还有这么险恶的人，除了喻伟外，她不再相信任何人了，她在日记里写到：“我原以为，人与人之间只有友谊、善良，可这次我的遭遇使我明白了，在这社会里，不应相信任何人，说不定，危险随时伴你而生。我也明白了笑里藏刀的真理，友谊中包含险恶，善良中含有毒素。”

赵娇艳脱险后，给喻伟写了一封万言书，在信中，她再次向喻伟表达了爱意。加上此事件的发生，她铁了心，非喻伟不嫁。喻伟认真地考虑了赵娇艳的表白，他在给赵娇艳的回信中说，“我等待你，只要你愿意，我赴汤蹈火也要圆我们的梦，今生只有与你生活在一起，才会有我的幸福，我一定会用实际行动来回答你的；只要有信心，谋事在人，我相信我们会共同走完人生的。”

喻伟制订了一个规划，在赵娇艳读大学期间，用两年多时间与妻子离婚，用一年多时间进行筹备，实现赵娇艳大学毕业之日就是他们结婚之时的愿望。

从此，喻伟进行了一场力量悬殊的家庭战争。

他孤独地与父母、妻子、孩子、兄弟及亲戚对峙。他与妻子结婚多年，有一儿一女，如今大女儿已上小学。妻子是一个善良、勤奋，忍辱负重、通情达理的女人，人缘关系特别好，在家孝敬父母，对子女慈爱，对丈夫恩爱，是一个典型的贤惠女人。因此，喻伟的离婚行动，一开始就遭到众人的反对。他女儿说，如果与她母

亲离婚，从此她不再喊他一声父亲。喻伟的父母更直接地说，“如果你今天离婚，明天你就给我滚出家门，我们祖祖辈辈老实忠厚，我不知哪支香未烧好，怎么会出现了你这样的逆子，抛妻弃子，你会遭报应的！”喻伟的弟弟规劝道：“你已是30多岁的人了，不要被灯红酒绿蒙住了眼睛，嫂子是打着灯笼难找的好人，她辛辛苦苦为了这个家，上孝敬父母，下疼爱儿女，你是身在福中不知福，你的贪色会毁了这个家的。”

这时的喻伟，哪会听得进家人的劝告。他孤注一掷，更加加速了其离婚行动，春节也不回家。这年春节，赵娇艳也在学校过年。喻伟为了体现他对赵娇艳的真情，一人守在学校里。大年三十中午，妻子找到学校，劝他看在子女的分上，看在多年夫妻分上，请他回家团聚。喻伟却暴跳如雷：“我已养了你们这么多年，血汗被榨干了，要命有一条，要钱没有一分，反正婚是要离的，谁劝我都没有用，我与你没有感情而言了，你们劝也是白劝；如果你不同意离婚，我会奉陪到底的，直到你同意离婚为止，看谁最终是赢家。”

妻子当即好言劝道：“今天是大年三十，我是来接你回家团圆的，不是来要什么钱的！你想想，这么多年，你给了我们多少钱，米是从家里带来的，鸡蛋是从家里拿来的，你自己拍拍良心，我们有什么对不起你的？你凭什么这样对待我们？”

结果不欢而散，事情闹到了校长那里，未等校长把话说完，喻伟就大声嚷到：“什么为人师表，我也是人，我有我的生活方式，我有我的感情世界，用不着旁人来指三道四！”

喻伟感到自己已失去了面子，便不顾一切，改变原来的方式，变隐蔽为公开化。1987年6月6日，他向人民法院起诉，以夫妻感情不合、知识悬殊太大、二人无共同语言为由提出离婚。妻子望着越来越不近人情的丈夫，看着陌生的无情郎，能说什么呢？她声泪俱下，对在场的亲戚朋友说：“我并不是离开了喻伟不能活命，只是两个不幸的孩子，他们不能没有父亲，我有一双手，可以种田、养鸡喂猪，自己养活自己有余。看在孩子的分上，看在我们夫

妻一场，我只求他不要这么无情无义，他抛弃我，我不在乎，但他不能置儿女于不顾，离婚不是他逃避责任的理由，他必须要尽父亲的责任，让他说说看，养了这大的儿女，他到底尽了什么义务。我今天说这话不是求他什么，只是想说他今天可以抛弃我，如果他没有责任心，他就是再结婚了，他还会被别人所抛弃，我今天说这点，是要他明白‘责任’二字的重要。”

喻伟不为妻子的话所动，他反而对妻子说：“呸，你知道什么叫责任，没有爱的婚姻就是不道德的责任，我与你结婚几年，同床异梦，你除了向我索取钱外，你尽了什么责任，你还有脸给我上课。你的责任就是想用婚姻拖死我，不同意离婚，这点我告诉你，要使你明白，你用这种方法是吓唬不了我的，你离也得离，不离也得离，反正没有好果子你吃；如果你想用不同意离婚来拖我，那你就想错了，我会陪同到底，就是法院不判决我们离婚，等半年后我再重新起诉，直到离婚为止。”

妻子听后，只是说，“你摸一摸良心，你每年给了我们娘儿几个钱，就是每月的米也是从家里拿的，母鸡生个鸡蛋也是拿给你吃了的，你真是个没良心的人。”

喻伟的弟弟见喻伟已是铁了心要离婚，为了维护嫂子和侄儿女的利益，就到学校将喻伟的东西一搬而空，连被子也未给喻伟留下。回家后，其父母说，“离婚能吓住谁，既然他不想过日子了，所有的东西是我喻家的，喻家不会再认这个逆子，他不认媳妇，我们认她，就是走到天涯海角她永远是我们喻家的儿媳妇。”儿女见父亲这样的狠心，只有流不尽的眼泪。他们同情母亲，恨那个恶毒的女人勾走了父亲的心，他们姐弟俩也试图说服父亲放弃离婚的想法，而得到的是骂声。无可奈何，姐弟俩劝其母亲说，“您能留住父亲的人却留不住父亲的心，现在您给父亲说什么好话都是徒劳的，父亲已经铁了心，在现在这种情况下，他是不会回头的；父亲抛弃了您，我们一定加倍地孝敬您，我们一定好好读书，做有用之人来回报您。”

儿女们的安慰，亲戚朋友的劝解，大义的妻子也想通了，无条

件地与喻伟解除了婚姻关系。

第三节

愿望的实现就是绝望的开始

1989 年 7 月，赵娇艳大学毕业，被分回家乡的另一所中学任语文老师。当她走进家里时，成了不受欢迎的人。她父母从喻伟的亲朋中了解到情况后，也极力反对她与喻伟的婚事，其父母后悔当初不该让女儿重新上学，甚至指责喻伟居心不良，勾引其女儿。这位姑爷与赵娇艳年龄相差悬殊，一开始就受到多方的反对。反对的声音倒促成了他们婚姻的成功。当赵娇艳出现在喻伟面前时，迎接她的是一张离婚证和空荡的房间；喻伟吃住在学校，为了实现目标，学校分给他的公房只是装修了一下。他见到日思夜想的赵娇艳，既兴奋又悲伤地说："娇艳，为了有今天，我背叛了亲朋好友，除了你这位天仙女外，我已一无所有了。我可是用生命捍卫了承诺，兑现四年前的誓言……"

不知是太激动，还是内心有愧，喻伟的话未说完，话语已被泪水淹没；还是赵娇艳大方而热情，她主动扑向喻伟的怀中，会意的点着头，深情地在喻伟脸庞上亲了一口，以示对喻伟的感激之情。

事到如今，已由不得赵娇艳仔细思考，不管是当初不成熟的承诺，还是天真幼稚的诺言，她只得苦涩地咽下这杯苦酒。他俩开始商量婚事，不得已，喻伟在预感自己不会受到赵娇艳家长喜欢的情形下，只得硬着头皮陪同赵娇艳回家向她父母求婚。当看见未来姑爷时，老实巴交的父亲拿起扁担要打赵娇艳，若不是邻居在场，不

知要出什么后果。赵娇艳的母亲哭着说："老天爷，我们赵家前生到底做错了什么？你太不公平了，为什么要这样对待我们？老天爷啊！这就是你给我们的公平，一个不孝子孙，为了她读书，我们脸朝黄土背朝天，没日没夜地干，得到的是这种报应，老天爷，你太不公平了！"

在诅咒和谩骂中，喻伟携带赵娇艳逃回了学校。在空旷的宿舍，两人相面而视，充满了忧伤和无奈。这种爱是痛苦的，也是苦涩的，双方所追求的并没有原来想像的那样幸福。尤其是赵娇艳在大学里已见过世面，觉察自己一开始就是插足，道德的因素已使她认识到这种婚姻从开始就不会幸福，所追求的就是所失去的。三个月后，赵娇艳已有身孕。1989 年 11 月 18 日，他们两人举行了婚礼。这是一个没有亲朋好友的祝福、没有欢乐、没有鲜花的婚礼。他俩坐在简陋的学校宿舍里泪水直流。

未婚先孕，已使喻伟背上了包袱。他明白，除了与前妻已有两个孩子外，按照国家计划生育政策，婚后生育必须先办理准生证，他所在的学校，年轻老师较多，且大都是新婚，当年的生育指标不可能给他，无奈之下，赵娇艳只好堕了胎。次年赵娇艳又一次怀孕，她太想生下这个孩子，真真切切地当一回母亲，可是经医院检查，因母亲吃药不当，胎儿在腹中出现先天性缺陷，不得已，赵娇艳只好又一次走进医院。谁知，因手术不成功，造成伤口感染，不得不再次进行手术。躺在手术台上，忍受着撕心裂肺的疼痛，她再次对自己的婚姻进行了反思。

婚后的生活是艰难而苦涩的。赵娇艳一开始就抱着一种报恩的心态，有一种还债的心理，如果不是被两个家庭逼上死角，将婚姻当作爱情的避风港，赵娇艳是不会重新考虑这段姻缘的。在大学时期，不仅她的气质、长相、为人，成了许多男生追求的目标，那种被追捧的岁月，使她感到自己当初对喻伟的承诺是多么的幼稚。

结婚两年，赵娇艳多次流产，脸上已爬满了皱纹，喻伟也感觉一脸的无奈。他的无助，也使赵娇艳感到所依靠的男人是多么的懦弱、无能，双方的结合从一开始就是个失败；但又无可奈何，所追

求的幸福，变成了一个苦果。

第四节

得到的就是失去的

从激情到无助，赵娇艳开始怀疑这个家庭存在的意义。她给一位要好的朋友写信说："当一个女人在青春年华时，对爱情的向往是非常强烈的，对恋人的依恋，忘形而不能自拔；当爱情被家庭取代后，女人变得麻木，家庭就是爱情的坟墓。我对喻伟，过去是仰着头看他，他是多么的伟大，知识性的头脑，思维敏捷，前卫的生活方式，我为自己感到骄傲，为自己的选择而自豪。但现在两人生活在一起了，并不是我原来所想像的那样美好，感到我们两人不仅生活上差异大，在思维方式上犹如隔了两个时代；走得越近，越觉得当初的想法是何等的可笑。更让我难以忍受的是喻伟对婚姻的态度，他消极而沉闷，似乎我们两人的结合，不是一种幸福，而是一种负担、是一种错误、是一种悲剧。我也痛定思痛，我们的结合一开始就是个错误，那时同学的劝告，亲朋好友的告诫，我也明白了一些，但那时我被一种感激所迷惘，为了报恩，不惜拿青春做赌注，最终牺牲了我一生的幸福，付出的代价太大了，可悲、可怜，我自己酿成的苦酒，将是一辈子……"

赵娇艳与喻伟的婚事在当地引起了不小的震动，在农村一般人的眼中，年龄相差过于悬殊的结合，不是爱情，而是一种金钱和权力的附属品，也是一种不平等的情感掠夺和欺骗。在学校不少学生家长向校长反映，认为喻伟与赵娇艳的婚姻是不道德的婚姻，已失去为人师表的作用，担心自己的孩子受到不良影响，纷纷提出调班

转学。更多的女学生见到喻伟退避三舍，带着蔑视的目光，不屑一顾。赵娇艳只能将受辱的情绪发泄在丈夫的身上，数落喻伟的无能。而在喻伟心里更多的是委屈，他感到赵娇艳没有尽到一个做妻子的责任，不好的语言，无限度的责怪，使喻伟觉得一点点的在伤害他，他不满意地说："当初为了兑现你的许诺，我不惜抛弃名誉、丢掉人格尊严，不怕旁人的指责，倾家荡产，妻离子散，我又落得个什么？不就是为了今天的爱情吗?！既然事情已到这一步，我们应当有这种思想准备，都应承担责任，不能碰到不顺心的事就横加指责，把对方当作出气筒；你为我想了没有，我起码也有人格尊严吧！你受了委屈可以向我发，而我呢，我能向谁倾吐？你为什么不考虑我的心情，不考虑我的痛苦。"

在争吵中，双方不欢而散，喻伟以失败而收场。他痛定思痛，难道当初舍身追求的爱情，就是今天尝到的苦果？难道不顾一切所要得到的东西，就是应得的报应吗？

第五节

失去的才是最好的

当初喻伟与前妻，只有他说的，没有前妻讲的，他说一不二。而今天，他已变得特别听话，年轻的妻子说一不二，在妻子面前只能当听众，当听众是他惟一的权利，心中的压抑使本来就不善言语的他，变得更加沉默寡言。而赵娇艳原是位活泼好动的女子，敢作敢当，自从与喻伟结婚后，也变得郁闷寡欢，她极不愿意与丈夫相伴而行，在街上，生怕被别人误为父女俩，也怕亲朋好友看见，尽量躲避熟人。婚后第三年的5月份的一天，喻伟带她参加了一个朋

友聚会，在交谈中，大家谈论的焦点是金钱与婚姻，许多人认为现在的老夫少妻多数是傍人门户、傍大款，没有金钱的作用，谁能以青春作赌注。

说者无意，听者有心。大家你一言我一语，众说不一，这对赵娇艳震动非常大，朋友聚会未结束，她不高兴地提前离开了。她认为，大家谈论的话题，是有意针对她说的，使她心里非常难受，带着不满的心理，带着多疑的思虑，她感受的是：与喻伟结婚纯粹是一种无意义的牺牲品，我得到了他的什么？他既不是大款，也不是明星，更不是风云人物。带着这种反思，赵娇艳便以反常的心理去观察丈夫，她越想越气愤，越想越愤愤不平：论资产，喻伟只几百元工资，他根本不是什么大款；论人才，喻伟只是个中学老师，已30多岁，青春不在；他既没有给我带来欢愉，也是没有激情的男人；不说洗衣做饭，他是个连面条都不会煮的男人。往日那个才华横溢、高尚无私的男人已不存在了。在赵娇艳眼里，喻伟是一个没有青春、没有朝气、没有金钱、无所作为的男人。

1991年春，学校给赵娇艳分配了一套宿舍。此时从某师范大学分配来的一位男教师，住在她的隔壁。男老师在生活上给了她许多方面的照顾，日久天长，二人成了无话不谈的朋友，赵娇艳有了倾诉不满的忠实听众。青春被激活，已沉静几年的孤陋寡闻，通过男教师的信息，使她又变得活泼起来，朝气蓬勃。在赵娇艳看来，相比之下，这位男老师年轻有朝气、有活力、精力充沛，二人爱好、兴趣相同，拥有共同语言。一时枯萎的爱情得到了滋润，春心常常使她魂不守舍，借口接近男老师；男老师也因在大学失恋正好需要爱情的滋养。青春的火焰一触即发，共同的需求使他们不约而同地扑向了对方怀抱。赵娇艳常常借口工作忙，由原来每周回家一次变成两周一次，甚至后来一个月也难回家一次，就是喻伟打电话她也借故不回家，这就引起喻伟的疑虑，他多次到赵娇艳所在学校探听，隐约感到了一些不祥之兆。夫妻间的不信任感迅速增大。

为了获取证据，喻伟三天两头儿地跟踪赵娇艳的行踪，其方法：不是上门打探，就是电话查去向。这年的夏天，他在事先没有

告知的情况下到赵娇艳宿舍。赵娇艳应其他老师之邀吃饭去了，喻伟以为赵与他人约会去了，就躲在赵的宿舍门口外的一棵大树旁，希望获取外遇的证据，晚上一直等到十一点多钟，身上被蚊子咬得大个包小个疙瘩，仍不愿意离开。在蚊子的攻击下，他仍坚持守候。不怕蚊虫，不惧疼痛，结果等到的是一群教师爽朗的笑声。但他又不愿暴露自己的意图，在半夜无车的情况下，只好步行三个小时返回学校。

1991 年 7 月 17 日，天气格外晴朗，酷热难挡，灼人的阳光恣意妄为，大地被太阳烤得灼热，渴望甘雨的滋润，夜半时分，人们被这闷热的天气搅得不能入睡，三五成群的躲在阴影下纳凉。喻伟无心批改作业，坐在灯光下沉思。一架已陈旧的电风扇嗡嗡直叫，煽动的热风更加闷热。精神的烦躁，生活的压力使喻伟身板更加瘦小，脑海里一片空白。无序的思索，不断闪出前妻和儿女的影子，过去在与前妻生活的日子里，饭来张口、衣来伸手，使他想入非非。后妻近期的反常表现扰得他心烦意乱，本来不抽烟喝酒的喻伟，突然萌发以酒解愁的念头，他走到相邻的李老师宿舍，借了一包烟和一瓶酒，一人在宿舍以酒消愁。香烟还刚抽上一口，呛得他咳嗽不停；一口酒下肚，辣得他闭不上嘴。

人们常说，以酒消愁愁更愁，本来烦躁的心理，在酒精的作用下更加使他烦躁不安。他躺在床上，望望窗外的月光，看着摇晃的树枝，思前虑后，翻来覆去，所闻妻子的风言风语，想想妻子近期的行为，他越发觉可疑。不知是急中生智，还是酒后思敏捷，他突然萌发了一种想法，要用证据证明妻子是否忠实自己。晚上 12 时许，他找朋友借了一辆摩托车，从学校赶到赵娇艳宿舍，用钥匙打开赵的宿舍门，直奔赵的床铺，掀起被子，检查床上是几个人。不巧，这天，正好是隔壁的一位女老师来了客人，女老师与赵娇艳同睡。突发的事件搞得女老师十分尴尬，也使喻伟十分难堪，赵娇艳为此措手不及。她正好找到了依据，抓住此事借题发挥，对喻伟的行为不依不饶，也为她提出离婚提供了夫妻不信任的证明。

赵娇艳决定在较短的时间内离开喻伟。8 月 15 日，赵娇艳给

喻伟写了一封长信，她以学生、妻子、同行的身份表露了结婚几年的痛苦。她说："我俩是两个不同时代的人，你与我父亲是同年代的，两辈人所处的年代不同，不仅从爱好、思维方式、所受的教育、所处的环境、生活方式不同，就是对事物的看法也相差悬殊。实践证明，我们俩的结合一开始就是失败。我当初天真地把恩情简单地等同了爱情，情感的误会使我们走到了一起，而明白了的爱情真谛又不得不使我们分开；如果我们在不幸的婚姻泥潭中挣扎，对你对我都是个不幸，会在不幸婚姻的泥潭中越陷越深，使各自的伤痕越来越多，这是你我都不愿看到的，你也已经明白，我不再是那个幼稚不懂事的女孩儿了，我已长大成熟了，已用了两年的时间、用了我一生最美好的青春年华、付出了我一生中最美好的时光，偿还了我欠你的感情债，我想我已连本带息都应还清了，我恳求你大恩大德再一次给我一条生路，还我的自由，还我的爱情，还我的美好青春，还我的幸福；不然双方斗下去是没有好结果的，我也不会再爱你了，这点你也再清楚不过了。你如果一意孤行，坚持这段没有爱情的婚姻，我是不会答应的，你也是办不到的。你如果还留点人情，看在我曾为你付出的青春，看在我所付出的美好年华，你也应该理智的放开我，给我留下点好的回忆。如果你想以此要挟我，不想让我幸福，我也会奉陪到底，我会闹得天翻地覆，最终胜利不会是你的。相信我，我会说到做到的，就像当初我爱你那样，爱会爱得轰轰烈烈，分开也会闹得轰轰烈烈的。如果你放开我，把恩情与爱情分开来，我也不是那种忘恩负义的人，我会将你对我的恩情留在心里，永远记得你在我困难时给予我的帮助，我会永远记得你的恩情的……"

喻伟接信后，一字一句地细读着，字字如刀绞，痛苦的心情，使他无地自容。当初抛弃儿女前妻，心是那样的快乐，今日接到妻子的断绝书，心里才理解了当初前妻为什么是那样的痛苦，才理解了前妻的良苦用心。在随后的冷战中，他已明白与妻子离婚是必然时，曾多次以看望儿女为名，试图到前妻那里寻找退路。前妻对他的到来不卑不亢，像对待陌生人一样，全没有原来那种崇敬和热

情。喻伟当谈及自己的婚姻已危机四伏时，前妻显不出高兴和兴奋，还是儿女们为母亲说了句公道话，“早知今日，何必当初，你现在才知道被人抛弃的滋味，才知道被人玩弄的痛苦，当年，妈妈是那样的求你，你是怎样对待她的。今天你碰到了我妈当初的情形，才知道痛苦，晚了！我们只当没有你这个爸爸，你也只当没有我们。我们已有安稳的日子了，请你不要再打扰我们了，你在即将面临被抛弃的情况下，在无路可走的绝望中，才想到我们，这难道公平吗？难道是我们欠你的应该履行的责任吗？世界哪有这种道理！如果是这样，世界上还有什么真理可言。今天的你就是当年我们妈妈的处境，你要知道你也有今天，何必当初；要知痛苦，就想想妈妈的当年。当年妈妈有我们儿女的同情，你今天的处境没有任何人同情，你是咎由自取。”

一席话说得喻伟无地自容。还是前妻听不入耳，一边用手擦拭着眼泪，一边用语言拦住儿女的话，训斥到：“这是大人们的事，与你们无关，不管从哪方面说，他永远是你们的父亲。”

前妻的宽宏大量，使喻伟始料不及，他看着怒视的儿女，看着前妻慈祥的面孔，他还能说什么呢？他不能回答儿女们的问题，面对前妻的无声语言，他有什么可说呢。在无趣的见面中，喻伟带着自责和悔恨，离开了前妻和儿女。

离别的眼泪是心酸的，心酸的泪水是懊悔的，这时的后悔是真诚的。

在冷战的两个月里，他三次以探视儿女为名回到前妻那儿，还想在她那里寻找安慰、寻求最后的退路。前妻觉得他在一时失去了主心骨时，又想回到其身旁，自己不会这么贱，想当年他抛弃自己时，自己是那样的求他，让他看在儿女的分上，看在原来的夫妻情分上，不要离开她。那时不管自己怎么求，怎样的痛不欲生，他都不屑一顾。而今日，他在被人抛弃时，又想吃回头草，就是再怎么下贱，也不会这样听他摆布的。自己有一双手，有儿女，靠劳动，会幸福的。当涉及复婚问题时，她除说了一个“不”字外，未说第二个字，就连他们的儿女也反对，使喻伟断了这个念头。

喻伟只能固守在现实的婚姻上，他曾拜倒在妻子的脚下，乞求妻子不要离开他，也请出岳父岳母出面为自己说话，都无济于事。乞求多了，不仅他的妻子把他看扁了，就连他的岳父岳母也看不起他，岳父岳母说，“我姑娘就是被你骗了，你当年就是黄鼠狼给鸡拜年——没存好心。当年你是一个有家有口的，我姑娘还是个黄花闺女，不懂世间事，在你的蒙骗下未看清你的真实面貌，上当受骗；你采取不正当手段，使我们的女儿抛弃自己的前途，献出了美丽的青春；你们二人不仅年龄相差大，就是旁人见了也极不相配，我们一开始就是反对这门婚事的，而今天你们走到这一步，也是我们当初就预料到了的，这些年你想一想，我姑娘跟你享了什么福，得到了什么，除了受气外，一无所有。离了好，离了大家都解脱了。”

前妻的“无情”，后妻紧锣密鼓的离婚步伐，自身孤单的奋斗，使他疲惫的心情更加压抑，本来就不善交往谈吐的他，更觉孤家寡人。越是心烦意乱，越是不顺心的事如雷贯耳。在如火如荼的离婚过程中，有关妻子的绯闻不断：她正与那位毕业于师范学院的老师在热恋……

1991 年 10 月 18 日，在喻伟与前妻离婚的同一个法院，赵娇艳正式起诉离婚，理由是：自己在读书期间，喻伟有恩于自己。但自己在不懂得什么叫爱情的情况下，把恩情简单地等同于爱情，为了报恩，我把青春献给了喻伟。哪知这种结合是草率的，婚后双方又未注意加强感情的培养，在大小事情上分歧很大，在一块不是吵就是闹，已毫无感情可言。

第六节

家庭暴力不是散席的原因

喻伟在法庭上大喊冤屈，他声泪俱下，控诉妻子在婚姻存续期间对其进行虐待。他一反常态，拿出写好的稿子一把鼻涕一把泪地念起来。随着喻伟抑扬顿挫的语调，他的发言感染了在场的法官和旁听者。喻伟在答辩时说：

“家庭暴力，只要人们一听到这四个字，就习惯的认为是男人虐待女人，女人是家庭暴力的受害人。这是不对的，是人们理解上的偏见，是错误地戴在男人头上的紧箍咒，实际上，在当今社会，许多女人是家庭暴力的制造者，也是实施者，她们才是真正的家庭暴力者。我们家庭正是这样的，是女人虐待男人，正如苏东坡在诗句中所形容的那样：

龙邱居士亦可怜，谈空说有夜不眠；
忽闻河东狮子吼，拄杖落手心茫然。

这些年，我与赵娇艳结婚后，长期处于精神紧张之中，没有过一天好日子，她很霸道，说不上三句话，不是用脚踢我，就是用手掌打我的耳光，我是寄人篱下者，是真正的受害者。

在家庭生活中，她事事以皇太后自居，动辄发脾气，让我难堪无法忍受。记得我们婚后去她姨妈家，路上，她处处摆出一副大小姐的派头，我稍有怠慢，她就一脸的不高兴，甚至当众羞辱我。在

火车中途停站时，她要吃水果，我急忙下车去买，因上车时人多又被一老人在前挡住，为了扶助这位老人上车，稍慢了一点返回座位，她就骂我是‘白痴’，我委屈的眼泪直往肚里流，但又害怕扫兴，只好强装笑脸说，‘急什么，我不会离开你的。’谁知，她一听，啪地一下，将茶杯摔在了地上，说我不尊重她的人格，弄得心里十分不悦。

从她姨妈家回来后，她喋喋不休地对我说，她是一个根正苗红的‘红五类’，这辈子找到我做老公，算是倒了八辈子的霉，没有地位、没有名誉、没有收获，只是附属在一种感恩报德的献身中。……蜜月期间，我们没有激情、没有快乐。为了使她高兴，我下厨房做好吃的菜，带她到好朋友家串门。这些朋友大多数是那种有教养的读书人，我想用朋友和睦的家庭气氛让她领悟家庭的团结和温馨。但我的良苦用心未被她理解，她总嘲笑我‘不像个男人’，窝囊、没有主见，没有男子汉气质。”

“在以后的日子里，怨天尤人，成了她的习惯，她在单位也没有一个好朋友，仿佛世界上只有她一个人存在。回到家里，我成了她的出气筒，开始只是用语言挖苦讽刺我，后来用拳头吓唬我，每当她不高兴时，就高高地举起拳头在空中挥动，近年发展到动手打我；我不怕大家笑话，被她拳打脚踢是家常便饭，没有一点夫妻情可言。为了维持这种不平等的婚姻关系，我被打肿了脸还得给她赔不是；结婚这几年，你们问问她，她给我洗过一次衣服没有？去过我家问候过我老人一声没有……在这没有爱情的婚姻里，我也对生活失去了信心，为了忘掉这些，我彻夜以书解闷儿，以书本充实自己。”

第七节

书籍挽救不了失败的婚姻

喻伟从小受父亲的熏陶，阅读过许多书籍，书籍伴随他成长。从少年到中年，书是他最好的时光消费品，知识使他变得聪明，力量的源泉靠知识支配自己，他不相信神仙皇帝，靠知识掌握自己的命运，在他的人生目标里，读书是他最大的奢侈品，上大学是他终生的企求。

1978 年 5 月中旬的一个星期天，喻伟到县城关去办事，走到街头一个报刊橱窗旁，无意从橱窗张贴的报刊中看到一条登载的消息：根据教育部的规定，凡是“老三届”毕业的学生，因历史原因，婚否不限，可以报考大学。看着这一消息，喻伟无法抑制高兴的泪水，从街的这头走到那头，想买一张报纸看个够，但不知是自己被好消息冲昏了头脑，还是头脑一片空白，来回在街头走了几趟，未看到有报摊卖报纸的，他十分恼怒，就走进一家新华书店，问有当日的报纸卖没有，服务员告诉喻伟，今天的报纸还未到，她们的书店也不卖报纸。还未等服务员把话说完，喻伟就很不客气地对服务员说：“你们做的什么生意？这么大的事，你们就不关心?”

“什么多大的事?”说得服务员摸不着头脑。

服务员不理解地问：“什么大事，值得你这样的发火，我们又未对你服务态度不好，你却脾气不小，开头就很不耐烦，出口就训人，谁欠你的钱？你自己把事情未讲清楚，反发起我们的脾气来，你自己说说，到底是谁的不对。”

服务员一席话把喻伟说得无地自容，喻伟这时才缓过神，马上向服务员赔不是。慌忙从书店走出来，又在街上来回走了几趟，心中还是惦记着买报纸之事。他无目的地在街头上转，自己也不知转了多久，突然有人在他后背拍了下，吓了喻伟一跳，喻伟转过身，见是一位同事，同事也从橱窗张贴的报刊中看到了这条消息，并对喻伟说，这是难得的好机会，你可以去报考，你一定会实现你的理想的。在同事的陪同下，喻伟在邮电所买了5张报纸，对这一消息看了好几遍，对消息的内容喻伟背得烂熟。这几张报纸至今喻伟还保存着。

回忆至此，喻伟在法庭上情不自禁地说："这一消息，无疑给我打了一针强心针，我无法形容当时的心情，高兴得直流眼泪，我从未放弃过理想，从未怀疑过自己的梦想，我知道通过知识可以改变命运，可以圆自己的梦、实现自己的理想，在当今时代，我只能靠知识走出一条路。我赶回学校，在校长的支持下，填写了报考大学的各种手续，高考中我以高分如愿以偿地考取了华中师范学院。

"机遇圆了我的大学梦。在学校，我发奋读书，毕业后被分配在中学教书。在教育界我还是小有名气的，多篇论文发表在省级以上的刊物上，我所在的班级高考率最高，是学校最早被评为高级职称的教师。我在读大学期间，前妻给予了极大支持，把家里料理得有条不紊，儿女被抚养成人。可是自从与赵娇艳相爱后，我的思想起了很大变化，对儿女未尽到义务，对前妻未尽到责任。而与赵娇艳结婚后，并不是我想像的那样好，我们之间没有什么共同的语言，大事小事都得她说了算，稍有不满意，她就大声吵闹；我这个人非常要面子，我们吵架，生怕旁人听见了，每次只要与她争执，总是压低声音与她论理，而她发现了我的胆怯，只要三句话不对头，就故意提高嗓子，甚至故意打开房门，站在门口跟我吵。遇到战争，我只能用沉默来抵挡她。自从与她结婚后，我未进过父母的门，未向父母尽过一点孝心。而前妻，没有因我们的离婚而怪罪我的父母，每月或者半年总要给我父母点儿钱，并时刻督促儿女去看望我的父母，她也经常到我父母那儿，她尽到了一个儿媳妇的义

务。说实话，我并不是个不孝之子，也不是不想去看父母、尽点孝心，而是现在我一个月所有的工资，都被妻子掌握，我想用一分钱真是比上天还难。作为儿子，生我养我，血肉之情，谁说没有一点孝心，可是我无能为力，我想尽孝心，也想给父母一点钱，但我有心无力。”

“我的忍让、迁就、胆怯，使她有恃无恐。我已是30多岁的人了，她动不动就打我的耳光。有个星期六，我不知她是否回家，她也没有事先告诉我，我因讲课延长了半个课时。待我回家时，她已在家里了，她一见我就大发雷霆，说我没有把她当人看待，明知她要回家，却故意拖堂，使她回家没有饭吃，还未等我解释，她就扑上来，啪啪地打了我两耳光，打得我左眼充血，脸被打肿了，星期一我无法去学校上课。有一年夏天，我去县城，正好碰见同校一位女老师也去县城，在等车时，两人在路边聊天，哪知她正好回家来拿东西，她一见就像打破了醋罐子，风言风语地对我说：‘你今天的心情可真好，出门还带位女保镖，还未与我办理离婚手续就又勾了一个，你本事真不小啊！真是人不可貌相，我小看了你，你千万不要在勾引女人上再摔跤了，你以为女人都像我这么傻吗。’

这段话，搞得我极尴尬，也说得那位女同事面红耳赤。

女同事修养很好，未对这几句不着边际的话进行反驳，只是说：‘赵娇艳老师，你也是为人之师，请你说话要注意分寸，尊重别人的人格，不要用小人之心度君子之腹；今天你是遇到了我，如果是别人，要把你的嘴打出血的。请你自重点，别伤害她人的自尊心；你不要以为别人都像你那样，喜欢插足他人的婚姻、破坏他人的家庭。’”

“自己讨了个无趣，也引起旁人的指责。就这样，当日我也未去城关，回家后二人大吵了一架，她又动手打了我。从此所有的老师都避开我，就是正常的教学工作女老师也不与我商量。而就是这次不愉快的交锋，使她找到了分居的理由，也成了她倒打一耙的证据。”

“凭心而论，要她自己摸一摸良心，是她对我们的婚姻不忠？

还是我在外沾花惹草？我们还未办理离婚手续，她已经与他人‘同居’了，这是不争的事实，法院可去调查她所在的学校，且他们的不正当关系在她所在的学校已是公开的秘密。要谴责的是她，要自责的也是她。说心里话，要离婚我也不是不愿意，只是你不能冤枉人，用你小人之心去度君子之腹，我问心无愧，什么事都对得起她，她如果还有点良心的话，就不会这样对待我。当然，话说回来，我有今天，我是自讨的，罪有应得。在法庭上，我只是想告诉大家，告诉那些被女人的外表蒙蔽了的男人，请自重！女人的心最狠毒，她的眼泪是虚伪的表现，是蒙蔽人的手段，如果被假象所蒙骗，失败的是我们男人。我就是最有说服力的，前妻对我那样好，我体会不到，感受不到，我有今天的结果除我自身原因外，像赵娇艳这样的女人也应受到谴责。”

喻伟还有许多话要讲，要陈述。赵娇艳也听得很不是滋味，她除提出抗议外，泪水和良心的谴责也使她不好言语、没有适当的词句进行反驳。

法庭除允许陈述事实外，不能容忍对对方进行攻击和侵害，法官制止了喻伟的长篇大论，要他在陈述事实时，注意言辞。喻伟还想继续说下去，好像这样才能解自己心中的恨，在法官的再三劝阻下，喻伟才停止了自己激动而强硬的话语。

喻伟收起答辩词，尽量控制自己的情绪，用手擦了擦眼泪，不情愿地停止了慷慨激昂的陈述。当他停止演说后，他环顾了法庭的四周，以为旁听群众会有强烈的反响，对他送去赞赏的目光，以同情的眼泪谴责他妻子的恶毒。

可他寻找了许久，人们没有眼泪，更没有掌声，只有陌生的表情。

喻伟是痛快了，他自己觉得出了气，解了恨，有种很轻松的感觉。但他不知道的是，他讲了这么多，又会有几个人同意他的观点？又会有几个人同情他呢?! 反倒是许多人私下在议论，说他是自找的、是自己酿成的这杯苦酒，就该自己吞下，是该得到的报应。

原告起诉与被告离婚，成了被告控告原告使用家庭暴力的控诉会。

法官对他们二人的离婚进行了调解，赵娇艳不接受任何调解工作，只要求法院尽快判决他们离婚。而喻伟坚持要把二人在婚姻存续期间的钱算清楚，否则，他不同意离婚。

对于双方激烈的反差，法院进行了冷处理。从二人相爱到产生矛盾的根源，从分歧焦点到走上法庭的原因，法官晓之以法、动之以情，进行了劝说工作，但未取得任何效果。

1992 年 4 月 20 日，赵娇艳再一次拟定了一份离婚协议书，称在婚姻存续期间，为了建设家庭，除开支后分文未剩余，并要求喻伟另外给予她的精神和物质赔偿 4 万元。赵娇艳见喻伟仍拒绝签字，就说："喻伟，我告诉你，我已有了小孩，不过，这小孩不是你的，我要把小孩生下来，让他有个完整幸福的家。今天你签字也罢、不签字也罢，反正我已决定与你离婚，你看着办，识相的就签字，不识相的，我会奉陪到底，让你身败名裂。"

喻伟本来对赵娇艳起诉离婚就有气，一看离婚起诉书不仅还要他给予赔偿，且在婚姻存续期间已怀上了他人的孩子，火气一下冲上了头，将起诉书夺过来撕得粉碎，骂道："你这个婊子，欺人太甚了，你不仅毁了我一生，且把我的脸也丢尽了，你连基本的羞耻之心都不要了。"盛怒之下，喻伟扬起巴掌就是两耳光，把赵娇艳打得后退了好几步。赵娇艳转身拿起一把菜刀，像头发疯的母狮，扑上前，用菜刀把喻伟的脸砍得鲜血直流。经法医鉴定，喻伟的伤为重伤。赵娇艳因犯故意伤害罪被法院判处有期徒刑 3 年。

血案的发生加速了这桩婚姻的解除。赵娇艳不在乎蹲牢狱，她在乎离婚。当她带着手铐在离婚判决书上签字时，她所谓的男友也远离她而去。出狱后本已失去工作的她，无意中被周顺喜一伙收容。破罐子破摔，赵娇艳与周顺喜一伙勾结在一起后，干什么坏事都冲锋陷阵，犯罪对她而言，只是个名词；她恨社会、恨男人、恨……

从一名出生在农村，经过奋斗，走出农门，进了大学门，成为

一名中学老师，最后堕落为一名犯罪分子，赵娇艳的人生经历使人们值得回味。要说社会对她是很公平的，赋予了她知识，给予了她工作，铺设了她展示聪明才智的舞台。可是在这个舞台上，她所展示的是，对社会进行报复，犯下不可饶恕的罪行，最终被社会抛弃。

赵娇艳出狱后被周顺喜一伙网罗，喻伟不是十分了解，喻伟一般不直接参与犯罪活动，对于赵娇艳的入伙，他不是十分清楚；赵娇艳也不知周顺喜与喻伟有千丝万缕的联系。说实话，如果赵娇艳知道周顺喜与喻伟是同伙，就是再要她的命她也不会与喻伟同流合污的。因为赵娇艳恨他，恨他毁灭了她的青春、她的前途、她的命运……

DISANZHANG

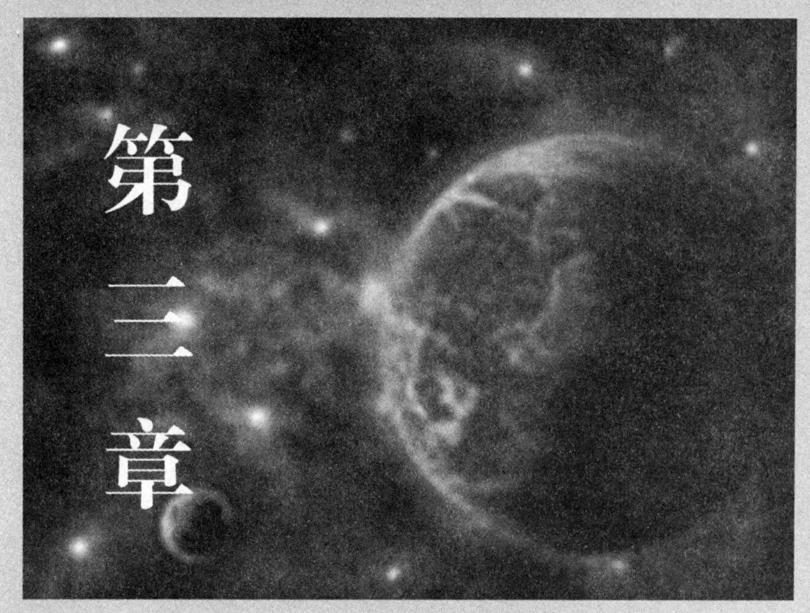

灰色的人生背景

第一节

童年的印象

喻伟离婚后，他更向往读书，想用文凭包装自己，更向往大城市里的生活，一心想离开学校，走进机关。为了实现理想，他加倍刻苦读书，要用知识证明自己。他的理想是考取研究生，换个理想的工作。

人的欲望是无限制的，如果希望值过高，要求大于客观实际，就有可能伤害自己的积极因素，产生副作用。

我们翻开喻伟的人生档案，他的许多所作所为，就是如此，顺心时，热情奔放、积极向上；不顺心时，低沉、颓废。

喻伟并不是一出生就是坏蛋，天生就是个犯罪分子。他经历过辉煌，也为社会做过有益的事。对于他的人生经历值得人们思考和借鉴。他出身贫寒，有理想、有抱负，在事业上曾有过作为。只是因仕途不顺时，经不起大风大浪的考验，在风口浪尖中，被大浪淘沙。他看破红尘，认为社会对他极不公正，把自己所遭遇的某些不幸，发泄到不特定的个体身上，用犯罪手段报复社会；用发泄不满来回答他对社会的怀疑。

他走过的路，使人刻骨铭心……

他出生在省城，父亲是一位大学教授，母亲是一位小学教师。

因家庭出身不好，在特定历史时期，随父母返回到父辈出生的农村，从小在农村长大。父母心地特别善良，为人正直。他们兄弟姊妹三个，从小因家庭贫困，吃过许多苦头，受过许多不公正的待遇。大姐为了他们，像大人一样，照看大的照顾小的。他小的时候就觉得大姐就是这样一个永远不知疲倦的人。

他对三年自然灾害和“文化大革命”时期的经历终生难忘。那时候，农村经济很不发达，家里很穷，常常为吃盐、点煤油灯发愁。一年到头，脸朝黄土背朝天，上工不迎日出，下工不送日落，还是吃不饱，穿不暖。每天按 10 分工分计算，年终结算大多数人家是亏损户，盈利大户不过也只有 100 元左右。他们家因人口多，全家下放就靠母亲不多的工资，父亲不懂农活，一天劳动挣不了多少工分，多少年都是亏损户。他记得，那些年因他母亲患病而借款 200 多元，不知背了多少年的债，加上每年的亏损，500 多元的债务像一座大山，压得他们家喘不过气来。多少年他父母未缝制过一件新衣服。到春节，父母总是想方设法为他们姐弟每人缝制一件新衣服，那真是把一年的总收入透支了。生活拮据，父母常为此大伤脑筋。为了贴补日常开支，从小他就跟着姐姐上山挖药材卖钱，用山上的土特产品换来点零用钱；稍为大了点就用担子挑木炭赚取运输费。那时他只有十二三岁，挑 30 多斤木炭要走 30 多华里，其中上坡下岭的山路有 20 多华里，挑一次只能赚到几角钱，最多一次能赚上一元钱，那真是高兴极了，因为一元钱可买一斤盐和一斤煤油。

对于一个才十几岁的孩子，要挑上 30 来斤的东西走 30 多华里的山路，全靠挑几步歇一步，才能赚这一元钱。要赚到这一元钱，不起早贪黑是赚不到的。他随姐姐清晨 4 点多钟起床，先到 10 多华里山上将木炭挑到家里，劳作一天后，第二天清晨又在 4 点多钟，将挑回家里的木炭挑到 20 多华里外的商店，卖掉后才能得到运费。如 100 斤木炭运费为 4 元，你挑 30 斤就得运费 1.20 元。

一个冬天的清早，喻伟在其姐姐的带领下和邻居们一块挑木炭去商店，卖掉后天才刚亮，因他在读小学四年级，算是一个文化人

了，就帮别人算账，因在算运费时少给了邻居2分钱，他觉得犯了大错，在后面追赶，因是冬天，路面结了冰，追到一山坡上，脚踏在了一块石板上，因石板上结了冰，脚一滑，使他向前摔倒在这块大石板上，将他的前门牙摔坏了一颗，当时疼得他直叫，近一个月嘴都张不开。就是伤成这个样，因无钱也未想过到医院去治疗。在农村，医疗条件太差，大病、小病自愈，连肚子都吃不饱，哪有钱看医生。直到他工作后，这颗损坏的牙齿才用假牙填补。

那些年，山区农民相当穷，一年劳作能有半温饱就算幸福了，哪里还有什么存款！每年在青黄不接的时候，农民常常饿肚子，他母亲为了子女，常吃青菜度日。喻伟因其身材长得瘦小，为了他能长身体，他母亲每年在亲戚家弄点漆树籽压榨的油给他炒饭吃。这种油炒的饭不是很好吃，吃在嘴里有点像放久而变质了的猪油，有点刺口，使人张不开嘴。但这已是特殊待遇了，且只有他才能享受这种生活。可那时他还不买这个账，有时在母亲的监督下吃完这碗饭。因喻伟的母亲对他希望值特别高，要求养好身体，读好书，做一个有文化的人。在他上学的年代，母亲什么都可原谅，惟独逃学她是不能原谅的。

他五岁上学，因农村的教育条件太差，没有固定的学校，常借用私人的堂屋当教室。上几天课又换个地方。换个地方当教室，成了家常便饭，他上一年级时，半年换了三个地方，既没有教室，也没有课桌。一般到11点钟才能上课，山区上学一般到学校要走10多华里，又是上坡下岭的，路边都是树枝，杂草丛生，一下雨就是一身湿。可他不惧怕困难，有一种坚韧的学习精神，上学比别人早，回家刻苦学习，其学习成绩在班上名列前茅。在刚上一年级时，有一天下大雨，躲在一个山洞避雨，加上在路上贪玩，迟到了，12点多钟才到学校。这下引起了大祸，老师在晚上放学时写了张条子，要他带回家给父母。因刚上学，又不认识几个字，只知这条子是为他上学迟到，老师给家长的信。晚上他父亲知道他上学迟到了，为此大发脾气，母亲在旁气得发抖，他有生以来，母亲第一次拿起棍子打了他一顿。从此，就是再大的困难，别人在路上

玩，他都不敢在路上耽误半点时间了。此事过后，母亲反复教育他，“如果一个人不识字，没有文化就像聋子、瞎子；我打你是让你记住，如果我原谅你这次，你可能就会有第二次，如果我原谅了你，那就是我的失职，打你也是出于我的无奈。我一生的希望就是让你们姊妹几个读好书，做一个有用的人；作为儿子，你是老大，不好好读书，开始上学就逃学，那今后还得了。”

通过这次“逃学”的教训，从此就是遇到再大的困难，为了读书，他也不叫一声苦，也没再迟到过。

为了提高他的学习兴趣，妈妈和爸爸每天给他讲故事，用前人好的学习方法和学习毅力教育鼓励他。事隔多年，翻开他的日记，发现他所记载了的许多故事，除了记述孔子如何刻苦学习外，还记载了许多值得借鉴和学习的人物。在日记中，有一段当年他母亲要他抄在本子上的吕蒙“手不释卷”的故事，引人入胜。

“手不释卷”出自《三国志·吕蒙传》，故事讲的是：吕蒙是三国时期吴国的大将，他出生在一个贫苦的家庭里，为了谋生，少年吕蒙随母亲南渡长江，依靠姐夫邓当生活。邓当是孙策部下的战将，吕蒙十五六岁时曾偷偷地跟着姐夫上战场，得到孙策的赏识和重用，孙策死后，又在孙权手下为将，屡立战功。

吕蒙很有军事才能，但由于家境贫寒，从小没有机会读书，识字不多，每向孙权报告军情，只能口述。由于文化低，打起仗来，常常是勇敢有余，谋略不足。

有一次，孙权嘱咐吕蒙：“你现在掌管军事，领兵作战，光靠勇敢难以担当起重任的，应该多读点书，提高自己的文化水平，所谓开卷有益啊。”

吕蒙听了，感到为难，他说：“现在公务缠身，哪里有时间看书啊？”

孙权不以为然，批评他说：“我不是要你研究经书，做什么大学问，我是希望你广闻博览，开阔眼界。我过去只看一些自己感兴趣的书，像《诗》、《书》、《礼》之类。但自从主管国家大事以来，虽然十分繁忙，还是抽出时间来，攻读史书、兵书，自己觉得

收获很大。过去汉光武帝在戎马倥偬中，不管多么繁忙，仍然手不释卷。当今的曹操也说自己老而好学，你怎么能借口没有时间，不好好学习呢？”

孙权又耐心地具体指导他：“你可以先读《孙子》、《六韬》、《左传》、《国语》这些书，在实际中会有用处，你年纪轻，又聪明，多读点书必有所得。”

听了这席话，吕蒙深受感动，从此发奋读书，不管多忙多紧张，他都要抽出时间看书，就像前人那样手不释卷，与以前判若两人。

后来，吕蒙做了吴国的主将，他有勇有谋，立下了赫赫战功。

吕蒙勤奋读书的故事，对喻伟影响极深，他将这个故事写在日记的首页。多年来，他以此激励自己，刻苦学习，勤奋读书。

第二节

艰苦的农村生活

从喻伟记事起，他所在的这个大队就没有学校。后来大队为了解决孩子们的上学问题，在大队部旁建起了学校，但都是土墙筑建的，又没有长远规划，学校建造时就没有考虑人口增长情况，刚建好的学校因太小，不得不重建，本来就穷，几次折腾下来，使大队的经济状况雪上加霜。建了拆，拆了建，前后折腾了五次。且校址选在半坡中央，开辟的平地只有几亩，一个篮球场不到半亩地，学生打球时经常篮球滚到沟底，去将篮球捡上来，起码要 40 分钟。同时，在学校旁有几座坟墓，甚至在建校后也有掩埋新坟的，搞得学校不像学校，大队部不像大队部，不仅学生不满意，就是老师也

没有哪个人能安心在此环境中工作。多年里，调换老师像走马灯似的，不高兴而来，欢欢喜喜地离开。为了能稳定教师，公社的教育部门也想出了许多歪道，一是将出身不好的或者犯了错误的老师调到这里工作。由于学校的管理、老师的水平、学校的条件等原因，很难留住公职老师。在这所学校里，民办老师居多。老师一人要担任几个年级的课，可以想像，学生能学多少知识。

因没有固定的教室，学生很少吃午饭，有的学生一饿就是一天。就是带了饭也没有地方加热，热天吃的是馊饭，冬天吃的是冷饭。所以多数孩子靠意志力来学习。农村的孩子为这艰苦的生活付出了很大的代价，许多孩子营养不良。喻伟读一年级时，有一次过中秋节，母亲破例晚上做了几个馍馍，这几个馍馍本来不够家人吃，母亲还特地为他留了一个，让他第二天带到学校当中饭吃。早上上学，将馍馍放在书包里，走在路上，他的手不停地在书包中摸，还未到学校，就将这个馍吃得净光。吃馍的香味，引得许多同学流出了口水。而就是这个馍馍，引起了一场是非，有人就在生产队里传开，说别人一日三顿吃不饱，他家这么多人，还有馍馍吃。并说他家推了三天的磨，哪里来的那么多粮食。闹得满城风雨，搞得他母亲哭了几次。他母亲说，这点麦子是自家园田里收割的，加上平常节约，才吃上一顿馍。平时就是粮食收获时也不敢吃上一顿馍。过节吃一顿馍，一不是偷的，二不是抢的，怕谁说？

可说是说，做是做，就是这一传播使得他家非常难堪。从此，他母亲非常注意，就是苞谷、麦子、水稻全靠石磨磨出来，也不敢磨得时间过长；每天吃多少磨多少，白天劳动一天，晚上还要推磨加工，非常辛苦。

他曾记得，在读二年级那年，母亲病了，没有人给他做鞋子穿。大热天，打赤脚上学，不管风里雨里全靠脚板支撑。要知道，山路上的小石子三角形多棱角，又尖又硬，走一步，脚踏在三角形的石子上，不时将脚划破，长期走来走去，脚板划出了一道道的血口，天气炎热，划破的脚板被感染并化脓。在二三年中，脚板一到热天就烂，双脚烂得不能走路，还得一瘸一拐地上学读书。

喻伟不惧怕困难，像土生土长的农村孩子一样，顶风雨冒雪寒，吃苦耐劳，在他心里，读书就是靠吃苦才能学到知识；意志的坚强靠的就是要有吃苦精神，没有苦就没有甜，只有先吃苦，才有后来的甜。

有了精神上的寄托，喻伟常常具有超人的意志力。他作业作的比别人多，玩的时间比他人少，一心扑在学习上。为了完成好学业，只要有时间，他就勤工俭学，想方设法为家庭减少困难。

为了每年的书费和学费，放寒暑假，就跟随姐姐上山挖药材，赚点副业钱。一个暑假，靠上山挖药材弄不到几个钱，最多时能赚10元钱，那真是个天文数字。因那些年药材价格很低，一斤才几角钱，一个暑假，才能挖几斤。采的柴胡梗子，虽然堆满了一屋，结果到商店卖了才只值4元多钱；挖了几大簸箕的桔梗、黄姜才能卖到6元多钱；加上挑几次木炭，赚上几元钱的运输费。一个暑假共计能弄到十二三元，那就算万幸了。一学期的书费和学费解决了，全家人都高兴。若搞不好只能弄到七八元钱，那母亲就又着急了。

他上初中要交13元学杂费，有一年，差了2.60元钱，母亲急得团团转。那些年，根本不可能向他人借得到钱，因为大家手头都不宽裕、都紧张。为了解决燃眉之急，只好将正在生蛋的一只母鸡让喻伟拿到商店去卖。那天早上，他心事重重的提着鸡子去上学，刚走到鲁家岩，正好碰上了在田地里劳动的朱星。朱星出身地主，属四类分子，见喻伟提着一只鸡，就从田中走出来，问明了原由，说："你家里这么困难，这只鸡正在下蛋，把鸡卖了今后靠什么称盐打煤油？"说完当即从身上掏出3元钱给喻伟，就将这只鸡给喻伟家里提回去了。

那时正值"文化大革命"时期，人们的思想相当"左"，接受一个地主分子给的钱要是让别人知道了，那可不得了。喻伟见四周无人，只好含泪接过钱，轻轻地说了一声：谢谢！

从朱星手中接过钱，喻伟快步地走开。虽然步子很急，但迈出的步子不大，走一步又回头，望了又望这位使他终生难忘的、难中

救急的恩人。这事他只要回想，就会想起。人们常说，“一斗米的仇人，一碗米的恩人”，的确一点也不假。

喻伟终生难忘的有两件事。一是他两个妹妹，一个六岁，一个两岁，都因患肺炎，没有钱看医生，三个月内相继去世。他的小妹妹冬天去世，他见她穿得太少，就将自己穿在身上的旧棉袄脱下来给死去的妹妹穿走了。冬天他自己无棉袄穿，冻得他没有办法，绍金老师见后将一件旧大衣给他过了几个冬天。另一件事是，有一天，由姐姐带他到屋后的山上挖黄姜，山林中，各种树木林立，灌木植被密度很大，人在山林中，不仅看不见人，且各种带刺柴的小灌木划得人浑身是伤。山林中一心只注意找黄姜藤子，那管得树挡刺锥。就是手被刺划得小口大口，也顾不得血流，一心只想多挖点。挖着挖着，一不小心，将小铁铲子丢了。这可是他家为数不多的生产工具，一把小铁铲子，要制造也得一元多钱，他挖了半天，还不值一元钱，为此在山上气得直哭。这事至今被他几个老嫂子当作笑柄。

在学校读书，母亲要求他特别严，不得迟到早退，要尊重老师，上课听讲，遵守学校的规章制度，与同学团结，友好相处，尊重老人，不得下河游泳，按时完成作业。父亲虽在他的学习上管得少些，但希望值太高，父亲只要有点空，就教他打算盘，从1加到36，结果是666。因为在他父亲眼里，算盘是中国老祖宗的传家宝，打好算盘，就掌握了一门计算方法。

当然重视算盘还有另外一个原因。

那些年，农民的文化水平普遍较低，能写会算的人不多。喻伟的父亲不仅识字还会打算盘，故许多定额的活计要靠算盘计算工分，如用石头垒起的田坎，用定额的10分计算方法，长乘以高，得到的综合平方米就是所得的工分。在他的家乡，因是山区，梯田都是用大小不同的石头砌成，这种梯田，每年的雨季，山洪都会冲垮一些田坎，要修复这些田坎，每年的冬天要投入大量的人力。一个田坎缺口，有的修复长度达10多米，高度也有好几米。要计算劳动者所付出的劳动，用公式——长乘以高，然后根据这个田坎缺

口的难度系数，得出总工分。这个过程就得用算盘计算。而农村会打算盘的人又不多，每天的定额全靠他父亲在晚上加班计算出来，自己也可多得到工分，往往加班的工分比劳动一天的工分要高得多，也是脑力劳动的优惠政策所赐。故在他父亲心中，掌握好打算盘的方法，不仅掌握了打算盘的技术，还为将来用脑力劳动获得收入提供基础。所以一到晚上，他父亲就会拿出算盘教他。至今已几十年过去了，也不用算盘了，但他打算盘的基础还在这儿。

在学校，父母最恨他与同学打架，碰到这种情况，不管是他的对还是他的错，先找了他的不对之处再说。记得在读一年级时，他的一支铅笔被另一个同学拿走了，他一看不由分说，就去夺，造成他与这个同学打架。后来经过老师的调查，这支铅笔的确是他的，但回家后被母亲知道了，不问情理、不由分说好好地教训了他一顿。

对于一支铅笔，当时只值两分钱，可这两分钱相当现在的2元。一支铅笔一直用到不能再用刀子削了才丢弃。可就是这两分钱的笔，经常买不起。家庭困难的许多同学常为这两分钱的铅笔而发愁。

有一年，他在读小学五年级，供应的煤油票没有了，家里几天没有煤油。读书没有灯，父亲只好上山砍松树结当灯照明。由于正是月底，母亲的工资已用完，为了他的学习，有一天，母亲将姐姐几天挖的柴胡卖了的0.55元钱，要喻伟将其中的0.53分钱拿去在大队小卖部打一斤煤油、买一斤盐。在大队小卖部里正遇到王某在卫生所里看医生后，差5分钱买不了药，喻伟当即将5分钱给了王某，而只打了一斤煤油，没有买盐。回家后母亲问明情况后，不仅没有责怪，还表扬他做得对。母亲说：我们没有盐吃是小事，别人如果拿不走药，耽误了病情可是大事了。

第三节

最初的挫折

喻伟小学毕业时，正值“文化大革命”时期。动乱的年代给他幼小心灵留下了深深的创伤。那时，孩子们都积极要求加入红卫兵，而喻伟因是“反革命分子”的子女，没有被批准加入红卫兵组织，看着别人戴红卫兵的袖标，真是羡慕极了。为自己不能像其他同学一样戴红卫兵的袖标而苦恼。

小孩都有个积极向上的心态，谁也不愿意落后于别人，见同伴戴着鲜艳的红卫兵袖标，自己觉得矮人一等。

特别是在“文化大革命”中，有的父子、兄弟、夫妻等也相互为敌，互相揭发，互相检举。好像父子之间，兄弟之间，夫妻之间越是相互揭发越多，就是越革命，对毛主席越忠诚。

记得那是1967年8月的一天，天气非常炎热，红卫兵在操场上批斗大队党支部书记。这位同志，从解放初就任书记，解放前未上过学，解放后通过扫盲运动，认识了一些字，但识字不多。批斗他时，红卫兵要他站在板凳上先读毛主席语录，再交代走资本主义道路的问题，因他本来就识字不多，读起毛主席语录来结结巴巴，每段语录念不成句子，往往出现断句错误，或者有时读的语录词不达意，这就被红卫兵抓到了把柄。这天，他根据平时红卫兵读的最多的一条语录，即“舍得一身剐，敢把皇帝拉下马”的这条语录准备作为开场白。谁知，站上板凳后，他慌忙地从荷包中掏出毛主席语录，因选段很多，将已找好的毛主席语录选段翻了几遍未找

着，情急之下，脱口而出。“毛主席教导我们说：谁是我们的敌人，谁是我们的朋友……”

“你这条语录是对准谁的，我们谁是你的敌人?”还未等他把这条语录读完，他的儿子就跑上台问。

这下可闹翻了天，呼口号的、喊打倒他的、要他低头的，吵声闹成一片。书记在数次低头后，接着又翻开毛主席语录，大声读起来，“毛主席教导我们说，‘舍得一身剐，敢把皇帝拉下马’。”他儿子又没有等父亲把这条语录读完，打断父亲的话又问：“你把谁拉下马?”书记被搞得无所适从，只好说，“我说错了，把我自己拉下马。”

不仅如此，在那个“以阶级斗争为纲”的年代里，“地、富、反、坏、右”五类分子得不到人的待遇，大小会都以他们为批斗对象，墙报上以他们为典型，只要能丑化的、有语言辱骂的词句，在各类大字报上都能见得到。本来就贫穷的农村，被“文化大革命”运动搅和的很不和谐，为了使这些“牛鬼蛇神”永不能翻身，谁见这些人吃了顿好的，穿了件新衣裳，只要检举了，第二天的批斗会就有了靶子；只要见到这些人的房前屋后种瓜种豆，就成了走资本主义道路的典型；只要见到这些人的家里来了客人，就有人去调查询问。曾记得，喻伟的舅母出身富农，是五类分子，喻伟一去看望外婆和舅舅，他舅母就得去向小队队长报告。这事可惹火了喻伟的父亲，他父亲说，“下辈人去探望上辈人，人之常情，谁敢再说句不是，我与他没完。”

喻伟父亲的话引起了反响，红卫兵说他父亲本身出身不好，还想翻天。光批斗会就开了三次。为这句话喻伟家的大门被大字报封了，进出不得，直到他父亲在批斗会上承认了“错误”，红卫兵才将大字报撕掉。那时红卫兵贴在大门上的大字报，没有红卫兵允许，谁都不敢撕。撕了不仅是对毛主席的认识问题，还是对“文化大革命”的态度问题，是对红卫兵的不尊重。

在那个年代，谁戴上对毛主席不忠和反对“文化大革命”这顶帽子，谁就遭殃。这种感情，人们是一种朴素的阶级感情，在解

放前，贫下中农受尽了苦，是毛主席领导人们翻了身，推翻了三座大山，谁愿意戴上反对毛主席的帽子与人民为敌呢？

那些年，地、富、反、坏四类分子的财产是不受任何保护的，红卫兵想抄家就抄家，不受任何约束。为了抓典型，红卫兵采取非常之手段，除对老干部进行批斗外，对四类分子每月要斗二至三次，半月一询问，一月一次管制会。在被询问中，每个地富分子要交代和说明在一个月中干了些什么事，哪些亲戚来访过、到过什么地方、与哪些人来往过，有无反党行为；不仅要交代，还要写出书面汇报，否则，就被戴上尖帽子敲着锣打着鼓游乡。从这个生产队游到那个生产队，一边呼喊打倒自己的口号，一边喊着："我是四类分子，大家看着，不要向我学习。无产阶级文化大革命万岁！伟大的领袖毛主席万岁！万岁！万万岁！"

游一天乡，不仅不给饭吃，水也没有喝的，热天口渴了，就喝田间里的水。这种侮辱人格、侵犯人权的行为，没有人敢提出异议，相反行使权力侵犯人权的人觉得这是捍卫"文化大革命"，拥护毛主席的行为。

在政权组织上，成立了革命委员会，由红卫兵组织代替了党支部，一切由红卫兵说了算。今天查抄这个人的家，明天查抄那个人的家。尤其是地主富农分子的家，红卫兵经常光顾。1968 年夏季的一天，第 7 生产小队发现山上有一棵松树被砍伐，不经任何调查，红卫兵就认为是地、富分子的破坏，首先到地、富分子家庭去抄家，抄了半天，未见任何可疑物，在一个富农子弟家里，见他家有几根檩子，就发动红卫兵去扛。在扛之中，这家人说，我不是四类分子，我只是富农子弟。这些檩子，是 1958 年准备建房时，经批准砍伐的，可以去问大队王副书记；你们看我现在住的房子，已经快倒塌了，我没有滥砍一棵树，这些檩子都是陈旧的，刚砍伐的树木是新的，这就证明被砍伐的树不是我所为，求你们看在我们全家人分上，看在快倒塌的房屋分上，为了我们家庭的安全，不要将这几根檩子扛走。红卫兵哪能听这些话，相反说，你是四类分子子弟，王副书记是走资派，你们都是应该批斗的对象，又都姓王，一

丘之貉。在未讲明任何情况下，这家王姓的富农子弟被抄了家，红卫兵将这些檩子扛了近20里，堆放在大队部，后来建学校时用了。抄完这家后，红卫兵又到了另一富农分子家里，翻箱倒柜，未见任何可搬走的东西，见这家有解放前雕刻的几块挡墙板壁，红卫兵说这雕刻有龙飞凤舞的图案是“四旧”的东西，不破不立，硬是将这些具有文化价值的东西给没收了，后来这几块龙飞凤舞的挡墙板壁放在大队部不知去向。有人说这几块檀香木雕刻的板壁画被学校的炊事员烧掉了。至今这家人提起这几块祖传宝物还愤愤不平。当时许多古书、古董、古籍都未逃脱厄运。喻伟家有一个祖传测量仪，非常精美。为了破除“四旧”，也被红卫兵没收，同样不知去向了。据说这件精密的测量仪器是被当年红卫兵的一名头目拿走了，现仍然被他家收藏。

的确当年存在这样的怪事，红卫兵要群众破除“四旧”，而他们却存在迷信思想。个别识货者，见到具有收藏价值的东西，就自己收藏、中饱私囊。

因出身不好，“文化大革命”中，喻伟一家成了“黑五类”。白天在大队部操场，喻伟的父亲站在板凳上交代问题，晚上红卫兵站在他家门口呼喊口号，非要老教授把解放前的事情和“反党、反社会主义的罪行”交代清楚。

他父亲说：“过去那个社会是黑暗的社会，我没有剥削什么人，家庭出身不由我选择。至于我父亲过去到底干了些什么，剥削了什么人，我不得而知。不过我了解的是，我父亲在1949年的6年前还是个穷人，是靠劳动积蓄了点财产，解放时，根据家庭财产状况被划为富农，我无话可说。不过，根据党的政策，富农主要是靠劳动得来，财产是不没收的。你们说我父亲是剥削者，这与党的政策不符。”

这下不得了，说他父亲为剥削阶级鸣冤叫屈，连续被斗了几天。

在批斗中，有个红卫兵提议，要他父亲交代解放前其小弟弟为什么被国民党抓去当兵。说喻伟的小叔叔是“兵痞”、国民党。喻

伟的父亲不听则已，一听非常愤怒。

他父亲说，“我的小弟弟为什么被抓去当兵，你们去问国民党去。因根据国民党的规定，三丁抽一，我们兄弟有五个，应有一人去当兵，我小弟弟是最小的，就将他抓去当兵了。被抓去时是绳捆大绑去的，请你们回家去问问你们家的老人，谁不知被抓去当兵的苦难……”

喻伟的父亲还未讲完，红卫兵的口号声响彻云霄：打倒某某！打倒“兵痞”！谁要是想复辟资本主义我们就打倒谁！

呼口号的、挥动红卫兵标志的，摇晃各种彩色旗帜的，大声讲话的，慷慨激昂的，嘈杂的声音鼓动了群众的情绪，少数情绪激昂的红卫兵，挥动拳头声称如果喻伟的父亲不把问题交代清楚，就打倒他。

喻伟的父亲见这种无法控制的局面，好汉不吃眼前亏，就提高嗓门说，我有罪。红卫兵一听“有罪”，认为有收获了，红卫兵很兴奋，要他父亲交代罪行。他父亲不慌不忙地说：“我有罪，我自己就讲不清楚，你们说我反对党、反对社会主义，那你们拿出证据来，不能信口开河；你们说我解放初期留苏，说我是苏联修正主义分子派回的特务，讲话要有依据，没有证据的话不能乱扣帽子；我可是个教书人，对政治性的问题，我知道得不很多，但我决不会反党、反社会主义的；至于留学苏联，那是国家派我出去的，我不是特务。”

这席话，把红卫兵说得无话可答。但他们认为喻伟的父亲不老实，要他把头低下些！

站在板凳上示众，让喻伟的父亲受尽了人格的侮辱。

白天斗了一天，晚上还不让休息。喻伟父亲的脾气本来就不很好，斗到半夜，他父亲发火了，指着一个解放前抓他小弟弟去当兵的王某的孙子说，“你还斗老子，你回家去问你的爷爷去，我的小弟弟为什么去当兵，是你的爷爷等人抓去的。当兵的日子，你们知道是什么滋味吗？不是人过的。我的小弟弟当国民党的兵不到一个月，后来参加了八路军，出生入死，你们去问问，我的小弟弟在战

场上立了几次功，他现在是政府官员，就是没有功劳也有苦劳。他在部队就是因有功劳，才把他送到军队学校学了文化。在战场上，一个连队死得只剩下两个人。他是从死人堆里爬出来的。我见得多了，还怕你们这些口尚乳臭、羽毛未丰的孩子。你们要我交代什么，我弟弟的问题你们去找他，我为什么替他交代问题？这是什么道理？你们给我滚！如果你们再在我家门口胡闹，我不会客气的！”

什么“口尚乳臭”？许多红卫兵不懂这个成语，未听懂词句，第二天，红卫兵继续批斗，要喻伟的父亲说清楚。他父亲用鄙夷的语词再说了一次，红卫兵还是不明词义，只知道这是个贬义词，但不明白其含义，要他的父亲把这个成语的含义说清楚。喻伟的父亲不回答，只是站在板凳上不停地用毛巾擦汗水，嘲笑这些红卫兵造反派的无知。红卫兵这时的情绪更加激动，认为这是“四类分子”在向“无产阶级文化大革命”挑战，声称如果不将问题说清楚，就不让其回家。本来已被批斗了几天，身体确实受不了，在这种是非颠倒的时期，胳膊是拗不过大腿的，再坚持也是不会有好的结果，更没有人为你评判。双方僵持了许久，喻伟的父亲才慢慢腾腾地说：“口尚乳臭”是个成语，据《汉书·高帝纪》记载：楚汉相争时，刘邦和项羽在荥阳陈兵相持，刘邦因西魏王魏豹要背叛他，就派郦食其去劝阻，魏豹不听郦食其的劝阻，对郦食其说：“刘邦对手下傲慢无礼，把群臣当作奴仆，我不愿意再跟他合作。”

刘邦非常气愤，决定讨伐魏豹。出兵前，他问郦食其说：“魏的大将是谁？”

“柏直。”郦食其回答说。

刘邦轻蔑地笑笑：“这人嘴里还有奶的气味，不能同我的韩信相比。魏的骑兵将领是谁？”

“冯敬。”

“这人虽有贤德，但不能同我的灌婴相比。魏的步兵将领是谁？”

“项它。”

刘邦高兴地说："这人不能同我的曹参相比。如此看来，要讨伐魏豹，我没有什么可以担忧的了。"

于是，刘邦派韩信、灌婴、曹参去攻打魏豹。魏豹战败被俘，刘邦没有杀他，留他驻守荥阳。

不久，项羽围困荥阳汉军，刘邦手下的将军周苛对人说："魏豹两次背叛汉王，依附项羽，现在荥阳告急，这人很不可靠。"就把他杀了。

这就是"口尚乳臭"的成语故事，没有什么特别的含义，它只是个故事而已，我运用这个成语也没有什么特别所指。只是你们连续几天的斗，我被批斗累了，想用故事来调节一下气氛，缓解一下我紧张的心情，没有什么恶意。

喻伟的父亲讲完这个故事后，还特别强调了这么几句。

故事讲完了，喻伟的父亲还是未解释"口尚乳臭"的含义，只是强调说："我讲故事只是缓解情绪，没有恶意。"

红卫兵听后还是半信半疑。

就在红卫兵迟疑时，一位中学教师站起来对该成语进行了解释。他说"口尚乳臭"这一成语就是表示"对青年人的轻视"，也就是他没有把你们红卫兵放在眼里。

红卫兵一下茅塞顿开。本来已平静的情绪一下又高涨起来，呼口号的、大声叫喊的；声讨声、叫骂声，震耳欲聋。口号声、批斗的声讨声，震荡在批斗会场的上空。

红卫兵对喻伟的父亲引用的这一成语非常不满，认为这是借古讽今，是对"无产阶级文化大革命"的态度问题，是对红卫兵的态度问题，是反对毛泽东思想。

又是一大罪状！

那么"羽毛未丰"又是什么意思呢？红卫兵七嘴八舌地议论着，他们把批斗会变成了成语释义会。有人说："羽毛就是鸟的翅膀，他把我们比作鸟，是侮辱我们红卫兵的人格。"有人更离奇地作出了"把红卫兵比作动物"的解答。看红卫兵没有一个能正确解答的，喻伟的父亲还是怕又给他戴帽子，怕他们又借题发挥，无

休止地纠缠，没完没了地斗下去，吃亏的还是他自己，不得已他还是作了回答：“羽毛未丰”是比喻势力小，或学识、阅历尚浅。

这可更惹火了这群红卫兵，说喻伟的父亲不仅不老实认罪，还辱骂红卫兵，这是攻击“文化大革命”、反对毛泽东思想的罪证，是典型的现行反革命分子。

这下喻伟的父亲可真是惹了大祸，凭他怎么解释，“秀才遇到兵，有理讲不清。”他父亲只好解释说，在《战国策·秦策》上有这个成语原义，我可以把成语词典拿给大家看，你们不能仅凭分析，就定我的罪。

红卫兵的头目要喻伟的父亲把词典拿来给他看。喻伟的父亲只好在红卫兵的监护下，回家将一本《成语故事》拿来。在会上，红卫兵的这个头目对这个成语故事，进行了逐字逐句的宣读。

据《战国策·秦策》：战国时洛阳人苏秦，年轻时曾师从智者鬼谷子学习辩术、谋略。学习结束后，周游列国，希望有朝一日，他的治国谋略能获得君王们的认可。

秦是西方的大国，凭借有利的地理环境，发展农业，国力逐渐强盛。但在当时，实力还不能与其他大国抗衡。

苏秦这次远游秦国，是要说动秦王，与函谷关以东的一些国家联合，同其他的国家联盟作较量。

但是秦惠王并没有听取他的建议，他说：“我们秦国现在就像一只羽毛还没长全的小鸟，要想展翅高飞那是不行的。先生你迢迢千里来到这里开导我，我很感谢。至于称霸争帝的事，我希望在以后的适当时机，聆听你的高见。”

苏秦在秦国耗费了所有资财，上书十多次，但仍未说动秦王，只得灰溜溜地离开秦国回家。这时的苏秦，也就犹如羽毛未丰的小鸟，无法展翅飞翔于那动荡的政治舞台。

故事还没有读完，这个红卫兵头目就停顿下来，返回到故事的开头，重复地读到：“秦是西方的大国，凭借有利的地理环境，发展农业，国力逐渐强盛。但在当时，实力还不能与其他大国抗衡。”这段他重复的读了数遍，好像发现了新大陆，似乎抓到了把

柄，便大声说：“革命群众，你们听到了吗？秦是西方的大国，这西方就是指美帝国主义，这就是他通敌的确凿证据。”

红卫兵以此就定了他父亲的罪，晚上在红卫兵的监视下，让他的父亲回家吃了顿晚饭，就将他父亲从家中抓出来连夜游乡，各生产小队进行批斗。大队革命委员会以红卫兵的名义向公社革命委员会报告了此情况，引起了县革命委员会的关注。红卫兵造反派头目要杀一儆百。很快成立了专案组，要追查现行反革命分子，查办反对“无产阶级文化大革命”的幕后之人。不查没有事，一查不得了，越查牵连越多，亲戚牵连亲戚，朋友牵连朋友，最后查出并认定了以喻伟叔叔为首的“现行反革命集团”。这件事对喻伟影响之深。下面就是这起反革命集团的真正来源。

第四节

抹不掉的终生记忆

为了真实地反映这起事件的来历，作者以纪实的方法真实的予以披露。题目是:《冤案，在二十年后平反》

——喻杰等反革命集团冤案平反录

序

12 月 25 日是圣诞节，西方人最隆重的节日。

圣诞，在中国古代称孔子的生日。

基督教徒称耶稣的生日。

圣诞节，基督教徒纪念耶稣基督“诞生”的节日。

1992年12月25日上午。这天对于喻杰是他有生以来最重要、最兴奋、最高兴的日子。

湖北某监狱。

法官洪亮的声音正宣读着一份刑事判决书：“原判认定喻杰纠集喻祥等人预谋策划组织反革命集团，散布反革命谣言，书写反革命宣言的证据不足。”根据《中华人民共和国刑事诉讼法》第149条第2款、第150条、第136条第（三）项之规定：判决如下：

一、撤销……；

二、宣告申诉人喻杰、喻祥无罪。

“我无罪了，我无罪！……”

未等法官宣读完刑事判决书，喻杰已控制不住自己了，情绪激动，泪水止不住的从眼中流出，他不断地重复着，我无罪了……

是啊！一个年近60岁的人，要告别他曾劳改了15年，后又留农场就业8年的地方，即将步出森严的高墙铁门，他怎能不兴奋、激动。

喻杰接过法院的再审刑事判决书，捧在手中，像个小孩儿，一会低头仔细地读着，一会将判决书举在空中，不停地挥动着。高兴、激动、兴奋的不能自拔。喜悦，使一个刚烈的老人热泪像断了线的珍珠，扑簌扑簌地往下掉，看着行行陈述的事由，填满泪水的眼睛，看不清判决书的字句，他只知道自己将走出这高墙铁网。他掏出破旧的手巾，反反复复地擦拭眼角，并激动地连声说：“感谢省法院给我作出了公正的裁决，作出了实事求是的结论，洗清了我20来年的冤屈！虽然我得到了平反昭雪，但这喜悦来得太迟了，我已家破人亡，无家可归了。”

这位不幸之人的情感波动，把在场的人也带进了他的情感世界，只要了解了他的不幸遭遇，谁都会控制不住眼泪的。他的不幸和眼泪，仿佛又把法官带入了一摞39本案卷中，每本卷宗都记载着他的历史，一段活生生的传记史……

喻杰，原某县二轻局干部，刑满后在某监狱留场就业。

他为何沉冤几十年?

让我们把日历往回翻!

一句言论　殃及百人

时间翻回到1968年。

地点，原某县的八一大队。

轰轰烈烈的“文化大革命”把这个穷山沟闹腾得天翻地覆。真是：亲人不相认，斗私批修、抓走资派；游乡、批斗，“停产闹革命”；挥舞笔墨，大字报铺天盖地。

许多正义的人们，对这种无政府状态，愤慨、忧愁!

“这场文化大革命‘闹得人心乱、生产乱、武器乱’，人称‘三乱’；农民有田不能种，工人有工不能做、到处抢枪、搞武斗，定要失败。”喻杰、喻祥、喻龙常在一起进行议论。

正是这些“不满言论”，给他们带来了囹圄之灾。

当时这些言论一出现，“造反派”就推定必定有反革命特务操纵，其根据是，解放前这地方是国民党划定的白区，国民党在这儿几十年，培养了大量的特务，必有暗藏的特务。为此，从上到下，进行清查。“造反派”从追查言论入手，对所怀疑的对象进行吊打、审讯，刑讯逼供搞得人人自危。亲戚牵亲戚、朋友连朋友、邻居扯邻居，相互指控，一时间像“瘟疫”迅速蔓延在村里。有的群众被打死、致残；有的干部被打伤；有的人不堪受苦，割颈、割动脉、跳楼自杀；有的被关押致死……

这起追查反革命集团的运动，正值史无前例的“文化大革命”高潮时期，人人要划清界限，个个要检举揭发。儿子要揭发父亲、父亲要检举儿子；妻子要揭发丈夫、丈夫要检举妻子；姊妹、兄弟界限分明，要站在无产阶级立场上。

经过几个月的审讯，当时身为县二轻局干部的喻杰和身为公社团委书记的喻祥被指控预谋策划组织反革命集团的首犯，并对王贤

等93人进行了审讯，其中涉及国家干部26人，大队干部2人，党员10人；因刑讯逼供致死6人，致残8人。有6人被开除党籍和公职。喻杰、喻祥2人被定罪判刑，喻龙、王贤等7人被定为反革命分子。

百字判决书　沉冤几十载

厚厚的39本卷宗，百字判决书作了结论。1969年10月10日，某县原公安机关军管小组以（69）军刑字第21号、22号刑事判决书分别认定：喻杰早在中学读书时，就读过很多反动书籍，妄图颠覆无产阶级专政，在无产阶级文化大革命中，大肆进行反革命活动，贪污公款192元，私买八管半导体收音机一部，专门到深夜收听敌台广播。1967年（阴历）7月密谋策划组织反革命集团，由喻杰亲自拟定反动透顶的反革命宣言，恶毒攻击毛主席和林彪副主席，无耻地吹捧人民公敌蒋介石。喻祥一贯思想反动，对我党怀有刻骨的仇恨，乘文化大革命之机，伙同反革命首犯喻杰等人密谋策划组织反革命集团，并亲自邀约组织反革命秘密会议，发展反革命成员，大肆进行反革命活动。喻杰被判处有期徒刑15年，喻祥被判处有期徒刑8年。

判决执行后，喻杰自1974年，喻祥自1979年先后连续向各级法院和有关单位申诉。喻杰的申诉信已能装订厚厚的几本卷宗。他在申诉信中说，原判认定的犯罪，没有任何证据，原判中所作出的供述，是原办案人员刑讯逼供、指供的产物，不能作为定案的证据，原判决认定我犯罪的法律依据是“文化大革命”的《公安六条》，根据党中央彻底否定“文化大革命”的精神，对我的判决也应否定。

他俩都是不幸的人，正当发挥作用时、正是工作的好时机，两人都被关进了监狱；从此，离别了父母、妻子、儿女，分别在监狱里度过了23年、8年，被改判无罪时，均已59岁了。回首往事，不寒而栗。

喻杰原有一个幸福的家庭，年轻时风光闪耀，当上了县里的干部，惹得许多人羡慕，可就是这百字判决书，使他妻离子散，家中的不幸接踵而来。在被关押期间，其亲属有10多人受牵连。办案人员为查找所谓反革命宣言，他的三叔家里被挖地三尺；他的大哥在武汉工作，写信告诉了武汉的社会情况，被审查是否参与了反革命集团；在湖南工作的五叔也为此受到审查；就连其母的娘家，也同样受到牵连，舅舅等被挨斗、遭打。妻子不堪审查和政治压力，与他划清了界限，儿子为了避开不幸，离家出走，他成了孤家寡人，无奈刑满释放后只好留场就业。

在狱中，他苦闷、彷徨。多少次的泪水，多少次的喊冤，多少封的申诉状，成了他的精神支柱，他相信，总有一天冤屈会被申，相信党会为他平反，所以数十载，他向各级司法机关和有关领导，写了数以千计的申诉信，申辩自己无罪。1978年以来，某基层法院、某中级法院，先后根据高级人民法院、最高人民法院及有关部门的4次交办，4次组织复查，6次作出复查结论，均维持原判决。今天他20余载的冤案得到了昭雪，怎叫他不兴奋、激动！人一生有几个20年，有多少青春年华？

喻祥虽未妻离子散，但被抄家、挨打、受批，给他家庭带来了多少不幸？这只有他自己清楚，全家人在政治上的压力、精神上的枷锁、生活上的窘迫……这一切的艰辛，他不堪回想。

隐匿20载　审慎返故土

“下落不明”，这是历次复查报告中对喻法之的结论。

1988年4月，两位古稀的老人，在一后生的陪同下，小心翼翼地回到了故居。

喻法之一家三口回家了。这爆炸性的新闻，把某乡村闹了个底朝天。相识的老人，抓着胡须，问长问短；年轻人见到这位陌生老人，只是乡音相通，相见不相识。

当年，喻法之刚过不惑之年，就被关押，在关押期间，联想到

自己曾于1942年抗日战争时期，任过国民党军事委员会湘赣边区行动总队二支行三大队准尉文书，1952年被以“历史反革命”判刑2年的往事，深感此次被关押有种不祥之兆，在劫难逃，即翻墙逃跑。他带着妻子、儿子流浪在江西的永修、德安。最长的时间算是在安徽省宿松县陆圩大队，化名李家明，以帮人养牛住了7年。谁也没有怀疑过，他就是被追捕的在逃“反革命集团成员”。

十一届三中全会后，拨乱反正，使他明白了许多国家大事。为了了解时事政治，他节衣缩食，买了一部收音机，听新闻，研究时事。他相信党的政策，1988年4月中旬毅然决定返回故里。当他踏上阔别21年的家乡，见到阔别的乡亲，他再也抑制不住泪水，长跪于地上……

苍天啊，我回来了！

随其回家的老伴，步履蹒跚；相识的姊妹给她掐算年庚，快70大寿了。

随其返回的一壮年汉子，为眼前的情景疑惑，孤独的性格，使他站立不言。老人、小孩均不相识。是的，当年他随父母出走时，还不到10岁，现已不惑之年了，长年的流浪生活，使他至今光棍一个；他见到哺育他成长的土地，长长地吸了一口气；环顾四周，昔日的荒山野岭，今日换了新颜，横穿山脉的公路，使他找不到儿时的山间小道。

变了，一切都变了。

一顶“帽子”至死未摘掉

他叫喻云香，原系某林业站干部，是被开除党籍、公职的人员之一。相比之下，他比喻杰、喻祥幸运。虽到1988年死亡时，一顶暂由群众掌握的“反革命分子”帽子还拿着，但毕竟未在监狱蹲过，由此免受了许多罪。

1968年5月19日，喻云香在得知弟弟喻云焕在被吊打中，牵连到自己，又联想到自己与喻杰、喻祥等人议论过“文化大革命”

要失败的结局时，自感“罪责难逃”，即主动向造反派头头投案。1969年3月2日，县公安机关军管小组以喻云香能投案自首，揭发其反革命集团的罪恶活动，态度较好，决定对喻云香免予刑事处分，教育释放，开除党籍和公职，暂不戴反革命分子帽子，以观后效。

从此，这顶帽子在群众手里一直拿到他死亡。

去世时，他已58岁了，他始终不明白自己到底触犯了哪一条法律，他常对子女说，我一生拥护党，从未干过反党之事，你们千万要……。他走了，永远地走了……死未瞑目。

结论与思索

此案自1978年11月起，进行了8次复查。1979年某县法院根据县委的指示，虽对与本案无关的其他84人予以了平反，但对喻杰、喻祥、喻云香、喻法之等人维持了原结论。在上级法院的监督下，1983年某法院对原判决认定喻杰“早在中学读书时，就读过很多反动书籍，并妄想颠覆无产阶级专政，复辟资本主义”，以及“恶毒攻击林彪”等不实之词，予以了否定。但还是认定“只是未定组织名称，未予委职、分工，是正在预谋策划中的反革命集团。”故在未撤销对喻祥的原判决的情况下，对喻杰、喻祥从定性上改判为反革命煽动罪、刑期均未变。

喻杰仍继续申诉，1989年某中级法院在某基层法院又几次复查仍维持原判的情况下，决定调卷审查。审查结论未变，报送省法院。1991年月1日，省法院经合议庭评议，决定提审。经过询问申诉人及有关证人，在全面核实证据的基础上，认为原判证据不足：

其一，原判认定拟写反革命宣言问题。经查：原卷宗中只有一份抄件，且这份抄件来源不详，无提取的时间、地点、抄件人姓名。而申诉人交代的，未装订入卷宗的一份所谓“宣言”，是“文革”期间群众成立组织的“宣言”，无任何反动内容。

其二，关于原审认定喻杰散布反革命言论问题。据原卷宗记载，喻杰与喻祥、喻法之等人在谈论“文化大革命”时的言论，并不具有反革命性质。

其三，关于原判认定召开反革命秘密会议问题。据原卷宗记载和省法院查证：喻杰与喻祥在谈论“文化大革命”时，喻祥介绍说，他有个叔叔叫喻法之，过去读过很多私塾，很有见解，可找他谈谈。但喻法之是“四类分子”，不便直接见面，故通过喻作如约定，1967 年农历七月初一晚上在喻祥家见面。因喻祥家的邻居多，又改在喻祥屋后的苕窖棚里，当晚，喻杰、喻祥、喻法之、喻作如相见后，谈论的主要内容是内有“三乱”，外有“三摧”，文化大革命要失败等。这就是原判认定预谋组织反革命集团的根据和证据。

据此，省法院撤销了原某县公安机关军管小组 1969 年 10 月 10 日（69）军刑字第 21 号、第 22 号刑事判决和某县法院 1983 年 5 月 19 日（83）法刑复字第 5 号刑事判决，宣告喻杰、喻祥无罪。

20 多年的冤案终于得到了平反，但给人们留下了许多值得思索的问题：1978 年起，某县对该案进行了多次复查，但是，并未查清有关事实。1988 年，本案的主要关系人喻法之已返回家乡，可没有人找他调查、询问，使该案长期未予平反。如果说，1978 年复查此案时，人们对“文化大革命”还心有余悸，思想认识有待提高，这可以理解。然而，1983 年至 1989 年的多次复查，党中央早有政策，按理说，平反此案应顺理成章，可事实上却不然，这就值得思索了。

冤案的根源

就本案而言，其成为冤案，除“文化大革命”因素外，主要有如下原因：

一是刑讯逼供。本案在“逼供信”上确属少见。1969 年此案的审结报告中写道：“通过吊打，破获了此案。”本案在破案中，

采取非人道方法，逼供、诱供、指供。审则打，打则供，供则信，信则抓，使近百人无辜受审，致死致残14人。

二是先入为主，捕风捉影。许多受审人为了解脱痛苦，捏造事实，牵连无辜。捕风捉影的供述却成了定案的依据，把一些过激言语，作为反革命言论；把父辈、亲属的历史污点，作为认定反革命罪的根据。

三是发泄私仇，乱打无辜。许多“造反派”借机报私仇，打伤打残多人。

四是“群众专政”，随意抓人。“文化大革命”砸烂了公、检、法，取而代之的是群众专政，那时无法律而言，不经审批就抓人，不经审判就处刑。此案也是如此。同时，此案即剥夺了被告人的辩护权，也未给其上诉权，在程序上“一锅煮”。这些都是造成冤案的原因之一。

千原因、万根源，历史是最公正的。扫去乌云，空气、阳光还是那么新鲜。历史不会重演，悲剧将永远地过去。法律保护无罪的人，真理属于善良的人。

这起冤案，发人深省。一起冤案，为何沉冤几十年，说白了，就是后来复查此案的许多人，就是当年此案的承办人。这些人是不倒翁，当年制造冤案时，是极“左”路线的忠实执行者；后来“文化大革命”被否定，他们又是先锋，旗帜鲜明地站在无产阶级一边，官越当越大，地位越来越高，在当地大都是有头有脸的人物，当年他们制造的冤案，不可能由他们来纠正，正如群众说的，似乎真理永远在他这边；这些人，他们心有余悸，不敢面对现实，不敢承担责任。这点在喻伟的心理上也留下了许多仇恨，他恨这些人，恨当年制造冤案的人，恨这个社会。他永远不会忘掉这段历史，在他少年时，他叔叔的这段经历记忆犹新；他叔叔在监狱时，他探望过多次，心想，政策一定会为他叔叔洗清不白之冤。可是多少次的复查，多少次的结论，让他心灰意冷；他认为，世上无好人，他叔叔的冤案将永远被冤枉。

喻伟在少年时，的确因他父亲和叔叔喻杰的牵连，差点不能上

初中，这在喻伟心里埋下了深深的阴影。

可喻伟的父亲不一样，他思想非常豁达，对事物的认识入木三分，经常以书为伴、以书为乐，在学术上有很高的成就。就是在动乱的环境里，他也常常自吟诗，以知识充实自己，研究社会，以铜为镜、以古为镜、以人为镜；正衣冠、知兴替、知得失。在人生低谷时期，他也以乐观的态度面对社会。他常常以“吴市吹箫”自我安慰。

喻伟小时候不懂“吴市吹箫”是什么意思，其父亲就不厌其烦地给他讲这个故事，在喻伟脑海里留下了不可磨灭的印象。后来，喻伟在人生受到挫折时，也以此成语自我安慰，也常以此故事告诫同伙。在机构改革结束后，他名落孙山，朋友为他洗礼，他在酒席上就是用这个典故作为开场白的。

他说：据《史记·范雎蔡泽列传》记载：春秋时期，楚平王身旁有个很会拍马屁的人，名叫费无极。一次，平王命他到秦国去给太子建迎接新娘孟嬴。他见孟嬴非常漂亮，便出了个坏主意，把她留给平王当妃子，而把她的丫头冒充孟嬴嫁给太子。

平王偷娶儿媳的事，终于传了出去。费无极怕太子建发觉后对自己不利，又怂恿平王把太子建送到城父（今河南省宝丰县）去把守边疆，并让太子建的师傅伍奢一起去。

后来，孟嬴生了个儿子，平王为了讨她欢喜，答应改立她生的儿子为太子，费无极知道后就进谗言说，太子建与伍奢在城父操练兵马，对平王有不利的行为。平王听了大怒，表示要废掉太子建。费无极又出坏主意，说先把伍奢骗来，再派人去解决太子建，这样最安全可靠，平王同意了。

伍奢被骗来后，平王将他关进监牢，并叫他写信，把两个儿子伍尚和伍员叫来。不久，伍尚也被骗来了，但他的弟弟伍员（伍子胥）预感到会出事，准备留着自己的这条命为父兄报仇，所以秘密地逃跑了。果然，伍尚被骗来后不久，就和父亲伍奢一起被平王下令杀了。

平王一方面派人捉拿伍员，一方面下了一道命令：拿住伍员的

人赏粮5万石，封为大夫；收留他的人，全家处死。他还叫画工画了伍员的像，挂在各关口查对出入人员。

伍员逃离城父后，一心想到吴国去借兵灭楚，以报杀父兄之仇。后来听说太子建已逃到宋国，便跟着到宋国去。在宋国遇见了太子建后，两人抱头大哭。正巧宋国内乱，他们又去了郑国。郑定公很同情他们的遭遇，但因是小国，对出兵灭楚无能为力，建议他们去晋国求救，于是太子建单独前往。不料，晋国的大臣提出条件，要太子建做内应，帮助他们攻灭郑国。太子建求救心切，竟然答应了。

太子建回到郑国，把这件事告诉了伍员，伍员坚决反对。于是他暗中活动起来。不料事情被郑定公发现，结果太子建被杀，伍员带着太子建的儿子公子胜逃出郑国。

两人白天躲起来，夜里赶路。不久来到楚国的属国陈国。只要能偷过昭关（今安徽省含山县西北），就能直接上吴国了。楚平王和费无极料到伍员会到吴国去，所以在这里派重兵驻守。

在离昭关不太远的地方，两人遇到了一个叫东皋公的老人。他很同情伍员和公子胜的处境，愿意掩护他们两人过关。

东皋公先叫一个朋友打扮成伍员的模样，在出昭关时故意慌慌张张，让守关士兵逮住，再乘其他关口守兵放松警惕的时候，让扛着大口袋的伍员和公子胜过关，然后再向守关士兵说明，被逮住的是他的朋友。

伍员带着公子胜混出昭关后，仍然白天睡觉夜里走路，终于进入吴国地界。又走了300里路，才到了吴国的都城。

这时，伍员已没有可以糊口的东西，再说也需要察看一下形势，寻找机会见到吴王，因此把公子胜藏在城外，自己披头散发赤着膊，打扮成一个要饭的，手里拿着一根箫，用膝盖匍匐着行进。在热闹的街市上，他鼓起腹部吹箫唱曲，以引起人们的注意。他悲切地唱道：

呜，呜，呜——

天大的冤屈无处诉。
宋国、郑国一路跑，
孤苦伶仃谁帮助？
杀父大仇不能报。哪有脸皮做丈夫？
呜，呜，呜——
天大的冤屈无处诉。
昭关好似罗网罩，
须眉变白日夜哭。
杀兄大仇不能报，
哪有脸皮做丈夫？
到如今，吹箫要饭泪纷纷，
定要吹出有心人。

伍员在吴都的街市上吹箫要饭，果然给吴王的哥哥公子光注意到并请了去。后来，他终于成为吴国大夫，帮助吴王阖闾整顿军备，使吴国日益强盛，成为霸主，并将楚国打败，为自己的父兄报了仇。

讲完故事后，喻伟解释说，“吴市吹箫”它是指飘泊流浪，生活困顿，有才而未遇。虽然我没有经历过飘泊流浪的生活困境，但我无用武之地；社会对我就是不公平、不公正。我虽然不会像伍员那样最终得志，但我明白，这不公正的待遇在今天的社会里就是这样，是小人当道。

应该说，社会对每一个人都是公平的，它是客观存在的反映。只是社会在发展阶段受政治、经济、文化、历史、意识形态等因素的影响，对事物有不同的评价标准而已。同时，它是统治阶级意识形态的反映。在不同阶段有不同的意识形态，人的道德标准、对人的要求不同，做事的标准而异。所以在不同时期社会出现反常现象，不是社会本身的问题，而是人们赋予了它人性化的标准。

第五节

柳暗花明

喻伟上小学的时候，正赶上史无前例的“文化大革命”。那时候，许多时间里都在搞“斗私批修闹革命”，学生不是听红卫兵上北京后回来介绍毛主席接见他们的经历，就是参加斗争会；不是斗争“走资本主义道路的当权派”，就是斗“地、富、反、坏”（“四类分子”），整天参加运动，很少读书。

喻伟不一样，他不失志向，坚信知识能改变命运，以远大的理想激励自己，在书中寻乐趣。他坚持学习文化知识，就是在“学了中国语，何必学外语”的年代，他仍坚持自学英语。

说实话，许多红卫兵到北京大串联，有的根本没有受到毛主席接见，根本未见到毛主席。回来后也谎称受到毛主席的接见，冒充见到了毛主席。其目的是抬高自己的身价，大肆吹牛罢了。这在喻伟幼小的心灵中埋下了根深蒂固的烙印。

喻伟读小学时，比别人会朗诵，口齿清楚，声音圆润，再加上胆子大，人再多，他不胆怯。公社开群众大会，念决心书、挑战书，大多由他上主席台宣读。那时他年龄小，个头矮，迎合了群众的心理，看的是他这么小的年龄，敢上全公社的大会主席台上宣读挑战书，不胆怯。其实，群众并未听清楚他读的什么内容，只是为了看热闹。在小学，他学习成绩也突出，多次被评为学校和全学区的学生标兵，多次成为学习毛主席著作的积极分子。全学区介绍他的学习经验。就是他这样一个学区的学习标兵，因其父亲出身不

好，没有被推荐上中学。

喻伟连上中学的权利也被剥夺了，这可引起了公社教育组组长万义运的关注。他顶住压力，冒着被戴上为反革命分子子女说话的危险，站出来为喻伟呼喊："不能因他父亲有问题，就剥夺子女的读书权力。从德智体各方面讲，喻伟都符合推荐上初中的条件，你们大队不推荐，我们公社推荐。"这时大队红卫兵的头目，顶不住公社的压力，直到别人已开学了，他才被推荐上了初中。

喻伟的母亲为此事，不知也操了多少心，掉过多少泪，生怕因父亲和叔叔的问题影响了喻伟上学；她奔走呼吁，到大队找过红卫兵的头目，也找过贫下中农代表；上过公社，找过公社的领导，与造反派的头目评过理，最终在万义运老师的帮助下，才使喻伟又走进了学校。

能上学读书，他高兴得很。那时他不明事理，不了解"文化大革命"的真正用意，对于当时的许多做法他因年龄小也分不清是非，只觉得群众拥护的就是正确的，都在闹革命，都在斗私批修，看红卫兵都在批斗他父亲，就觉得他父亲不该走资本主义道路，叔叔不该组织反革命集团。当时也曾埋怨过父亲，抱怨父亲的倔犟，也生怕父亲牵连到母亲，尤其是每当参加公社开大会，就担心母亲也被抓了。跟着母亲开群众大会，像一只雏形的小鸟，一步也不离开。

由于喻伟的学习成绩好，初中毕业后，又被推荐上了高中。那时县级以下分区政府，区政府管公社。全区只有一所高中，他上高中时，要走 30 多华里，每次回家，要爬上一个五六华里的大山坡；因家里无钱交伙食费，只能每半个月靠自己回家拿一次米和能吃半个月的泡菜、腌菜。那时正是长身体的时期，可想而知，长期吃不上青菜，生活是何等的艰苦。他后来 20 多年见不得用豌豆腌制的豆瓣儿酱，确实吃够了各种腌菜。不仅如此，学校规定无钱交"搭伙费"的，每人一月交 120 多斤木柴。为了交上搭伙费，只能靠每半月回家背上 50 多斤的木柴交售学校后抵搭伙费。否则生米煮不成饭。

当年他们生产队产的主要是杂粮，以苞谷为主，上学时自己带什么吃什么，除带部分大米外，大部分带的是苞谷磨成的面和红薯。往往将苞谷面加红薯放在钵子里面蒸，一加热就会溢出来，溢出来的苞谷面影响了别人，不时引起同学的不满。

生活确实苦，那时在高中，正是长身体的时期，每次带的米不够吃，肚子饿得发慌，有时走到街上的餐馆旁，闻到那香喷喷的馒头，肚子就翻江倒海。

那年头，一个馒头才两分钱，二两粮票，对于他来说，想吃也没有两分钱。在学校他会理发，班上买了一套理发工具，理一个头发，收成本费 5 分钱，按规定，理五个人的头发，他可从中提成 5 分钱。为了能买到一个馒头吃，中午加班为同学理发，从中赚得 5 分钱，然后在特别饿的情况下买个馒头吃。在那个年代，粮票是国家严格控制的票证，比钱更宝贵。要搞到粮票，不仅要有大队证明，还要找到关系，才能用粮食到粮管所换得等量粮票。为了将用苞谷换成的粮票再去粮店购大米，每年都要通过许多关系找粮食局的熟人，真是费尽了心机。

他从小最喜欢吃糖果，尤其是商店买的颗颗糖。那个年代，这种糖果是红薯提炼的，特别黑，一角钱可买 8 颗。有时为了能解馋，他不惜血本，也要花几分钱买几颗糖吃。心里还老惦记着，什么时候能吃够糖果就好了。

为了读书，只有付出代价。对于一个十几岁的孩子，不仅要走 30 多华里路，还要背上几十斤木柴，的确够难的了。从初中到高中，他扎实、丰富的知识就是这样靠毅力、靠吃苦、靠勤奋得来的。能为家庭减少负担，能自己创造价值，能赚到一分半文，对于一个农村的孩子的确高兴得不得了。这份成就感对于一个不是在农村生活的城市孩子是无法体会到的。

为了不辜负父亲的希望，能做人上人，喻伟从小在心中就有一个目标：要学好知识，掌握本领，走出农村，返回城里去，过上城市人的生活。在学校他刻苦学习，别人玩的时间，他就抓紧机会看书；别人休息日，就是他的学习时；不懂就问，他是老师家里的常

客。因学习非常刻苦，成绩优秀，从小学到高中，大都当学习委员。在高中他第一批被批准加入了中国共产主义青年团。

对于一个家庭出身不好的子女，有这样的政治待遇，使他始料不及，为此他高兴地跑回家，向母亲献上团徽。第一次让他母亲看到了一个有出息的儿子。

第六节

社会的第一课

喻伟 18 岁高中毕业回家务农。

这是他始料不及的，没有任何思想准备。他不知水深、不知山高，没有社会阅历，奋斗的方向黯然失色，设想的未来不寒而栗。对于他来说虽出生在城市，却长在农村，可对许多农活根本不懂。干农活要有体力，那时他的身体单薄，力不从心，重活干不了，轻活不会干，技术活也不懂，操作起来无法下手，干瞪眼的望着别人；别人看多了，就对他另眼相看，不是指责他干活不出力，就是说他干不好活，这种鄙视伤了他的自尊心。本来，一天活干下来，他的身体就吃不消，还要受旁人的指责；真是人吃了亏，戏不好看，不仅别人不满意，他自己也觉得的确干得不好，所以晚上评工分，他总是最低。

记得 1973 年 10 月的一天，是他回乡后第一次下地干活，任务是从山上将柴火（俗称“楂子”）挑到山下的田间烧土肥。当时上山已爬得他上气不接下气，哪还有力气干活。一担柴火一般有 70 多斤，他本来身体就单薄，力气不够，加上扦担两头尖而翘，扦担杀进柴火里不是偏上就是偏下，根本挑不起来，别人一会工夫挑了

几趟，而他还未将柴火挑起来。一天下来，他未挑上两趟，已精疲力竭，只好一天农活未干完就打道回府了；相反有人还指责他，第一天干农活他就哭了鼻子，也为后来评工分找到了依据，在一段时间里，所以总是被评最低的工分。

为了学会农活，他非常肯吃苦，风里来，雨里去。为了学会插秧，他常练得腰弓背驼，最终他比别人插得好、插得多，有时一天可插秧近一亩地，在生产队成了为数不多的插秧能手。为了学会耕地，他专门跟老农学，不耻下问。犁地开始时牛不听使唤，别人耕过的地，犁花像波纹一样均匀，而他犁地翻过来的泥土呈蛇形，行距宽窄不一，土质不仅酥松差，还为后来除草留下了隐患；别人犁的地，既酥松又直行。为了达到他人的水平，他不惜力气，不厌其烦，反复练习。他耕地拉断过犁，拉断过牛额头。经过一个月的学习，他犁地的水平得到许多人的称赞。就是这样，也未得到肯定，少数人仍然挑三拣四，从鸡蛋里挑骨头。这对他后来不信任任何人埋下了种子。

他在日记中写到："在这世上除了我自己，不可相信任何人，在我们这个社会里，偏见是人的本性，我一生为许多人办过事情，当你为他办好了件件事，只一件事使他不满意，他就带着偏见，认为你办不了事；只要有一件事得罪了他，他就在背后指你的脊梁骨，就是你对他尽了心，他也总是戴着有色眼镜和怀疑的目光盯着你，人太自私了。"

当然大多数人给予了他极大的帮助，不会干的农活，许多老人手把手地教，一些朋友放下手中的活，告诉他干活的技巧，不厌其烦地教他。

在农村的许多农活中，要属砍柴火最累，一是树林里各种灌木都有，粗的细的参差不齐，树枝交错，镰刀磨得不锋利，根本砍不断树木，特别是要将柴火捆得整整齐齐，更是非一日之功；搞不好一捆柴火前后一样粗，看无看相，到时候别人也无法挑。二是树林中长了许多带刺的灌木，一般人无法下手，一刀下去，带刺的灌木扎了一手，痛得让人钻心，柴火未砍到一捆，就让你的手上扎了许

多的刺。三是山高石头多，悬崖峭壁，非常危险，搞不好砍柴火时碰动石头，就会滚下去砸伤人，或者自己滚下山崖。四是树林中藏有黄蜂，蜇得死人。且一上山就是一天，中午带几个红薯，用柴火烧熟后当中饭吃，直到天黑才能回家。而砍柴火的季节，都是在大热天，就靠早上在山沟里打点山泉水解渴，或者带几瓶冷开水解渴，非常之辛苦。最能干的人，一天只能砍 20 个左右。而喻伟刚开始时，一天能砍到 5 个就算万幸了，还要妈妈带着点，告诉他怎么样砍、怎么样捆。砍柴火开始得学会将两根树枝结成“腰子”，这种“腰子”像绳子样的，捆柴火时用力拉不脱，既结实又不断；其次是学会捆柴火，因“腰子”是用两根树枝结成的，树枝这头是打结的，这种结的确不好打，用力过猛，会折断树枝，只能非常小心的、用力均衡的、慢慢地将树枝折损后，再将树枝扭成麻花似的公母结。且要选那些不容易脆断的、树干直而细长的树枝当“腰子”。为了节省时间，在砍柴火时，看见可用作打“腰子”的树枝就边砍边挑选出来，既可节省时间，也可免得为找“腰子”而耽误时间。因为不是每根树枝都可当“腰子”用的，有的树枝太脆易折断，就不能当“腰子”用；作“腰子”的树枝要求有韧性不易折断，树干要结实且细嫩。

其次是火烧土肥有技巧。首先是将地上的土层集中，挖成花样式的沟，沟是起通风的作用；然后用四个柴火铺在挖成的土沟上，再上土，土层既不能上得太厚，也不能上得太少。厚了柴火烧不完，少了烧的土肥不多，浪费了柴火。因此，烧土肥要注意将柴火打开均衡的铺垫，均衡的上土层，如果不是均衡的从下往上堆土层，土肥就烧不成功，烧出来的土肥就可能是柴火烧不完，土层得不到柴火燃烧时的烟熏作用，起不到肥效的作用。

然后是插秧要求的技术高，也是最累的农活。弓着背，面朝水面，左手拿着秧苗，右手从左手中接过秧苗后，再插入水田中。双手如果配合的不好，左手就会形成从右手中夺秧苗，既影响速度，又秧苗插不好。好的插秧法是：左手拿着秧苗不停地将秧苗捋顺，恰当好处地捋出几根，右手不费劲地从左手中接过秧苗顺势插入水

田中；脚在水田中有规律地横向移动，这样秧苗才插得直且间距均等，不会出现粗一窝细一窝，间距宽一行窄一行；就是插完一行后，向后退，脚也得有规律地后退，否则行距就不够整齐。一个好的插秧手，秧苗不仅插得快，秧苗间距宽度一致，且行距像一条线。不会插秧苗的人，不仅插得慢，且秧苗插得前后歪倒，行距像蛇形，宽窄不均衡，粗一窝细一窝，很不整齐。

第一次上山砍柴火，一天下来只砍了5个，累得不得了。捆成的柴火前后一般粗，看不起眼。在未弄清情况下，有人认为每个柴火不够重量，说这是投机取巧，要进行处罚，结果专门用秤称了重量，远远超出了规定的数量，只是捆得不好看，但数量够；但还是有人说，这柴火一无看相，二是将来挑也不好挑；个别别有用心的人甚至大肆进行诋毁，说什么长在农村，连一个柴火都不会捆，像吃国家粮食的干部……这些风言风语，压得喻伟抬不起头。

就在这次事件不久，他第一次用柴火烧土肥，柴火铺在挖成的土层沟上，因不懂技术，在上土层时，不是四边平衡的从下向上、从外向内填，而是从中间上起，造成土层烧不透，柴火烧不完。这时，有人提议，在喻伟烧的土肥旁开现场会，以质量不好为由，进行现身说教，搞得他无地自容，他母亲为此也气得发抖，对个别人的行为进行了反驳。这给喻伟的心里造成了伤害，由此也播下了仇恨的种子。

他第一次下水田插秧时，看见别人拿着秧苗像蜻蜓点水样，插得既直又快，很是羡慕。而自己不知怎么样将秧苗插入水田中，右手在左手中夺秧苗，几分钟才插上一窝秧，还是粗一窝细一窝的，直行插的像蛇形，秧苗与秧苗的间距也不整齐；且秧苗插得深浅不均，有的秧苗只留下个头，有的秧苗人刚移动脚步它就从泥浆中漂起来了。为了掌握插秧的技术，他非常刻苦，一清早下水田，从实践中学，插了一个季节的秧苗，他基本掌握了插秧技能，第二年他能每天插一亩地，成了为数不多的插秧能手。

就是成了插秧能手，也没有得到人们的肯定。他事后在日记中写到：“什么真理、什么好坏，都不是客观的，它是人为赋予的标

准，在劳动中，我做得不好，有人指责；当我做得好时，超过他人时，却无人肯定，相反有人忌妒，这世道到底有没有真理而言？我到底该怎么办。”

第七节

领悟了农民的真谛

在喻伟的心中，农村是保守的、固执的，农民是现实的，没有利益的事或看不到利益的事他们是不愿意干的。

固守园地是农民生存的本性。

山区农村，在 20 世纪 70 年代前，基本还是沿袭古代的耕种法，用烧土肥当肥料。什么叫烧土肥，就是每年炎热的夏天将山上的杂树植被砍下来捆成柴草，过一个炎热的夏天，等柴草自然晒干后挑到田里，将柴草铺在土层上，然后将松土层堆在柴草上燃烧，柴草烧过的土层就是烧土肥。不过这种烧土肥，烧起来确很有技术。先要将地上的土挖酥松，然后将酥松的土层集中起来根据田间的大小，挖成不等的方块，在方块里挖掘四通八达的沟，让柴草燃烧时通气。如果地下的土层垒起来的沟不通气，土层不是从下向上堆，垒起来的土层就烧不透。且铺在地上的柴草也有讲究，树枝兜子靠外，树梢靠内，要内外均匀；点火时也有讲究，一定要四边点火，否则，烧土肥就只会燃烧一边而垮下来，另一边就不会燃烧，柴草就烧不完，起不到肥效的作用。

从 20 世纪 80 年代初期开始，国家提倡革除烧土肥，大力推广青草树叶和秫秸等堆肥，把烧土肥列了许多罪状：一是火烧了的土层，不仅不会有肥效，而且使土质结板；二是破坏山林，每隔几年

要将山上的杂树林砍下来作柴火烧土肥，不仅破坏了山林，且有破坏生态平衡；三是因土层被火烧，破坏了土质微生物，土层反复燃烧，使土质本有的肥效变坏，失去它本有的效应；四是吃力不讨好，费时费力；五是造成水土流失；六是加快野生动物灭亡，山林上被砍得光光的，使野生动物失去家园和生活环境。

为了推广青草和嫩树枝叶堆肥，公社、大队干部费了九牛二虎之力，采取大小会议讲，点上培训，面上推广，结果许多地方因技术不到家，堆出来的青草未发酵，未起到肥效的作用，造成群众意见纷纷。许多群众说，烧土肥是我们祖祖辈辈总结出来的经验，世代就是这样干的，土地不仅没有板结，相反，凡是烧土肥的地方苞谷就长得好些，那不是烧土肥的作用吗？谁说这种肥料不肥？且山林是杂树林，这种杂树林你今年砍，明年又长起来了，谁破坏了森林？

农民的意见较大。

农民由于几千年的保守思想，要想接受一项新技术推广的确不是一件很容易的事，要轻易地改变他们几千年的耕种习惯，的确不是一朝一夕的功夫。就像开始在农村推广水田里种“苕子”作绿肥，头几年也费了点神，后来农民通过种苕子作绿肥尝到了甜头，水田再也不烧土肥作肥料了。但至今在有的山区农村，因买不起化肥，还有用烧土肥作旱田肥料的。旱田用化肥作肥料，因成本高，粮食卖不出价钱，出现亏本，所以农村还有用这种原始方法，砍柴火烧土肥是旱田主要的肥料来源。

农民是既得利益者，为了生存，也不得不这样。如果一项新技术没有十足的把握，粮食减产了由谁负责？是他自己。减产他就得饿肚子，饿肚子就直接关系他的生存，因此，农民又是一个现实主义者。

历史证明，在农村，一项农业技术革新不是你说能增多大产，就增多大产，既要技术到家，又要适应环境变化。农民必须要亲眼所见，否则他们是不会轻易相信的，这是农民长时期为了生存而获得的经验。所以许多不懂农民的过去和生存的人，常说农民保守、

守旧。实际上持这种观点的人，起码有一点是不太懂农民的特点。几千年以来，农民始终过着自足自给的生活，生存全靠自己。一项农业技术的改革，农民没有十足的把握是不会轻易地接受的。因在长期的生存中，已形成了农民自己生存的方式，他要生存，就必须慎重考虑，一旦哪项新技术出了问题，就会影响他当年生活的质量，农民的保守的确是可理解的，也是历史形成的。历史告诉农民要生存就必须这样。

喻伟在农村生活了 20 年，对于农民的现状及历史有所了解。农村里不管任何改革，一定要先从农民自身利益着想，要符合实际，一切要从农民的生存着想，不然的话，就要得到失败的回报。在“文化大革命”时期，就是常犯这种错误，学别人的经验，不从本地的实际出发，对于别人的经验不加分析地照抄照搬，结果造成许多损失。

农业学大寨就是如此，我们许多干部，不从本地实际情况出发，照抄照搬，造成了很多浪费。当然在有些地方造水库，农民的收益的确不小，有的水库至今还发挥很大的作用。同时，学大寨山区农村改造的梯田，也为改变农民的生活水平起了很大作用，为改变农村面貌起了很大的推动作用。至今一些农村，满山遍野的梯田就是那时的成就。这种符合实际的学大寨，农民是很欢迎的。但也有许多不符合实际的形式主义。学大寨时，不分山穷地薄的状况，都将河沟改梯田，结果呢，山洪暴发，头年一个冬季改造的梯田，第二年夏天被大水冲毁。使许多农业学大寨项目成为劳民伤财的样板工程。有些项目是张书记说挖，李书记说填，陈书记说改，不仅浪费了人力物力，也造成了人为的破坏，引起群众的不满。

有不满情绪的群众部分被压制，有的被扣上帽子，有的作为反面典型予以批判，有的被作为不学大寨、破坏生产、煽动群众、污蔑社会主义的坏分子在大小会上进行批斗。没有敢提不同意见的环境，没有提出不同意见的氛围，群众只有劳动的权利，没有发表不同意见的权利。如果有不同意见，只能在执行中理解，在劳动中消化，只有无条件地执行。这就为许多“形象工程”创造了机会。

那时的民主作风的确比较差，一个人说了算的情况较普遍，不同意见或不同看法，只能意会不能言传，即使有意见也不敢提，提了有可能被戴帽子，成为反面典型。大多数人都觉得多一事不如少一事好，故一些政绩工程成了灾害工程，一些学大寨的典型项目，成了危害人民生命财产的祸根。如拦河坝工程，说是造水库，实现旱涝保丰收，但因没有科学调查和科学设计，违反自然规律，今年刚建好的水库，明年洪水暴发被冲毁，直接危害下游人民的生命财产安全，河边的粮田也被冲毁，说是为民工程，实际成了害民工程。所以，群众有句顺口溜：

形象工程劳民伤财，
为何灾情显现而再；
面貌未改山河依旧，
造就形象群众受灾。

一句话，群众付出劳动又出钱，得不偿失；领导不讲实际，树了形象又升官。

这些不符合实际的“形象工程”，给许多农民带来了灾害，在喻伟心里，农民永远只是会听话的工具，无自由而言；永远只有贡献，无利益而言；一句话，农民无出头之日。在农村，就只能种田、耙地。小时候，他就随母亲下地干活，许多农活知道一点，只有力气活和耕田耙地需要学习外，其他的一些农活基本会干点。在农活中，他最怕的是在大热天里到苞谷地里去锄地。苞谷地里又热又闷，十分消耗体力，劳动强度又大，累得人精疲力竭；而苞谷叶子长有锯口，秸秆长得又高又密，不通风，叶子上的锯口将胳膊划得大小口子，使人又痒又痛，十分难受；有时脸上划破的血口半月好不了，且锄草的时间又长，一般年份在20天左右，真是人见人怕。

一望无际的苞谷地，人见人怕的苞谷苗，也为个别投机取巧的人提供了客观环境。那时虽说是大集体，但农村中为了赶季节，大

都实行定额包工。大片的苞谷地也实行定额包工，有些人将当面的杂草锄得干干净净，而大田中间的杂草基本未锄，到收割时才发现草比苞谷高。这就是为何大块肥沃的田地，一亩地产量才300～400斤的原因。干部也想了许多办法，但道高一尺魔高一丈，办法虽多，治不了那些取巧的人。因这块土地所收粮食多少，与他个人的直接利益关系不很大。如果是个人的园地，他决不会这样锄草。

改革开放后，分田到户，田还是这块田，地还是这块地，一亩地可产700～800斤。地的增产，并不是施肥多了，也不是科技含量高了，而是精耕细作，把土地当成了私有财产。粮食产量直接关系到个人的生活水平；那时的公社，是集体所有制，粮食产量多少，与自己没有多大关系。穷，大家都穷，没饭吃，大家都没有饭吃，群众没有责任感，缺乏主人翁精神。

之所以产生这种情况，一是群众的思想觉悟还不高；二是缺乏物质激励政策。在“文化大革命”中，强调精神的反作用，认为精神可以变物质，在思想动员与批判相结合下，群众的积极性确实也发挥了一些作用，做好事的有之，当无名英雄的有之，但这种动力是短暂的，它缺乏主观能动性，往往是被动而不自觉的。因为只强调精神的作用而忽视物质的作用，人的活动特别是物质生产活动失去了它的本性和动力。辩证唯物主义认为，物质和精神是相互对立的统一，只强调哪一方面的作用都将失去它的意义。

喻伟虽然觉得农活非常之累，但他没有失去人生的希望，开始的年份，处处吃苦耐劳，精益求精，老实待人，干老实事做老实人，很快改变了许多人的看法。他开始返乡时，因体力单薄，干体力活总被人指指点点。为了改变人们的印象，他拼命地干活，少休息多干活，扭转了人们的看法，得到大多数人的肯定，1974年初第一次得到了10分的工分。

这10分工分，对他来说，是群众的承认、是社会的接纳、是自己劳动创造的成果。那时对他而言，得到大家的认同，是何等的不容易！这时的一个奖励，对他是何等的重要！

在1974年上半年，生产队选记工员，包括喻伟在内共两名候

选人，大多数人将选举票投给了与他一同回乡的一个青年，而没有人投他的票，说他做事不使体力，吃不起苦、怕累。说内心话对于一个出生在城市里的孩子，能像他这样就很不错了，可无人理解。但他经过努力，消除了人们的印象，1975 年年初选会计，绝大多数投了他的票。他第一次当上了小队干部。因他与父亲和叔叔划清了界限，很快被选上了老中青三结合的大队后备干部。这似乎给他预示了一个真理：道路靠自己走，只要努力，前途是光明的，走下去就是胜利。

第八节

保守的园地

经过不断地努力，喻伟得到了群众的肯定。

他刚满 20 周岁就加入了中国共产党。当时在农村，20 岁就入党的的确很少。在填写入党申请表时，他如实填写了大姑父在日本侵略中国时期的 1945 年，加入了情报队伍。按规定，这时期加入情报队伍是不追究的，如果是其他时期就可能影响他入党，受到牵连。区委在研究他入党时，大姑父的这点历史问题被卡住，区委也非常重视，派人亲自送回入党申请表，规定他在 2 天内找出证人，证实他的大姑父是在这年代参加的情报队伍，否则将影响其入党。

在当年，“红五类”是作为接班人条件，社会关系复杂的，就有可能被拒之门外。为了澄清他姑父这段历史，他翻山越岭地找当年的证人。记得是 8 月底的一天，天空下着小雨，山上的大雾伸手不见五指。为了得到一个证人的证词，他在不熟悉的一山间迷路了，在大山中走了几个小时，自己也不明白是怎么走出山的，至今

想着当年的这段经历，他还不寒而栗。当找到这位老人，说明来意后，老人非常之佩服。1975 年 10 月 26 日，他终于被批准入党。不久，县委又批准他任大队党支部副书记兼第一生产队队长。

一时期，他的思想有了很大的转变，对过去有些想法，也来了九十度的转弯，他要好好干一番事业，争取早日离开农村。

那时说真的，任命他当生产队队长，他对农业生产季节一窍不通，什么时候种苞谷、什么时候下秧苗、什么时候播种小麦、什么时候该积肥、什么时候该耕作等，他哪能知道。为了不误季节，母亲成了他的当家人，一切的一切，全靠母亲安排。为了当好队长，他当年的确吃了不少苦，起早贪黑，为了改变面貌，他想了许多办法。但因年轻又缺乏经验，往往吃力不讨好，好心未得好报。

为了鼓励多劳多得，对于如锄草、插秧、收割、砍柴火、烧土肥等农活，一律实行定额管理。对于偷工减料者，也制订了一些惩罚措施，如苞谷田锄草，凡是第一道草是谁承包的，第二道草也由谁承包。因为如果第一道草锄得不好，土层未酥松，不仅土层板结且杂草长得长，第二道杂草肯定不好锄，这样偷工减料的事情明显减少，的确取得了很好的效果。但你有你的方法，他有他的对策，第一道草不好好锄，第二道草同样也不好好锄，杂草丛生，田间的杂草比苞谷长得深，这种种田方法不减产才怪。为了保证锄草的质量，他提议成立了质量检查组，由生产队干部、老农民和敢于讲真话的人组成，逐一进行检查，取得了很好的效果，但后来也碰到了不少钉子。少数人从自身利益出发，用各种理由为自己辩解，从不同方面提不同意见：什么检查组本身就是浪费人力，碰到个别不讲理的，检查组的人也敢怒不敢言，甚至个别人要横，坚持原则也招来人身攻击。村民俞林就是其中之一，在常年生产中，俞林非常会投机取巧，锄地时，她不是一下一下地耨，而是弄虚作假，拉动耨锄，用土层将杂草掩盖住，而不是将杂草锄掉。每天她总是锄得快，别人一天只能弄 1 ~ 3 分，而她每天在 20 分左右，结果检查起来，她前脚走，第二天杂草又站起来了，群众对她意见很大。为了制止她的这种锄草方法，喻伟专门研究了一套措施：一是组织大家

参观，进行评论，找出她的破绽；二是讲明她这种锄地方法对庄稼的危害，严肃批评她这种干活的态度和方法，弘扬正气；三是要她返工，再除一次，以示惩罚。

他树立了正气，群众拍手称快，但也树立了对立面，俞林等人非常之恨他。在每次整顿党员会上，俞林的丈夫总是咬牙切齿地给喻伟提意见，有时在大队开大会，他就煽动少数人给喻伟贴大字报，搞得喻伟骑虎难下。为了群众关系，为了下次整党过关，为了团结大多数，喻伟也不得不改进方法，开始行中庸之道。他指定副队长负责质量问题，由他行使监督权。这样一来，矛盾焦点集中到了副队长身上，而喻伟既做了好人，也使质量得到了保证，一举两得。这种行之有效的方法，使他的威信得到了很大的提高，为此他也得到了许多人的信任，自然而然地得的群众票就高，他从中受益很多，也学会了怎样做群众工作。由于他的方法得当，群众自然评价就高。那时他在当地非常之红，成了当地最年轻的大队干部。

说实话，当年当大队干部时他才 20 岁，许多东西不是很懂，完全是凭自己的热情和干劲在干事，有一种初生牛犊不怕虎的精神。在工作中他不是先通过分析研究后才去干，而是先干了再去总结，这未免不会出问题，未免能够取得好效果，的确是一种蛮干。就拿在荒山造田讲，就是一种不从实际出发的“形象工程”，当年他带领群众改造的梯田，未种几年就又荒了，费力不讨好。特别是退耕还林，要将许多贫瘠的土地退耕还林，加上当地的搬迁，许多土地被废弃，想想当年冬季群众起早贪黑劳动的成果，一朝一夕被废弃，也有一些心痛。那些被废弃的梯田，农民不知花费了多少心血。当年改造荒山，本身就是破坏山林，也是破坏生态平衡的行为。当然，一分为二地讲，人口众多，亩产低，不改造荒山，哪来的增产，又怎么能使群众填饱肚子？只有广种薄收，把生产力不当回事，通过开荒增加播种面积来增加产量。这种杀鸡取卵的方法，在山区农村已沿袭了几千年，虽比刀耕火种进步了许多，但实际上还未完全脱离这种方法。

喻伟在任职期间，不仅任劳任怨，且风风火火，什么事敢作敢

当，不计后果。在行使权力方面，有时也没有想那么多，有种走到哪里唱到哪里的风格。当年他所在的大队，方圆100里，共计9个生产队，人口近3000，从这个生产队到那个生产队，相隔较近的要走2~3个小时，较远的生产队则要走5~6个小时，人口分散，且都是山区，最低海拔500多米，最高海拔有800多米。有的生产队，出门就爬山，一座山要爬几个小时，早上出门，一般第二天才能回家，还不说这个队到那个队。有时大队组织检查一次，一般要3~4天，大队开次大会，一般不到上午11时是开不成会的，就是学生上学，一天也只能上4堂课，条件很差。有个生产队，与三县交界，在一块儿劳动时，讲着三种不同的口音。就是这个小队，方圆40多里，这户人家到那户人家，有的要走2个多小时，上坡下岭，出门道路十分难走。所以户与户之间，很少串门。为了便于生产，生产队只能就近承包，收获季节由生产队统一收割，按斤论价，扣除这户承包人的口粮和工分粮后，多余的粮食运到生产队仓库保管。这种由集体统一布置、而由单户作业的分散耕作办法，是山区农村的一大特点。如果不这样分散操作，而由生产队统一耕作，不仅得不到好的收获，且一天中，农户的时间只能花在走路上。

当年喻伟所在的生产队是全县学习大寨的先进典型，在全大队中是最好的一个生产队，每个工作日，按10分计算，好的年份可得5角钱分值，而其他的生产队只3角或2角，农民不仅吃不饱，且劳动一年还倒拿出来。全大队的9个生产队，有7个非常穷，一年到头农民为吃粮而发愁，有4个队吃国家的返销粮。特别有意思的是，每年到春季收割小麦后，必须卖公粮，有的生产队卖公粮，农民要肩挑走30~40里路；因下半年粮食不够吃，又从国家粮库中往回运，光每年来回运粮就花费许多时间。不这样不行，当时喻伟给公社提意见，说这些生产队，本身的粮食就不够吃，能否考虑每年不卖小麦，而粮店不干。就是来回折腾，上年往国家粮库送，下年又从粮库往回运。对这种不切合实际的做法，有人解释说，要使农民知道你种田，就得向国家交公粮，你没有粮食吃了，国家反

过来供应你，这是社会主义的优越性的表现。就是这种形而上学的做法，农民在无法理解的前提下还得照章执行。就是这种打煤油的钱不能买盐，买盐的钱不能打煤油的作法，害苦了许多山区农民。每年农民像头驴，肩挑背扛，光路途上花费的人力物力就不计其数。

不克服形而上学，机械地照搬本本文件，不从本地的实际出发，一切唯上，要改变农村的面貌就很难，要使农民富裕起来也是一句空话。所以要真正使农民富裕起来，必须坚持从农村的实际出发，从根本上减轻农民的负担。要考虑到大多数农民至今还不富裕，许多人才刚刚摆脱贫困，只是温饱问题解决了，还缺医少药，尤其是医疗条件很差，有的村没有医务室，病了要到乡镇医院去看医生，而得了急病，只能听天由命；教育条件也很差，几个村才一所小学，有的6岁小孩，不仅住宿在学校，且要生活自理，这可难为了许多家长和孩子。农民多余的粮食也卖不出去，就是卖了也赚不到几个钱，农民的确经济条件很差。有土特产的地方，有的因公路不通运不出去变不了钱或者无人问津，而每年的税收却一分不能少；农民就是杀头猪，还要交上几十元的税，栽一棵果树也要交十多元的特产税，这种特产税规定，只要你栽下了果树，不管它是否结果，是否得到了收益，从栽树这天起，就得交特产税，农民怨声载道；但不执行也不行，没有经济来源，只能靠山吃山，靠水吃水，依靠自然资源发展经济。然而许多农村交通不发达，就是有资源也变不成钱，守着金山讨饭吃。山区农民的主要经济来源是靠养猪，但在价格不高的情况下，一头猪又卖不了多少钱，这就挫伤了农民种田养猪的积极性。

第九节

失　望

总之，“文化大革命”时期，农民只能在已分配的田地里种蔬菜。由于干部不从农民的根本利益出发，干出了许多不得人心的荒唐事。在山区农村，一家一户的占很大比例，有的农民为了改善生活，避开检查，在人烟稀少的大山深处开垦园田种粮食和蔬菜。而干部为了割“资本主义尾巴”，采取群众监督与举报相结合，只要举报谁家在山林中开垦种东西，就得采取一切手段：一是开小队队长会和代表会，杀一儆百；二是组织违反者所在的生产队开群众大会，用典型发言，批判这种资本主义思想，并根据情况，要违者多出义务工以示惩罚；三是在全大队通报，以示教育他人。

在那个年代，农民的义务工非常多，一个劳动力从年满 18 岁开始，女的到 55 周岁、男的到 60 周岁为止，每年要出 20 多个义务工，加上公积金、公益金的提存，一个农民一年要付出多少，劳动了一年究竟得了多少，一生到底付出了多少，为集体作出了多大贡献，这无人去计算，也没有人去认真考查。同时，由于工业与农业的“剪刀差”，国家只计算了工人老大哥的贡献，而忽视了农民对国家的贡献。实际上，中国的农民不仅付出的劳动强度大，得到的收入少，且最听话。他们没有多少获取，只求吃饱穿暖，一生平安。他们是世界上最辛苦的人，也是最勤劳的人，但所得到的回报最少；他们最知足，不求金银财宝，只求平平安安；应该说他们对国家贡献最大，对人类贡献最大。

“文化大革命”中，农村普遍学大寨。区里为了搞样板工程，组织了长年基建队，集中改造梯田、修建水库，要从劳动力中抽调5%；公社也要搞基本建设，改造梯田，也得从劳动力中抽调5%～10%；大队也要改变面貌，除冬季全力以赴上工程外，也得从生产队里抽调10%的劳动力，组成长年专班。这一抽一调，一个生产小队，年轻力壮的劳动者大多被抽出去了，在家劳动的大多是老弱病残的、哺育婴儿的。这种“一平二调”的政策，在我国解放后沿袭了多年。而且这些工程，生产队不仅要无偿付出劳动力，就是劳动者的补助、口粮等等也全部由出劳动力的生产队补助。而受益方却无偿占有这些劳动成果，就连一口水也要收取劳动者的钱。在工地，由工地指挥部统一指挥，早上5点30分吹号起床，7点钟上工地，中午只休息一个小时，晚上5点30分才收工，一天工作九个多小时，就是再刚强的小伙子，有的也被累病，常常多人在工地上病倒。这种工程以民兵为核心，劳动强度大，带有强制性，实行的是半军事化管理，并以大队民兵连为单位，吃住在一块，工程完成量也是以大队为单位结算，如果哪项工程，你这个大队今年冬季不能完成，明年春季将继续完成为止，不完成工程量是不准撤回工程队的。往往由于工程量过大，生产队的劳动力因老弱病残的原因，派不出强劳动力而影响工程量的完成，从而影响第二年春播。这种所谓顾全大局，实质是因小失大。长年累月，由于强劳动力在外，出劳动力的地方，山河依旧，造成恶性循环，山区越搞越穷，粮田越种越荒，吃返销粮的生产队越来越多，无形影响了山区农民种田的积极性。他们上工不迎日出，下工不送日落，一年到头脸朝黄土背朝天，还是少吃没穿，所以在人海工程中，不知有多少人投机取巧，不知有多少人“往工地一站，工分照算”，不知有多少人“往工地一走，工分到手”。偷懒的、取巧的、请病假的比比皆是，真正有一份热就发份光的人不是很多。干部为了调动群众的积极性，做了许多思想政治工作。这种工作，在一定条件下是有作用，但它不是万能的，离开了客观实际，这种工作起不到任何作用，相反成了负作用的催化剂。劳动强度这么大，他要吃饱，要营养，在

外劳动要给予补助，长期在外家庭得不到照顾，要求当地干部给予特殊政策。这些合理要求在当时的条件下根本得不到满足。

“文化大革命”开始时，随着“革命”的浪潮，在强大的思想政治工作下，的确调动了许多农民的积极性。他们夜以继日，加班加点，在向先进学习的热潮中，你追我赶，争上游，当模范、树典型，大伙干得热火朝天。但随着疲劳战和持久战，生活又差，工作又累，不仅吃不好，而且吃不饱，干部后来靠思想工作就必然失去效应，强势的思想工作也就失去了作用，因为思想工作不能使人的肚子吃饱和吃好。在客观存在的前提下，人要靠吃饭生存，仅靠思想工作是不能长久的。要在保证人的基本生存条件下，客观物质才能发挥它应有的作用，也只有符合客观规律，精神在一定条件下才能发挥它的反作用。二者的辩证统一，物质才能变精神，精神才能变物质。例如，在工地，许多人争上进，吃苦在前，重活抢着干，但由于劳动强度太大，生活条件差，炒菜没有油水，饭也吃不饱，能让他支撑几天？有的强劳力一顿饭要吃一斤多米，一顿吃掉了一天多的口粮，这就出现了矛盾，在工地劳动一月只 45 斤粮，而一个强劳力一顿饭要吃一斤多，如果要保证这些人能吃饱、吃好，哪来的粮食？谁能保证？久而久之，吃不好又吃不饱，必然会影响劳动者的积极性。

1975 年冬季，大队组织工程队到溪河筑坝改造梯田。因带队的干部，没有运用好物质与精神的辩证关系，缺乏指挥能力，没有掌握好他既是劳动者又是指挥官的辩证作用，一味采取行政命令的方法，干什么都以军人的作风，简单粗暴，不讲究方式方法，除自己拼命干以外，没有充分发挥好整体的作用，在一个月的工程中，全大队派去了近 100 人，而工程量仅完成了不到 30%。为了不影响次年的春耕，为了不拖整个工程的后腿，喻伟主动要求到工地当指挥员。在不到两个月里，他采取定额包工、分量到人的方法，奖勤罚懒，奖优罚劣，并拿出部分工程补助粮，奖给每天完成工程的人，每天予以兑现。由于方法得当，在春节前，他不仅带领大家完成了原来遗存的工程量，且超额完成了任务，得到了工地指挥部的

表扬。

就是因为这种奖惩方法，也得罪了个别人。有人捏造事实，以喻伟多占多分工程补助粮为由，在全大队开群众大会时，张贴大字报，说他在两个多月的时间里，多占有了5斤大米，引起不少不明真相群众的起哄。有个在当地名声很坏的黄姓妇女，公开在大会上叫喊，要喻伟退出多吃多占的粮食，并向群众说清楚。因喻伟确实不明事因，大字报一出，搞得他措手不及，在那种情况下，在缺粮食的岁月，这些人是不会听他解释的。当天，大会一结束，党支部就开支委会，要他将此事讲清楚。在支委会上，他的前任带队的那个大队干部承认，在走时多称了5斤大米，喻伟而应补助的10斤大米都没有要。真相大白后，喻伟的声誉不仅没有被诋毁，相反群众请求公社为他记功。事后几个不明真相的人也主动向他赔不是。从此他不谋私利在当地广为传播，许多群众给予他很高的评价。至今就是喻伟犯了罪，还有人不相信。

但是，有些好事，不为人接受，搞得使他下不了台。在记忆中，下面这几件事让他终生难忘。

喻伟在任大队党支部副书记期间，为了改善群众的生活，他想方设法为群众谋利益，凡是对群众有利的，他坚持为群众说话，凡是对群众有帮助的，他想方设法运用政策使群众得到实惠。在兼任小队队长期间，每年收割时有大量的青苞谷棒子，他就按人头分给群众，不计算在人口粮内，解决群众吃饱饭问题；收获红薯季节，能多称的就多给点，为的是能让群众填饱肚子。有一年，生产队有户人家，因家大口阔，劳动力少，在青黄不接的季节里，家里连续两天揭不开锅了，喻伟知道这情况后，马上叫保管员给送去40斤苞谷，解决了她一家人吃饭问题。不要小看这40斤苞谷，在当年却是救命粮，多少年来这家人对喻伟念念不忘。另有一家人，人口较多，土墙房子又小又旧，家里人挤在几间小屋里，生活极不方便，建新房又不好批伐木料。为了解决这家人住房的困难，喻伟亲自到公社找主管领导给这家人批伐木料，盖起了新房，至今这家人还不忘，只要见着喻伟就致谢。

但做好事也引来挨骂的时候。如周某某在外出工，家里只有几名未成年的孩子和他的妻子在家，分配红苕时无劳动力运回家，喻伟就主动帮她家，选了最好的红苕给她家里送去。结果事与愿违，哪知周某某的妻子根本不理会喻伟的好意，她在未回家看看的情况下，就大声在田地里骂，说喻伟把别人挑选了不要的红苕给她家送去了，搞得喻伟骑虎难下。当时喻伟的母亲也在场，就说："你先不要在田地里骂人，还是回家看了后再说，如果给你家里送去的是别人挑选了不要的红苕，你退回来我家里要。"结果周某某的妻子回家看了后觉得是她自己错了，还主动给喻伟赔了不是。

这件事对喻伟触动很大，做好事不为人承认，反受气挨骂，没有什么真理可言。他认为在这世上，是坏人当道，好人受气。喻伟因犯罪被捕后，他列举了许多事例，说明在当今社会，许多心术不正的人，罪行犯的比他重，作案次数比他多，因当官发财有道，没有得到应有的惩罚。在喻伟的心中记载的都是社会的黑暗面。

应该说，周某某的妻子发脾气，情有可原：一是她的丈夫长期在外出工，无劳动力，家庭的重活脏活全由她一人承担，的确很辛苦；二是家庭里子女又多，无一人为她分担家务，辛苦了没有人为她说一句话；三是家里很困难，吃不好穿不暖，分点儿红苕也运不回家，自己的气无处出，便将无名火发在了喻伟的身上。

的确，在那些年，男人或强劳动力长年在外出工，男人无法照顾家庭，重活脏活全由妻子承担，家里的老人、年幼的小孩均由妇女照顾，放到谁的头上都有火。还不说人口多的困难家庭，愁吃少穿，还要保证出工，365 天，天天忙得不可开交，无日无夜地忙、天天累，不能休息，就是机器也疲劳了。那时，除了患病外，一般不能请假，迟到、早退都要扣工分，不请假的不仅要罚款还得扣罚一天的工分，进行双重处罚。一年到头，没有休息日，就是中国人传统的春节，也不放假，什么初一给土地拜年，初二上田间。

1975 年新选拔的会计，不愿搞这年的决算。已担任大队副书记兼第一生产队队长的喻伟，为了不影响群众的分红，他加班加点，把这年的决算搞完。结果事与愿违，有个人的工分因记工员的

疏忽给漏掉了，在向群众公布时被发现，而个别人就此事进行发挥。说他大姐坐月子也给算了工分，并告到公社，经查没有此事，但他们仍不罢休，在喻伟再次公布工分时，进行人身攻击。喻伟当即气得将决算账本丢到了进行人身攻击这个人的脸上。为这事，公社专门派人进行查账。在已证明喻伟没有任何问题时，这几个人还不断告他的状。有人公开说，从解放以来，20 岁入党并提拔为党支部副书记，没有人提拔得这么快，要斩断他的前途。为了达到目的，这些人想了许多办法，写大字报、向上级告状，用了许多不正常的手段。原因就是这个带头进行攻击的人，一心想让自己的女儿当干部。可是因他的女儿不争气，未到 20 岁没有结婚就生了小孩，最后以失败而告终。

其实，这个带头向喻伟发难的人，对喻伟家是有恩的。这人与喻伟的父亲从小是好朋友，关系不错，尤其是在喻伟母亲病重期间，家庭非常之困难，母亲病，家里无人照顾，私人园田也无人种，好几年里这人帮喻伟家耕种园田。大小事都帮过忙，为喻伟家的确干了许多事。可在涉及前程时，这位带头闹事者来了个九十度的转弯，对喻伟不留任何情面，进行无中生有的攻击。他出谋划策，张贴喻伟的大字报，大小会进行人身攻击，写告状信，串通他人提意见，大有置喻伟于死地而后快。喻伟当了几年的书记，这位先生带头告了几年的状，光他们策划的告状信，就能装订几本卷宗，就他们反映的问题，公社多次进行调查，都是无功而返。

一计不成，再生一计。大队有一个未婚先孕的女子，生了一个女孩，本来与喻伟无任何关系，他们捏造事实，告状说这女子所生小孩是喻伟的。这可不得了，那年月正是提倡晚婚的年代，一个大队干部未婚使女子怀孕那还得了，公社专门派人进行了一个星期的调查，证明与喻伟无关，这才平息了风波。告状失败，他们再生一计，说第一生产队战备粮储备了十几年，有几十万斤，而在他当队长手里这十几万斤战备粮没有了。十几万斤战备粮不见了还得了，那是备战备荒的年代，分吃战备粮是要负法律责任的。公社为此派了几个工作组，进仓库、查原因、找漏洞，进行清仓查库存，经反

复查对，才弄清了原由：一是喻伟在任生产队长只一年，不可能个人吃掉几十万斤粮；二是喻伟没有进仓库门的钥匙，进不了仓库。经查证，因原来几任队长，虚报产量，仓库里根本没有储存这么多的战备粮。而交账给喻伟也只是账目，喻伟接任时也未对仓库的战备粮清仓核对。结果，账目是清楚的数十万斤，仓库是空洞的无粮食可存。经过清理，总算还了他一个清白。

这个清白，对喻伟的教训是深刻，喻伟也因此在思想上打下了深深的烙印，也使他了解了许多人情世故，他明白了许多道理、理解了社会的复杂性。

这次教训每当谈起他心中极为恼怒，不知多少次他以例说教，对朋友讲对亲戚说，别人受表扬自己背黑锅，别人戴红花自己受批判。为此，他专门写了一首诗：

仓库空数字颂，
虚拟成绩谁的功；
你也吹我也吹，
储备粮是空洞。

他受表扬我挨批，
他戴红花我受气；
你骗我来我骗你，
不知哪里有真理！

第十节

祸 不 单 行

人一生不知有多少不可预见的事件发生，发生后关键在于怎么样应对它。如果吃一堑长一智，从中总结经验教训，他山之石为我所用，就可取得预料之外的效果；否则，祸不单行。

喻伟就是如此，他在意外事件发生后，不是积极地去应对，化不利为有利，而是面对突发事情，采取回避的态度，在挫折面前消极、愤怒，其结果使他预料不及。

有一天，队里有一名女子，在他无任何思想准备的情况下，突然给了喻伟一封信，喻伟打开后，错字别字很多，语句也不通顺，勉强看出了信中的意思：

你踏在我长辈的肩上当了领导，看不起人，我知道你瞧不起我，你很得志，对像我这样不识几个字的农村女子，你是不屑一顾的；但你不能讨厌我，因我有自尊心，我有我的人格，你不能对我这样，不能视而不见，你见到她人有说有笑，而对我十分冷漠。我母亲与你母亲也谈好了，你同意不同意是你的权利，但你不能这样对待我，在这里我不是嫁不出去的女人，不是我求你非娶我不可，但你要给我一句话，你究竟爱不爱我，否则我不会饶你的。

喻伟看毕，顺手就往荷包里塞了一下，可信随着手的抽动从荷包里掉在了地上。这一下可不得了，这女子回家后又是哭又是闹，说喻伟将她给他的信撕毁了丢在地上，并当着许多人羞辱了她，搞得满城风雨。

她母亲到喻伟的家对喻伟进行责问，说喻伟侮辱了她女儿，并直问喻伟的母亲，“这门婚事是你答应的，为何又反悔。”喻伟的母亲不明事因，无法回答问话，等那女的妈妈吵完了，喻伟的母亲才一一解释。喻伟的母亲说，“是的，我们俩在翻红苕藤子时，你主动提出了我儿子的婚事，我当时就说，这要由儿女们自己定，上辈人不能包办；我回家给我儿子说了，他说我们不能包办，婚姻由他们自己定，且我儿子的年龄还小，还不想考虑这事，并不是不喜欢你的女儿。我们不能因儿女们的事搞得不愉快，就是儿女没有缘分，我们还是好朋友，我们也不能因这事搞得两家生分，使外人看笑话。这事本来是你们看得起我们家，才主动要将女儿嫁给我儿子，我们何乐而不为呢！我们家这么穷，你不怕你女儿到我家受苦，你养了这大的女儿，要嫁给我儿子，我们享福，哪还有我们挑剔的。来！进屋去喝茶，我们坐下来慢慢谈。”

喻伟的母亲说着说着，就拉那女子的妈妈进屋。在喝茶过程中，喻伟的母亲和蔼地与那女子的妈妈交谈了半天。通过交谈，他母亲将那女子的妈妈说服了。从此再未提过此事。喻伟当年一心想走出农门，不想在这农村找对象，就是许多很漂亮的女孩主动追求他，也被他拒绝了。

在城市，某个女子爱上某男子，或者某个男子爱上某个女子，大都以书信方式投石问路，书信是城市男女自由恋爱的主要方式。在农村则不一样，如果某个女子喜欢某个男子，就是给那男子做一双鞋子，如果男子接受了鞋子，就是自由恋爱的开始。随着改革开放，城乡交流，农村女子的文化程度提高，这种传统的恋爱方式，已退出历史舞台。农村的女子大多数已不会纳鞋底了，自由恋爱也是以书信为主。

喻伟在他 20 岁时，就遇到这样一件事。区委组织全区党员集中整党，在整党期间，除全体党员参加外，参加整党的还有群众代表，这些代表除准备培养入党的积极分子外，就是敢于提意见的非党员代表。会期一般为一个星期。在会上，他无暇顾及，只准备答复群众提的意见。因那时期整党相当严格，不过关是不行的，整党

就是听批评意见，在整党中不能反驳提意见的人，不回答群众意见的，达不到群众满意的，就不能过关，搞不好这一个星期的整党对象就是你一个人。为了避免出现这种情况，喻伟作了充分的准备，思想虽然高度紧张，但已习以为常，因这样的整党活动大队每半年要搞四次，公社一年二次，区委一年一次。说白了，整党就是党员人人要过关，个个作检讨。可当会议进行到第四天，有位非党员女性代表偷偷给了他一双非常漂亮的鞋子，因他不明白这是向他示爱，他未加考虑就接受了。回家后听他姐姐说："这是女子向你求爱的鞋"，他才恍然大悟。可由于多种原因他未向这位女孩说清楚，未表白他的意思。据后来听他人说，喻伟伤透了她的心，一气之下嫁给了一个她从来就瞧不起的男人。过了没几年，已看破红尘的她，喝农药自杀了。说实话，喻伟并不是看不起她，而是因当年喻伟有自己的目标，不想在农村过早考虑婚姻问题。

在政治运动很频繁的那个年代，不仅干部更迭快，机构也变化大。"文化大革命"中的1968年，他们所在的魏家岩大队，与李家桥大队合并，称"八一"大队。因在那个时期改地名，还是取人名，都与政治挂钩，取名要取有政治含义的。不仅如此，撤区并社、撤社并乡、改乡为镇，机构变化反复无常。不仅群众不明白为哪般，就是干部也不明原因。就是这种撤了并、并了撤，不知耗费了多少国家钱财，就是干部也心神不定。如1974年，撤区并社，即将原来一个区下辖的几个公社撤并，干部调动大，人心浮动，一些干部为了通过撤并，跑关系，想提拔一官半职；许多干部为了保住原位置，给领导送礼。并社不久，又撤社并乡，将公社改名称为乡或镇。大队改名称为村，本来已安定的农村，又经历了动荡。群众算了一笔账，光这些单位更迭，拆旧房建新房，就花了大量的钱。这些钱是群众的血汗钱，农民成了"唐僧肉"。特产税、人头税等等，加起来有15项之多；在农村，一个农民，100元的劳动收入，要交各种税收和提留款近40元；农民杀头猪，仅屠宰税就20元；房屋地基税，每平方米每年5角。农民劳动一年，有的还不够交税；还有村、乡镇的提留款，按每个人头计算，每年每人不

少于 10 元，每个农民的负担的确不堪承担。为追交税收，非法拘禁的、打死人的、农民自杀的，每年都有发生。在农村每年有两件事伤透了干部的心：一是讨税款；二是计划生育。造成干部与群众关系相当紧张。

就是上述两件事，在日常工作中，喻伟有同感，所以工作起来就不很积极，也提过不少意见，得罪了某些领导，认为他不从大局出发，缺乏全局观念。1976 年 9 月，他被调到公社茶场当领导，在茶场，为了解决近百人的住宿，发动大家建房；房子建了后无钱买瓦，就发动大家开山劈石，用石板当瓦。经过半年的努力，盖好了房，工人有了房屋住。为了庆祝，他通过原来的关系，将电影放映队接到茶场，免费放了两场电影。为活跃青年人的生活，他特意到商店买了两支笛子、两把二胡。结果公社企业管理委员会又将他调到公社林场。他走后，接任的负责人告他买笛子等共花费了 27 元钱，公社为此专门找他谈了一次话，他当即表示，如果说不要这笛子他可以个人买了。到林场后因人少，不能成立党支部，在他的大队党支部副书记未免职的情况下，又宣布林场与大队合并，他主要管林场，但只挂大队副书记职务，对大队其他事务一般不参与。这样林场成了他的休闲之地，在林场他又改造房屋，通过公社批准伐树木，将林场改造一新。为了种好树，他先从民工的生活着手，除种好菜园外，对几亩地，进行了改造，年底苞谷获得了大丰收，每个人不仅分得了公社调拨的大米，还分得苞谷几百斤，解决了职工生活的许多困难。至今有的人还说，如果当年不是那几百斤苞谷，一家老小肯定要饿肚子。除此之外，他还发动大家种了许多树苗，现在这些树已长成了大树，为此得到公社的好评，公社书记亲自带领公社干部到林场参观。

1978 年，喻伟考取了大学。大学毕业后被分配在振华中学任教。自从与赵娇艳离婚后，他刻苦学习，考取了某大学金融专业的研究生。1995 年 8 月，他研究生毕业后被分配到某银行工作。

DISIZHANG

为誓言铤而走险

第一节

人生誓言

离开农村，到大城市生活，干一番大事业，是喻伟梦寐以求的事情。现在终于实现了，从城市到农村，从农村再回城市，从泥土地到讲台，从讲台到机关。角色的转变，环境的变化，地位的上升，似一帆风顺。对于理想的实现，他说：“我是在追求中得到的幸福，我是靠自己改变命运；理想是我的追求，知识是我的支撑点。”在日记中他写到：“人生要有所追求，不断在追求中实现理想，没有理想就没有抱负，就会失去奋斗的方向，没有方向就没有奋斗的目标；我一生所追求的就是出类拔萃，既要有权又要有钱，没有权的世界，只能寄人篱下；没有钱的世界，生存没有幸福而言。幸福就是物质和精神的统一。”

第二节

理　想

在全新的工作环境中，喻伟积极肯干，得到许多同事的好评，也得到领导的赏识。在同事中，是最早被提拔重用的；一同被分配到单位的，有的还未被提拔科级干部，他已被委任了办公室的副主任，被内定为第三梯队。当年在所属单位真是红得发紫。

在同事眼中，他是很走官运的。官运亨通，使他觉得处处高人一等，目中无人。事物就是这样，人生得志时，往往最容易被光环蒙住双眼，放松思想改造，不注意言行举止，时刻想追回失去的享乐。喻伟就是这样，在人生冰点时，奋斗、拼搏；在人生遇到挫折时，怨天尤人，抱怨社会对其不公；在人生高峰时，享受玩乐，以金钱衡量朋友。他在角色转换后，所追求的是吃喝玩乐，与一些不三不四的人交朋友，吃拿卡要，处处为难客户。他为了捞取政治资本，欺骗领导，说假话，压制下级；灯红酒绿，时间消磨在舞厅中，每天吃在餐馆里。一次，在交往中，结识了一位香港商人，见富商腰缠万贯，财大气粗，他羡慕不已，而为自己囊中羞涩感到惭愧。为此，当他到证券公司工作，成为公司的副董事长以及董事长之后，不沾油水不办事，仅在两年内，受贿 32 万多元。后来政策规定，凡在证券公司工作的原银行工作人员，根据自愿原则，愿意留在证券公司的，可继续在证券公司工作，但编制、党政关系等与银行脱钩；愿意回银行工作的给予妥善安置。喻伟在证券公司工作了几年，尝到了甜头，自告奋勇地留在证券公司工作。不久，证券公司改制，喻伟被证券公司股东聘任为公司总裁。为了满足自己的

消费，就大把地捞钱，甚至与犯罪分子勾结，诈骗、侵吞国家资产。他对许多人说：当年我寄人篱下，看别人脸色行事，对看不惯的要看，对瞧不起的领导还是要说违心的话，受人之气受多了。那都是无权无钱所致，今天我已出人头地了，我也应该享受了。

第三节

为实现理想不择手段

有点常识的人们，都会知道，国家的密押是特级机密，就是银行的工作人员，知道的人也很少。简单地讲，密押是鉴别全国银行联行间汇、划款的真伪，保证国家资金安全划拨的重要工具。它属于国家的特级绝密。一般人不知它是啥东西。

随着改革开放，人们逐渐认识了它的价值和作用。许多贪婪的人把罪恶之手伸向了它。喻伟就是其中之一，他利用工作之便，勾结银行内部的工作人员和社会人员，在密押上大做文章，给国家造成了巨大损失。

据记载，全国首例采用因盗取密押被判处死刑的是湖南省邵阳市农业银行的滕文高和工商银行的熊桂柳。他们纠集社会人员，多次伪造信汇、电汇，窃取国家资金100多万元。

而喻伟有过之而无不及。

“搏击、奋斗、勤劳，一切为了钱。”这就是他的人生哲学。

在业务活动中，他结识了一些个体户，求他融资的，与他拉生意的，找他帮忙的，门庭若市，一时间他成了新闻人物：最年轻的处级干部，知识型的行政领导；走出小车有人开车门，抽烟有人点火，前呼后拥，派头十足；花钱如流水，在舞厅对小姐一掷千金。

他自己常说，“我小时候，一分钱都要攥出汗来。现在我也有钱了，不再看别人的脸色行事了。知道了有钱受人尊重的滋味，受人仰望的高贵。钱真是王八蛋，为了它，我过去不知受了多少苦，付出了多少血汗，看了多少人的眼色……”。

他有一个座右铭：骗钱要骗银行的，捞钱要捞巨商的，生意要做私营的，招牌要打国营的，假货要仿制名牌的。他孤注一掷，使出看家本领，投机钻营。当发现银行在管理上存在漏洞，某些银行工作人员私欲严重时，便产生了在银行搞一笔钱后逃往国外的意图。

于是，他将黑手伸向了银行的密押。

为了万无一失，在找准目标的前提下，挑选了对象，为实现目的打下基础，做了前期的准备工作。

人，一旦被私欲扭曲了灵魂，将失去自我控制力。私欲一旦代替了理智，其欲望便无限地膨胀，欲壑难填。金钱是他惟一的精神支柱。他的信念是：金钱是万能，朋友是短暂的，婚姻是姻缘的，兄弟是血缘的，只有金钱才是真正看得见的。要获得它，只能不择手段。世界上没有一个人是不爱财的。朋友没有钱，将离你而去。兄弟姊妹没有钱，将是称呼而已。朋友靠金钱支撑，亲戚靠金钱维系。没有钱，什么朋友、血缘、亲戚将是空谈。所以，他为了钱，不分亲朋好友，不惧良心谴责，不受道德约束，不讲人情事理，不怕别人指责，不畏法律惩罚，为所欲为。

2002年5月，他结识了广州市的朱强，并用几万元人民币买了一本泰国假护照，向既定的目标迈出了第一步。

虽然他在银行工作过，但未接触过密押。为了尽快达到目的，喻伟利用各种机会，通过多种手段，凡是他认为能用上的人，他都投石问路。他一反常态，舍弃身份，不耻下问，不惜向“小人物”低头，并舍得用金钱疏通各种关系，不惜重金宴请各路“有用之才”，千方百计地贿赂银行工作人员，并利用原来的老关系，进行感情投资。

在一次酒杯的碰击声中，李某告诉喻伟，在仙桃他有一个朋友

姓刘，刘的爱人在银行专门从事密押工作。这一信息的获得，喻伟像打了一针兴奋剂，为自己旗开得胜的计划兴奋不已。他专门围绕李某提供的信息，对目标进行了数星期的调查。2002 年 6 月中旬，李某专程将喻伟带到仙桃找到刘某，当刘某告诉喻伟，他的爱人的确在银行工作，但不是从事密押工作的，喻伟听了后像泄了气的皮球。不过，刘某的爱人经不住喻伟的三句好话，置规章制度于不顾，从银行中拿出了三份空白汇票给了喻伟。

汇票具备后，为了破解汇票的密押，喻伟通过各种关系寻找懂得密押的银行工作人员做朋友，他先后宴请了几位朋友，花了钱但事未办成。

2002 年 8 月底，喻伟又通过朋友的介绍，宴请了在银行工作的罗哲夫妇。当谈及密押时，罗哲夫妇说，银行对密押管得很严，每个人只知道某一项计算方法，要得到整个密押的计算过程非常不容易，而且有很大的危险性。通过交谈，喻伟发觉罗哲夫妇根本不懂得密押，相反被罗哲夫妇的话浇了一盆冷水，他从头凉到脚。

不过，这次的客并未白请，罗哲夫妇向喻伟提供了一个振奋人心的喜讯，有个叫张得利的人，其父亲原是某银行的副行长，张得利现任某农业银行信贷科科长，管过省辖联行间的密押。这人“非常够朋友”，只要有利可图，他一定会鼎力相助。

在罗哲的引见下，喻伟与张得利接上了头。

张得利确实是位角色，被人宠爱惯了，处处以自己为中心，傲慢、自尊、为人专横，没有“利”是不肯帮忙的。

当晚，喻伟宴请了张得利，在汉口香格里拉饭店一间富丽堂皇的雅座里，热闹非凡，劝酒声、酒杯的碰击声、笑话一浪高过一浪。酒过三巡，张得利对喻伟的慷慨佩服得五体投地，有一种相见恨晚的感觉。张平时见人带有一种怀疑的态度相识，今日，他反客为主，一杯接一杯的回敬喻伟，说喻伟年轻有为，在他相识的人中，他最看中的是喻伟。在酒杯的碰击声中，随着酒兴的发挥，张得利重复地夸奖喻伟，什么风度翩翩、才华横溢、年少貌俊、年富力强，凡能用上的好词，他都往喻伟的脸上贴，把喻伟夸得昏

昏然。

张得利平时就有海量之名，今晚酒逢知己千杯少，喝下一斤酒后，他还特别称强，在所佩服的人面前，更加显示其酒文化，在站立不稳的情况下，还主动端起酒杯，要与喻伟比个高低：

“喻大哥！你是我……我见过最有实力的人物，够哥们！够朋友！来，感情深，一口吞，我……我先干为敬，你看着办！来！给我满上！喝！”

张得利喝得舌头已不利落了，还将一杯刚满上的酒一饮而尽。连喝几杯后，不听使唤的舌头还不停地饶：

“朋友！你够朋友。你有什么事只管给我讲，我一生没有别的，其优点就是决不出卖朋友，决不会亏待朋友，凡是我能办得到的事，我决不会推辞，我有一百分的力量，会使一千分的劲。来，干杯！”

舌头已不听使唤了，他还要喝。喻伟这时也觉得酒到了位，便客气地说，“张哥，下次我们再喝，今天我确实不胜酒力了，你海量，够朋友，我今生交定了你这个朋友。”

张得利听见喻伟在夸奖自己，又重复地说：“我……我决不会亏待朋友，你有事只管说……”

喻伟见时机已成熟，就不再客套了，便把话题转到正题上，问张得利：“省辖联行密押与全国联行密押计算方法是否一致？”张一听迟缓了许久，未直接回答喻伟的问话，只是一支烟接一支烟地抽。喻伟见张得利在思虑，便凑到跟前，不断地给张得利点烟，不停地用好听的话夸奖，不失时机地阐明观点，千叮嘱万保证，就是事情败露也决不会牵连于他。

张得利思索了良久，又不想丢失面子，在喻伟的不断追问下，从牙齿缝里一字一字地答到：“方法基本相同，只是密押不一样。”

喻伟得到满意的回答后，又将张得利带至咖啡厅，二人交谈到深夜，对密押的要素、编制规程、技术要求、计算方法等进行了交流。喻伟并要张得利想办法搞到编制规程的全国银行联行行名和行号，用密押骗取现金后平分赃款。喻伟还承诺，事成之后，由他负

责办理护照，将一同逃往国外。

张得利开始还心有余悸，顾虑重重，一是怕事情败露，受到牵连而进监狱，从而影响父亲的声誉；二是怕牵连亲属，丢掉饭碗，影响家庭，想到自己可爱的儿子，他不寒而栗；三是怕喻伟得逞后，独吞资金，自己不仅白费了劲，且前景难卜。但在出国、金钱的诱惑下，张得利答应了喻伟的要求。

此后，二人又多次对窃取密押等技术问题进行了策划、分工，张得利负责搞全国银行联行的密押，喻伟进行假印章的雕刻。

张得利为了得到全国银行联行的密押，便四处活动，多次到掌握此项业务的人员家里进行感情投资，不惜重金，请客送礼，笼络有关人员。2002 年 9 月下旬，张得利得知某银行分理处的魏某掌管联行行名和行号，便宴请了魏某，在酒席上，张得利未费多大工夫，从魏某手中获取了《全国联行行名、行号》这一重要文件。

喻伟也未意料到实现自己的计划得来的是这么容易。但为了事情的成功，做到万无一失，他又反复地给张得利说，不要为小利而失大利，我们请客支出的是小数，而将得到的是大数。“要想菩萨显灵，就要磕头烧香。”在这世上，人是自私的，你不付出，哪来的收入。他告诫张得利，今后，凡是该支出的，可不惜血本，只要对实现计划有利者，都可宴请。

张得利为了掌握密押的计算方法，想尽了许多办法，通过多次演算和验证，他基本掌握了计算方法；但用什么汇款方式、在什么情况下运用密押，他绞尽了脑汁。一天，个体户周顺喜到银行找他贷款，张得利心里突然一亮，为何送上门的机会我都未想到：利用贷款解开密押，这不是“天赐良机”吗？

周顺喜文化程度不高，小学还未毕业，但在生意场上老奸巨猾。他胆大妄为，能赖账就赖，能要横的就要横，能骗的就要手段骗。挥霍的是银行贷款，欠的是朋友的钱；他网罗了一些狐朋狗友，无视国法，专门制假贩假、拐卖坑骗，强拿硬要。心狠手辣是他看家的本领。就是在贷款中，喻伟认识了周顺喜一伙，视他们为“哥们”。喻伟见周顺喜等人借国家的贷款靠赖账发了财，投以羡

慕的眼光，一来二往，在灯红酒绿中他们结为朋友。周顺喜等人经常将喻伟带到各种场合“见世面”。喻伟见这些人出手大方，心中很不平衡，总想捞点。当在职务升迁并不满意时，思想发生了质的变化，不求上进，加上婚姻不幸，他只要能捞就捞，见钱眼开，无钱不办事，有钱乱办事。

周顺喜全靠贷款赚钱，虽明知张得利是“肉包子打狗——有去无回”，但为了不得罪这些“财神”，只得委曲求全。为了生意、为了赚取更多的钱，周顺喜不敢怠慢张得利，当张得利向他借支票和印章时，周顺喜未说半个“不”字。张得利向周顺喜借了6500元的支票及印章，以要将此款汇往上海购物为由，通过关系在武汉市某农业银行办理了票汇委托书。2002年9月26日，张得利在农业银行办理汇票，当会计计某在计算票汇密押时，张得利在旁边偷看偷记，基本掌握了全国密押的计算方法。

按规定，银行不得使用密押汇票购物，会计计算密押时，他人不得在场观看。张得利的父亲是计某某的上司，计某某不仅不敢得罪上司，也不敢得罪同行，不仅让张得利在旁观看，且不断解答张得利的问话，放弃了原则。

原则的放弃，为张得利提供了实施犯罪的条件。

与此同时，喻伟为实现下一步目标，采取各种手段，网罗刑满释放人员和无业人员，以平分赃款、出国等为诱饵，策划和实施犯罪活动。并授意他人在武汉市一个个体摊位上，私刻了全国银行联行、新洲烟厂、会计、出纳等假图章七枚。

一次次得手，一次次过关，喻伟对自己的行为非常得意。为了保证万无一失，与同伙进行了多次密谋。他对相互间的分工、相互间的协作、相互间的作用都进行了周密的策划、部署。为了防止马失前蹄，他利用曾在银行当过出纳，后因盗窃、抢劫被判过刑的罗喜充当马前卒，部署罗喜负责提款、转款；并安排林军负责提供账号、提取现金；张得利负责密押的计算。

喻伟计划着即使行动失败，他也可丢卒保车。

2002年10月下旬，喻伟为了检验前段准备的效果，他将张得

利、罗喜等人带到广州，专门用两天的时间进行演练，并要张得利反复对密押进行计算核对，在确定密押计算准确无误后，喻伟亲自填写了两张各580万元的汇票。张得利按照喻伟提供的数据、汇票数额、汇入银行的密码、联行的密押，进行了计算，分别汇入深圳某工商银行和某农业银行。

汇票填好后，喻伟用电话通知了林军，要林军在深圳接应，要不惜本钱，想办法找关系从银行中套出现金。林军按照喻伟的安排，根据计划，在事先已进行感情投资的前提下，对有关人员再次进行了宴请。并许诺，事成之后，将对半分成，还承诺，即使事情败露，由他一人承担所有的责任。

喻伟接过盖有七枚假印章的汇票，坐在沙发上，反复看了数遍，见无懈可击，对着张得利伸出大拇指，从空中画了一道无影的轨迹，兴奋中不知所措。沉静了一会，不知是什么原因，喻伟突然沉下脸，目光变得呆滞，目不转睛地盯着这张汇票，心烦不安地在房间来回走动，仿佛汇票变成了一颗子弹，正要射击自己的心脏。他越看心情越紧张、越看心里越发慌，紧张的心情造成双手不停顿地颤抖，汇票在手中也不断地颤动。他担心一旦密押计算错误，前功尽弃；又害怕事情败露，事与愿违；也担心林军吞了独食，吃力不讨好。心神不定搅得他几夜未眠。

然而，事情正如他预料的那样，最怕的事实发生了：林军在深圳的两家银行进账时，因密押计算有误，不能转账。喻伟当从电话中得知这一消息后，瘫痪在沙发上，久久地闭门思过。他一言不发，房屋中回荡的只有叹息的声音。

次日，喻伟与张得利、罗喜、余奎、喻维刚等人从广州乘火车返回武汉。在火车上喻伟一言不发，只是一个劲地抽烟，在火车上的十多个小时里他抽了三包烟，连同坐的同伙都对他抽烟极为反感，可他并未顾及同路人……

烦恼、郁闷、焦躁，使得他心神不安。

回武汉后，喻伟并不甘心失败，又多次与张得利进行策划，要张得利千方百计、想方设法找出密押计算错误的原因，且不断为张

得利打气，要张得利不要灰心，总结经验，从中得出正确的结果。张得利觉得喻伟善解人意，够朋友，他便更加卖力，又再次核算了密押，还是不得要领，张得利自己也困惑不解。为了弄清密押的奥秘，张得利重蹈覆辙，又找周顺喜借了16000元的支票和印鉴，以汇款长沙购货为由，于11月29日再次找计某某办理汇票。计某在计算时，张得利又一次站在旁边偷看，并不时地向计某“请教”。通过请教和现场观摩，张得利悟出了自己在汇票汇出日期上有误是密押计算错误的原因。回家后，张得利在家中对密押的计算方法又验证了数次，觉得确已掌握了其中的奥秘，即将此消息电话告诉了喻伟。喻伟得知这一消息后，如释重负，从沙发上跳起来，将拇指和食指伸出一个V字型，示意自己取得了胜利。他在房中用缓慢地步子在房中走来走去，口中不停地念着：

钱那钱！
你的威力真不小，
你是杀人不见血的刀，
姑娘为你走错路，
小伙为你去坐牢。

钱那钱！
你是位美丽的少女，
多少人被你倾倒，
世人都称你好，
你是何等的霸道。

不知是诗兴大发，还是高兴所致，喻伟移动着步子，念着打油诗，手舞足蹈，兴奋的不能自控；在“很好！很好”的欢喜声中，脸上浮现出洋洋得意的微笑。他自言自语地说：“我喻伟想办的事，没有办不好的，人只要动脑子，可上九天揽月，可下五洋捉鳖。”

12 月 6 日和 7 日，喻伟、罗喜、张得利、余奎、喻维刚等人，又先后赶到广州，再次进行了冒险。喻伟按照张得利提供的密押，重新填写了一份汇票。汇票填写后，喻伟反复核对了数遍，生怕再次出现差错，在确认无误后，喻伟才在汇票上盖了假印鉴和图章。

12 月 8 日，喻伟认为一切办妥后，便指派罗喜、余奎持假汇票从广州到深圳再次与林军会合，林军于当日在深圳某工行和某农行分别各进账 580 万元。

一张假汇票，转眼变成了 1160 万元的钞票，林军十分高兴，他不敢相信自己的眼睛，这种没有风险的买卖，来得是这样的快和容易，这是他自己也没有预料到的；既实惠，风险小，得利多，钱来得这么容易，比他事先想象的要简单，这是他没有想到的。林军迅速将进账的 1160 万元巨款肢解，将其中 960 万元赃款转往了国外，只给了喻伟 200 万元，从此销声匿迹了。喻伟当拿到 200 万元后，认为林军太黑了，多次到深圳追查林军的下落，当得知林军是香港黑社会的人时，他只好打掉牙往肚里咽。喻伟除给了张得利 5 万元外，其他人都只给了各 1 万元。

要说林军心黑，喻伟有过之而无不及，心更黑。

DIWUZHANG

都市欲流中的人生档案

第一节

挥霍无度

200 万元，虽相对 960 万元是个小数目，但它的确是个天文数。那年头，我国经济还很不发达，能有这么大笔的巨款，的确少见，它相当一个穷乡的一年财政收入，就是有些企业也没有这么大的一笔收入。喻伟拿到这笔巨款后，进餐馆、下舞厅，花钱如流水。只要高兴，小姐的一个笑，一个吻，少则千元、多则上万元。

2002 年 12 月下旬的一天晚上，靓丽人家的舞厅里，人头攒动，华灯闪烁。舞池中一男子搂着一少女伴随着舞曲，面贴着面，身贴着身，悠悠自得的跳着情人舞，一曲又一曲。男的就是喻伟，女的姓王，名婕，刚满 18 岁，她五官端正，身段苗条匀称，一头披发似瀑布，垂挂在肩头，婀娜多姿，她的神态、她的气质，把喻伟勾走了魂，迷得他如醉如痴。

喻伟被王婕的气质倾倒，他用三寸不烂之舌，用最美的语言夸奖她，用最热情的态度关照她，什么国色美貌、天之娇艳，凡能表达的，喻伟不吝啬。喻伟各种俏皮话，让王婕五体投地。她佩服喻伟有知识、欣赏喻伟能说会道。喻伟将王婕比作“东家之女”，倾国倾城。喻伟一边与王婕跳舞一边动情地说：

怀中抱佳人，
美丽绝世立；
倾国迷人精，
钱权可放弃，
怀中美女难再得。

喻伟的夸奖，把王婕吹得云雾飘逸，她高兴极了，虽说原来有许多男人夸耀，但没有喻伟说得入木三分。

王婕问喻伟，“你为什么把我比作东家之女？难道我是个无庸之女吗？”

因王婕不明白东家之女的含义，以为这个成语很平淡，是一般的词句，是在鄙视她，没有倾国倾城好听，就不高兴地问起喻伟来。喻伟听后哈哈大笑，便说：“我的小美人，东家之女是讲战国时，楚国有个著名的文学家名叫宋玉。他曾当过楚襄王的文学侍从。

宋玉不但辞赋写得非常出色，而且人长得风流潇洒，一表人才。楚襄王手下有个大夫名叫登徒子，对宋玉十分妒忌，在楚襄王面前进谗，说宋玉好色。于是楚襄王把宋玉找来询问。宋玉说：‘没有这种事。相反，好色的不是我，而是登徒子。’

楚襄王问他有什么根据。宋玉便写了一篇《登徒子好色赋》的文章来说明。文章说：天下的美女楚国最美，楚国的美人要算我家乡最美。而我家乡的美女中，最美的是我家东邻的一位姑娘。这位姑娘，身材适中，肥瘦适度，简直像天上的仙女下凡。她微笑的时候，更是一笑倾城，使阳城、下蔡那些花花公子丧魂落魄。可是，这位‘东家之女’常常攀墙头来偷看我，至今已整整三年，可我却至今还没有答应接受她的爱情。

而登徒子呢，他的妻子是个丑八怪，头发乱，耳朵斜，裂嘴扒牙，走起路来一瘸一拐，简直难看极了。可登徒子却那么喜欢她，已经同她生了五个孩子。这就说明，好色的是登徒子自己，而不是我。

楚襄王看了，觉得宋玉写得似乎很有道理，也就不再说什

么了。”

听完后，王婕明白了，“东家之女”是形容绝色美女的。

她笑了，笑的是那么甜。

看见王婕很开心，喻伟又深情地说：“你可知道，我可不是不食烟火的人，我可不是那个宋玉哟，我可对你有好色之意哟!”

喻伟有他的目的，王婕有她的所图，两人怀着不同的心理相约在舞场。他和她是经人介绍在7月底相识的，因王婕招工未被录取，有人托他为王婕找份工作。喻伟被王婕的美貌所迷住，当即许诺帮王婕找到工作。为了找一份好的工作，王婕天天应邀到舞厅，她被喻伟三寸不烂之舌夸得昏昏然；她佩服喻伟博学聪颖、见识深邃，她被他的知识所吸引，被他的钱财折服，为他的舞姿惊叹；她依偎在喻伟的怀中，随着伴奏的音乐跳着情人舞。

喻伟很快与王婕勾搭成奸。

王婕涉世不深，对社会的复杂性没有认识，不了解在这种情爱里包含了祸水，只觉得喻伟是干部，有钱有势，父亲也是有地位的人，但她不知道，喻伟已是有妻有子的人了。喻伟对她根本不是爱，而是在玩弄她的感情。

为了迎合情人的欢心，讨得少女的温馨，除了钱外，喻伟就是打着自己是干部子女，有一份好工作，再就是凭着一张贫嘴，能骗就骗，骗一次算一次，把钱不当数。休息日，为了讨得王婕的高兴，他将她带到许多风景区，游山逛景。在各风景区，二人手拉手，打情骂俏，亲昵地举止让人倒胃口；他们吃住在豪华宾馆，每趟都是上万元。正当王婕在兴致之极，一场突如其来的事，将她击倒。一天晚上，王婕按照事先的约定来到舞厅，她左等右盼，就是不见喻伟的身影，且打手机也不回。正当王婕焦急地在舞厅里走来走去时，忽然从一少女的笑声中，王婕发现喻伟正被这少女挽着膀子推门进了包房。

喻伟又瞄准了新的目标……

王婕被眼前的事实惊呆了。怎么会这样呢？昨日两人还在一块翻江倒海、腾云驾雾，他还信誓旦旦只爱我一个，而只过了一个晚

上，怎么结果会变化得这么快？她百思不得其解，为了喻伟，抛弃了已恋爱一年多的男朋友；为了能让喻伟给自己找份好工作，把一切都给了他，而落得一无所有。在苦恼中，王婕顾不得许多，推开喻伟所在的包房，上前就给了喻伟一嘴巴。

这一嘴巴打得喻伟眼睛直冒金花，打得那少女不知所措。等喻伟缓过神，正准备还击时，王婕在一句“流氓”的骂声中，拂袖而去。

王婕回家后，将喻伟给她买的一件上千元的连衣裙撕成碎片，以示对喻伟背叛的发泄。可谁都知道，王婕这种发泄方式，既解不了恨，也解不了气。怨只怨自己太轻浮，怪只怪自己不自尊。

王婕付出的代价太大了。

事物总是不以人的意志为转移，王婕最终在喻伟的下场里找了点安慰。

正当喻伟挥金如土，为自己的杰作大肆挥霍时，2003 年 4 月，公安机关经过侦查，破获了此案。张得利首先被抓获，罗喜、余奎、喻维刚随后也很快落网。

国家的资金遭受了重大损失，这是一起利用密押犯罪的特大经济案件。

案发后，喻伟担心被抓，又用 50 万元港币买了另一本泰国护照，化名外逃。2003 年 7 月 28 日，喻伟以化名再次潜回广州准备将情人带出国门时，被公安机关抓获。看着情妇腆着的肚子，戴着冰冷的手铐，他一扫往日的风流，耸了耸肩，不停地在口中说着：完了，完了。

无可奈何地在逮捕证上签了名。

喻伟曾经几次组建家庭，结婚——离婚——结婚对他来说只是个过程，无所谓感情。女人对他来讲只是个性伙伴，无所谓情感。兴致来时，在冲动的生理要求下，漂亮的女人是他抱入怀中的猎物；高兴时，一掷千金，金钱似粪土，女人是玩物。他在任证券公司董事长时，红颜娇女不断投入其怀抱；当他一夜之间沦为阶下囚时，风花雪月顿时化为泡影。后妻在他被捕不久，很快有了新的选

择，而“留守”在其身边的竟还是被他无情抛弃和背叛的结发前妻，是她在为喻伟奔走上诉、申诉。

第二节

忏　悔

在喻伟被捕后，结发前妻不计前嫌，竭尽所能地去帮助他、挽救他。

面对真情与真爱，看着多次在狱中探视而昔日被抛弃的结发前妻，他只有悔恨的泪水。喻伟在《决裂旧我塑新生》中深有感触地写道：“扪心自问，我的成长与进步，除了组织的教育与培养，前妻的帮助也是功不可没的。当我另有所爱时，为了守住在风雨中走过近10年的婚姻和家庭，她多次哀求，希望我不要抛弃她。我被捕判刑后，她不计前嫌，竭尽所能地帮助我、挽救我。所以，如果允许我重来，我决不会嫌弃真心爱我和我这个家的糟糠之妻。因为我已懂得，风花雪月中那些投入怀抱的漂亮女孩，她的海誓山盟是为着你手中的权力和财富而作出的承诺，当你一旦失去梦幻般的一切，还原你的是一个无足轻重的自我。”

“如果允许，我将加倍报答。”

这是发自内心的呐喊。那种依附金钱和权力的婚姻，开始就是个悲剧。风雨中走过的糟糠之妻，才有真爱。

喻伟生于1955年，研究生学历，硕士学位。历任某银行副科长、科长、副主任；某证券公司董事长。随着职务的不断提升，个人的权欲也不断膨胀，经不起糖衣炮弹的攻击。在严肃的政治生活中，独断专行，栽倒在权钱交易的罪恶深渊。1997年他在担任信

贷科长期间，为一个大型城建工程项目贷款时，收取工程施工单位管理费8万元，在个人贷款中，索取个人资金3万余元。2000年东窗事发，凭着百般狡辩，躲避了法律的制裁。之后，他调到了证券公司，并且受到重用。

一个才华横溢、前途无量的他，为何成了反面教材呢？原因很多，有一点不得不承认，他的成败也与女性的作用关系甚大。正如喻伟在前面所讲的，在成功的背后，结发前妻的帮助功不可没；而失败与后妻的怂恿不无关系。

喻伟与结发前妻经自由恋爱，于1978年2月结婚，次年5月生有一子。婚后夫妻互敬互爱，事业上互相促进，家庭和睦幸福。结发前妻为了支持他的工作，不仅承担了所有的家庭困难，上孝敬老人、下培养教育孩子，工作家庭两不误，深得人们的好评。夫妻相敬如宾，共同的爱好，相同的志向，男才女貌，受到过多少人的羡慕。

随着生活的变化，其学术成就的影响提高，喻伟对自己要求降低了，家庭责任淡化了。在知悉喻伟与赵娇艳的关系后，他的结发前妻为了家庭，为了他的前途，顾及面子，又一次为喻伟出面说话，盼他迷途知返。而喻伟反变本加厉，抛弃妻儿，为了达到与赵娇艳结婚之目的，喻伟反向法院起诉与结发妻子离婚。

当年在与结发妻子离婚起诉状中，喻伟找不出任何理由，只是说初婚时关系尚好，后来由于双方性格、志趣的差异，夫妻感情逐渐淡漠。

在家庭婚姻的人生大事上，喻伟却视作儿戏。这份与结发妻子离婚的起诉状，除去身份和简历，正文还不足百字，如果说是无理中找理由，倒不如说是对自己道德的谴责。下面我引用喻伟的诉状让读者予以评判：

“原告与被告是经自由恋爱于1978年结婚的，曾有过一定的感情基础，但是由于双方性格、志趣的差异，夫妻感情逐渐淡漠，以至于在家庭生活中是各自为政的孤立个体。原告认为与被告的夫妻关系是名存实亡，再维护下去，对双方都没有意义。”

法院经审理认为：双方自由恋爱结婚，“婚后夫妻互敬互爱，

事业上互相促进，家庭和睦幸福，婚前思想基础牢固，婚后感情一直较好，但最近几年来，由于原告喻伟情趣变化，与赵娇艳超越正常男女关系导致夫妻关系不睦。原告喻伟起诉离婚的理由不足，判决不准离婚。”

就在喻伟如火如荼闹离婚时，结发前妻为了这个家、为了喻伟的前途，1987 年元月 20 日含泪给喻伟写了一封长信。这是一封充满爱与恨的信：

“伟：离春节已不足 20 天，我还不知你在哪里，这个年怎么过，你总得回家安排安排吧。

在你的心中，‘家’这个概念不知还存不存在。好多次，我想与你好好谈谈，你不是避而不见，就是借故不谈。我觉得有必要给你写封信——给我那见不到的丈夫、精神萎靡的丈夫写封信，让你知道你对我的折磨有多深、对自己的事业和家庭造成的危害多大。

几个月来，日不见人，你夜不归家，抛弃了妻儿老小，沉溺于女色；我在你的折磨下日益憔悴，已到了精神崩溃的边缘；儿子因你的所作所为觉得没有脸见人，学业大受影响；老父亲无时无刻不在为你担忧，不知增添了多少白发。我们做错了什么？你有什么理由来折磨我、折磨我们这一家老老小小。

我作为一个妻子、一个女人，相夫教子，尽职尽责。在工作上支持你，生活上照顾你，事业上帮助你，你有今天的地位，哪点不是我支持帮助的结果？

自古被女人害得亡国亡家的故事你绝不会知道得比我少。我过去总是认为你出身贫寒、品质好、有才气、有主见、有志气、有追求，是一个可信赖、可依靠的男人。当我第一次发觉你有不正当关系时，顾及你的声誉和事业，没有撕破脸皮告发你，反倒为你承担了责任，本想让你迷途知返，没想到你越走越远。我后悔当初为你说话，没有告你。如果告发了你，虽说你没有了今天的地位，但当一个贫民安安稳稳地过一生，也比今天受折磨、过着提心吊胆的日子强得多。就在再次捉到你与赵娇艳在一起鬼混时……我还是顾及你的脸面，盼你迷途知返，又一次原谅了你，落得如今你这样折磨

我，你难道不怕遭报应吗？

伟，我为你分析，你现在想走的路有几条：一是换个位置，要有人约束你。二是与那个不要脸的女人继续鬼混下去，弄一笔钱后辞职，下海经商办公司，我想这条路你是走不通的，你跑到天涯海角也逃不脱，最后结果是身败名裂，死路一条。三是抛弃结发妻子，这是你最想走的路，我想一个连家庭责任都没有的人，还能得到什么？四是振作起来，吸取教训，不再沉溺于女色，这才是你的光明之路。除此之外你别无选择。如果是这样，我做妻子的责无旁贷，助你一臂之力。

伟，回来吧！我盼你迷途知返。翻开过去的一页，开始我们的新生活。”

可是，结发妻子的哀求并未挽救他已堕落的心。这年春节，喻伟弃家与赵娇艳同床共枕，大有不达到目的不收兵之势，结发前妻只好带着儿子回到老家过年。春节后，喻伟坚持要离婚，法院又判决不准离婚，但心灰意冷的结发前妻，看着无情无义的丈夫，想着儿子的学习，在法院下判决不过一个月，为成全喻伟的愿望，与喻伟协议离婚。

离婚后喻伟加快了再婚的速度，布置好了新房。与赵娇艳完婚后，由于他们两人本来就没有好的根基，最终以赵娇艳发生外遇而终结了这场短命的婚姻。

第三节

负　疚

喻伟与赵娇艳离婚后，他发奋学习，一心想离开这块是非之

地，经过努力，1993 年考取了研究生。在学校许多人关心他，都为他操心婚姻问题，只要有合适的，就为他当红娘，但他信奉一条真理："男人是通过征服世界来征服女人，女人是通过征服男人来征服世界。"只要事业成功，不愁儿女情长之事。

1993 年年底的一天，喻伟因患感冒到学校医院输液。当时喻伟正准备考试，分秒必争地复习，到医院后，见输液的人很多，而只有一个护士忙前忙后，喻伟等了十多分钟，还未轮到他，等候得十分焦急。喻伟就求助护士："能不能先给我输液？"

那护士可能确实太忙碌，对喻伟的要求未给予满足，没有好言地对他说，"你优先，那别人怎么办？都要优先，我也只有一双手。"要喻伟再等会，不要催她，免得出差错。因护士不能满足他的要求，喻伟便转身准备离开。这时恰好从医务室里走出一位 20 多岁的女医生，见他书不离手，专心致志地只顾看书，一副"老夫子"的样子，又听见与护士的对话，即主动走过来，接过喻伟打针的条子，帮他挂上了输液瓶。

一滴一滴的药液流量均衡地输入喻伟的血液里，喻伟为此十分感动。此后的数天，他都计算着时间等这位女医生在值班时到医院来输液。

次数多了，彼此就混熟悉了。在交谈中，喻伟得知这名漂亮的女医生名字叫冷梅，医科大学毕业，也是大龄青年。家住本校，家庭条件较好，母亲是本校的教授，在她刚好 7 岁时因性格不合父母离异。母亲为了培养冷梅，没有再婚，母女俩相依为命。为了照顾母亲，冷梅被分配回母亲所在的学校当了一名校医。冷梅告诉喻伟，自己在校是位高材生，虽然分配在母亲所在单位工作，对母亲有所照应，工作环境也比较轻松，但对现有的工作环境不是十分满意，有种无用武之地的感觉，想利用轻松的工作环境，再次报考研究生，可感觉英语水平不过关，总想到外国去闯闯。

听了她的叙述，喻伟心里高兴万分，未经思考就拍着胸脯对冷梅说："我英语基础很好，能者为师，只要你愿意，我可以当你的辅导老师，并且是免费的。"说这话时，喻伟全然没有考虑到自己

处于紧张的备考阶段，一下子好像感冒痊愈了，也不觉得时间紧张了。

为了最后几个月的冲刺，喻伟把全部精力都用在复习考试上，没有过多的思考儿女之情。但无时无刻不在回味，真正的体会到了一见钟情的感觉：她那乌黑的一双大眼睛时刻紧紧地扣住他的心。

冷梅没有想到喻伟这个土里土气的瘦弱穷学生会一下子爱上她，她看着喻伟充满炽热爱意的眼光时，有意地避开了，碰出的火花被她无情的扑灭。尤其了解到喻伟已离过婚，从内心中瞧不起喻伟。所以对喻伟是不冷不热的，几次喻伟想吐出爱慕之意，她不屑一顾，给喻伟炽热的爱意浇了一盆冷水。他打电话约见，她以工作很忙、相互不了解、现在不想考虑个人问题予以搪塞。喻伟只好将爱埋在心里，喻伟发誓要在学业上有所成就，以实际行动回答她的傲慢和无情。

功夫不负有心人，喻伟顺利地通过了考试。考试后的第二天，他写了一封长达数十页的书信。在信中，喻伟没有以“爱”为主题，没有缠绵的语句、没有动听的语词、没有赞美的语词、没有歌颂的语气，只是一篇自我推荐的介绍信：

“我生在城市长在农村，是个典型‘农民’的孩子，吃过许多的苦，受到过许多不公正的待遇，能有今天辉煌的学业，除社会抚育的营养外，自己的刻苦精神是我取得成就的前提，也是我父母严教的结果；你相信我能有辉煌的今天，靠自身的努力，也会创造出幸福的明天。今天你可对我鄙夷、轻视，但我可自信地告诉你，我会让你刮目相看的，今天的努力，就是明天的成就，请你相信我，我不是个懦夫，决不会成为社会的抛弃者……”

喻伟的信深深打动了冷梅的心，从他的叙述中，她对喻伟另眼相看，没有想到他的人生经历有这么曲折。他的经历、他的奋斗、他的理想、他的抱负，又使她陷入了矛盾之中。论才华，无可挑剔；论长相，不是想象中的帅哥；谈家境，没有经济后盾。

沉思中，冷梅想到，在周围的同事中，所看到几对夫妻就是因为一方家庭在农村，穷亲戚三天两头住家，而引起夫妻争执甚至闹

到离婚的地步，这是个很现实的问题，冷梅在犹豫不决中左右为难。

其实，冷梅搞错了，喻伟现在家不在农村，他也是个城里人。

1994 年 8 月，喻伟研究生毕业被分配在银行工作，临行前，他又一次给冷梅写信，开展了强大的爱情攻势，几乎三天一封信，二天借故到医院看她，一天一个电话，有事无事向她倾诉爱慕之情，每信封都灼热得让她熔化。与此同时，喻伟也恳切地向冷梅的母亲求援，恳求她母亲帮他做冷梅的工作。喻伟给冷梅的母亲也写了一封信，在信中他说："物质基础是家庭幸福的必要条件，但不是家庭和睦的惟一基础，我所追求和向往地是和谐的物质生活和精神生活的富有，不靠神仙皇帝，全靠自己，幸福是自己创造的，而不是靠别人施舍获取的。请您相信我，在未来的生活里，靠自身的努力一定会让冷梅幸福的，虽说我的家不富裕，父母不会给我留下多少金钱和财产，但靠自身的勤劳、奋斗、用我的双手会创造出美满的未来，我可以让她在物质生活和精神生活称心如意的。我想这种幸福的誓言，是人一生所追求的，是永恒的幸福的保证。"

喻伟的信深深打动了冷梅母亲的心，有这位纯朴、执著、上进、诚实、真诚、实在、高智商的得意门徒，追求她的女儿、想做她未来的女婿，也是她所梦想的。她对女儿说："虽然喻伟的家庭条件不是很好，也有离婚史，但我相信只要你们结婚后和睦、恩爱，没有什么克服不了的困难，人心齐，泰山移，只要勤劳，实践证明，没有改变不了的环境；他是位有志的青年，俗话说'会选的选儿郎，不会选的选家当'。他是位老实、勤奋，有上进的青年，是有责任心的青年，如果找个风流倜傥的纨绔子弟为伴，虽然很帅气、潇洒，但不见得过得好。夫妻是一生的依靠，是为了生活，不是展览品。"

在她母亲的开导和劝说下，冷梅在犹豫中答应了喻伟的求爱，双方建立了恋爱关系。这年的春节，喻伟被邀请在冷梅家过年。

喻伟的母亲听说喻伟相中了一个教授的女儿，高兴得不得了，正月初一就在家等着，望穿大路，盼喻伟将未来的儿媳带回家看

看，并用红纸包裹准备了见面礼。喻伟也知道母亲的心思，从侧面向冷梅试探过，她不愿意，说在别人家生活过不习惯，又说二人的婚事还没有订下来，不愿意过早把他们之间的关系向外张扬。

喻伟理解冷梅的想法，也舍身处地地为她着想，一个在城市长大，初到陌生的地方的确实有一定的困难，且人生地不熟；同时他们之间的感情也还不深厚，还未达到水到渠成的时候。再说春节期间，她被安排值班，不可能请假随从。喻伟只好给母亲转达了信息，等过了正月初七后才能回家。

在冷梅家，喻伟非常自重，处处小心翼翼。冷梅的母亲很喜欢他，无论工作有多忙，事情多繁重，总要抽出时间陪他聊天，探讨学科的奥秘。而冷梅生性比较内向，很少与喻伟交流，喻伟和她母亲谈话时，她总是在旁当听众，从不插言，就是问她的事情，她也简单扼要地回答，没有亲近感。以致后来在离婚的法庭上，她说："我与他相爱时，不是他与我在谈恋爱，而是与我妈妈在谈恋爱，双方缺乏真正的了解。"

喻伟在读研究生期间，有位女同学悄悄地爱上了他，多次有意无意地向喻伟表示，当时喻伟心中只有冷梅的影子，无法容纳其他女人，对同窗的学友喻伟只能婉言谢绝。这事的确伤害了那位同学的心，当她知道喻伟已有了女朋友时，大病了一场。许多年不知多少人追求她，她都不涉入情感的世界，毕业时，她给喻伟写了一封信："喻伟！也许是老天爷作梗，我们有缘无分，让我所爱慕敬佩的人不能与我相爱，今生无缘，但愿来生相会……我是多么羡慕那位女孩，有你的爱足矣；你的才华、你的为人、你的聪明才智将永远铭记在我心中……我祝福你，我所……"

接到这封信后，喻伟为了表示对冷梅的爱，对她的一片忠诚，便将这位女同学的信给冷梅看。谁知。冷梅看了这封信后却产生了另一心态，说这是喻伟在向她示威、显示其魅力。她怀着一种莫名其妙的妒忌心，将这封信复印了几份，分开隐藏，这为后来在法庭辩论时，成了喻伟有第三者的重要证据。

在家长的积极撮合下，因喻伟已老大不小了，他们商定 1995

年8月8日，在暑假期间筹办婚事。喻伟父母为之筹办了半年。这年夏天，冷梅事先也答应了，喻伟已向同学、朋友发了请柬，并精心布置好了新房。可时间快到时，喻伟突然接到冷梅的电话，说要利用学校放假期间报名参加培训班，准备参加晋升考试。喻伟想在当今社会要有追求，参与职称考试是件好事，也符合社会的需要，就打电话鼓励她放下包袱，争取考个好成绩。哪知这年她并未参加考试，而是与几个同事到云南、四川等地旅游去了。

1996年春节他们又商量举行婚礼，她又以喻伟到单位时间不长就结婚，怕领导另眼相看而影响前途为由，不同意结婚，他们又一次推迟了婚期。当年，喻伟面对亲朋好友感到尴尬、且不可思议，甚至怀疑她在“脚踏两只船”。于是喻伟迅速作出了反映，用强硬的措辞给她写了一封信：

“冷梅：不可否认，我对你的确一往情深，是一见钟情的例证；但从我们相恋后，你的母亲也看得出，你对我不冷不热，好像我没有一点吸引力；的确从我们相识到相恋，我是在求你，可你不知求人是什么滋味？今天我也才体会到单相思的感觉，在婚姻上我想有个家，是有点乞求你的意思。可人是有自尊心的，乞求是表露想达到某种目的和结果，并不是人格的丧失，如果你对我不满意，就直率的表露，不能这样对待我。我有自知之明，就是条件再差，也不会找不着一个老婆的。”

信发出后，喻伟没有想得到什么答案，也没有再理睬她。

不知是喻伟写的信语气太硬，还是激将法的原故，信写出后的不到一个星期，冷梅主动找到喻伟说：“对不起，我的确在结婚上很犹豫，这并不代表我不喜欢你、看不中你，是因为吸取了我父母的经验教训，我怕结婚，怕在感情上像我妈妈那样受到伤害；不知你看出来没有，其实我母亲很爱我父亲，她认为我父亲有才华、是难得的人才，当年他们是同窗好友，他们是那样的相爱。结婚后就是因为性格不合，相互不能容忍对方的不足，都想在事业上有所发展，有所创造，有所成就；在事业上他们都是成功者，就是因为无序的竞争，没有顾及对方的感受，酿成了家庭的悲剧，造成了今天

的结果，在家庭上他们是失败者。我母亲与我父亲离婚后，至今有时晚上，我妈妈一个人坐在床上伤心落泪。知识分子就是太爱面子。”

说到这里，她深深地叹了口气：“唉！‘文人相克’实在没有办法。如果当年我父母考虑各自的感受、相互谦让、在事业上是竞争对手、在家庭上是恩爱夫妻、在我面前是慈父良母，家庭就不会是今天的结局，我也不会是有良母而无父爱，有父爱而无良母的缺憾。”

话说到这儿，冷梅眼中的泪水不听使唤地像断了线的珍珠，在脸庞上留下了一条一条的痕迹，这是相爱后喻伟第一次看到她在自己面前流泪，且是那样的伤心。一时，能说会道的喻伟手足无措，不知该用什么语言去安慰她，用什么方法去哄她、让她不再流泪。可能是太动情，喻伟伸手把她揽入怀中，用手轻轻地拍着她的后背；无计施展的喻伟，只是喃喃地说：“别哭了，别哭了，别人看见了会笑话的，你一个大姑娘家的也不怕我笑话。”

冷梅用手狠狠地在喻伟的前胸打了几下说：“我才不怕你笑呢！傻瓜，难道我在我所爱的人面前撒娇也不行；别人看见了我也不在乎，你怕了？是不是怕人说男女授受不亲。如果怕了，你可一走了之，让我一个人站在这儿哭泣。”

这是他们谈恋爱后的第一次亲密，也是冷梅第一次的甜言蜜语。喻伟听到这甜蜜的语词，头脑一下冲动起来，将冷梅抱得更紧。

冷梅将头靠在喻伟怀中，说起了笑话。那笑中带着泪水映射在她脸上，是非常的美丽、漂亮。她动听而俏皮的语言，触动了喻伟的心坎，这是喻伟第一次听到她向他表达爱慕之意，也是他们谈恋爱后第一次亲密接触。喻伟将她抱在怀里，顺势坐在地下，她未作出任何反对的表示，配合的将头靠在喻伟的胸前，用手紧紧地抱着他，在喻伟脸上深深地亲了一下。这一个吻，开起了喻伟感情的闸门，他抱住她，生怕她飞了似的，在她脸上来回地亲吻。

她还在不停地抽泣，像一个撒娇的孩子。喻伟知道这是幸福的

哭泣，也是高兴的眼泪。那一刻，喻伟无法用语言表达他是什么感受，他只觉得她抽泣的声音与他呼吸的声音是那样的和谐。

兴奋中，喻伟再次向她求婚，她点了点头。

回家的路上，她向喻伟坦诚了一件喻伟想知道但无法了解的事。原来她一再推迟婚期，原因是她在进行一场婚前的“爱情体验”。当时喻伟向她求婚时，她正处于深深的矛盾之中。在学校，她意外地遇到了一位英语老师，他新潮时尚，气质高雅，谈笑风生。从认识的第二天他就将冷梅带出来兜风，大大方方地请她在餐馆“撮”了一顿。她低着头不敢正视他一眼，在心中他是那样的高大，这使冷梅有了参照物。有了第一次，就必将有第二次、第三次，冷梅每次被约会必到，在眼中他年少貌俊、风度翩翩、才华横溢，而喻伟只是一个穷学子。

有比较才能有鉴别。不到一个月，冷梅的确爱上了他，想从他那儿得到被呵护、被追求的感觉。在冷梅眼中，喻伟长相不出众，朴素不耀眼，没有这位外语老师活泼幽默，为此她便以工作太忙、要考职称等为由，两次推迟婚期。当她情不自禁地陶醉在外语老师的甜言蜜语中时，却被他的真实面貌所蒙蔽。一天她正期望与他约会，却突然发现这位外语老师竟然手挽手地同另一个女孩漫步在大道上，这才使她失望之中感到“大彻大悟”，一种被欺骗被愚弄被蒙蔽被玩弄的感受使她几天未吃好饭、未睡好觉。头两天她整夜不能寐，躺在床上思索着，联想到自己的母亲被其父亲抛弃的事实，联想喻伟对她的真诚厚意，相比脚踏两只船的外语老师，回想喻伟对她的忠诚爱情，她一改初衷，决心“让爱情在婚姻中成熟”，把一生交给喻伟。

婚礼没有邀请多少朋友，也没有向亲戚下请柬，在平静简朴的仪式中进行。

在举行婚礼前他们为请客闹了别扭。冷梅说婚礼要办得体面点，不能太寒碜，说女人一生能有几次披上婚纱？她的同学结婚，请了好多客人，办得如何体面，场面如何之大。如果自己结婚邀请同学少了，非常没有面子。为此，举行婚礼的前一天他们两人为请

客就闹了个不愉快。她说喻伟太小气，喻伟说是他们俩结婚，今后是一辈子过日子的事，看在家庭经济状况上，能节约一分钱就节约一分钱，不能只顾眼前而不顾长远。她母亲也支持喻伟的观点。而她的几位同学得知后，火上浇油，不赞成喻伟的观点，说没有钱他们可以帮助借，要热热闹闹。

喻伟父母知道为婚礼小夫妻闹得不很愉快，心里非常内疚，保持沉默，一言不发。

看着这种情况，喻伟非常理解父母的心思，为了不引起太多的不愉快之事，喻伟尽量地避免与冷梅发生冲突，尽量地让着她。

喻伟父母也对他说，冷梅的要求是合理的，不能满足她的要求要多做解释工作，世上就是“抬头嫁姑娘，低头娶媳妇”；你是个男子汉，处处要关心呵护她，不能以男子汉来欺负人家，她是进我们家，该忍的就要忍，不能凭性子办事。喻伟母亲也给冷梅说了许多赔礼的话。虽然在举行婚礼的场面上他们二人有分歧，但还是达成了妥协，她的要好同学，喻伟的同窗好友，她的亲戚该下请柬的也履行了礼数。办了10桌酒席，虽然婚礼不算很热闹，但高朋满座，很有面子。

婚礼上，冷梅的父亲特别高兴，酒兴之余，举杯祝福他们白头偕老，事业有成。冷梅的母亲以慈祥的面容告诫他们，团结友爱、互敬互让、共同创造美好的家园。她的同学、喻伟的同窗为他们的婚礼准备了许多节目，既助兴又文明，既热闹又得体。喻伟的父母为之高兴得合不拢嘴，客人祝福时，二老分别的一句“同喜”的答谢，引起了所有来客的欢笑。调皮的后生逗得喻伟父亲心里乐滋滋的……

由于为举办婚礼产生矛盾，冷梅心里耿耿于怀，蜜月中不知道什么原因，她没有什么激情，喻伟亲昵的举动，常常被她冷漠地拒绝。喻伟理智地对待，她反说喻伟不尊重她，正当的性生活要求被她看做是龌龊、变态。喻伟为此迷惑不解，以为她有性心理障碍，是个性冷淡者，没有过多地在意。但新婚之夜，喻伟发现她没有见“红”，联想她对性要求的态度，不由起了疑心，虽然碍于情面，

没有对她追问什么，但心中起了一个疙瘩。

蜜月中他们闹翻了脸，没有亲近、没有亲热，相互有了猜测和不信任感。

结婚不到半年，冷梅发现自己怀孕了，她提出在医院工作太忙，又要准备报考职称，说孩子来得不是时机，与喻伟商量，将孩子流产。喻伟告诉她孩子不是她一个人的，是夫妻双方共同的爱情结晶、是共同的后代，流产必须经夫妻双方同意，否则就是侵犯了丈夫的生育权。

喻伟的母亲得知后，专门来给冷梅做工作，如果孩子生下来后工作确实太忙，愿意帮助带孙子，如果怕影响孩子的成长，他们二老愿意拿钱请保姆。但一条，求冷梅看在今生有缘的分上，千万要将孩子生下来。

经过艰难的谈判，冷梅终于让了步。但妊娠的反应常引起她呕吐、不适应的感觉她将脾气倾倒于喻伟，为了孩子的健康为了使她平静心态，大小脾气喻伟都很谦让，她说什么喻伟就干什么尽量不惹她生气、尽量满足她的一切要求。有天晚上，喻伟正睡得香，她突然用手将他拍醒说："你们都要我生下这个孩子，我也答应了，不过我们俩也要达成一个协议。"

喻伟的确辛苦了，说这么晚了，有话明天说，并说"你不好好休息，影响了我的儿子的休息。"说着说着，不知不觉地喻伟又睡着了。

这下她可不依了，她拼命地用脚踢喻伟。当时他还未从梦中完全醒来，被她一脚踢醒了。喻伟急忙坐起来，问她到底有什么事非得这么晚办？

冷梅见喻伟的肚子被踢痛了，没有再发脾气，只是说我提议：一是孩子生下来后，由你父母抚养，也可由你父母给钱请保姆带；二是你每月的工资无条件地给我统一安排，不得留私房钱，不再过AA制；三是从现在开始，分居而室，停止夫妻生活，防止婴儿流产。

前两条明显是不平等的"条约"，喻伟听后觉得人格和自尊受

到了极大的侮辱，但他又无可奈何。为了家庭和睦，为了孩子平稳降生，喻伟只好答应她的一切约定。喻伟也知道这种不平等的“条约”，只有义务而无权力约定，是对他自尊心的极大伤害，但又不能有任何反对，只好执行。

执行归执行，不满归不满。只是自己觉得活得窝囊，为什么男人结了婚就得归夫人管，由她说了算？这难道是男女平等吗！是不是当今社会从父系又回到了母系。喻伟心中非常恼怒，但对冷梅的条条款款又不敢说个“不”字，只得照办。深夜喻伟也反思了自己的过失，“今天畏惧她，原因是从一开始谈朋友时，都是自己主动的追求她、有求于她，她是将军自己是奴隶，什么都要看她的眼色行事，她的傲慢和无理都容忍了，没有进行必要的思想斗争。有今天，责任在自己……但话又说回来，追求所爱的人是人的天性，没有过错而言，一个人对所爱的人付出爱是高尚的，一个人追求另一个人的爱是美好的，一个人被另一个人爱是幸福的，一个人接受另一个人的爱是道德的。爱没有对与错，只有成功和失败。我虽然追求了她的爱，但是被动的胜利者；她虽然是失败者，但是主动付出爱的决策者。”

“奴隶与将军、天上与地下，天渊之别。我承认，爱没有无缘无故的爱，恨没有无缘无故的恨，我爱你是欣赏你的知识才华、你的为人坦诚、你的气质风度，但你不能以高昂的头玩世不恭。我不是懦夫，我很坚强；我有头脑，会思考问题，解决问题；”感情是丰富的也是脆弱的，它靠人去培养呵护、靠人来“浇水施肥”。

思索、反思，沉静在没有人打扰、没有人关怀的思虑中。喻伟不思其解，苦苦寻找解决问题的方法，没有得出任何答案，也找不出任何解决问题的方式，只有苦闷和苦恼……

烦恼、躁动加速了生物钟的快速运转。喻伟不知什么时候睡着了，睡得是那样的安详、是那样的无忧无虑。早上的闹钟也不知什么时候闹过了，喻伟使劲地睁开眼睛，太阳升得老高，时钟已指向了8时，他慌忙地穿上衣服，赶紧进入办公室，这次又迟到了。

晚上，喻伟责怪冷梅早上该叫他一声。还不等喻伟把话说完，

她就很不耐烦地说："你不是不知道，我今天休息，你也不了解怀孕的辛苦，看我这个样子，你关心过我吗，晚上自己睡得像个猪，叫你给我倒点水喝，你就未去，还是我自己起床倒的，你还有脸说；再说早上已 8 点多了，你还赖在床上，我也以为你今天不上班。"

喻伟感到自己是有过失，没有与她再说什么，心想为了孩子的健康、为了母子的平安，按母亲告诫的去做，男人要让着女人，要多加呵护，女人是在对男人的依赖中撒娇、耍赖、呵护、保护中成长的，如果一个男人在小事上计较女人的过失，那就不是一个好男人。对于女人只要不是原则上的问题，男人要大度，以男人的气度处理好夫妻间的矛盾，不能计较家庭小事，如果夫妻计较油盐酱醋柴，就会引起矛盾，造成感情伤害。要善于处理家庭矛盾，化解纠纷。

喻伟按照母亲的告诫，小心翼翼地处理夫妻矛盾，解决家庭纠纷。在家庭事务中，一般只有冷梅说的，没有喻伟讲的，她爱说什么就让她说什么，从不与她计较。可事与愿违，她不理解他的善意，遇事好强，从不考虑喻伟的感受，只要她嘴里有，就不顾及他的面子，指责、挖苦、训斥成了她的杀手锏，有时连她的母亲也听不入耳，对她的行为进行制止。

1997 年 9 月 11 日，喻伟与冷梅的女儿出世了，取名喻欣。

女儿出生后，更让喻伟饱受了痛苦。冷梅的确不会带孩子，在婴儿面前束手无策。孩子一哭，她不知怎么样处理，孩子屙了屎、屙了尿，她不会换尿布，看着襁褓中的婴儿，她缩手缩脚，没办法应付；本来奶水就不够吃，喻伟夜里起来既要给孩子换尿布，还要给孩子冲奶粉，叫她喂点奶水给孩子吃，她说因吸得乳头痛不情愿，看着哭泣中的孩子，喻伟既要当爹又要当娘；月子中，冷梅吵着要喻伟的妈妈来照顾她和孩子，可当喻伟的母亲来照顾，她又说婆婆做的菜不好吃，非要喻伟做菜做饭。没有办法，喻伟只好一下班就拼命往家里赶，为她做菜做饭吃。为这事，喻伟的母亲也搞得不知所措。

孩子七个月大了，冷梅还未学会带，给孩子穿衣服，她不会，给孩子洗尿布，她不愿意，经常看见喻伟累得喘不过气来，她也不帮一下手，饭等他回来煮，菜等他回家炒。她回家就是坐在沙发上，将电视打开，不停顿地调换电视频道，孩子哭闹下她不高兴。晚上喻伟向她示爱，她不是很情愿，没有愉快的接受过。喻伟对她的性冷淡，也在她兴致好时问过她，她给他解释说，整天在医院，看见的是打胎的、生孩子的，看多了就有一种厌恶感，见到她们的痛苦，怕自己再次怀孕。喻伟叫她去看心理医生，她反而觉得他不尊重她的权利，说“我是你的妻子，不是你的性伙伴，如果你不满意你去咨询心理医生去，我又不是你的玩物，你想怎么支配就怎么支配，这是办不到的，也是不可能的，我自己能支配自己，请你不要侮辱我的人格和尊严。”

本来夫妻的性爱是纯洁高尚的，是夫妻双方感情的交流，是爱的一种表达形式。他们因性爱的不和谐，经常闹得不愉快，由分歧到争吵，由争吵到分居，冷战加速了他们婚姻的解体。

喻伟硕士研究生毕业时，正赶上国家机关饱和的状态，号召大学生到基层工作。喻伟虽然被分配在省级银行，原以为会在机关任一官半职，哪知被派遣到支行工作，实际上这时段的大学生不比前些年吃香了，大学毕业生热开始降温，就是国家分配的也提倡要经过公务员考试，许多报刊已开始宣传大学生未来要自谋职业，国家不再包分配了。本来喻伟对自己落实的工作单位就不很满意，心情十分糟糕，加上年纪轻精力旺盛，对性爱有很强的欲望，而夫妻的性生活又不和谐，脾气控不住的向外发泄。这是逆反心理的反映，使冷梅对他刮目相看，她不明白原来温顺的羔羊突然心情这么糟，无故对她发脾气，她受不了这种待遇，长了这么大，还没有人对她大声说“不”的，而喻伟对她大声说“No”，她在不理解中与他对抗。本来她的性格就比较急，谁要对她说不是，那可是遇到了对手，她不会向人低头就范，不会给人于梯子下楼，遇事要争个输赢，赢了还要弄清个为什么，所以在他们争吵中，总是喻伟败阵。可现在喻伟不仅不让着她，还得理不饶人，无理“狡三分”，有时

争吵得让她骑虎难下，她对此非常不理解。有一次，他们正争吵得不可开交，冷梅的母亲突然到访，喻伟十分顾面子，见她母亲到来，就马上停止，可她却不依不饶，吵的声音更大了，哭泣得让人心酸。喻伟不好意思的对她母亲说，没有什么！为一点小事争了几句；在向她母亲介绍事情发生经过时，为了解除尴尬，喻伟又走到冷梅面前用手拍着她的肩膀说，“妈妈来了，算了，今天是我不对。”喻伟进卫生间拿出毛巾给她，要她把泪水擦干，她却不领他的情，继续大声哭诉。冷梅的母亲见她有点不讲理，就说了她几句，冷梅才罢休。

说实话，她母亲对喻伟很好，不管是冷梅与他发生纠纷，还是意见分歧，她母亲基本上站在喻伟的立场上，当然是喻伟的不对时，冷梅母亲也批评他。在他们处理家务事上，冷梅的母亲非常公正。有时，冷梅不在身边时，她也给喻伟做些工作，要他在小事上不计较，给她女儿以父爱，在夫妻发生争吵时，男人要大度，没有必要与妻子争个输赢，能谦让的尽量谦让点；说她的女儿在接受教育上和享受家庭的温暖上不一样，遇事要多商量，就是她女儿的不对，也要看在她当母亲的面子上给予迁就。

她母亲的话既是希望，又是关怀；既是教育，又是引导；既是经验的说教，又是备至的爱护。自这次之后，喻伟不再与冷梅争吵，也处处谦让着她，有事让开，她发脾气避开，尽量与她不发生矛盾。可是喻伟的谦让，却让她得寸进尺，虽然他们不大吵大闹，但却发生了冷战，她对他的态度不冷不热，没有女人的温柔，没有妻子的温情，喻伟享受不到家庭的温馨。相互一天到晚没有多少话讲，她下班进门就收起了笑容，喻伟见她没有笑脸，也没有笑容予以宽慰，不和谐的生活笼罩着家庭。

孩子很小需要人照顾，时常哭泣吵得不得安宁，喜欢宁静的冷梅，对孩子的哭闹她很不满意，常抱怨说，因生孩子耽误了她参加职称考试的时间，影响了她的事业发展，如果推迟要孩子，自己不会比别人差，职称可能也拿到了。对考职称和生孩子的矛盾她耿耿于怀。不过，在孩子二岁多一点，她考取了医师，取得

了中级职称，算是心里得到了满足。

1998 年 10 月 1 日，单位放了长假，喻伟在打扫房间时，突然在衣柜中发现了一封信，他打开一看，是几张复印件，结果内容使他大吃一惊，原来这正是几年前那位硕士师妹给喻伟写的那封信的复印件。喻伟不由怔住了，她怎么会这样呢？喻伟没有想到她会保留它，甚至还复印了，他百思不得其解，同时在柜的底层发现了一本日记本，日记记录了她与那位外语老师的一段感情，叙述了她们交往的经过，记录了她对他的留恋之意。看完这段日记，一种受侮辱的感受油然而生，联想她对他冷若冰霜的表现，在性爱迟钝的反映，有一种被玩弄的感觉，当晚，喻伟将日记本和信件的复印件拿出来，对她严肃地说："冷梅，我是有人格尊严的，你不能把我当傻瓜，你以为我在求你，没有你我就无法活了？没有你我就会打一辈子光棍？对你讲清楚，我离开了你，照样生活得好，不行，我们走着瞧。"

冷梅没想到，这么几年了喻伟会翻出这些东西来，对她敢发这么大的火。

说实话，自从她母亲教育他们后，他们再没有发生什么利害冲突，就是不高兴双方也相当克制，不做伤感情的事，不说伤感情的话，尽量做有利于对方的事情以缓和矛盾，达到和谐。这次当喻伟拿出信的复印件和日记本对她兴师问罪时，她表现得相当冷静，不阴不阳地对喻伟说："对！我是存心的，从一开始就对你有戒心，就爱的不是你，我爱的是他，怎么样？告诉你，一个大男人在我面前就这么点本事，要什么威风，这也叫能耐？你'斗狠'只能说明你的无能，既然我敢做还怕你，日记是真实的，那时我们俩还没有结婚，既然没有结婚，我就有挑选的余地，谁优秀我就爱谁。这是天经地义的，有什么可大惊小怪的，你不是在读研究生时，别人也给你写信追求你吗？我写日记是对自己人生经历的记载，是我个人隐私的封存。你不尊重我的隐私权利，偷看我的日记，是对我隐私的侵犯，你必须给我赔礼道歉，否则我跟你没完，让你知道不尊重别人隐私的后果。"

喻伟说："你写日记是用文字表述的，既然是文字叙述就是给人看的，既然是给人看的，为什么又不让我看呢？有什么见不得人的？为什么又怕我看呢？"

喻伟还在强词夺理。

冷梅在反驳中大声说："我的日记是我对遇到的和所做的事情的记录。我写日记是用文字表达思想的方式，是自己记述人生经历的感受，内容有些是可以公开的，有些是不能公开的，它有许多隐私成分。未经我允许，任何人不得私自偷看或公开我的日记。你未经我允许，偷看我的日记，不仅不反省自己，还对我大喊大叫，你有什么道理？"

喻伟也觉得她讲得在道理，自己已理亏，没有与她再争辩，只好落荒而逃。但心里沉淀了不信任的阴影，回想他们俩走过的路程，明白了许多未曾明白的事，她为什么一直居高临下，对他不冷不热，从感情上还没有真正接纳他，原因是爱没有立足根基，情在途中出现了偏差，婚后感情缺乏培养，连最基本的信任都没有。

夫妻开始了冷战，一连数天互不搭理，如同陌生人。即使有什么急事，如接送小孩上幼儿园迫不得已互相在桌子上留一张纸条，一般是老死不相往来，夫妻开始分居，相见别别扭扭，不像一对夫妻，像是过路客人。她感觉到无法相处下去，喻伟也感觉无法在一起生活，都有日子无法过下去的感觉。喻伟常常被一种无名火支配，搞得烦躁不安。有一天，喻伟的父亲想念孙女，专程来看望他们，未等他父亲坐下来，冷梅撂下孩子就回她母亲那儿去了，弄得喻伟狼狈不堪。喻伟见她大面子都不顾，十分恼怒，立即赶到岳母那儿，一改往日在岳母面前的斯文，当着岳母的面痛斥了冷梅一顿，将几年的积怨倾倒而出。当着她母亲的面，骂她是个不守妇道的女人，不孝敬父母的伪君子。

冷梅第一次听见喻伟骂人，不敢相信自己的耳朵，她听到骂声后，气急败坏，拿出看家的本领，针锋相对地骂喻伟是

"性虐待狂"，道貌岸然的小人。

放肆的争吵，气得岳母直哆嗦，一气之下诱发了她的脑血栓。后经医生确诊病情不是很严重。一连三个星期，喻伟守护在医院照料岳母。岳母脱离危险期后的第一句话便说："你们俩都老大不小了，喻欣都一岁多了，你们还都像个小孩似的，说话口无遮拦，不分轻和重，只要嘴里有，图一时的口快，可你们未想到你们这种口快，是建立在他人的痛苦之上的，是无能和低级的表现；不理性的处理矛盾，只会加速问题的激化，只会两败俱伤，谁也得不到什么好处。你们又都受过高等教育，说话的确太失身份了，以后你们要么各自多检讨自己，以家庭为重，看在孩子的分上，要么和好，要么散伙，不要揭露各自的短处。你们这样会气死我的。"

对岳母的教训，喻伟没有话可言，他能说什么呢！只是点头向她示意，表示歉意。可冷梅并不以为然，愤愤地说："我再不愿意与一个不尊重我的人在一起生活了，我要使你明白，我冷梅不是那么好欺负的。请你自便吧，你走你的阳关道，我走我的独木桥。"

以后在大半年里，他们家虽然无战事，但也没有什么欢笑。为了消磨和打发时间，喻伟都把精力放在写作上，他写的文章接连发表在全国各类刊物上，出版了专著，几篇文章获得了一等奖，引起了新闻界的重视，被几家报刊、杂志聘请为特邀通讯员，名噪一时，在事业上发展较快，得到了社会的承认。在事业上他是成功者，可是在家庭上却是一个失败者。

本来他们夫妻的矛盾日益加深，然而另一件意想不到的事加速了他们婚姻的解体。1999 年 5 月 3 日，喻伟在上海工作的一位女同学来武汉参加学术会议，她特意给喻伟打了电话，在宾馆他们叙旧到深夜，第二天喻伟专门请假带她在武汉三镇玩了一天，不料在同学下榻的宾馆正好他们三人相遇了，本来心中无鬼，喻伟便上前给冷梅介绍，"这是我大学同学，在上海工作，因开学术会来到武汉，今天我特意请了假，带她在武汉

看了一下……”

还未等喻伟介绍完，冷梅打断他的介绍，并冷笑地说：“这女人长得真漂亮，能耐也够大的，追男人追到武汉了。不过我告诉你我们还未离婚。”

喻伟被她的话气极了，没有想到她这么不顾全大局，这么不给他面子，气得喻伟浑身发抖，扬起手扇了她一耳光。

这是喻伟第一次动手打她，也是他第一次打人。一巴掌打得她眼泪扑簌簌地流。被打懵的她，哭着回了她母亲的家。第二天，冷梅的母亲、喻伟的岳母一改往日的慈祥，来到他的办公室，严肃地对他说，“喻伟！你们平时吵也罢、打也罢，我一般不管你们的事，这是你们年轻人不成熟需要磨合的表现。总希望你们经过生活的磨练变得成熟，在相互关爱中成长。没想到你越来越不像话了，婚姻还在存续阶段，就与第三者公开化，且不仅不认识自己的错误，还动手打人，真是太不像话了，太欺负人了，太辜负我的希望了！别人说，打狗也欺主，冷梅就是一条狗，也嫁给你这么多年了，是个石头也磨光了，何况还是你先有过错。”

因喻伟的岳母修养很好，平时很有人缘，她就认为喻伟有第三者，旁人深信不疑，一时间喻伟有第三者传得沸沸扬扬，有了第三者还动手打妻子更加传得神乎其神。冷梅为此住回了娘家，喻伟的处境陷入了尴尬的境地，女儿的吃、喝、拉、撒全得由喻伟操劳。既要上班，又要当爹当娘，累得他没有办法，喻伟只好求父亲帮助找一个保姆，结果找了多家没有人愿意来。喻伟只好忙里忙外，几天下来已精疲力竭。陷入绝境的喻伟一怒之下，以夫妻感情不合、婚前缺乏了解为由，向法院起诉离婚。

1999 年 9 月 26 日，经法庭判决，无奈地结束了他们这段短命的婚姻。

第四节

心灰意冷

说实话，喻伟与冷梅没有根本的利害冲突，也找不出原则性的问题。就是冷梅的性格固执倔强，从小养成了惟我独尊的优越感，家庭环境也形成了她自我防范意识强，什么事都要以我为中心，不考虑别人的感受。不能对立也不能唯唯诺诺，对立了她说不尊重她，唯唯诺诺她说不像男子汉，让喻伟左也难右也难。在喻伟起诉离婚的答辩状上，冷梅针对喻伟起诉的理由，写了洋洋万言，条理清晰、逻辑性强、连办案法官阅后也不由发出感慨。法官对喻伟说，“你妻子很有文才，是个知识女性，你们双方没有原则性的利害冲突，要多站在对方的角度上想问题，互谅互让，没有解决不了的问题。问题是你们都要强，不能站在对方的角度去考虑事情，计较小事，从个人利益考虑的较多，从而影响夫妻感情；其次，缺乏交流，只问对方为什么，不问自己为什么。”

离婚时，法院判决女儿由冷梅抚养，喻伟不干，但喻伟无法对抗法院的判决，只好听从命运的安排。分割财产时，喻伟除了自己的日用品外，他把所有的财产均给了女儿。开始与女儿分离喻伟很不习惯，总觉得自己像丢了什么似的，六神无主，隔一二天时间喻伟就去看望女儿，星期日就将女儿接来跟他生活。女儿对他们离婚也很不习惯，女儿不明白到底她的爸爸妈妈发生什么事，经常吵着要到爸爸这儿来，说她想爸爸，要跟着爸爸玩；吃饭时，吵着说爸爸炒的菜好吃些，米饭也煮的香些，就是外婆哄她，她也不那么理睬；她对父母为什么离婚更是不可能理解。

双方离婚虽然是经法院判决的，但还算是和平分手，女儿的分开，使喻伟感到很孤单，从未有过的寂寞。寂静无声、家庭清静空旷真让人孤独得无所适从。为了适应环境，喻伟努力控制自己，反思自己，避免被孤独操纵性格的发展。在业余时间里，喻伟又不会打牌下棋，不习惯走亲访友，除了书本外，没有其他爱好，可是天天与书本为伴，也不能解除孤独。深夜电视节目调完了节目单，还是空空荡荡，消除不了自己的孤独寂寞。

在寂寞中，思想不由自己地开起了小差，想入非非。在电视中寻找安慰，在影碟中寻找刺激。为了迎合潮流，伴随着他人的宴请，在灯红酒绿中看见那些大款一掷千金，羡慕不已；摸着自己的荷包，总觉得心理不平衡。在舞池中，见到飘飘欲仙的女郎，那扑面的香水使他欲醉，想到自己几次失败的婚姻，放任自己的行为。从百元开始收取，到千元坦然入囊，不满足的心态任其发展。怎样搞到大钱、什么时候也腰缠万贯，想着这金钱的支配欲，只要有人求、有人请，他从不拒绝。从被邀请到不满现状，早晚想进餐馆，天天要到舞场，但由于经济实力不足，他便打起了国家银行的主意，随着私欲的扩张，在泥坑中他越陷越深。

DILIUZHANG

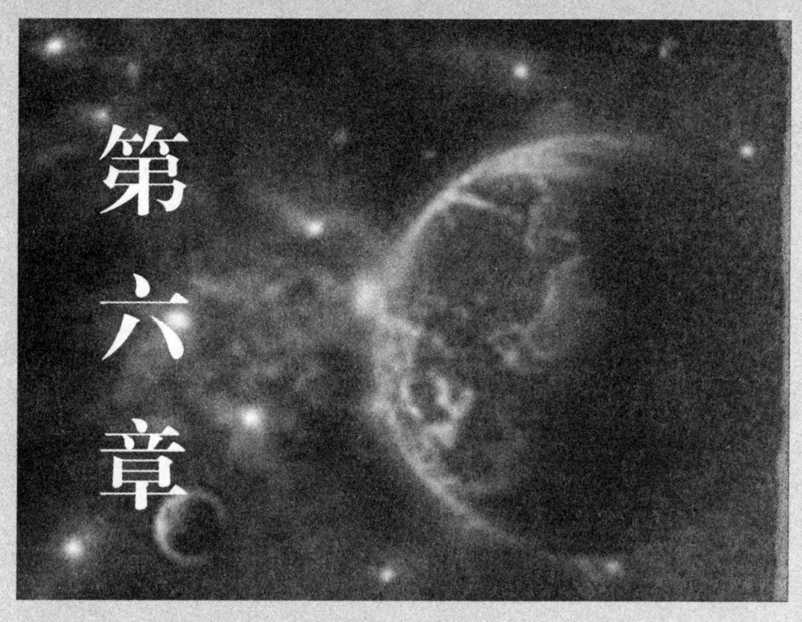

一种渐冷渐去的爱
在回眸中忧思

第一节

真情表露

“以财交者，财尽而交绝；以色交者，花落而爱渝。”

这句古代名言，被多少达官贵人、文人墨客、富翁商贾的事例所证实。喻伟也不例外，从事实的结论中，喻伟明白了一个真理：只有经过贫贱共患难的妻室，才是终身所靠。

在思念、悔悟、反思中，为了表达对结发妻子的留念和诚心的谢意，他给结发妻子写了一封信。信中说，“你还记得吗？当年我迷恋女色，你给我讲了贪财好色食恶果的故事，以此警戒我，要我认识自己，迷途而返，不要被女色葬送了自己的前程。可那时的我没有把你的话听进去，今天当我失去了自由，才悟彻了你所讲的正确性，但为时已晚，现在想起来真的好后悔。但也使我明白了一个事实：‘糟糠之妻不下堂’的真谛。为了体现我对你的真诚、我的悔悟，我也用一个故事表达我的心情。”

在信中，喻伟除对结发妻子的无限怀念外，还专门在信中附上了一段感人的故事。他说：

“东汉时，光武帝刘秀的姐姐湖阳公主死了丈夫，非常伤心，光武帝想为她找个如意夫君，于是就与她议论朝中的大臣，想暗中了解她的意思。

湖阳公主也不避讳，把朝中的大臣比来比去，最后说：‘宋弘这个人长得相貌堂堂，又有德行，大臣中没有人能比得上他。’

刘秀听了，连连点头，说：‘嗯，我们真是想到一块儿去了。宋弘在朝廷大臣中的确是出类拔萃的。’

过了几天，光武帝把宋弘召进宫中，让姐姐坐在屏风后面，听自己和宋弘谈心，了解宋弘的想法。

光武帝对宋弘说：古话说：‘有地位了就要换朋友，有钱财了就要换妻子。’你不觉得这是一种可以理解的人情吗?

宋弘听了，摇了摇头，说：‘这是万万不可的啊。我听说，贫贱的时候交的朋友最可贵，怎么可以忘记呢？贫贱的时候，妻子与自己一起吃糟糠，一起过苦日子，如果有了地位，有了钱财，就要换朋友，换妻子，这对得起自己的良心吗?’”

这就是当年的宋弘，“可我喻伟就相反，有了地位、有了钱财，贪财好色，抛弃妻子和儿子，下场只能如此。”

喻伟在给结发妻子讲完这段美妙的故事后，思绪万千。对父母的回忆，就是对美好生活的向往；对结发妻子的留念，就是对自己过错的检讨；字句对后妻的发难，就是对失误的承担。今天他走到这一步，不尽的反思，他是多么的后悔；失去自由，他是多么向往自由的社会。后悔是对责任的承担，是对曲折人生的醒悟。

扭曲的人生，是对自己的背叛。

人们常说：“人之将死，其言也善。”

面对高墙，沉痛的悔恨的确太迟了。但从他信中的字句里，我们不难看出他矛盾的心理，他怀念生活，检讨人生，一方面是自作自受，有悔悟人生之念；另一方面是怪罪社会对他不公正，叛逆心态占据了脑海，脑海的深处充满了自私。

人生悔悟不是在事物的结果，而是在事物的开始。

瞬间是事物的开始，也是毁灭人生的长河。

喻伟的人生可以说是曲曲折折的，他不畏屈辱，把压力当动力，为了一个目标，不断奋发、不断进取，在人生道路上通过自身的不断努力，奋发向上，取得了骄人的成绩。事业上的成功，也得

到了幸福的爱情。

应该说，喻伟是幸运的，也是胜利者。虽说儿时吃过不少苦，但苦换来的是甘甜。

第二节

负　罪　感

2003 年 7 月，喻伟被捕。结发妻子得知喻伟案件在某中级人民法院开庭审判时，第一个坐在了法庭旁听席。当法庭对喻伟宣判后，她抛弃一切，在自己又无权为喻伟上诉时，在征得喻伟的同意后，便以喻伟父亲的名义为喻伟写了上诉状，并自掏 20000 元为喻伟请了律师，进行二审辩护。喻伟的命总算留下了，不知倾注了结发妻子的多少心血。

在牢狱中，喻伟得知自己能保住命，是倾注了结发妻子的一片心时，为此哭了好几天。

喻伟被判刑后，70 多岁的父亲生活失去了着落，结发妻子又主动担起赡养喻伟父亲生活的义务；同时，自喻伟判刑后，父亲日思夜想，多次想到监狱探望，但年事已高，又不知路途，结发妻子为了满足老人的心愿，多次送喻伟的父亲到监狱探望，在生活上精神上给喻伟年迈的老父亲予以安慰。结发妻子也不计前嫌经常探视，在喻伟思想最低落时，每月探视二次，帮助喻伟认识罪行，重新做人。喻伟为此得到了极大鼓励，认罪服罚，积极参加学习和劳动，多次受到表扬。

喻伟的入狱，给家庭带来了巨大的伤痛。

1998 年，喻伟劳碌了一生的母亲去世后，父亲一直随他生活。入狱前，喻伟的工资和零星收入给了妻子穆英，由她安排家庭生

活。没有存款，喻伟入狱后父亲无生活来源了。为了生活，70 多岁高龄的父亲，在房前的山坡上开垦了一小块菜地，又在该单位厕所旁边搭了一个小猪圈喂猪。他父亲第一次来监狱探视时，带来了一瓦罐肉汤，父亲双手牢牢抓紧铁门上的栏杆，一边哭一边问："你在这里吃得怎么样？有人打你没有？"

喻伟除了一个劲拼命摇头，什么话也说不出来。

他父亲说："我只要活一天，就要经常来看你，你要好好改造，争取早日回家。"2004 年春节前，他父亲病了，一双手因为成天泡在冷水里，手指被冻伤伸展不直，不能到监狱探视，便要喻伟的姐姐来监狱代他探望，其姐姐告诉他："父亲养的两头猪都杀了，卖了一头，另一头舍不得吃都还了人家的情，自己只留下一个猪头和猪下水，他生怕你在这里惦记，天天催着我们来看你，并把仅有的一个猪肚煮了要我带来给你吃，而父亲自己舍不得吃一块猪肉。"

喻伟的姐姐说着，拿出猪肚汤要喻伟喝。此时此刻，一个负罪而又不争气的儿子，面对大山一样沉重的父爱，他能咽得下吗？过去，他父亲每年都要回一趟乡下老家。他认为拥有喻伟这样一个功成名就的儿子，在父老乡亲面前挺有面子。自喻伟被判刑后再也没有回过老家，他怕丢人现眼。

至于喻伟的儿子，更让喻伟揪心，他欠儿子的债太多了。家庭变故，父亲坐牢，对儿子的打击更是空前的。本来这年儿子正读高三，正值高考，儿子失去了经济和精神的双重依托，书读不下去了，便辍学独立谋生；外出打工，又因没有学历处处碰壁，激愤之下儿子毅然改名换姓，回到老家复读高中。2004 年又参加高考，被某工学院录取。喻伟得知后，不知哭了多少次，每当听到"牢友"谈话说到"儿子"这个词，喻伟的泪水就像断了线的珠子。

在狱中，每当夜深人静时，喻伟辗转反侧，多么想念自己的儿子，多么想要儿子来看望他。他几次带信要儿子来，想当面向儿子赔罪，说声对不起。想当面向儿子倾吐自己的负罪感。后来儿子在他母亲的陪同下终于来到了监狱。接见时，儿子静静地坐在一边，

见到已满头白发的父亲，儿子一句话也没说，末了喻伟问儿子：你有什么话说没有？儿子摇摇头，沉静了许久说："我没有。"

喻伟知道儿子恨他，望着儿子转身离去的背影，他痛苦的泪水满脸流淌。

喻伟在《决裂旧我塑新生》的忏悔录中说："在这里对自己的罪行无情地鞭挞、真有说不出的痛苦、惭愧和难堪。"我咎由自取，"为了挽救我们的婚姻和我的政治生命，当时的领导亲自找我谈话，语重心长地劝我；许多老前辈、老同事、老同学多次登门劝诫；一些外地的同学和朋友闻讯后甚至专程赶来，直言不讳地劝我，不要把自己的大好前程毁在风尘女子手里。对于他们的苦口婆心，我充耳不闻，一意孤行。

为了博得赵娇艳的欢心，我不惜拿自己的政治生命做赌注。以权力与虚荣为基础的投机婚姻，本身就注定了它的悲剧性结局。在与冷梅短暂的婚史后，通过征婚与穆英草率结合，以为得到了爱情，但最后得到的是一纸离婚诉状。现在想来，这种依附于权力和金钱的婚姻，以及充满低级趣味的个人享乐，给我的事业和家庭造成的危害是灾难性的，也是刻骨铭心的。

许多了解我的人热心地问我：你对过去的所作所为是否后悔？如果允许你重来，你会怎样去做人做事？我说，大千世界，什么都有，就是没有后悔药。如果有，我愿用20年的寿命去换取。

'识迷途其未远，觉今是而昨非。'过去的一切，从我走进高墙电网的那一天就已经无情地画上了冰冷而凄凉的句号。在无穷的悔恨中，现在我惟一能做，而且也决心去做的就是认真接受教育改造，彻底决裂旧我，力争早日回归社会，重塑新生。"

在狱中，喻伟看着荷枪实弹的站岗武警，望着高墙电网，手捧一审的判决书，上诉后，在二审还未下判前，绝望地他给结发妻子写了一封信。

俊梅：

请你原谅我的打扰，当你收到这封信时，可能我已离开了人间。走到这一步是我未预料到的，但今生我与你相爱过，我无怨无

悔。尽管我们不是夫妻了，可胜似夫妻，在我们相识的日子里，你的爱、你的情、你的温馨、你的温柔，使我在有限的生命里，享受了无尽的乐趣，得到了人间的真情。在我们还是夫妻时，未给你——我的妻子写过一封情书，未对你说过一声“我爱你”的话，从来是你对我服从，我是发号施令者，你是听众和执行者。而对于后妻，我成了听众和执行者，我是服从者，从内心讲我对你的爱是真诚的。因此，在我已知自己不多的时间里，毅然提笔告诉你在我们相爱时，我几次想告诉你，但没有机会告诉你的事情。

在我们俩相识前，你只知我有才华，父亲是位大学教授，母亲是位小学教师，是位典型的贤妻良母。我从小是在农村长大的，恢复高考后1978年考取大学的。但对我有些经历你不曾知道，今天我给你写这封信，想把我过去的有些事告诉你，以示谢罪。

我研究生毕业后，到银行工作不到3年，就当了信贷科副科长，撰写了《论金融管理之术》一书，得到同行的好评。我的优点是：对事业兢兢业业、为人坦诚、正直善意、有理想有追求；但缺点也很突出：恃才傲物、清高自信、自尊心极强，不唯上、不看领导的眼色办事。有人说，我在工作很短的时间里就当上了科长，是因我有父亲这一靠山，而我不承认这点，不能完全否认有这方面的因素，但也得承认，我很自信的说一句，我的确比一般人有更强的工作能力。在我们银行谁著书立说过，而我在工作的同时，利用休息日著书，如果没有这种能力和水平，书是不好写的。也就是这种傲慢引起许多人的忌妒，指我脊梁的、挑拨离间比比皆是，这种无端的指责，极大地伤害了我的自尊心和积极性，特别是看到许多领导人不务正业，吃喝玩乐，吹牛拍马，使我产生了不平衡心理，为此也产生了捞一把的意图。虽用不正当的手段搞到了一大笔钱，但总是提心吊胆，最终还是被抓进牢房，一无所有。想起来真对不起我们的孩子，也对不起你对我的爱，真让你失望了，我心里也不好受。不过，我来这个世界上无怨无悔，因有你对我的爱，我在九泉之下也会安宁的。

你是一个最美丽善良的女人。你是知道我的，我是不愿意随便

赞美一个女人的。可是你的美丽、温柔多情、内秀之美，无不引起我的赞美。在你身上，集中了外貌美、心灵美、气质美，在我有生之年，有你让我倾心，我会永世不忘的。今天，我将面临难以预料的结果，我痛苦极了，矛盾极了，懊悔极了，但又无可奈何，也只能面对。不过有你的爱，你的情，我将无悔地面对一切。

你是知道的，我最忌讳我小时候的经历，从不愿意谈论过去这段历史。

我是在农村长大的孩子，小时候吃了很多苦。由于我们家庭出身不好，“下放”到农村改造的“黑五类”，那些年被人歧视、刁难、冷漠、鄙夷，让我从小心灵上就受了极大的伤害，也让我从小就懂得了许多人情世故。小时候我除了书本外，没有什么朋友，贫下中农子女要与我划清界限，父母要接受改造，生活上无依无靠，我能活下来就已是个奇迹了。我生下来因先天营养不足，经常生病，又没有奶吃，是靠面糊喂养长大的。贫寒的家庭，复杂的社会关系，歧视的眼光，让我从小就懂得自尊、就知道社会地位的重要。

我5岁不到就跟随姐姐上山放牛，有时一个人壮着胆子把牛赶到不见人烟的山上吃草，直到太阳斜挂在天空中央才回家吃早餐。在寒风刺骨、滴水成冰的冬天，清早我还穿着几件单衣，赤着双脚到山上放牛。下大雪不能将牛赶到山上去，就得割水草给牛吃。人一下水，不仅手冻得痛，脚也在水里冻得受不了，一次下水只能割几把草，就得爬上岸，一背篓草，要经许多回合。在这难以承受的环境中，没有办法，只能顶着，只有割满一背篓水草，才能够牛吃饱一顿，否则不能提前回家。几次冻得我脸发紫，双脚浸在水里拔不动，被过路人抱上岸……有一次，天刚亮，我将牛赶到山上，却因睡眠不足，坐在一块石头上打盹。不听话的牛跑到一农户菜园里，吃了十根苞谷苗，这下可闯了大祸。本来这家农户与我家有矛盾，发现我家的牛糟蹋了他家的菜地，且吃了苞谷苗，十分恼怒，不由分说就打了我一耳光。打破了我的鼻子，鲜血直流，并将我家的牛扣压。因我家是“黑五类”，又是接受贫下中农再教育的对

象，母亲见到此景，敢怒不敢言，只是抱着我失声痛哭；后来通过干部调解，邻居的劝说，亲朋好友的工作，他家才同意我家赔偿10元钱，总算平息了此事。

那年头，10元钱是个不小的数，一个强劳动力，一个月才能挣到这么多钱，有的生产队条件差，还挣不上这么多。话又说回来，在那年月，十根苞谷长成熟后，他家也要吃好几天，就是这十根苞谷苗，可避免他家饿几天的肚子。穷怕了的农民，又特别在乎这10元钱。说实话，在这困难的岁月里，我家也很在乎这10元钱、也很需要这10元钱。这10元钱可供我上学交一年的学费。这事在我脑海里留下了不可磨灭的印象。且这年我才6岁。上学后，我的衣服虽不是最好的，也不是最破的，书包是个旧军用包，纸张笔墨齐全，有的农村孩子比我家的条件要差得多。在我的少年同学中，许多农村孩子穿得破旧，个别家庭连一支铅笔都买不起，家庭穷得一无所有，但他们踏踏实实、刻苦学习的精神，孜孜不倦的学习态度，给我终生留下了深刻的印象，提供了人生奋斗的好材料、好典型。我在学习中，常常以他们为榜样，以书本为伴，刻苦钻研、勤奋努力，学习成绩总是名列前茅，得到老师、同学、父母的好评。但因家庭出身不好的原因，在小学一年级时，常常受别人的欺负，骂我是“黑户口”、“黑崽子”。他们用石头砸我的书包撕我的衣服，可能是常被欺负造就的原故，我不惧侮辱，就是头部被打伤，也从不哭泣一声。我用自己瘦弱的力量抗击欺负，用学习捍卫自己的尊严。有一次放学回家，在路上一同学无故找茬把我的脸打肿，鼻子也被打出血，我未吭一声地跑回家，蒙在被子里失声痛哭，不知过了多久，泪水的浇注将我送入梦境：渴望没有被人欺负的感觉；没有被人打的学校；受到同学尊重的时代。一觉醒来时，日头已挂在西边，我当即拿出书本和背篓，上山一边放牛又一边读书……心酸、痛苦、孤立，更催我奋起。我发奋读书，刻苦学习，赢得了同学的赞赏。小学二年级开始，我都被选为学习委员，从此，同学们刮目相看，不再有人敢欺负我了，也没有人喊我黑崽子了，只有鲜花和掌声。我从二年级开始到小学毕业，每学期都是学

习标兵，并多次被评为全学区的学习标兵。我用学习赢得了尊严，用知识去掉了孤立。

在农村的日子里，让我学会怎么样为人、怎么样生存；为我后来适应社会提供了难得的机会。当年我们全家被下放回乡，在短暂的6年时间里，因自己没有固定房屋，我们家共搬迁了3次。住过生产队仓库，向他人借房住过。家越搬越穷，债越欠越多。所以我立志一定要好好学习。我不管寒冬腊月还是酷热暑天，咬紧牙关，耐着严寒酷热的侵袭，一个信念就是以读书为荣。

一分付出，一分收获，我的学习成绩非常优秀，语文老师发现我在写作上有一定的潜力，就有针对性地给我"加码"、"吃小灶"，让我每天必须写一篇作文或者观察日记，早上上课前交给他批改。就是这位平凡而无私的老师，把我引上了写作之路。小学五年级时，我已在几家报刊上发表了好几篇短篇小说，在老师和同学中引起了不小的反响。

进入初中后，家庭经济状况并没有多大的改观。因母亲多病，每到开学之际，就为学费着急，母亲为了给我筹集几十元的学费，除一个鸡蛋一个鸡蛋的积攒外，将平时挖的药材集中卖掉，解决我的学费。在读高中时，学校离家有30多里，每半个月才能回家一次，为了节约每一分钱，每个来回都是步行；在学校没有钱买饭菜票，只能从家里自带米和菜，不管夏天还是冬天，带的菜都是蚕豆浆、炒黄豆，如果带的腌菜不够半个月吃，就弄点盐溶在开水里好下饭，从初中到高中的六年生活就是这样度过来的。那年头，我正是长身体的时候，食量大，自带的米又不够吃，每次闻到从餐馆内飘出香喷喷的馒头气味时，嘴馋得发慌。有一次，一个吃商品粮的女同学看见我家庭的确困难，几次背着人给我饭菜票，都被我拒绝。过了不久，她又买了十几元的饭菜票放在我课桌里，并付了张纸条："请你不要拒绝我的好意，就当我现在借给你的，你将来发财后还给我，但不要当即退给我。"

看着一张张有价票证，想想同学间的友谊，我又一次婉言谢绝了她的同情，因为同情是崇高的，被同情是痛苦的。我的忧郁、沉

默和离群，让许多好心人不理解。个别人认为我的离群，是一种清高、傲慢、自以为是的表现。人们的不理解，各种猜测，让我左右为难，其实，他们不了解，我写文章是将稿费作为我生活的补救、来源，作为生存和远大目标的依托。

那时，我们家没有经济后盾，也没有当官的亲友作后台，只能靠自己努力来创造前途，写作就成了我精神的惟一所在。为了写好每篇文章，我呕心沥血，每一个字每一个词的抠，争取发表的成功率。有一次上物理课时，我还沉浸在构思的文章中，不时对文章进行修改，这下被老师发现了，她批评我不务正业，将我刚写好的一篇约 1000 字的散文稿撕得粉碎，并指责说我想当作家，不是这块料。这篇文章本来是一家省文学杂志社的约稿，花费了我半个月的心血。看着辛勤劳动的成果被践踏，心中的怒火一下冲上脑门，我呼地从座位上站起来，攥着钢笔，瞪着血红的双眼，大声地吼道："你给我把书稿捡起来贴好。"

当时我气极了，大有拼命之势，还是那位吃商品粮的女同学在后排慌忙拉住我，并上前把已撕毁的书稿从地上捡起来放在我的桌子上。我狂怒的样子，把全班同学和那位老师吓坏了，大家惊惶失措，搞得一堂课没上成，事后，学校给了我记过处分。

在愤怒之后，我平静地想了许多许多，人生不可避免地要经历挫折，没有平坦的路可走，也只有在曲曲折折的道路上才能成长。

1978 年夏季是我国恢复高考后的第二次招生，我在几位老师的支持下，参加了全国统一高考，9 月份后，各考生相继收到了录取通知书，而我在焦急的仲夏里，久盼未果，看着别人考取中专欢天喜地、鞭炮震撼的庆贺，使我在苦闷中煎熬，整天吃不下饭，体重急剧下降，人消瘦得很明显，本来就内向、沉默的我，除了在家劳动外，一声不言，休息时，以写作来消除自己的烦恼。这时候，个别与我家有成见的人，大肆毁坏我的名誉，说我从小就目中无人，本来就成不了大器的，还想在我们这穷山沟成为金凤凰，说"什么叫状元？状元就是比常人聪明、是天生的读书料，而他并不比别人聪明，还想成为状元，真是不知天高地厚。再说我们这里自

古还没有出现一个状元，他要是真比别人强，为何至今还未收到大学通知书。”并说某某公社的某某人已上学了；某某人已考取了北京某某大学……

无形的压力、自寻的苦闷、充满敌意的闲言碎语，让我抬不起头，父母也受到了不公正的待遇，这是没有经历过的人无法想象的。到了9月底，已快到学校暑假结束，已过了我所希望的日子，我不再有非分之想了，一心一意安心在农村。9月30日，我在苞谷田里除草，快到中午时，突然听见有人喊我，要我快回家，我不明什么事，收起工具不慌不忙的向家返回。走到家门口，看见门外停放了几辆自行车，屋子里坐着公社干部和几位陌生人，我正在纳闷，见我妈妈满脸泪水拿着盖有大印章的通知书告诉我：“孩子，你考取了，这几位干部是来送通知书的。”

原来，我的通知书早已到了公社，因教育组的工作人员工作不负责，把我的通知书给放在抽屉里，造成已到报到时间还未将大学通知书送到我手里的事件。

我高兴得不知所措，脑子突然轰动，我昏了头，听不清楚母亲口里还不停地在说什么。还未等我接过通知书，公社干部接过我母亲的话茬说：

“喻伟，你为我们家乡争了光，在我们山区，能考上一个中专生就很不容易，能考取大学，更是一件稀罕的事。你可知道在我们这里解放以来，只有几个中专生。你实现了理想，这是你的光荣，也是我们全公社人民的光荣。虽然因我们工作的失误，没有及时把通知书送到你的手里，我们应向你作检讨，也请你原谅，今天我们来一是给你送大学录取通知书的，二是来代表全公社的人们向你祝贺的，希望你再接再厉，取得更大的成就。”

我已什么都听不清了，从母亲手中夺到通知书，破门而出，不顾一切的一路狂跑、自己也不知跌了多少跤，只知一路泪水像断了线的珍珠不停的往下掉，堵塞了眼角的泪水遮住了我视野；我跑到山上痛哭起来，好像只有这样才能发泄心中的积怨；为了放松情绪，我对着大山，对着养我的地方，大声的呼喊：“上帝呀！你是

公平的！”

好像只有这样的喊声，才能喊出我的希望、我的烦恼，才能表达我的一切情感。

这一举动，把我的妈妈惊呆了，以为我被这突如其来的消息弄疯了。在后面哭叫着，跟着我，追赶我。我未顾及妈妈的感受，也未回头看看妈妈的眼泪，也未听妈妈的喊话。我只有一个愿望，让世人知道，我也是状元了。让那些有成见的人，看着我发抖，我是真正的强者，这不是祖坟埋得好，而是我十多年勤奋的结晶。

还是爸爸经历的多些，他知道我的举动只是为自己成功而高兴，为自己努力得到回报而兴奋，为多年遭受欺辱发泄积怨。他赶上我妈妈，将她拉回了家，而他自己却站在家门口泣不成声。

是的，我们家祖祖辈辈穷得揭不开锅，到我爷爷时，因劳动而致富。由于富，解放初被划为富农，给我们家带来了灾难。父亲虽是大学教授，但因出身不好，直到 1978 年我考取大学不久，才得以平反。我们家被平反后，父亲回到了他阔别多年的大学讲台。

我终于考取了大学，怎能不扬眉吐气呢？怎能不让家人高兴和自豪呢？我的成功是父母多少心血的结果，是他们多少年的梦想，也是他们多少年付出的回报，父亲的眼泪说明我没有辜负他的愿望，他为我而骄傲。

虽然我的成绩不是特别理想，比自己原来预期的要差，但还是以全县第五名的优秀成绩考上师范学院，学的是师范专业。那时“文化大革命”刚结束不久，对经济工作不是十分重视，师范专业也不是特别吃香，我在思想上有不满意的感觉，因为我理想的专业是中文系，想向专业作家奋斗，最终还是人算不如天意，走上了与学生打交道的行业，毕业后被分配在学校工作，在思想上十分不满意，一心想离开教育界，另谋职业，为此我奋斗，最终考取了研究生，学的金融专业，毕业后分到了银行工作。

不过我也十分地满足了，只要能上大学就是我的梦想。我实现了梦想，实现了我的奋斗目标，我懂得，要回报必须先付出，所以在学习上我从不怕困难、不怕任何艰难险阻，不屈不挠，不耻下

问，以能者为师，任何难题直到弄懂为止，不掌握要点决不罢休。早点离开农村成了我学习的精神支柱，如果没有这根支柱作为自己的依靠，我早就垮了。就没有今天得来的成绩，就撑不起人生成功的大厦。

是的，我成功了。十几年的委屈和屈辱，仿佛在一瞬间消失了，一切屈辱、一切痛苦、一切付出和牺牲，都让一张大学录取通知书冲刷、荡涤掉。

世上只要你努力，没有得不到的东西。

第三节

痛　苦

喻伟终于如愿以偿地步入了大学这座神圣的殿堂。从小山沟里来到了大都市，他觉得什么都新鲜：名胜古迹，公园长廊，高楼大厦，琳琅满目的商品，车来车往，人流如潮。现代都市的一切都让他向往。

人们常说，祸不单行，对喻伟来讲，福却是祸。

在大学里，为了能爬上“宝塔”的顶层，几乎每个学生都有一番奋斗的经历。喻伟也不例外，在人生的道路上，经历了太多的艰辛。痛苦的磨炼使他早熟；过早地自立，把他推向了社会，在复杂的社会中，为了生存，过早涉及人情世故，使他看破红尘。在人生的竞争中，喻伟有时过于自信，有时也过于自卑。同学们闲时侃大山，来自全国各地的学子，方言俚语，天南海北，侃起来就是半夜。而喻伟不会侃，听到的各种方言俚语，让他摸不着边际，因不懂得方言的含义，只是跟着嘀嘀地傻笑，喻伟的傻笑多了反成了同

学们的笑柄，这无意中伤害了他的自尊心。

本来自尊心就很强的喻伟，对同学们的笑声极度反感，从此再好听的、好笑的事情，他也强制自己，忍住笑容，不再露出咧嘴的傻笑；有时他们逗笑的话语，也让喻伟忍俊不禁，久而久之，傻笑又重演。不过从同学们的俏皮话中，喻伟也学到了不少知识，了解了许多乡俗人情。尤其是少数民族的许多风俗习惯，从同学们的侃大山中，他学到了许多。充实了自己、丰富了知识。

在大学里，从直接知识到间接知识，喻伟都学到了许多，从物质到精神都大大地丰富了自己。喻伟不仅充实了文化知识，且丰富了许多社会知识，了解了许多书本上没有的东西。为了做人上人，他如饥似渴地汲取知识的营养，漫游在浩如烟海的书本中。大学二年级时，在同学们“侃大山”的启示下，结合自己的经历，根据乡俗民情，写了一篇小说，发表在全国很有影响的刊物上。这篇长篇处女作得到了许多人的好评。

沉郁、婉转、哲理的小说，形成了喻伟写作的风格。

就在这一年，喻伟有了巨大的变化，不再沉默寡言，变得活泼，也学会了侃大山，不时的诙谐话语，也引起同学们的笑声。喻伟变了，变得让同学几乎认不出来了。随着他的作品不断增多，喻伟在同学中的地位也不断提高。在学校喻伟已是小有名气的作家了。

说实话，喻伟写作有两个目的，一是提高自己，用能力报答父母的养育之恩；二是用稿费补贴生活。

原来读高中时给喻伟菜票的那位女同学，也考取了大学，他们又同在一个城市，自然来往也多了。尽管喻伟早已成家，并已生儿育女。但离家在外，加上高中时她对喻伟的关心，喻伟对她怀有好感，他们俩的关系就更加密切了。一层窗户纸不捅自破，两人自然而然地接触多了，两人无话不谈，回忆过去，展望未来，像初恋情人，形影不离。对于这段恋情，喻伟既非常珍惜，又畏惧，自己有妻室，移情别恋怕引起学校和他人的注意，酿成后果，影响自己的前程。但随着二人感情的积蓄，升温的情意又舍不去。她对喻伟体

贴入微，从生活上关心他，在学习上鼓励他，从精神上安慰他。她的爱是多么的真诚，多么的纯洁，使喻伟得到了从未有过的快乐和幸福。他对她依恋、关怀倍增、呵护有加。给她带来了从未有过的喜悦。因为喻伟从小就生活在歧视、冷漠、屈辱和贫困的农村里，其生活环境培育了喻伟的坚强。喻伟对任何事情都非常重视，只要有一点快乐就会欢天喜地。现在有一位美丽而温柔的女性关心他温暖他牵挂他，喻伟从骨子里感受到甜蜜和幸福。

爱情是甜蜜的、美妙的，相爱与被人爱，是人生最大的幸福。那个时候，事业和爱情成了喻伟生活中两根缺一不可的支柱。

就在他们深爱之际，一场突如其来的不幸，打破了喻伟平静的生活。

一天晚上，她在图书馆看书，突然汗流浃背，引发高烧不退。经医院确诊，她得了晚期肺癌，在医院救治了两个月，终究未能从死神手中将她拉回来，她永远地离开了喻伟、离开了她憧憬的世界……。她在弥留之际，将生前写的日记和遗物托付于喻伟，让喻伟好好地活在这个世上……

看着她的日记、书信、照片和存折以及大量的书籍，喻伟第一次感到空虚、六神无主，喻伟只觉得精神垮了，她带走了他的一切。喻伟抱着与她生前一起拍的照片，跑到学校的一个偏僻宁静处，看着她微笑的照片，回想他们相爱的日子，伤心的他，泪水像断了线的珍珠，止不住地向下流淌……

从这一天起，喻伟对爱情的希望破灭了，更加玩命地追求事业。在学习上刻苦钻研，以书为伴，爬格子，写文章，抒发对她的思念，好像只有这样才能报答她的一片真情，才能寄托哀思，才能不辜负她对他的厚望。

生活中刚出现的一片绿荫，还未等喻伟去享受，就这样被无情地摧毁了。

这年正好是喻伟大学的最后一年。

这是喻伟始料不及的突发事故。相爱的人去世，给喻伟心灵带来了巨大的痛苦，也留下了深深的创伤。许多年后，每当谈及此事

时，他都泪流满面……

喻伟常说，此生中两个人的去世令他悲恸，一是这位同学的去世；二是他母亲的病故。他说母亲病故，给他家带来了极度的悲伤。喻伟的母亲病逝后，喻伟无法接受这个事实。母亲是他们家的顶梁柱，母亲的去世，让他感觉像天塌了一样，一时六神无主。

喻伟的母亲是一位再普通不过的生长在农村的妇女，读书不多，也不懂什么深奥的哲理，一生没有什么惊天动地的业绩可让后人炫耀，也没有留下一笔遗产可供后人继承。但她具有的勤劳、善良、朴实、忠厚、贤能的美德，为她的后人留下了取之不尽、用之不竭的精神财富。

从喻伟记事起，一年 365 天，母亲没有一时的空闲，总是忙忙碌碌，白天在生产队劳累一天后，晚上回家还有做不尽的家务活。夜深人静了，孩子们都已进入了梦乡，母亲还在那昏暗的煤油灯下补衣纳鞋。一年四季，春夏秋冬，油灯总是伴随着母亲疲惫的身影。儿时的喻伟是在这灯光中入睡，又是在灯光中醒来。

他们姐弟三个，母亲把毕生的精力都投入到了子女的身上，她别无所求，只求子女们平安，不生病，吃饱饭，不愁穿，过上幸福的生活；只盼子女成人后，文化素质高，成为有用之材。儿女就是她的希望、她的寄托、她的理想、她的精神依靠。为了儿女，再苦她也毫无怨言，再累她也心甘情愿。

在喻伟儿时的记忆中，最难忘的是上个世纪 60 年代初的几年自然灾害。那时田地里颗粒无收，全国性的大饥饿，野菜被刨，树皮被刮，草根被挖。为了充饥，观音土也常被挖来填肚，照得出人影的野菜汤，一天还不能保证三餐。喻伟因长久吃野菜，见不到粮食，闻着带土腥味的野菜汤，再饿也咽不下，围着母亲嗷嗷叫，哭着不吃，母亲含泪将喻伟抱在怀中无可奈何地哄着。有一次，家里不仅揭不开锅，且山上确实挖不到野菜，实在无法生活，母亲一天往返近百里，在几个亲戚家弄了 10 斤苞谷，回家后顾不上辛苦，马上用石磨磨成面粉，加上野菜搅拌成粥；喻伟看到野菜就没胃口，走到锅旁，见着稀得照人影的糊糊，扑到母亲的怀中吵闹：

“那野菜太苦，我不吃，我想吃白米饭。”喻伟哪里知道，能吃上糊糊就已经不错了，许多人家几天都揭不开锅了。母亲为了不让他饿肚子，就将糊糊烧成锅巴一口一口地喂他，喻伟只顾哭泣，却不知这碗照人影的糊，母亲走了一天的路，还未吃上一口。每次开饭，母亲不是还在洗衣服就是在喂猪，等全家人吃饱了她才吃残羹剩饭。就是在这种艰难的日子里，他母亲还不忘记帮助他人。就是找亲戚弄了10斤苞谷的第二天，得知同村的一家八口人断了几天炊，饿得无人起床打开大门，就马上端上一升（一升2.5斤）苞谷送去。当时喻伟不理解母亲的做法，认为那家过去对他们做过许多过分的事，在困难时，那家不仅损害自己家的名声，欺负自己，是那家人先对不起他们家。喻伟的姐姐说：“我们不应该在自己困难时，反而紧缩裤带救他们。”喻伟的母亲听了后，极严肃地说，“我们不管别人过去对我们怎么样，别人现在有难处，就应该帮助他。俗话说“难中好救人”。他家现在有难处，我们就应该伸出手，帮助他家共同渡难关。过去说‘一碗米的恩人’就是这个理。他们家现在揭不开锅了，我们就应该帮助他，见死不救，记人家的仇，这不是我们应该做的，别人家有困难就应该帮助，这才是美德。”此事对喻伟印象特别深，他为母亲的为人而自豪。

1963年秋天，刚过自然灾害不久，家里还是穷得一贫如洗。母亲因长年累月的辛勤劳累，积劳成疾，一病卧床就是四年多，住院达二年之久，负债达2000多元。那年代，100元的债务对一个农村家庭来说，就是个不小的数目。在困难时期，要弄到一分钱不知付出多少劳动。那年代的钱确实含金量高，一个农民，身上有5元钱，就算是富裕户。2000元的债务，几乎就是一个天文数字。仅这2000元的债务，他们家还了10多年。在这10年多的时间里，每年喂两头猪，除卖给国家一头外，另一头喂到过年最重也只有100斤左右，没有粮食，光吃野草的猪哪能长得肥？那时，国家规定生猪“购留各半”，即先卖给国家一头猪，农民过年才能杀一头猪，没有将猪先卖给国家，就不能杀猪过年。卖给国家的生猪，最低要有120斤，差一斤收购站也不要。他们村距离收购站30多里，

经常有人将猪抬到收购站，因不够120斤，又抬回家。他们家那时很困难，过年只能先卖掉一头，另一头过年宰杀后，将半头猪肉卖给国家，留半头猪肉过年；半头猪肉只有50斤左右，一年到头，除过年可以吃上几块肉外，平常很难吃上肉。

在母亲生病卧床的几年里，无人给他做布鞋穿，他都是赤脚上学。不管春夏秋冬，晴天雨季，刮风下雪，都是靠脚板对付。上学的途中，山路石子多，出门就爬坡，石子经常把脚板划破流血；因在雨水里踩，划破的脚被感染了，一到夏天脚板就化脓，好几年烂得几乎无法走路。母亲为此非常内疚。有一年冬天，天渐渐地冷了，母亲准备用父亲的一双旧布鞋将后跟帮子缝合后改给喻伟穿。当她发现同村有个男孩因母亲早逝，几年的冬天都打着赤脚，毅然将这双鞋送给了那个男孩，结果让喻伟又多打了半个月的赤脚。

喻伟母亲家庭出身中农，读过几年私塾，解放后又上过几年学，在农村算是个文化人，她非常重视喻伟的学习。晚上喻伟做作业时，她总是坐在喻伟的身旁缝衣纳鞋底，督促他完成当天的作业。那时家乡没有点上电灯，晚上全靠煤油灯，煤油也是靠供应，每月只有2斤煤油，根本不够用，为了节约，一般不点煤油灯，用松树节照明。而喻伟读书时，母亲从不吝啬，将有限的煤油把灯点亮，保证他做作业。在学习上，父母对他要求特别严，不得旷课、不得迟到、不得早退，当天的作业当天完成。每天上学要走十多里的山路，记得冬季的一天，因下雪喻伟在路上贪玩，上学迟到了，老师在给家长回条中要喻伟向父母汇报，说明迟到的原因。母亲晚上知道后，第一次用树枝狠狠地抽了他一顿，这是母亲一生打他最厉害的一次。在学校要尊重老师，团结同学，不得与同学争吵和打架，这是家规的第二条。喻伟记得小学三年级时，他的大字本被一位同学拿走了，因练习本上写有喻伟的名字，喻伟未讲任何理由就去夺，结果与这位同学打起来了，同学将喻伟的脸用手划破，回家后，母亲问喻伟脸上怎么划破了，喻伟就如实地讲明了。哪知母亲不仅不同情他，反而严厉地训斥了喻伟一顿，问他为什么不告诉老师，为什么不与别人讲道理而与别人打架，并要喻伟写保证书，今

后不得再犯。喻伟为此觉得很委屈，不依不饶地哭起来，母亲不仅未放过他，反而要喻伟将写的保证书贴在床头，以做警示。

母亲一生对喻伟的期望值特别高，总希望他能出人头地。在日常生活中，她对喻伟严格要求，教育喻伟保持艰苦朴素的本色，任何时候、任何地方，都应工作上向高标准看齐，生活上向低标准看齐。但为了喻伟的学习，不管家庭多困难，也要保证喻伟有足够的营养，家里有好吃的优先于他，怕营养不足影响喻伟长身体而耽误学习。说真的，那时家庭很困难，有什么好吃的，鸡蛋就是最好的营养。为了保证喻伟的营养，母亲常给喻伟煮一个鸡蛋补充营养。不要小看这个鸡蛋，那时却是家庭主要的经济来源，吃盐打煤油，一切开支大都靠养鸡，卖几个鸡蛋赚上一元、二元，保证家庭的日常开支。喻伟读书的学杂费部分也靠卖鸡蛋来交，母亲为了保证他能交上书费和学费，一个一个的鸡蛋积攒拿到商店卖后供喻伟上学。那个年代鸡蛋只三角多钱一斤，一只鸡一年产不了几斤蛋，也卖不了多少钱，但它的确是家庭主要的经济来源。从小学到初中，喻伟没有见母亲缝过一件新衣裳。有一年春节缝了一件粗布新衣，不知母亲把它放在木箱里保存了多少年。喻伟的母亲一生总是把幸福留给他人，把困难留给自己，吃苦在前，享受在后；一生乐于救人，不计较任何得失；不管前进的路上有多么危险，她总是以乐观的精神予以化解，宽容、豁达、无私无畏，容天下之事，宽天下之人。李某在任生产队队长期间，独断专行。喻伟母亲生病的时候，他逼喻伟未成年的姐姐出外上“三线建设”，做了许多不应该的事，群众对他很有意见，他死后，许多群众不愿帮忙办丧事，喻伟也认为这是报应，也不愿意去帮忙，母亲为此严厉地批评了喻伟，问喻伟为什么“活人记死人的仇”？说就是李家过去如何对不起大家，作为同村的人也不能以仇恨报仇人。在喻伟母亲的号召下，群众合力帮忙将李某热闹地安葬了。李某的后人对喻伟母亲感激不尽。

喻伟母亲不懂得多少深奥的哲理，但为人公道正派，深得群众的拥护，张家吵架李家分家，大小矛盾，乡邻总忘不了请喻伟母亲

出面调解。有时既使邻里闹得不可开交，只要喻伟的母亲几句贴切的话，双方即刻化干戈为玉帛。在当地，喻伟母亲的人缘非常好。她善于团结人，有极高的威望，深得人们的拥护。喻伟的母亲在劳动中，什么脏活累活，别人不愿意干的活，她从不讲价钱，自己带头去干。记得是1962年4月中旬，天还很冷，清早背阳光的水田，有的出于河水口，水还冷得刺骨，许多田里的火土肥都撒开了，惟独紧靠河口的没有阳光的水田无人问津，如果不及时将粪土撒开，将影响其他水田的运作，他母亲为了起带头作用，第一个下水田去撒粪土。因水田的水冷得刺骨，造成他母亲的下肢肿痛，从此一病就是四年。

喻伟的母亲乐于助人，从不要任何回报，只图行善事。“文化大革命”时期的1969年至1971年，正处在“深挖洞，广积粮”的年代，“三线建设”在全国如火如荼。各生产队派出很多民工参加“三线建设”，结果，一些农户只剩下妻子和未成年的孩子，到分粮食时，没有男劳力往家里搬运。喻伟的母亲就动员人们帮这些人家把粮食运回家。喻伟的母亲一生是勤劳而艰辛的。子女的成长、成才，都倾注了她一生的心血，操碎了心。

喻伟与姐弟各成家立业后，母亲已60多岁了，但大小事情都还离不开母亲的操劳。从婚事操办到孩子出世，无不体现母亲的关爱。喻伟结婚后，母亲忙前忙后，高兴得合不上嘴。一连几天清晨，天还未亮，母亲就起床，千方百计地做些可口的菜给儿媳妇吃。婆媳谈笑风生，很快消除了距离感。就在喻伟的女儿出世后，虽然工作忙得不可开交，家里也实在离不开，但她还是专程到喻伟家，伺候了母子一个月。

在喻伟母亲眼里，只要能见到儿女们的笑，她就十分高兴。出嫁的女儿，家庭幸福、和睦，夫妻恩爱，孝敬长辈。她就觉得这是女儿对她的一种回报、一种安慰。为了下辈人，她付出的再多，也不觉得吃亏。子女生活越好，觉得自己活得越有价值，越感到幸福。1990年，家乡的柑橘熟了，已60高龄的母亲，为了能让孙女吃上鲜果，她专门回乡下摘下50余斤的柑橘，然后从乡下乘车来

到城里。下车后，走错了路，又怕柑橘被揉坏了，扛着这袋柑橘，小心翼翼地来回多走了十多公里路。当喻伟见到母亲累得气喘吁吁，衣服被汗水浸得透湿时，泪水止不住地直流。

可怜天下慈母心！

第四节

思　　念

1998 年 7 月 1 日，天气特别的闷热。晴朗的天空，突然狂风大作，乌云翻滚，一场大雨即将来临。

喻伟上班不久，忽然接到姐姐的电话，说母亲已经病了数日，正在医院住院，母亲要求他们回家看看。喻伟想母亲在一般情况下，不是什么特殊的原因，是不会有要求的，放下电话急急忙忙乘车直接赶到医院。母亲见了喻伟，就强打起精神，询问他近来的工作状况、生活情况，问寒问暖，喻伟反倒成了被安慰的人。见到母亲的病况，喻伟心里清楚极了，平时有病也没有很好地治疗，加上积劳成疾，预感母亲病得很重。而医院可能是病人见多了，没有将喻伟母亲的疾病当回事。身上长疮，医生当成了皮肤病。喻伟发现母亲不像患皮肤病，要求从皮肤科转到内科治疗，因为是双休日，根本找不着值班医生，一拖又是两天。疼痛使母亲咬紧牙齿，但见喻伟他们在她身旁，她却一声不吭。

为了不让喻伟担心，她表现得特别镇静、坚强。同病房的病友对喻伟说，“你母亲真的了不起，生怕你们为她担心，忍着痛。晚上，疼痛难忍，牙咬得咯咯地直响，舌头都咬破了。只要你们儿女在场，她一声不吭，你们一走开，她痛得在床上打滚。”听到这

话，喻伟泪水直流，心里感觉到，母亲这次难逃厄运。喻伟看到母亲的病情一天一天地加重，心急如焚。到了星期一早上，医院总算派来了一名内科医生。医生仔细检查后，认为病情已引起了综合性感染。检查不过一个小时，喻伟的母亲永远闭上了眼睛，离开了美丽的世界……

看着病逝的母亲，喻伟不相信这是事实。母亲的去世的确太突然了，对他打击特别大，喻伟没有任何思想准备。在喻伟的印象中，母亲永远是一个拖不垮、累不倒、不叫苦、不知疲倦的人。就在有人为喻伟母亲穿寿衣时，喻伟还认为母亲未死，还在活着……

这是个悲恸的日子，天阴沉沉的，乌云密布，雨下个不停，喻伟一时失去了主张。许多闻知噩耗的亲朋好友，无不痛哭失声。

“天啊！你为何这么不长眼，不是说好人一生平安吗？做善事的人必将长寿的！为何我母亲只走完60余岁的路，为何不让母亲多活几年，看看这世界、过上几天好日子……”

喻伟悲痛欲绝。

第三天，母亲被安葬了。喻伟长跪在地上，望望垒起的新坟，眺望荒山野岭，泪水止不住地流了下来。

“妈妈……妈妈……，您不该走得这么急。我们都已长大成人……我们再不会缺盐缺粮了！您睁开眼睛再看一下。您应该有一个幸福的晚年，好好享受天伦之乐。老天爷为什么不长眼，让您就这样过早地离开了我们……”喻伟对着母亲的坟，默默地诉说着。

母亲的去世，让喻伟家里失去了主心骨。父亲一时无法接受这个现实。自喻伟的母亲去世后，父亲过去吃饭只张口、穿衣伸伸手的日子一去不复返了。他身体急剧下降，说话颠三倒四，力不从心，稍有不顺心的事，就怀念母亲在世的生活。子女照顾得再好，也总是不满意。原来一天八两酒的，现在有酒也不喝了，整天泪流满面。为了安慰父亲，喻伟的姐姐专门将他接去玩，可只要一上桌子，见少了双筷子，泪水就直流。这种场面深深触动了子女。每顿饭家人都根本吃不下，没有住上两天，父亲吵闹着要回家，要亲自给母亲烧“五七”（人死后第35天祭日），没有办法只好按他的要

求去做。在给母亲烧“五七”的这天，父亲又非要他亲手操办，生怕隔辈人在祭日这天给母亲办不好。看着父亲对母亲的深情，喻伟只有相思的泪水。

母亲去世后，父亲坚决要一人独立生活。由于过去喻伟母亲包揽了所有的家务活，他哪里还干得顺手，干活时总是丢三落四，心不在焉。锅里放了米而忘记放水，放了水而忘记放米，是常有的事。

DIQIZHANG

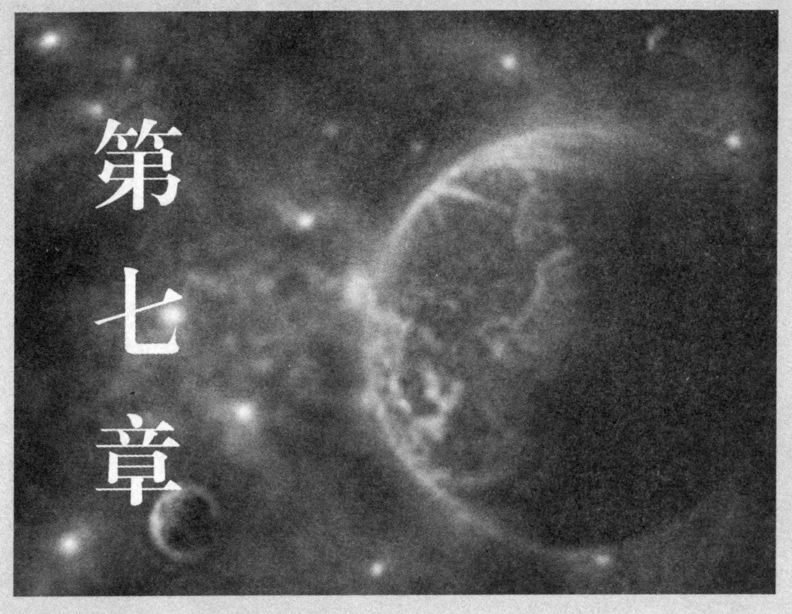

天空灰蒙蒙

第一节

雾中的风景

为了挽回先后三次离婚对自己的负面影响，喻伟处事小心翼翼，避免与人发生矛盾，奉行中庸之道，与人为善、与人为伴。

为了报答父母的养育之恩，喻伟在工作中勤勤恳恳，上班比别人早，下班比别人晚，一人干着几个人的活。他凭着自己的才华，工作很快打开了局面，得到了同事的好评。除工作外，喻伟还利用工作之余，发挥原来爱好文学的特长，在全国性刊物上发表了文学作品，并获得一等奖，另有一本书出版。一时喻伟声誉鹊起，令人刮目相看。

人说成绩易让人骄傲、迷失方向，让人忘乎所以。喻伟也不例外，许多光环让他不知所措。

与冷梅离婚后，孩子又判给了对方，孤独寂寞使喻伟又有了成家的打算。这时许多人给他介绍对象，他都婉言谢绝。他要采用时尚的手法，通过征婚寻求自己的意中人。

2000 年 2 月中旬，喻伟在看一本生活类杂志时，无意中被一则征婚广告词吸引。喻伟本来想先推荐自己，不料反被这条征婚启事征服了："某女，35 岁，大学本科，身高 1.62 米，在本市政府某机关工作，品貌双全。曾有恋爱史，因思想保守，洁身如玉；觅

在本市政府机关或大专院校就职、年龄40岁左右、本科以上学历、品行端正的男士；有著作者，才华横溢、风度翩翩者，不论是否有婚史，优先考虑。有意者请与我直接联系……”

这哪里是征婚，分明是高标准的自我推荐信！

百余字的征婚广告，喻伟反复地看了数遍，仔细推敲字句，斟酌再三，毅然提笔写了一封应征信，介绍了自己的情况，表达了欲与女方见面的愿望。

一周、二周，喻伟多次到收发室探询，就是未见回音。

三个星期过去了，喻伟以为信已石沉大海，觉得对方对他的条件不满意，不再抱有多少希望。

一天早上，喻伟又提前上班了。刚走进大门口，收发员喊住了他，让他去签收一封信。喻伟心里正纳闷，谁的信还用挂号信，走近一看，收信人是他。是女性的字体，心里已明白了许多，是她的回信。但不知结果是福还是祸。带着忐忑不安的心情，迅速打开信封。

她接受了喻伟。

征婚女子名叫穆英。她在回信中说，看信后了解了其人，愿意与他建立恋爱关系；因出差未及时回信，希望他原谅。并在信中说，若喻伟愿意，接到信后，及时联系。就这样，他们建立了热烈、奔放、无拘无束的恋爱关系。在相处的一个月左右，在狂热的需求中，他们迫不及待地同居了。

恋爱时，各自刻意地掩盖着缺点和不足，把自己最美好的一面展示给对方，女人温柔而体贴，除了微笑就是缠绵，温情脉脉；男人变得十分听话，“妇唱夫随”，一脸的奴隶相。自从他们两人有了亲密接触后，彼此不再刻意地掩饰自己，各人的性格缺点原形毕露。男人宽容体贴不再，女人缠绵温情无存。粗鲁的骂人声，当地人特有的骂人话：“个板妈的、婊子养的”，成了穆英的口头禅。

他生成就很深沉，不爱专横跋扈的人，对于没有修养的女人，喻伟从内心感到厌恶。她快言快语，常为一点小事不依不饶，盛气凌人，什么事都要以她为中心。

由于他们俩人的性格差异，对她急于结婚的迫切愿望，喻伟犹豫了。喻伟多次设想，与这种好强的女人生活，该如何相处。对所预测的后果不寒而栗。每当穆英提出尽快结婚的要求时，他总是支支吾吾地不予正面回答，只是用婉转的语词回避。喻伟常以现在工作忙，结婚的钱不够，天气又热，相识时间短了会引起同事的误会等理由予以搪塞。这样的回避次数多了，引起了穆英的警惕。她非常着急，说自己在未婚的情况下，一生的初吻、处女的感情，初次的性体验、男女的情感生活、一生情感的寄托，把一切都毫无保留地给了喻伟，如果这样下去，怀了孕怎么办？她认定了要嫁给他。但喻伟不冷不热的态度让她坐卧不安，摸不准他的心思，她十分焦躁。在认为不能尽快达到目的时，就以死相威胁。在他们相识的第三个月，她认为喻伟在玩弄她的感情，一天晚上，她在自己的身上洒了点“敌敌畏”，然后装了一瓶子水当着喻伟喝了一口。喻伟不明真相，将她送到医院抢救。这事一时间闹得满城风雨，穆英的父母、姊妹纷纷出动，说穆英从小就安分守己，是喻伟把她害成了这个样子，想一脚踢开可不是件容易的事。如果不对穆英负责任，就将在法庭上见。

喻伟考虑社会的影响，又怕事情闹大，在无可奈何的情况下，忍气吞声地答应了穆英家人的要求，与穆英走进了民政部门，领取了盖有红章的结婚登记证。

为了拖延婚礼的时间，喻伟出人意料地向穆英提出了一个不合理的附加条件。喻伟说，“为了表示我们婚姻的纯洁，你必须以一个贞女的形象步入神圣的婚姻殿堂”。为此，他要求穆英先做处女膜修复手术，而后再举行婚礼。

穆英听后开始觉得这是无理的条件，骄傲地不屑一顾，但喻伟态度十分强硬，如果不照此办理，他就不答应娶她进门。她见喻伟没有商量的余地，只好忍气吞声，无可奈何地到医院做了处女膜修复术。2000年国庆节，他们举行了婚礼。显然，这场婚礼虽有鲜花、祝福，但喻伟内心是无法接受的。

结婚以后，穆英及其家人松了一口气。但因为婚姻不是出于喻

伟自愿的，一开始就充满了尴尬。他无法原谅穆英独断专行的作风，隔阂使他从一开始就不愿对她亲近。婚后喻伟的行为非常慎重，生怕又引起什么不测。喻伟越是让着她，她越自以为是，大大咧咧，不拘任何小节。婚后一周内，他们俩就因琐事闹了别扭。

婚后不到一个月，应该说还是蜜月期，对于许多新婚夫妻来说，缠绵的话语说不尽，爱慕的行为情不自禁。可是他们好像陌生人，进门只是点头示意，无话可说，双方都很别扭。一天晚上，家里的电话铃响了几下，穆英刚拿起话筒，却骤然停止响声，她用高声“喂”了几下，却无人说话。起初她不以为然，可到了晚上10点多钟，电话铃又响起来，她又接线，却还是无人讲话。顿时板起脸质问喻伟，这么晚了是谁打来的电话，要喻伟交代清楚，非逼他承认在外有第三者。说这电话就是女人打来的，因听见她是女人的声音将电话挂了。

喻伟真是有口难辩，怎么解释她都不听，结果她闹了大半夜，不让他上床，也不让他在沙发上睡觉，折腾喻伟一宿未眠。

第二天一清早，喻伟单位的领导专程找上门问他：为什么昨天晚上的电话无人接？这样才真相大白。原来因电话局的原因，线路出现故障，造成他们家的电话故障。

但对于昨天晚上的事情，她不仅不承认错误，反倒打一耙。喻伟单位的领导刚走，她就说不是因电话有故障，而是喻伟故意把电话给弄坏了。真让喻伟哭笑不得。

喻伟当时对她的胡闹非常生气，说：“如果你这样不信任我，那我们结婚还有什么意思？你这分明是不讲理，也是不尊重我的人格。你这样无理取闹，不如我们各走各的路。你走你的阳关道，我走我的独木桥。如果你再这样，我们就离婚。”

她一听喻伟要与她离婚，这可炸了锅，就声嘶力竭地叫喊到：“好啊！你这没良心的，我为你付出了所有，而你在新婚时就花心，在感情上你欺骗了我，有了老婆你还花心，可我还没说什么，你倒反打一耙。喻伟！你不要认为我是好欺负的。我可不是好惹的，你今天不给我讲清楚，你就别走出这个门。你想这么轻易地抛

弃我，没门！我可是明媒正娶的！你在外花心，还不让我说话，想欺负我，不是那么容易的。”她越吵越来劲，越吵越不像话。为了避开矛盾，喻伟走出了大门。

不与她吵不行，走开也不行，她一闹就是半天。喻伟被她闹得害怕了。只要有不愉快的事，能躲就躲。俗话说，好男不与女斗。可是喻伟越谦让，她越得寸进尺；喻伟越示弱，她就越为所欲为。

喻伟的婚姻，走进了坟墓。他彻底灰心了。不时，他坐下来就一个人沉思，联想结发前妻柯俊梅的好处，想到儿女，他后悔极了。

这时的结发前妻柯俊梅只有温柔、贤惠，没有了恨，只有了爱。

第二节

阴沉的天空

几次婚姻的失败，几次感情的挫折，相识相爱到相仇。成也是爱，败也是爱。喻伟原以为通过征婚百里挑一，妻子应该是出类拔萃的理想伴侣，可偏偏事与愿违。

穆英像一位大小姐，不下厨房，不会洗衣服。喻伟做的菜，她不是说不好吃，就是说不合胃口。有一天吃晚饭，因喻伟爱吃辣椒，在炒肉时放了点青椒。她用筷子翻了一下，未尝一口就又反复地说：“哪有炒肉放青椒的，又不是不知道我不吃辣椒，只顾自己，存心不让我吃饭，是不是?!”

喻伟见她无事找茬，未理睬她。穆英讨了个无趣，就用筷子夹了点青菜，还未放入口中，就说青菜做咸了，把碗一放就进了卧

室。在卧室里她大声吵闹，说了许多不三不四的话。喻伟见她无理取闹，就怒气冲冲地说：“你太不讲道理了！你这个样子，叫我们怎么相处，不如明天我们离婚算了。”

这一说可不得了，她从床上跳下来，一把抓住喻伟的头发，怒不可遏地冲着喻伟喊道：“喻伟，你这个骗子，结了婚还在外面玩女人，今天你不给我讲清楚，我饶不了你！明天我们到你单位去给你领导讲明白，让他们评评理，你吃着碗里看着锅里，娶了老婆还沾花惹草，现在就你一句话，想与我离婚就离婚，没这么容易！现在也不是你一句话就能了事的。”

她声音越吵越大，因喻伟比较爱面子，生怕两人吵架影响邻居，怕别人知道了不好，就甩开膀子到客厅坐在沙发上，泪水直往心里流，反思这是自己一时不慎酿成的苦酒，不怨天不怨地，只怨自己被她漂亮的脸蛋所蒙蔽。沉思、苦恼，不知不觉喻伟在睡眠中醒来，已是早上七时了。

就这样，喻伟在沙发上睡了一晚上。

穆英对自己没有反思，只是认定了喻伟新婚还未改变花心。她要用证据说话，用事实揭露他的“真面目”。于是她开始了保卫战：为了爱情、为了婚姻，一定要捉奸捉双。一天早晨，喻伟上班在楼下正碰上一个买早点回家的女同事，两人随便说了几句客套话。还未等他们寒暄完，穆英在楼上听见了，从三楼跑下来，不由分说地大声斥责喻伟，说喻伟为什么这么早就出门，不是为了上班，而是想去会“狐狸精”。弄得喻伟狼狈不堪，搞得同事恼怒。不是邻居的劝说，当场可能就是一架。

事后，同事和邻居都对穆英的行为进行了谴责。为此也树立了一个对立面，平常本来是很好的同事，自此事发生后，女同事躲避喻伟，搞得他左右为难。

这事发生后，穆英并没有吸取教训。为了找到喻伟沾花惹草的证据，她经常跟踪喻伟。喻伟一回到家她就开始审讯，问喻伟白天与哪些人在一起，中午跟谁在一块儿吃饭，有没有女的，女的是年轻的还是年老的，平时关系怎么样。只要喻伟办公室电话没有人

接，她就火烧眉毛，喻伟的手机就被她打爆。有一天，单位开大会，领导要求把手机关闭。喻伟也不能特殊，只好把手机关了。喻伟也预料今天回家不好交代，她下班刚进门，喻伟就马上解释说，今天单位开大会，手机没有开。她还未等他把话说完，像一头发了疯的狮子，大声吼道："你这不是此地无银三百两吗？做贼心虚！难道开了一天会？为什么散会后不跟我联系？我看你是被哪个狐狸精迷住了，没有时间给我打电话吧！"

不管喻伟如何解释，她都不依不饶，结果晚上闹得喻伟半夜未睡觉。

喻伟这个人本来就不合群，性格较内向，平时朋友不是很多。自他们结婚后，朋友更少，男人见了怕惹麻烦，女人见了像避瘟神赶紧躲开。喻伟也十分小心，生怕因自己的不慎引发难堪。见到同事能避开就尽量躲避，见到同学能躲开就尽量躲开，尤其是女同学、女同事。喻伟结婚不到两年，同事疏远了，同学生疏了。

喻伟越是谨慎，穆英越认定他在结婚前不仅有情人，结婚后还藕断丝连。她认为喻伟是"狗改不了吃屎"。她从电话跟踪演变成亲自跟踪。

夏天的一个星期天，起床后她要喻伟到楼下小商店买一瓶食醋，喻伟立即照办，迅速走下楼，在楼下的报刊摊上，看见当日的《楚天都市报》已到，就买了一份。因喻伟有读报的习惯，拿着报纸被第一版的一条新闻吸引，情不自禁地就站在商店旁看起来。等他反应过来，穆英已站在楼梯口。喻伟慌了神，知道因看新闻而耽误了时间，就迅速从荷包里掏钱买食醋，掏钱时从荷包夹出了一张名片，一同递给了收银员，收银的小姑娘将名片退给了喻伟，喻伟顺手将名片丢在商店的一个纸篓子里。付完钱喻伟便转身走到楼梯口，穆英拦住喻伟，阴阳怪气地对他说："哟！叫你买瓶醋，你去了半天，原来是送纸条耽误了时间，喻伟呀！请你告诉我，你丢的纸条上写的什么？请你转去将那纸条拿回来给我看看。我们谈恋爱时你都没有给我写封情书，让我也读一读。"

喻伟见她越说越不像话，就严肃地说，"你不要胡搅蛮缠，请

你自重点，不要无事生非！”

谁知，穆英更来了劲。

“哟！你背着我与狐狸精幽会，做了亏心事还不让我说。那我问你，你塞给营业员的纸条不是约会是什么？为什么给营业员纸条？你今天必须给我讲清楚！”

喻伟怕事情闹大了不好收场，就绕过她的拦阻，直奔家中。可她还是不知趣，跟着走进家门，大声嚷嚷：

“让你去买点东西，也乘机约会，你真是分秒必争。我今天冲了你的好梦，打扰了你们的约会，是不是要我去向她赔不是啊！?”

穆英见喻伟未理睬她，她便提高了嗓门：“我问你，你刚才向那个营业员塞的什么纸条？不说清楚，你莫想安稳，反正你诚心不想好好过日子，你以为我在求你，你想怎么样就怎么样，那可没门。”

喻伟叫她说话要小心点，没根据的话少说些，可她却骂起人来。说喻伟是骗子，不要脸。叫他买醋，还去送纸条约会。讲了一大通不着边际的话，让喻伟哭笑不得。

喻伟不敢应战，落荒而逃。他已厌倦了这种吵闹的家庭生活，心中没有任何值得留恋的夫妻感情，他决定尽早结束这段婚姻。

盛怒之下，穆英违心地同意离婚。喻伟起草了一份离婚协议书。当要她在协议书上签字时，她哪知这是真的，看着一项一项的字句，她惊呆了。沉默了许久，她愤怒地将离婚协议书撕毁，在骂骂咧咧中回了娘家。

她同意离婚，但又不肯在离婚协议书上签字。她说喻伟不让她好过，她也不让喻伟有好果子吃。为了毁损他的名声，她到处散发告状信，说喻伟是有妇之夫，勾搭一名未成年的只有16周岁的女营业员。当时喻伟既怕再次影响自己的前途，又怕影响职称考试，耗不起时间，没有理睬她的纠缠。每当穆英咄咄逼人时，喻伟就自嘲地说：“你说对了，我就是想和那位营业员结婚，现在我们正在热恋之中，你满意了吗?”

谁知穆英将喻伟的回答作为证据，写下近千份控告材料，到处

散发，并找到喻伟单位的领导，进行“血泪控诉”。说他道德败坏，玩弄女性，当领导的时间不长，却弄来这么多的钱，在外买了房子，金屋藏娇，弄得喻伟在单位抬不起头。一时间，喻伟成了人们茶余饭后的谈话焦点。家庭的压力、社会舆论的谴责，造成喻伟精神上很大的负担。

为了得到更多的证据，穆英孤注一掷。喻伟上班她跟踪，喻伟下班她盯梢。2001 年 5 月 9 日，喻伟在家复习累了，一方面想出去转转，另一方面想找个照相馆照张相：因报考职称考试，需要照片。下午 2 时许，喻伟即到照相馆去照相，准备办理准考证。他转了一圈未找到合适的照相馆，就回家了。哪知喻伟前脚进门，她后脚就跟了进来，不依不饶地追问喻伟：“你今天老实交代，你说在家里复习，为何跑出去了？到底是会见哪个情人去了？不说清楚，我跟你没完。我看见了，你与她说话亲热极了。”

这真是无中生有，出门后，在街头喻伟只碰见了一个邻居，二人只寒暄了几句，并未在意。穆英盛气凌人，好像喻伟确实做了什么见不得人的事。她追问，喻伟反驳，一场唇枪舌剑的口水战不知不觉中耗去两个小时。喻伟考试在即，无心与她浪费时间，只好收拾复习资料逃到办公室去复习，直到深夜才回家。谁知穆英仍怒气未消，扯着嗓子在卧室里大吼大叫，非要与喻伟论理。喻伟已精疲力竭，躺在沙发上闭目养神，哪知她像发了疯似的，从卧室里走出来，拿起喻伟的复习资料撕得粉碎。喻伟怒目横眉，见着被撕毁的资料，听到震撼的吼声，顺手将一摞书扔到了她的身上，其中一书本砸在她脸上。一场夫妻大战拉开了序幕。

第二天，穆英带着她的弟弟和妹夫闯进家。她弟弟进门对喻伟就是两拳，还未等喻伟反应过来，他们又拳脚并用，打得喻伟晕头转向，遍体鳞伤。喻伟被眼前的事件吓坏了。穆英带着人将喻伟狠狠地打了一顿后，扬长而去。

本来就很脆弱的婚姻，被这场家庭之战打得粉碎，喻伟向法院起诉离婚。

但还未正式接到人民法院立案通知书，夫妻的战争硝烟再起。

2001年7月10日，穆英带着她妹妹回家清理自己的日常用品，她见喻伟正在换门锁，意识到喻伟将把她“扫地出门”，她再也不能进家门了，就愤怒地拿起一把锤子将喻伟已换好的锁砸坏。为此，二人再次发生争吵，在激烈的争执中，你推我搡，互不相让，因喻伟正在换门锁，手里拿着一把老虎钳子，在推搡中，由于在她的紧逼下，喻伟一边后退一边自卫地将老虎钳子在手中挥动，不料在挥动中，穆英向喻伟扑来，钳子正好击中她的脸部，鼻子顿时流出鲜血。穆英住院治疗达两个月之久，医药费共花去一万余元。

第三节

公堂扯不清

为了对簿公堂，穆英作了充分的准备，要运用法律武器保护自己的权利。在住院期间，穆英单方面委托法医进行了鉴定：“鼻骨骨折，鼻位软组织挫伤”，结论为轻伤。

喻伟向法院起诉离婚，穆英则拿着法医鉴定结论，以刑事附带民事的自诉人，向法院起诉要求以故意伤害罪追究喻伟的刑事责任。就这样他们对簿公堂，在法庭上原告成被告、被告成原告。

法院受理喻伟起诉与穆英离婚的民事案件的同时，受理了穆英自诉的刑事附带民事案件。在民事案件中喻伟是原告，在刑事案件里喻伟成了被告。审理中，喻伟向法院提出穆英的伤情鉴定有假，请求重新鉴定。2001年12月3日，经法院委托，法医重新鉴定结论是：穆英原轻伤的鉴定结论证据不足。据此，法院裁决认为喻伟不构成犯罪，驳回了穆英对喻伟故意伤害罪的指控。

面对法院的裁决，穆英不服，在向中级人民法院提出上诉的同时，拿着刑事裁定书和控告信到省和中央有关单位上访。一起家庭纠纷引发的诉讼案件闹得沸沸扬扬。

为了缓解矛盾，缓和气氛，喻伟主动撤回离婚诉状。在撤回诉状时，喻伟反复对穆英进行解释，并主动向她赔不是，以换取她的信赖。可事与愿违，她不仅不买账，反变本加厉，很有“宜将剩勇追穷寇”的气势。她不仅不接受喻伟善意的表示，且加紧向有关单位发放材料，制造舆论，要求司法机关追究喻伟的刑事责任，并指责喻伟在玩弄阴谋，撤诉只是企图逃避法律制裁，放弃离婚诉讼，只是为下次离婚做准备。

中级法院为了慎重处理，做到以事实为根据，不枉不纵，聘请了法医、医学专家，对穆英的伤情再次进行了鉴定，结论为：穆英的鼻骨骨折证据不足，结论为“轻微伤”。

2002年2月17日，中级人民法院二审作出裁定：认定喻伟不构成犯罪，维持原判，驳回了穆英的诉讼请求。

这场官司对喻伟负面影响较大，一是时机不好，二是处境不好。俗话说“好雨知时节”，而这时节喻伟正在复习准备参加职称考试，到新单位自身立足不稳，就是赢了官司，领导怎么想？同事怎么看？无疑对喻伟影响很大。

在公堂上他们互不相让，双方已遍体鳞伤，没有留下一点夫妻情。在接到刑事裁定书后，喻伟确认自己已取得胜利了，第三天再次起诉与穆英离婚。

法院再次受理喻伟的离婚诉状后，很快作出判决，准予他们离婚。但穆英不服判决，以喻伟另有新欢、涉嫌重婚为由，向中级人民法院提出上诉。在上诉状中，她捏造了许多事情，四处散发，败坏喻伟的名誉。

中级人民法院经过审理，认定穆英上诉提出的喻伟“重婚”的证据不足，予以驳回；维持一审法院准予离婚的判决。

虽赢了官司，但喻伟不能容忍穆英对他人格的侮辱，喻伟决定以牙还牙，全面进行反击。喻伟再也顾不得名誉和怕涉嫌伤害罪被

追究刑事责任了，他将穆英侮辱他的材料进行了整理，写出了万言书，向法院起诉，要求法院判决穆英赔偿他的名誉和精神损失费七万元，并追究她诬陷诽谤罪。

这场拉锯战的诉讼，给他们双方都造成了难以承受的损失，一轮一轮的诉讼打得精疲力竭，说心里话喻伟真的不想再打官司了，但穆英已将喻伟逼上梁山，他在这场官司中，并不想打赢，只是获得一种心理平衡。实际上在这几场连绵不断的官司里，喻伟浪费了许多宝贵的时间，精神受到了很大的创伤，失去了男人特有的刚强、理性、善良。

这场短暂的婚姻，终告分手，说明缘分已尽，双方应从失败的婚姻中悟出些什么。该用平和的心态面对过去。做不成夫妻，也不能成为仇人，更不能视对方为死敌。

可穆英不以为然，她只认一个理："你不让我好过，我不会让你过好。"她不解气，不愿就此罢休，坚持要将喻伟送上法庭，判处他的刑事责任，结果造成两败俱伤。她失去了女人的温柔、贤惠的性格，发誓要挖出第三者，于是她走上了上访之路。

喻伟见她没有"收兵"的迹象，只好放下一切工作，应对挑战。这一年喻伟本来可以参加职称考试的，且有可能取得高分，喻伟不得不放弃了。这一年，他不是上法庭答辩，就是在法庭上陈述，一次次在法庭上和对方唇枪舌剑。

人们常言，一对夫妻，只有在事业上相互支持，生活上互相帮助，理性、宽容，家庭才能幸福。而他们则浪费了宝贵的时间，耗尽了精力，疲于"内战"，把所有的理性和宽容化作仇恨，偏偏掀开痛苦的一页、偏偏不珍惜幸福的婚姻，不停地点燃起烧毁婚姻的大火。如果说生活中还有一点什么，那只是化作干柴烧毁了生活中一切美好的东西。

喻伟没有什么留恋、没有任何回忆。虽然他们有短暂的婚姻，但没有留下一丝丝情意。在这场离婚大战中，没有赢家。那是一场让人心悸的刹不住车的搏杀，没有价值、没有结局，只有伤感和心痛。

第四节

始料不及

打了一年多的官司，闹了一年多的纷争，聚也罢、分也罢，毕竟相守相爱过。随着离婚大战的结束，喻伟已渐渐地淡化了这段痛苦的经历，不再回想往事；对那几场官司，不寒而栗，也不再反思过去这段不幸的婚姻。可天不遂人愿，双方离婚不久，2002 年 8 月 15 日，喻伟突然又收到法院的传票，怨恨的穆英向法院起诉：要求法院判决喻伟还“借款”20 万元。

“真是天地良心！我什么时候向她借过这么一大笔钱？从工作时间看，她也不可能有这么一大笔存款借给我，我也不可能向她借款，我既未做生意，也不需要借钱。”

喻伟百思不得其解。拿着法院的传票，他反复思索了一个晚上，终于明白了其中的奥妙。

事情还要从穆英征婚谈起。

在穆英的征婚中喻伟主动应征。按条件，穆英很不错：她大专毕业，比他小两岁，是个心气极高的女孩，才貌俱佳，可以说是一见钟情。此后，穆英一封封灼热的情书，彻底地征服了他。不久，他们走进了婚姻的殿堂。结婚后，穆英好像变了一个人，除了注重自己的化妆外，家务事一概不管，饭来张口，衣来伸手，吃要吃好的，穿要名牌的，首饰戴金玉的。她一个月的工资不够她一人用，打扮得很花哨。喻伟看不惯她这个样子，多次嘀咕，劝说穆英要持家、要自重、要自尊，但她就是听不进。只要喻伟对她的这种行为指责时，她不是发脾气就是装出自命不凡的样子，根本不把喻伟放在眼里。喻伟掌握了她的规律，凡是回家来装出可怜巴巴的样子，变得温柔体贴，那一定是她家里又有事相求于他。

实际上，她自嫁给喻伟后，亲戚关系就紧张，喻伟的父亲看不惯她娇气、好吃懒做；她也见不得喻伟父亲尊严、肃静的表情。

一天晚上，她回来得很早，做了许多好吃的饭菜，坐在家里等喻伟，见喻伟进屋，就扑向他的怀中，嗲声嗲气地向他撒娇："老公，我等了你好久了，可想死我了，你再不回来，我就登报去找你了！好老公！"

还未等喻伟回过神，她在喻伟脸上狠狠地亲了一口。

她的行为，喻伟已习惯了，知道今天她家里又有什么事要他出面了。果不其然，她在百般爱抚后，向喻伟提出了一个他无法办到的要求，要喻伟将她表妹的户口从农村迁到城里来。

喻伟听后未直截了当地回答她的要求，只是冷笑了一下，说："你以为公安机关是我开的，想怎么样就可怎么样？告诉你，你不要做梦了，现在农转非户口不知多么地难办。再说，你的表妹凭什么从农村户口转城市户口？"

这可不得了了，刚刚还温柔体贴的她，杏眼瞪得圆圆的，大声吼道："喻伟！你不要不识抬举，你以为我离开了你就不能活了！你这么点小事就不愿帮忙，如果是你相好的，你肯定屁颠儿屁颠儿地去办。这事不求你，我照样能将事办成。"说着将床铺上的被子掀到了地上，拿起枕头睡到了客厅的沙发上。第二天，卷铺盖回到了娘家。

穆英为了解决她表妹的城市户口，她用心到处寻找、物色可用之人。在一次应酬中，穆英结识了某财政局的一位年轻的副处长，当她得知这位"贵人"刚过40，原系某领导的秘书，神通广大，深得领导赏识，便适时地向这位副处长套近乎。一来二往，他们打得火热，不是邀请他打麻将下舞厅，就是到餐馆举杯谈笑。穆英从接触中了解到这位副处长爱好多，女色是他最大的嗜好。群众对他有一首打油诗：

革命小杯十杯八杯不醉，
筑起长城一天两天不累，

跳起舞来三步四步都会，
游玩名山秀水忘我陶醉，
干起工作无精打采欲睡。

对这位副处长的爱好、特点，穆英掌握得一清二楚。他是位“三转干部”：随着车轮转，无车不举步，凡事蜻蜓点水，来去匆匆；围着酒桌转，宴席天天有，每宴必喝酒；围着裙子转，音乐一响，急奔舞场。掌握了这些特点，穆英对症下药。有一天，在酒宴上，为了能办成她表妹转户口的事，穆英端着酒杯对这位副处长大献殷勤，不断地敬酒，并把她知道的中国的酒文化全部用上。什么“感情深一口闷；感情浅舔一舔；没有感情赏个脸。”“喝一半情不断”等全搬了上来，弄得副处长神魂颠倒。在敬酒的同时，穆英还不时将22岁的表妹推到他面前，要表妹与处长喝“交杯酒、穿胸酒”。各种丑态百出的表演，让人作呕。表演的目的是请这位“贵人”多多关照她这个小表妹。副处长见这位妹妹漂亮可人，一见倾心，很快坠入了爱河，不到半年，这位副处长为穆英的表妹办理了城市户口，并在闹市区为她租了一间门面。2001年12月28日，穆英表妹开设的“丽人精品服装店”隆重开张了。送花篮的有个体商贩、私营企业主、民营企业家。开业这天，热闹非凡，据说这些捧场的人，少则千元，多则万元，仅收礼金达10万余元。从此，这间精品店，也是副处长金屋藏娇的地方。

穆英的表妹在副处长的大力支持下，精品店生意兴隆，她雇请了三个帮工，自己却在另一家企业里担任会计。既拿工资又办企业，收入颇丰。从一个丑小鸭到美人鱼，从农村人变成城里人，从打工者变成老板，实现了质的飞跃。

对现实的变化，喻伟只能望洋兴叹。

穆英一手操办的婚外情，她不仅不感到羞耻，反而很有成就感。在善与恶、美与丑上，他们的世界观不同。就是此事的成功，她不知炫耀了多少次，感到世界上只要她想办的事，没有她办不成的。同时，她又用此事来挖苦喻伟，说男人就没有一个好东西，见

了漂亮的女人就不知东西南北，没有了女人，就失魂落魄。

喻伟的“无能”成了穆英攻击的素材。在她的眼中，喻伟只是被人支配的打工仔，不是她的丈夫、她的爱人、她的终身依靠；在他们婚姻存续期间的确无感情可言，穆英出口就是别人有多少存款，官当的有多大；今天又接触了哪个大官，对她是如何如何地倾心；今天又通过哪位领导她办成了什么事，又有哪个人为她开了绿灯……甚至将有些好色之徒对她的动作，作为她表白的资本。

正在这个时候，喻伟调到了证券公司。原来门庭若市，现在冷冷清清，找他办事的，上门贷款的没有了，有一种沉重的失落感，夫妻关系更加紧张。喻伟原本作为办公室主任的候选人也因单位的领导换届而落空。喻伟的情绪一落千丈，本来不喝酒的喻伟，找机会借酒消愁，发泄不满。特别是看到穆英的表妹那种放肆、得意的样子，更是让他不能理解：“权色交易”不比“权钱交易”危害小，为何刑法不规定“权色交易”为受贿罪？为何许多当官的政绩并不怎么样，靠吹牛拍马屁，反而官运亨通？在社会领域里许多交易是极其肮脏的，而得到的却是实惠。许多成交的买卖是见不得人的，反而是显著的成绩。由此，社会出现了脸蛋儿交易、床上演说、暗地以钱计算成果；陪酒人员既要有酒量又要长得漂亮，既要洒脱又要会说，既要能说还要会“做”。商场上靠的就是这个，官场上就是漂亮脸皮的成果。

实践中，喻伟明白了一个道理，他原来憧憬一生只要找到了一个漂亮的妻子，就一了百了，家庭幸福美满。可现实并不像喻伟想象的那样，漂亮的女人不能代替生活幸福。像穆英这个表妹，用父母给的“资源”，忘掉羞耻二字，但她确实用她漂亮的脸皮办成了别人不能办到的事情。人们不得不承认社会扭曲的现实。许多事走正当渠道是办不成的。什么送礼不如送钱来得快；送钱不如送女人来得实惠；谈判订立合同不如当场“兑现”。拿钱的人得到的钱是自已的，损害的是国家和集体的利益。这些都成了现实。想着这些，喻伟不得不为过去的天真而后悔：他愿娶个丑陋而善良贤惠心灵美的女人为妻，也不愿意守着漂亮而心灵丑恶的妻子为伴。贤惠

为妻、满足为伴；虚荣心爱漂亮、过生活讲实惠。

2001年阴历正月初六，穆英的一位大学同学来拜年，见到他家宽大的房间、豪华的摆设、高档的家电及夫妇的说笑声，她以为他们两人过得幸福美满，便开起玩笑来："穆英，你真是有眼力，找了个既能干又帅气的男人，可惜，我没有这种福分，如果来生我要嫁人，一定嫁给喻伟；你可知道，像喻伟这样帅的男人，既年轻又有成就，许多女孩子都看中了，说不定，现在有许多女孩子给他写情书呢！如果我没有结婚，我也会向他求爱的，你可要看紧点，否则后悔来不及哟！"

本来一句玩笑话，这下可触动了穆英的神经，她马上沉下脸来反驳她的同学："他也算个男人？要钱没钱，人不像个人，我再搭上十万元钱送给你好啦！看他这个熊样，我才不稀罕呢！他今天走我明天带个男人进门，我再随便找一个也比他强。"

然后，穆英大声哭起来，一把鼻涕一把泪地数落喻伟的不是，什么陈谷子烂芝麻，弄得她的同学尴尬万分。同学本来要吃饭后再走的，见到这种不悦的情况抬脚走了。同学一走，她更是像发了疯似的："你这个忘恩负义的伪君子，吃着碗里护着锅里，你以为你是什么东西，以为自己了不起，我让你去死！"

说着，她扑向喻伟，抓住他的下身不放。喻伟非常痛，本来就对她十分恼怒，见她这样就一跃而起，抓住穆英的头发狠狠地打了她一顿，穆英带着伤痛回到了娘家。

让她第一次知道了厉害，可以对天发誓，喻伟长了这么大第一次与女人打架。此后，"战争"更加频繁，逐步升级，由用手搏斗到用锅铲、木棒、菜刀对抗，双方打得精疲力竭。

他们这对夫妻与众不同，战争总是悄悄地发生，又是瞬间地结束。因他们都是大学毕业，有知识、有文化，又是国家干部，生怕闹出去影响不好，坏了名声，所以，他们有一种默契，只要有点动静，就是在殊死搏斗，于是咬着牙齿，不再出声、不再进行战斗；只要客人一走，战火再起，一闹就是几天。她的精神特别好，喻伟已经精疲力竭，不再恋战，而她还怒气正浓，没完没了。

对于这种“战争”，喻伟十分反感，又无可奈何，打架打麻木了，双方在一种互不信任中生活，精神处于高度紧张中。你说谁受得了、谁能吃这种苦，谁又能在这种夫妻生活中忍受得长久？家不像个家，人不像人，整天就是横眉冷对。她三天两头跑回娘家，娘家人不时地来向喻伟兴师问罪，喻伟实在无法生活下去了。2001年4月7日，他们又一次发生战斗，喻伟避开她的棍棒，向她声明：“你我都40来岁的人了，这么打下去实在无法生活，我们不如好说好散，离婚后你也过几年好日子，我也在宁静的生活中过上几年安稳的日子。”

喻伟的提议，她未加考虑，就欣然同意了：“好，你想怎么办我不会说个不字的，明天我们就去离婚，你以为我离开了你就不能生存了，你算个什么东西，我今生最大的过错就是看错了人，嫁给了你这个窝囊废；如果我再不离开你，会耗死在你手里。本来你不提出离婚我也会提出的，既然你主动提出来了，我有什么留恋的，你毁了我的青春，浪费了我的光阴，你会不得好死的！”

可以看出，他们已决定离婚了，她还是这么霸道，没有一点人情味。常言道：“一日夫妻百日恩，”不管怎么样，毕竟夫妻一场。可是她没有一点夫妻情，只有恨。

“你想离婚我同意，但你必须在经济上给我补偿。这几年，是我把这个家撑起来的，是你们喻家对不起我，把我摧残成这个样子的。不答应这个条件，你休想把我扫地出门；走着瞧，你不让我好过，我也不会让你安宁的，就是鱼死网破，也没有你们家好果子吃的。你想想，你有单位，我不怕你逃出我的手掌心，你不给我补偿我可找你单位领导；你不给我赔偿，那是不行的，总有个我讲话的地方；跑的了和尚跑不了庙，你就是再成家，我也不会让你安定的，你的新家就是我讨债的地方。”

喻伟知道她会说到做到的，什么事她都干得出来。在破财免灾的思想指导下，喻伟毅然同意了穆英在财产分割上的要求：家庭所有的东西由她挑选；在婚姻存续期间，存款平分后他愿拿出30000元予以补偿；二室半的房屋无条件地由她使用一室半。双方达成协

议后，由穆英起草一份离婚协议书。

离婚协议书的全文如下：

离婚协议书

因喻伟违反婚前的约定，主动提出离婚，穆英念及双方共同生活了几年的感情，愿意牺牲个人利益，成全喻伟。经双方协商，达成如下协议：

一、男方对女方作出深刻的反省，表示歉意，决定对女方给予三万元的精神补偿费。

二、两室半房屋，由女方挑选一室半后，另一间由男方租住一年，一年期满后，男方将作价卖给女方；共同使用的厨房、厕所，女方优先使用。

三、男女各婚前使用的日用品、书籍等原来由谁使用，归谁所有。

四、家电、电脑等高档家用品由女方挑选，剩余物品男方方可挑选。

五、双方离婚后，在一年内男方不得将女朋友带到共同居住的房屋内。相互对对方的隐私保密，不得侵犯对方的隐私和随便使用对方的工具和物品。协议在双方签字后生效。

签名：喻伟　穆英

时间：2001 年 4 月 11 日

协议达成后，一套 90 平方米的房屋一分为二了。他们这对怨偶怀着各自的打算，搬进了“新房”。

协议签字后的第二天，即 2001 年 4 月 12 日，他们走进了民政局……

喻伟对其朋友们说，“走进民政局，拿到离婚证书，我的精神好像一下子轻松了许多。自与穆英结婚以来，我们很少安安静静地吃上一顿饭，这天晚上，我走进餐馆，痛痛快快地喝了一顿酒；可能是太高兴了，从未喝到二两白酒的我，自斟自酌，这天我喝了三

两白酒，轻松的感觉从未有过。”

晚上，喻伟醉醺醺地推开新房，很清醒地说：“唉！新房还是那间老房，主人还是原来的主人，没有温暖但很惬意，没有温暖但很舒适。”精神上的温暖比物质上的满足更显得舒畅。喻伟从未享受过的感觉，躺在床上，不知不觉地睡着了，很快地进入了梦乡……

第五节

藕断丝连

前些年，住房普遍很紧张，离婚不离家的情况很多。为了避开穆英的视野，离婚后喻伟按合同出去找了几处房子，都因条件限制而搁浅，没有办法只好寄人篱下，双方只得委曲求全。那时，找房子的确比找对象还难，他与穆英离婚后也是如此，没有房屋可供他们二人分开，只好共同居住在一套房屋里。开始两人并不是每天都回到这里，喻伟经常在朋友家过夜，而穆英也常常到她表妹的时装店过夜。久了，她在表妹的服装店过夜成了“电灯泡”，影响了表妹与副处长的“好事”，就只好回到老房子里生活。

一段时间他们二人相安无事。同居一处相互谦让，厨房总是她先用，等她吃上了饭喻伟才下厨，生活非常简单，一般就是面条应付。他心里总觉得空荡荡的，缺少点什么！急于物色对象，一连物色了几个，有未婚的，也有经历相似的。相识后喻伟都不满意。喻伟拒绝的理由是，不能再像穆英那样，人美心不美，我宁愿找个丑的，只要心灵美就行。可当见面后，总感觉不好，长相差点，心里不舒服。离过婚的，又觉得不适合，未婚的觉得太年轻，不懂生

活。根本的原因：一是因婚姻失败，心里放不下，怕又走老路，有前车之鉴，必有后顾之忧；二是总以穆英的长相为标准，挑三拣四，长相不能差，又要心灵美。矛盾的心态让他举棋不定。

在这期间，穆英也同样相识了几个，还未接触多久，不是别人看不上她，就是她瞧不起别人，高不成，低不就，连连受到打击。她在单位的形象也不十分好，工作多次失误，受到领导的批评。她精神开始萎靡。经过一段时间的感情折磨，她开始反省自己，在孤独中回想喻伟对她的好处，检讨自己以往的过失。在一番深思后，她鼓起勇气向喻伟示好，有时做好饭后，主动喊他一块吃，说“常吃面条会把身体搞垮的，”有时找事由与喻伟套近乎，表现出关心和温馨；有时不失时机地向喻伟表露出无奈。在离婚不到两个月的日子里，她给喻伟写了一封检讨信。她说：“通过这段时间的反省，我认识和感悟了许多事，过去我有许多不对之处，对你照顾不周，没有尽到妻子的义务、不够温柔、对你家人也没有尽到心，这是我的不对。既然我们今生有缘，这种缘分不是来生可有的，看在缘分上，看在往日的情分上，给我一次改过的机会，我们和好吧！我这辈子什么都好胜，没有求过任何人，也就是这种好强毁了我，今天我放下尊严，向你赔不是了。难道还要我向你跪下吗？就是千错万错，总应该给我一个改过的机会吧?！我想我们还是有许多值得留恋的地方，有许多值得我们去回忆的事。”

信写得诚恳、动情，既表达了对过去所做所为的歉意，也承诺了今后的为人处世。在信中有许多真诚的语言，使喻伟动了恻隐之心。喻伟的朋友也劝他，毕竟夫妻一场，看在她回心转意的分上，看在往日的情分上，还是复婚为好。但有些要好的朋友并不赞成他们复婚，认为在当今男人的社会里，哪里找不到个称心如意的女孩；有的说，好马不吃回头草，她难改本性，如果你不听我们劝，你会后悔的；甚至有人讲：“即使你们再次合在一起，我看你们的婚姻也是兔子的尾巴——长不了。”

在排除各种干扰后，他们两人再次走进了民政局。

办理复婚手续很简单，在半个小时内就办完了。拿到复婚证

后，他们走进了一家环境幽雅的餐馆。在包房里，特意点了两根蜡烛，象征相互理解、相互信任、相依为命，永不分离。在蜡烛光亮的映射下，两人举杯庆贺，无言的语言尽在酒杯中，那天他们两人喝了两瓶红酒，虽未醉，但心醉了。毕竟两人都经历了分开的孤单，经受了感情的打击，懂得了一些人生道理。

复婚一年后，他们的儿子出世了。

不知是生了儿子得意忘形，还是另有新欢的原因，她旧病复发，唠叨，出口带脏字，争吵又开始并不断升级。有时一月打几次架，吵架成了家常便饭，一打架就是动棍拿刀，互不相让。此时的喻伟再也不顾及什么名声和影响了，打架要打赢，吵架要动手，处处在气势上压倒她，心想是你要复婚的，是你保证好好过日子的，为何改不掉旧毛病。打架后，她一回娘家就是十天半个月，有时将儿子放在家里示威，喻伟照看孩子，直接影响了工作。心中的窝火使喻伟更加烦恼，越是心烦意乱越是怨声载道，越是怨天尤人越是不思进步。领导对他有看法，群众对他评价不高。一时间，喻伟成了落后分子的代表。由于思想出现了问题，他常常借酒消愁，与哥们通宵达旦地混在麻将桌上。想着这危机四伏的婚姻，看着已经死亡的婚姻带给他的痛苦，他们再次提出离婚。双方同意还是执行2001 年 4 月 11 日的协议。

真是人有悲欢离合，月有阴晴圆缺。但愿有情人天长地久。可是当二人达成离婚协议后，阴差阳错，二人并没有走进民政局，也没有到法院办理离婚手续。

人们常说，婚姻就是结婚证和离婚证，它像一组魔术，让人失魂落魄。婚姻是围城，没有进来的，想方设法往里钻，进来的又以各种理由逃脱它的约束。同时，婚姻又像一张白纸，是聚合，团结、友爱、情投意合，能画出美妙无比的图画；说散伙、缺乏交流、没有情意，能摧毁人生意志和理想。有人说结婚前说说笑笑、卿卿我我，结婚后打打闹闹，视而不见并不是无道理。男人婚前大度谦让，婚后装聋作哑；女人婚前尽情享乐，婚后瞪眼掏包。婚前对天发誓要天长地久，婚后誓言似流水忘得一干二净，该兑现的只

是说说而已，不能兑现的想入非非，吵闹成了调味品，家务事成了双方的累赘，孩子成了夫妻的负担，不时的争吵、不时的打闹，麻醉的心情让围城里的人往外逃。

他们也不例外，在婚姻存续期间，吵闹——分居——离婚——复婚——离婚成了主题。喻伟想这次协议离婚了，不会再有什么牵挂了。谁知，再次“离婚”不久的2002年8月15日，又收到法院的传票，将他又拉入了缠身的官司中。

原来，这次协议“离婚”后，双方同意不再签订协议，家具、电器、房屋的处理，执行2001年4月11日第一次签订的离婚协议，只是儿子由她抚养，喻伟每月给300元抚养费。协议达成后，喻伟也没有在意这份协议存在的意义了，心想我怎么傻也不会再与穆英复婚了。自分手后，他除与朋友相聚外，很少回到那分得的一间房子里。喻伟不缠她，她却不放过喻伟。

正在这个时候，有人不断给喻伟介绍对象。喻伟三天两头地与女子见面，有时将相识的女子带到房间，谈笑风生。穆英回来有时碰着，心里不是滋味，出于一种报复的心态，不让喻伟见儿子，要喻伟加抚养费，无故找茬。

都说人是感情动物，自己亲生骨肉不让见，那行吗？喻伟的父亲也愿意照看孙子，要求将孙子接来由他抚养，可穆英不让，几次谈判未取得成果。

就在喻伟与一女子相识后，喻伟带这女子到分得的一间房子去清理他的日用品。刚进门就碰到了穆英，一下子触动了穆英的神经，她大为不满。当喻伟向这女子介绍穆英是他的前妻时，穆英当时只“哼”了一声，摔门而出。出门后，穆英转身对着喻伟说：“你有种，我们走着瞧！”

不久，法院寄来了这一张传票。

穆英起诉喻伟，要求法院判决喻伟偿还借款20万元。

原来，穆英在他们2001年4月11日的离婚协议书旁加了一段文字，说“喻伟的姐姐做生意，急需现金，借款20万元”。

这段字体既不是喻伟写的，也不是穆英本人写的。喻伟接到传

票后，对承办法官说，他从未向穆英借过钱，其姐姐做生意，赚了很多钱，根本不需要向外人借钱；且穆英一月工资只几百元，也不可能有这么多钱借出，离婚协议书上写的借款，是穆英伪造的；退一万步说，就是借据，也不可能写在离婚协议书上，要求法院认真查证。当法院要求喻伟拿出他保存的那份协议书原件时，喻伟因当时没有将这份协议当回事，随手放在何处，已经不记得了。这时已在狱中的喻伟只得委托姐姐代为寻找。姐姐翻遍了家中的柜子和抽屉，寻找了多少次，一无所获。

法院对穆英的起诉进行了审理，在法庭上喻伟的委托人提请法院注意：协议正文条款是真实的，旁边加上的这段借款不是真实的，就是向她借款，也不会在协议离婚书上写；再者，穆英一月只有几百元的工资，她到哪儿找这么一大笔钱借给喻伟的姐姐，20万元的借款纯属捏造；且从这段文字看，不仅字迹不同，墨水也不一样，从字体比较，这段借款的借据是后来加上去的，不说喻伟的姐姐做生意不会向她借款，就是穆英有存款，她也不会借给喻伟姐姐的；既是喻伟的姐姐向穆英借钱，为何不是喻伟的姐姐打的借条。同时许多证据表明，自穆英进了喻家门，亲戚关系就不好，两家未曾来往过……

法院经审理查明：借据上的字体，是穆英的妹夫所写，所谓借款纯属伪造。法院判决穆英败诉。

通过这件事后，喻伟更加认识了穆英的为人，报复心特别强，心狠手辣。不说他们曾为夫妻，就是萍水相逢也不能违背良心。

一场接一场的官司，一次一次地收到法院的传票，整天疲于应付，官司打得喻伟精神损耗特别大，影响了他的进步，影响了他的工作，耽误了他的前程，使他心情疲惫。只要回想这不正常的状态，喻伟就泪水直流。

DIBAZHANG

一路财富一路罪恶

第一节

疲惫的官司

在他们打官司期间，正值机构改革时期。喻伟是否有道理，人们不会去想。他们只知道喻伟官司缠身，家庭关系没有处理好；不管他是否努力工作了，任务完成得怎么样，成绩如何突出，作为国家干部，在离婚的漩涡中不能自拔，就是成绩不佳；不管他完成任务、成绩多突出，就是办事比别人多，完成任务比别人好，在年度考核中，最多也只能评为合格。

单位改革，实行竞争上岗制度，单位拿出所有处长职位竞争。说实话，按能力讲素质、论资历算成果，本来喻伟符合条件，因受离婚的影响，虽然他感觉竞争没有优势，但最终使喻伟始料不及的是，一开始单位公布名单时，事先被制定的框框把他圈在外。喻伟不能参与公平竞争，让他名落孙山。这事件喻伟始终未想通，为何上级的政策规定一视同仁、公平公正，而落实到下面，就走了样。特别是按有关政策，本来不够条件的，都以破格提拔为由硬拉进框框，得到群众的票数多少，无人知晓，实行的是暗箱操作，反正以高票“入座”。

现实归现实，不服也得服，气不顺往哪儿出？有话你能到哪儿讲？只得打掉牙往肚里咽。结果不出人所料，框框内定的人官升

三级。

喻伟认为，这种竞争形式，只是做给上级领导看的，只是当权者玩弄权术的把戏。如果谁相信它的公正公平，谁就是真正的傻瓜。现实给了最好的证明。

肖世军，他从中专毕业，通过关系分配到单位10年，考核时，群众给他的投票，多数为基本合格，10个人中包括他自己在内，只有一票优秀那还是自己投的那一票。就是这么一个人，他非常会来事，哪个领导要出去，他站在窗口看见了，从楼上跑下来，为领导开车门。领导回单位他站在楼梯口向领导汇报。提拔正科级后，因自身表现的原因和前任领导的调任，提拔被搁浅；新来的领导到任后，他鞍前马后，在提拔副处长时，多次被考核，群众这关总是过不了，就这样5年职位未动，当了5年的正科。应该说他就该好好检讨自己，领导也应思考为何原因他总是过不了群众这一关。可这次改革中，制订的框框专有一条，说在5年内未提拔者，可破格提拔，而符合这条件的又只有肖世军一人。就这样，他从一名正科级被提拔为正处长。按说，许多人10多年得不到提拔，成绩得不到承认，而肖世军只5年未动职位，就有人为他鸣冤。这有什么公正而言。

肖世军是个什么样的人呢？

肖世军初中毕业后，18岁参加工作，机关勤杂人员，负责打扫卫生、送开水、送文件，做些服务性的事务。不过他有个特点，一脸笑容，见到领导躬身下拜，事事围绕领导转、处处跟随领导看、伸手只给领导办。车门、房门、办公室门，一句话，只要有领导在，必有他的影子。聪明、手快、口勤，一切以领导为中心。在“文凭热”中，他曾三次参加系统内“业余大学”入学考试，未能过关。不知什么时间，他拿到了党校函授文凭，且是本科生，从此青云直上、官运亨通，从正科级直接提拔为正处长。这是许多人未预料且又在预料之中的事。当群众提出质问时，行长召开大会，在群众会上他是这样解释的：“中央有政策，对有培养前途的，可以不受条件限制，破格提拔使用。对于干部政策，是党管干部，群众

投票是使用干部的方法之一，就是投票也要民主集中制；党委决定的，就是党管干部政策的具体体现，党对干部的使用有决定权；其次，党委提出干部人选是干部政策规定的，对有突出贡献的、有能力的干部使用，是党管干部的具体规定，不能说光有民主而没有集中，如果是这样，那还要党委干什么？”

谁还敢提出异议！谁还敢说个不是！政策就是这样规定的。你还想生存下去吗？你还想提拔吗？

在这次改革中，就是这些冠冕堂皇的规定，让领导身边的工作人员，不仅提拔使用优先，就是分房等，涉及干部切身利益的，这些人也优先被安置。

喻伟所在单位的这位领导一手遮天，凡是对他有好处的，他就处处“关照”，为他所用。这位领导除喜欢偏听偏信外，既没有德又没有才。他在全体员工大会上宣读中央文件，将尉健行的“行”（xíng）字，念成银行的“行”（háng），捷克斯洛伐克，他念成了“捷克斯”、“洛伐克”。有位干部，在拟的文稿中，本来“销售”二字写的是正确的，结果他在核稿签发时将“销售”的“销”字，改成消灭的“消”。其实他改错了就算了，问题是他还在旁边写了一大段话：“写不对字，为什么不查字典。”就是这样的领导，他的官越当越大，时间当的越长。

我们说这位领导少德无才，下例就是最好的例证。他到黑龙江去玩，带着老婆到了俄罗斯。本来群众意见就大，结果回来后，他在大会上作廉政报告说，你看我如何如何的廉政，我到了黑龙江，某某要我将我爱人的住宿费报销，我就未报销嘛。

出去他本来就与爱人住一起，还报什么住宿费，真是好笑之极。

其实他是个什么样的领导呢？

1982 年，那时大学生非常少，当时单位要提拔一名 50 年代的大学生当银行副行长，候选人只有 3 名。一名刚调入银行不到两个月，另一名原来的行领导认为不拘小节，只有他符合条件，时代把他从一名办公室的副主任直接推上了副行长的历史舞台。在他任职

期间，大儿子从农村调来与市委的一个干部子女调换，安排在税务局工作；他的大女儿被安排在民政部门工作；他的小姑娘初中毕业未考取高中，先被安排在一个储蓄所工作，后调入市行；就是这样一个以权谋私的人，却到处自诩如何如何的廉政。群众对他的评价是："无德无才是本钱，自私自利为能力，以权谋私施才华，处处自诩廉政人。"

改革的旗号被别有用心的人所用。有人打着这个旗号，制定政策，排除异己，将自己圈子内的人安插到重要岗位，委以重任。

当然，这在我们的社会里可能是个别现象，但影响极坏。使一批干部走上犯法之路。正如报纸上登载的吉林省白山市原政协副主席李某某因受贿140万元被判处有期徒刑15年后，在狱中所说的："我当上靖宇县县委书记后，许多人给我送礼，既然收了他们的礼，我就要论钱行赏。我提拔人都是走正常程序，每次调整干部时，组织部都要先把被考核人员名单交给主管干部的副书记。这个过程，我们叫'端盘子'。副书记审核后，我认可后，再端到常委会上讨论。但每次干部考核之前，我都要开会定个调子，把那些给我送过礼的干部的自身条件和年龄、经历、职务等等为基本标准划出个范围，绝对不能点谁的名，而是让组织部按照范围找人，找到后我再按程序办。表面上理由充分，程序合法。如果组织部门没有把我想调整的人装进'盘子'里来，我就会推翻，让他们重来。因为我是县委书记，是全县的权力核心，有最后的拍板决定权。我要是不同意，这个'盘子'就端不上常委会讨论，我不想用的人根本就没有机会被用起来。"

行贿者的金钱拨动了李某某的权杖之后，使他在名正言顺的"职权范围内"，在无懈可击的"正常程序"背后，不显山不露水地完成了一笔笔肮脏的权钱交易。

喻伟认为，虽然这次改革，所提拔使用的符合条件的人选，没有证据说他们也有行贿的行为，用金钱买官，但起码是溜须拍马者被重用。有一点也可以证实：在制订条件和划定范围内的候选人，当选者到底得到了多少票，没有当天向群众予以公布，且是过了几

天后才用简单、草率的程序予以公布内定者的得票率，让人不能理解。喻伟给他们画的像是：“胆子太大，谎话太多，自我感觉太好，群众反映太差”。

第二节

理想的破灭

说实话，单位的这次改革，有些被重用的人一公布，群众反响非常大。但意见归意见，反映归反映，已经入围的人不会重新计票，官照样当，领导也不会因反映大而取消改革的成果。同样，虽说改革提供了展示的舞台，有些人也不会因此而改变恶习，坏事照样做。正像人们所预料的，那位破格提拔为处长的人，任职不到半年，就东窗事发……

由于这次改革出现了一些不正常现象，印证了群众的一句话：站的不如坐的，干的不如看的，看的不如拍的。

喻伟本来就对单位的这次改革不满，也不断附和：什么某某是位“实干家”，在单位除了严格要求、以身作则，多年是优秀，立功受奖，群众评价极高，但就是缺乏“看领导眼色办事，围着领导屁股转圈”的本领，就是得不到重用，二十余年的副处长，直到他退休。

由于思想上出现了偏差，对社会现象不能正确理解，现实让喻伟失去了方向。他抱怨社会的不公、抱怨领导不识千里马、抱怨世界不再有伯乐，自负让他玩世不恭。他有一种心态，认为不在于你的素质有多高，能力有多强，“说你行你就行，不行也行；说你不行就不行，行也不行；不服不行。”这就是现实。

喻伟为了平衡自己的心态，他从书本中找答案，从中得以慰藉。他常给朋友和同事讲元朝耶律楚材的一段故事。

他说，在《元史·耶律楚材传》里：元朝的耶律楚材是个忠君爱民的大臣。他身材魁梧，相貌堂堂，美髯飘胸，说话声音洪亮浑厚，性格耿直秉正，深受皇帝的器重。他虽是辽东丹王突欲的八世孙，父亲做过尚书右丞，但从不炫耀，完全是靠自己的努力步上了仕途。

有这样一件事：皇帝有一次错抓了耶律楚材，让人把他绑了起来。后来又有了悔意，下令给他松绑。可耶律楚材却不肯，他说："我身居辅佐之位，料理国家大事。陛下当初是因为我有罪才绑我的，那就应该告诉百官说我的罪行不能赦免。现在释放我，等于说我无罪。事情怎能这样颠来倒去，像哄小孩似的。如果遇到国家大事又该怎么办呢？"在朝的官员都为他这番大胆的表白吓得胆颤心惊。皇帝只好向他道歉说："我虽说是皇帝，但犯错也是难免的啊！"这样，耶律楚材才答应松绑。这件事很能说明耶律楚材的性格。

有这样率直的性格，就敢于在皇帝面前说真话，就能对不合理的规定、制度提出批评。当时，刘廷玉等几个富人，想用140万两银子买得全国的征税之权。这种由官府核计征税数额、由商人抵押承包的包税方法始于宋朝，盛行于元朝，征税权往往由出价最高者获得。对此，耶律楚材一直表示反对。他知道，那些有钱人即使是出了最高价，总还有利可图。价出得越高，老百姓受的盘剥也越重。同时，国家还会有巨额的税款流失。耶律楚材思考了很久，决定向皇帝建议废除这种不合理的征税制度。于是他对皇帝说："那些要求买下征税权的人，都是些贪图巨大利润的人，他们蒙蔽皇上和朝廷，欺压下边的百姓，一心只想自己发财。这样的做法，危害极大。"

这个故事，就是罔上虐下这个成语的来历。

罔上虐下就是指瞒上欺下、瞒骗上级、欺压下属和人民。喻伟认为当前许多人就是这样，为谋取私利，用不正当手段，获得

利益。

人的思想一旦出现偏差，就会精神颓废。在不健康的意识支配下，就不思进取，工作向低标准看齐，生活向高标准看齐，怨声载道，杞人忧天，成天工作无精打采，无所用心，当一天和尚撞一天钟，上班迟到、下班早退。他常以患病为由，邀朋携友扑在牌桌上。

打牌赌博要以金钱为基础，吃喝玩乐要有钱来支撑，没有钱就想方设法去弄钱，有了钱就坐在麻将桌上消遣。可以想象，一个公务员一月有多少钱供你潇洒，有家有口的，也不允许你大手大脚去消费。要么规规矩矩，要么离开现实去追求虚幻世界满足虚荣心；要么定好自己的位置，好好工作；要么颓废、虚度人生，走上不归路。由于看不准方向，喻伟走上了不归之路。

本来在银行工作得很好，通过这次改革，职务没有升迁，使喻伟彻底灰了心。不久，上级领导要从银行调人组建证券公司，他第一个报名。一是考虑自己在银行工作了这么多年，关系熟，即使与银行打交道，也好办事；二是证券机构需要人，有用武之地。喻伟的优势是财贸专业的硕士研究生，轻车熟路。但被调入证券公司有个条件，就是放弃铁饭碗。喻伟心里开始是没有什么底，当得知银行工作人员放弃铁饭碗，可提拔使用时，喻伟坚决要求到证券公司工作。到证券公司工作后，喻伟被任命为副董事长。不久因单位的变动，喻伟被委任了董事长，享受正处级待遇，这是他自己也未想到的。

喻伟因祸得福。被原单位在改革中抛弃，支配人者变成受人支配，有一种社会对他不公正的感觉。这样可好，一下子变成主宰者，原来是副处级，现在被提升到正处级，这是他未曾想到的。但事物就是这样，想要的你得不到，不想要的你推不脱。由于喻伟在银行改革时，受到不公正的待遇，使他在思想上一落千丈，上进心被不满的情绪磨得消沉，他不再奋发，不再向前看，奉行不玩白不玩、不要白不要、不拿白不拿的“准则”。只要有人送来者不拒，只要有人请有请必到，只要有人……。灯红酒绿，进舞厅三步四

步，洗桑拿，玩小姐，整天沉迷于酒色之中。好吃的先吃，好玩的先玩，别人不敢到的地方，他敢为天下先。为了报复原单位的领导，有时喻伟专门把豪华轿车开到银行大门口进行炫耀，一副不可一世的派头。

董事长的权力很大，一支笔千万元资金似流水。在权力的宝座上喻伟不可一世，他要挽回失去的时间、机会，在他心目中，总是社会对他不公。

在社会对自己总是不公平、总是社会对不起“我”的不平衡的心态下，喻伟“胆识过人”。他在一种报复社会，让人另眼相看的思想支配下，能捞则捞、能贪就贪，10万、8万不在话下，以钱的多少看人打发。不到一年喻伟就受贿百万元，巨额财产来源不明200余万元。案发后喻伟退出了大部分赃款。实际上，喻伟得到的远不只这点钱，这是剩余的和被警方搜查到的。喻伟到底有多少存款他自己心中也无数，反正出狱后不会没有钱用。

第三节

一丘之貉

喻伟为何这么猖狂，敢出言不逊，他的确有他的能耐，按社会的说法，红道上他有保护伞，黑道上他呼风唤雨。他不仅以公职人员的身份，贪污受贿，用钱腐蚀国家干部，还用钱支配犯罪人员为他服务。在他们犯罪团伙中，有作恶多端的刑满释放人员，有横行乡里、为非作歹的社会渣滓。

下面的内容，就可看出喻伟网罗的人员的丑恶行为。

2001年11月16日纪家与其妻陈星将在娘家居住的侄儿媳妇

玉华接回家，以给玉华过生日为名，当晚纪家在陈星的帮助下，违背玉华的意志，先后两次对玉华实施了奸淫。

这是一起典型的强奸案。但纪家在经过一审、抗诉、二审、再审、提审，已走完了全部诉讼程序，还不停上诉，他无理的辩解说："我与侄儿媳妇玉华发生两性关系，是我的妻子陈星同意并帮助实施的，根本没有违背妇女意志。"

这一偷换逻辑概念的解释，令人啼笑皆非。

纪家生于1956年8月，原系某工商银行办事处负责人。纪家在读大学前，已与小他一岁的陈星订婚。上大学后，他曾想与陈星退婚，终因父母的反对而未能如愿。

陈星虽只有初小文化，但勤劳、明事理、孝敬老人，温柔秀美。1981年初，纪家与陈星结婚了。婚后的1982年生下了第一个女儿，取名丽娟。

女儿的出世，纪家夫妇并未感到多少喜悦，在纪家心中，女儿长大了是别人的人。女儿出世后，他很少去抱一抱，很少去安慰一下妻子；妻子陈星多次要他订个吉日打个喜，他都一脸的不高兴，说"女儿呀打个什么喜，若是个儿子我会满门接客，庆个三日五天"。陈星的娘家也盼纪家订个吉日庆贺外孙女出生，可纪家以不允许国家干部婚娶添丁请客为由予以敷衍。

为了生儿子，纪家冒着被开除工作的风险，在大女儿只一岁时，以第一个女儿有先天性心脏病为由，开后门弄了允许生第二胎的指标，又让妻子陈星怀上了第二胎。他多次去庙寺烧香许愿，求神灵保佑他生个儿子。

1984年8月，陈星又生下了一个女儿，纪家闻之当即差点晕倒在地。他看看妻子，前额已布满了皱纹，风韵不再，再看看妻子怀中的女儿，气急败坏地喊出声来，"姑娘，又是个姑娘，黄脸婆呀黄脸婆，你连个儿子都不会生，你想断我纪家的香火"。

纪家将生女儿的责任都推到了妻子的身上，把一切不满都发泄到第二个女儿身上，他为第二个女儿取名为"冬冰"。即冬季的冰雪。

苦闷、不顺心，无时不引起纪家心烦意乱，往往为一点小事，两个女儿和妻子成了他的出气筒。离婚再娶又怕影响前程，此时，他感到自己跌到了人生的冰点，陷入深深的矛盾之中，离婚，不离婚，眼前的日子一天也过不下去了。纪家是这一带的权势人物，因掌管贷款的大权，求他办事的人络绎不绝。他成为众人心目中的财神爷。既然对家庭失望了，他就干脆把眼光放在了外面的世界，成了酒店的食客、舞厅的常客、家中的过客。渐渐地，一些新潮的东西吸引了他，他开始羡慕花钱如流水的老板和包工头。

丈夫的变化，使妻子非常痛心。陈星向纪家抗议过，也吵过，最终总是以泪水和耻辱收场。她清楚地知道，外面一些被丈夫抛弃的大奶的遭遇，很怕一旦得罪丈夫，自己会被扫地出门，她软弱地决定，只要纪家不当着她的面，将女人带回家来住，不抛弃她，也只有认命了。一天晚上，纪家又是半夜过后才回家，陈星等久了因辛苦而躺在沙发上睡着了，未及时把门打开而惹怒了纪家，他进屋后不容分说就给妻子一耳光。陈星被打怒了说："纪家你忘恩负义，想当年，方圆百里，我也算得上一枝花，你山盟海誓，到你纪家后，我哪有过一天好日子？我们的女儿你何时管过？"

不说女儿还好，这一提纪家上前再打妻子一耳光："你还不知道?！连个儿子都不会生，除了会吃几顿饭外，还会做什么？也不用镜子去照一照，如果不是你，我纪家会断香火吗？你给我滚！滚得远远的。你相不相信，你今天走，我明天就娶个进门来。"

这一骂一打，陈星更是不寒而栗。只有打掉牙往肚里咽。

一个没有儿子的家庭，就这样笼罩在一个暴君的威慑之下，惶惶不可终日。

1996 年，大女儿丽娟已 14 岁，小女儿冬冰也已 12 岁，都在读初中。随着女儿的一天天成人，纪家那"传宗接代"的思想包袱越背越重。这年的春天，一场变故又点燃了纪家续香火的念头。

由于已改嫁多年的嫂子去世，留下一个侄儿纪军。纪军的父亲是纪家的哥哥。纪军两岁时其父亲病故，随母亲改嫁，由继父养大，现已 25 岁。为了续香火，纪家决定由侄儿纪军继嗣。纪军过

继到叔叔纪家后，由纪家安排在一铜板厂做临时工。纪军 12 岁患癫痫病，25 岁已到婚娶的年龄还没有一个提亲的，这可为难了纪家。为了治好纪军的病，纪家带着纪军先后到武汉几家大医院求医问药。经过大半年的治疗，纪军的病情有了明显好转。

1996 年 11 月的一天，纪家随同几名干部到乡下收贷款。走至铜山一有色金属公司办公楼旁，正遇一女子从对面走过来，婀娜多姿的身材，白皙的皮肤，漂亮的脸庞，一下把纪家吸引住了。他当即感到：这不正是未来侄儿媳妇的人选吗?

这位姑娘就是玉华，当年 19 岁，家里除有“三千金”外，还有一个弟弟。她排行老二，家境较贫穷，很快，纪家就托人上门为侄儿纪军向玉华提亲。纪军虽大她七岁，玉华看在纪家的家境和纪家的国家干部身份上，很快同意了这门婚事。

1996 年 12 月底，双方订婚。又过了 4 个月，1997 年 4 月 8 日，不满 20 岁的玉华穿上了婚纱。哪知新婚之夜的纪军突然发病，口吐白沫，不省人事。突如其来的事件把玉华吓得不知所措。在短暂的生活里，玉华不仅了解到纪军有癫痫病，且脑子迟钝。不由得伤心至极、后悔当初。

这一切都由于自家穷啊!

新婚使纪军感到过上了幸福生活，常睡懒觉。原在铜板厂工作，因效益不好也无心上班，天天在家中围着新婚的妻子转。这是纪家始料不及的。

新婚不到一个月，纪家对纪军讲：“你们结婚用去了 2 万多元，这钱全都是借的债；你在铜板厂一月只 300 元，工资又低，一年不吃不喝才 4000 元左右，若这样下去，加上为你治病所花的钱，不知还债到何时。你不能在这厂里工作了，应外出打工，不打工赚钱，怎么还债?”

纪军心里虽说一百个不情愿，但想到自己两岁时父亲就去世了，是叔叔纪家收养自己并为自己娶妻，只好同意了叔叔的建议。第二天，纪家便到铜板厂将纪军的工作辞了，纪军也只有离别新婚的妻子到武汉去打工。

纪军外出打工后，玉华空守洞房，害怕极了，她从来没有这么寂寞过。在这个家庭惟一变化很大的是一家之主纪家，自娶侄儿媳妇后，他不仅回家早，连从来不进厨房的他，也变勤快了，掌勺做饭。

纪家开始注意言行举止，衣着打扮，每天西装革履，一副绅士派头，他开始有事无事找侄儿媳妇玉华聊天，问寒问暖，不时主动给些零花钱，五十、一百从不吝啬。在纪军外出不到两个月中，纪家给侄儿媳妇玉华选购了三套时装，玉华对这些充满了感激。玉华心中无邪，对公爹的盛情未加防范，每次给钱给物时，只以微笑予以回答。公爹纪家却把这种笑当成了淫荡的诱惑。

1999 年 5 月底的一天晚上，纪家的妻子陈星走亲戚去了。玉华刚上床躺下，卧室门的锁被打开，把她吓了一大跳。纪家进房后饿狼似地直扑玉华，玉华急忙将灯拉开并大声喊叫。喊声惊醒了纪家在隔壁房间睡觉的大女儿。大女儿也被眼前的一幕吓蒙了。玉华赶忙从床上跳下跑进了妹妹的房中。纪家却忘了耻辱，反而不在乎地对大女儿吼道："你起来干什么，还不去睡觉！"

陈星从大女儿口中得知此事后，气得发抖。她原以为丈夫只在外沾花惹草，没想到对自己养子的媳妇也不放过，气得上吊自杀未遂，又喝毒药被女儿发现后送医院抢救才脱险。

陈星以死相拼，纪家不仅不畏惧妻子的自杀，相反在妻子出院后用语言激将妻子说："你去死吧，死了我还可以找个年轻的给我生儿子；如果不想死就好好活着，你活着有饭吃，有衣穿。否则，你等着瞧，死了也吓唬不了谁，死了不如死只鸡。"

陈星的自杀，吓坏了两个女儿，大女儿在医院哭着求妈妈："看在我们几个女儿的分上好好活着。"

女儿的劝说，丈夫的歧视，使陈星明白了，我到底为谁去死，为谁活着，一定要把两个女儿养大。

此事发生后，玉华才明白为何房门无反锁。第二天，玉华找人来换锁，纪家以锁是新的、一把门锁要 100 多元为由，不许换掉。无奈锁未换成倒引来家人的白眼。婆婆陈星怪玉华轻浮，妹妹也认

为是玉华在过门不长的时间里，以姿色勾引了纪家。家人的偏见，更加使纪家放荡不羁。

2000 年 7 月中旬的一天晚上，天气热得无法入睡。半夜 12 时许，陈星刚闭上眼睛，被玉华的叫声惊醒。原来，纪家在陈星睡着后，用钥匙又打开了玉华的房间。抵住门的椅子被推倒，惊醒了玉华。玉华即从床上跳下来跑进了纪家夫妇的床上，并将纪家夫妇的房门反闩上，纪家只好站在窗外敲玻璃，求老婆陈星将门打开。哪知玉华不准开门，使纪家在寝室外站了两个多小时，也为此丢尽了脸面……

纪家为此迁怒于陈星，对陈星又是打，又是骂。事后，公开要挟陈星："要么好好活着，睁只眼闭只眼，要么离婚。"陈星被打怕了，被骂怕了，只好忍气吞声。心想：只要纪家不离开她，只要有个名分，看在两个女儿的分上，只好认了。哪知纪家变本加厉，公开对陈星说，你这一生断了我的香火，侄儿又是个半痴半呆的人，带病不可能生个健康的后代。并要妻子陈星给玉华做工作，为了纪家的香火，为了健康的后代，要侄儿媳妇借他的种生儿子。纪家并许愿说：事成后，给陈星一千元买几套新衣服，还买根项链、手镯，否则，就离婚。

陈星哪敢说半个不字，心中虽一百个不愿意，但又无可奈何。心想，当年自己也是一朵花，在纪家的花言巧语和山盟海誓中，不仅将青春献给了他，且为纪家养了一双女儿，没有自己，纪家不会有今天。想着，想着，反倒认为事到如今，只要纪家兑现承诺，含辱也只好认了。

一个未读过书，见识不广的农村妇女，面对家庭的现状，只要不离婚，只要丈夫把两个女儿养大，自己后半生生活有着落，也只好认命罢了。再说，不管怎样，买根项链也算是传世之物，捡一个是一个，得到一份是一份。左思右想，陈星认为，纪家在外不包"二奶"，与侄儿媳妇生子，为的是纪家传宗接代，为的是纪家家族的兴旺，反正肥水没流外人田。

2001 年 10 月中旬的一天晚上，玉华吃过饭、洗了碗，正准备

去卧室睡觉，玉华前脚进房，婆婆陈星后脚跟着进屋，拉着玉华的手含泪说："你到我们家，的确让你委屈了，纪军这病已治了多年，但总不能断根，傻不傻，呆不呆。我真担心你们生个不健康的孩子！为了生个健康的后代，你公爹想与你生个儿子并愿抚养成人；前段本已出现了那件事，我已无所谓了。你与公公生个儿子，外人也不知晓。为了光宗耀祖，我求你了。再说我都能容忍，你应该想得开。女人嘛，是个苦命人，嫁鸡随鸡。你若与纪军生个孩子是个傻子，你一辈子也无好日子过。"

说完，陈星叹气道："哎！我们女人就是这个命！"

陈星口里说是愿意的，但心如刀绞。从她谈吐的话语中，与其说是劝说，倒不如说是无奈的乞求。

婆婆陈星与儿媳玉华在房内说的这些话，被站在门外的纪家听得一清二楚。

婆婆陈星不知是好话已说尽，还是耻辱的心在颤抖，本来能说会道的她，今日已词不达意，在门外等得不耐烦的纪家推开门进入侄儿媳妇卧室，接过妻子陈星的话茬说："为了我们家族的兴旺，不能让不健康的孩子出生！纪军本来就是个傻子，又有癫痫病，不能与你生孩子。我在五福寺庙找人算了一卦，说我命中有个儿子，为了确保纪家的血统，我愿传种。虽说你跟着纪军喊我是爸爸，但无法律上的血缘关系。唐明皇不是也娶儿媳为妻吗？再说，我们两个年龄相差也不过23岁，孙中山与宋庆龄不是相差36岁吗？我精力充沛，我们所生的儿子，既保证优生优育，又是纪家的血统。"

纪家还想继续说下去，听得不耐烦的玉华气红了脸，没好声好气地说："这事你们也想得出来？你们不要脸，我还要脸！纪军有病，我嫁狗随狗，就是生个傻子，也是正当名分。"

玉华说"生个傻子也愿意"……这句话还未说完，纪家忙打断说："那不行，后代是纪家的根，你愿意我们还不愿意呢！"陈星见纪家性急，忙当起和事老说："娃啊，话不能这么说，如果生个傻子你一辈子无安宁生活。"

玉华反嘲弄婆婆说："要生你跟他生去。"陈星接着说："我还

不是想生，可计划生育不允许，再说我已四十多岁了，不能再生孩子了……”

纪家在旁听得直跺脚，说：“如果让你妈给我生，我就会被开除工作，你们的生活谁来保障？再说她也生不出儿子。如果你不听话，你与纪军结婚借的2万多元的债你们自己去还，我一分钱也不帮还。”

玉华听说结婚借了几万元的债要她去还，本已穷怕的她，想着这个天文数的债，不敢再顶撞，只是听纪家夫妇轮流的劝说。而到底公公婆婆后来还说了些什么，她根本未听进去。看着这劝说无结果，纪家气急败坏地走出房间，将门关得山响。这门的撞击声，才将玉华从噩梦中惊醒……

玉华害怕再出意外，连夜回了娘家。

纪军自2001年5月外出，直到10月底才回家。玉华将家里所发生的事一五一十地给纪军讲了。纪军心中好不窝火，但又畏惧叔叔和婶娘，敢怒不敢言，躲在家中生闷气，一连个把星期既不帮家里做事，也不搭理他人。纪家看在眼里，心里还是有点畏惧，害怕纪军在家里闹矛盾而传入他人耳中，自己不好做人；也怕纪军赖在家中不外出去打工。

纪军在回家的第十天，纪家授意陈星，问纪军为何还待在家中，纪军本来无处发火，便把火发向婶娘。争吵中，婶娘陈星责骂纪军好吃懒做。可能是因家庭变故的原因，从小就不愿听谁说他是懒汉的纪军，听到“懒汉”二字，心中的怒火直往上冒，反骂婶娘是个矮脚猪，并扬言如果婶子再骂，就将她摔到楼下去，大有拼命之势。

见着侄儿像头发狂的狮子，不知是做了亏心事还是被这突如其来的吼声吓倒，不仅纪家不敢出声，就连陈星那尖刻的声调猛降到低点，主动走出了家门。

挨了侄儿的骂，纪家夫妇又气又恨。纪军带着怒气重新打工去武汉，玉华又回到了娘家。

2001年11月上旬的一天晚上，陈星对纪家说：“纪军虽不是

我们亲生的，可我们把他当亲生儿子对待的，为他治病娶妻。他却忘恩负义，骂起我们来了，有了第一次就不愁第二次。我想通了，你把他老婆搞了，让他去当‘王八’。”

这是纪家始料不及的，没想到妻子陈星会主动叫他去搞侄儿媳妇。纪家明白，这是妻子想报复纪军。纪家心中高兴极了，兴致时便抱住妻子陈星亲了一口。

受宠若惊，几年了丈夫不是横眉冷对，就是老大不高兴，而今一个吻，让陈星似一个初恋的少女，心跳加速，好不自在。在床上二人进行了细心的策划……

2001年11月16日是玉华的生日。当日上午，陈星赶至玉华的娘家，又是赔笑，又是献殷勤说：“玉华啊，今天是你的生日，我是特意来接你回家过生日的。我们无儿子，把纪军当亲生儿子，把你当亲生女儿，娶你就是享你的福的。纪军又不在家，我与你公公商量好了，今晚给你过生日。前段的事，你不要往心里去，牙齿与舌头这么近，哪有没被咬的时候。”

亲家母的言词，也深深打动了玉华母亲的心。玉华的父母不知到底发生了什么事，在旁不断训导玉华说：“也是呀！一个出嫁的姑娘，不好好在家孝敬公婆，而常住娘家怎么行哪！你看，你公公婆婆对你多好啊！你的生日，我们都忘记了，而你的公婆却都记得，哪有上人为下人做生日的。亲家母，晚上我们一定让她回去。”

玉华的母亲反过来给陈星赔不是。

晚上六时许，玉华从娘家回到了婆家，生日席上，本来不喝酒的玉华在婆婆的劝说下，也喝了点酒。席后玉华将碗筷收好，见大妹妹去上班去了，小妹妹进房间做作业去了，准备又回娘家去。正准备换鞋子，纪家忙拦住玉华说：“回来了为何又走，这是你的家”。说着就抓住玉华的手不让走。陈星本来在上厕所，屎未拉完，提着裤子从厕所赶出来，帮助纪家将玉华强行推进了自己的卧室。

纪家几次想奸淫玉华，终因反抗未获成功，反被弄得气喘吁

吁。陈星见纪家不能降服玉华，转身将玉华两只腿按住……。玉华刚要呼喊，纪家怕在隔壁写作业的小女儿听见，便用左手捂住玉华的嘴说："你要是喊了的话，我毁了你的容，让你无脸见人。你已是结婚的人，你不说也无人知晓；如果你在外讲，我雇人杀了你的弟弟，即使告我，公安人员也不会听你的，凭我的势力，我也会摆平的，不信你走着瞧，看谁的势力大。"

玉华听纪家要雇人杀其弟弟，也闻过雇凶杀人的案例，吓得不敢吱声。

在纪家威胁利诱后，玉华终于未能逃脱魔掌。

第二天清晨六时许，玉华才被允许回到自己的卧室。就在玉华下床走时，纪家又威胁说："你如果报案的话，公安部门没有证据，即使打官司，你请一个律师我请两个，即使我坐了牢，回来后我会杀了你弟弟的，使你娘家也断子绝孙……"

纪家在玉华回到自己卧室后，蒙头准备大睡，陈星却推摇着丈夫问："我帮你完成了心愿，但你答应给我买项链的事可要兑现呢！"

可是，纪家许的愿到案发也未兑现。

玉华被强奸后清早就回了娘家。在娘家住了半个月，也不提起回婆家，父母问话也不应答，只是坐在家中发呆，常泪流满面；反常举动引起了母亲的关注，在姐姐的再三追问下，玉华道出了事因。

家人愤怒了，玉华在家人的陪同下走进了公安派出所……

纪家闻讯后，马上与陈星订立攻守同盟。说双方发生性关系是自愿的，且连续三个晚上五次，企图将强奸说成通奸，以此推脱罪责。

为了达到此目的，纪家夫妇又编造谎言，从武汉将侄儿纪军找回家，对他说："玉华在娘家就与浙江在此曾做过小生意的一个男人偷情，现在还在约会，有时在家关门一打电话就是个把小时。她说她住在娘家，可实际是与那个浙江男人在一起。她根本没有把你当她的丈夫，想与那浙江人一走了之。"挑唆纪军与玉华的关系。

一拨弄一挑唆，纪军非常恼怒，当即在纪家的帮助下写了一份离婚申请书。

纪家所说的三夜，即2001年11月16日、17日、18日。但经公安机关侦查确认，纪家所说的时间，只有玉华被强奸的11月16日当晚住在婆家。17日、18日黄某等人证实玉华住在娘家。这点不仅黄某等人证实，就连纪家的小女儿也证实。同时，玉华报案称：11月16日晚被强奸时，因反抗使纪家把精液射在床单上。陈星亦供述此情节；其小女儿也证实这天早上母亲将床单洗了。其大女儿也证实：2000年5月中旬的一天晚上，其父进入玉华的卧室，玉华跑到她的卧室才逃脱一难。在其嫂子要换卧室门锁时，其父也极力反对……并骂其父不仅丧失理性且缺乏人性。

在证据面前，纪家夫妇不得不低头认罪。

为此，法院依据刑法，以强奸罪判处纪家有期徒刑四年；陈星帮助纪家强奸妇女，构成强奸罪共犯，也被以强奸罪判处有期徒刑三年。

玉华被害后，觉得无脸见人，给她爸妈写了一封遗书，悲惨地离开了人间。

DIJIUZHANG

六 亲 不 认

喻伟是证券公司的老总，在单位他说了算，一手遮天，美其名曰在各地开展业务，实际上整天在外流荡，勾结一伙犯罪团伙，大肆进行犯罪活动。喻伟被抓获后，经审查，其犯罪活动触目惊心。

喻伟不仅网罗社会渣子，为所欲为，且变得六亲不认。小时候，他是个听话的孩子、孝敬父母、尊重长辈、爱护姐弟，谦虚谨慎，勤奋好学。自在人生道路受到挫折后，他变了，变得熟悉的人不相识，变得同事“刮目相看”，变得亲朋好友戳脊梁骨。他不相信任何人，只相信自己。什么亲朋、什么前途，他一概否定，即这世上无好人。在这种心态的支配下，他除了享受外，没有任何追求。一个理：只认“钱。”

仕途受挫，看破红尘，没有了精神支柱。

在钱的支配下，喻伟恨这个世界，恨人心的恶毒。他似乎明白了什么，钱最亲，它受人支配，没有反抗和抗拒；它不会因人而改变其性质，没有亲疏之分。钱受人宠爱，男人为它坐牢，女人为它献身，钱哪！人离不开它。

其实，并不是说人不该有钱。人应该有钱，有了钱才能幸福，没有钱人就难生存，人的富裕是以金钱为判断标准之一的，这是真理。但不能不择手段地去搞钱，要通过合法手段得到自己应得的钱，不应损人利己地去赚钱。否则，没有亲情、没有人情，最终“穷”得只有钱。因人的幸福是物质和精神的统一。光有钱不算幸福，光有精神没有钱，也不能算幸福。所谓幸福就是物质生活和精神生活的称心如意。

喻伟就是例证，他有钱，钱对他似粪土。但他缺乏的是精神，思想上他极度空虚、烦恼。为了取乐，在钱的刺激下，把幸福建立

在他人的痛苦上，他寻求的是报复社会，伤害的是无辜群众，就连亲戚他也不认。1999年，在不到九个月中，三上法庭，他将自己的姐姐、姐夫告到法庭。原本是同胞亲人，一纸诉状却将一缕亲情烧得灰飞烟灭。

喻伟在家排老二，上有姐姐，下有弟弟。姐姐从小就非常聪明、懂事，既要看护着弟弟，又要帮助父母干家务活，平时姐弟相争，总由她相劝，家人许多不愉快之事，在姐姐的笑容中烟消云散。

姐弟从小一同长大，情深意笃，相互爱护，团结和睦的家庭，使父母感到了在清贫生活中的乐趣。斗转星移，父母都已上了年纪，姐弟各自成家立业，相互的利益不免引发矛盾，家庭的琐事常常引起喻伟与父母的争吵。每当这时，只要姐姐出面，没有解决不了的纠纷，耐心的说服工作，不偏不倚地诚恳劝解，一次次弥补了家庭的裂痕。父母因年岁已高，体弱多病，凡是住院治疗或者在家卧床，都是姐姐端茶递饭、侍奉汤药；亲朋好友夸他姐姐孝顺懂事，邻里夸他姐姐能干。

后来姐姐下岗，失去了固定收入。既要养活一家人，还要照顾生病的父母，生活即显得很窘迫。为此，他姐姐只好到外面干点杂活，照顾父母的时间少了，牢骚话多了。为了支撑日趋艰难的生活，他姐姐想筹措一笔款项做点小生意，开始找喻伟借一万元，喻伟未答应。恰好喻伟有一间房闲置，喻伟本想将其出租。他姐姐对喻伟说，反正这间房准备出租，能否先出租给她做生意。

喻伟对姐姐讲，现在是市场经济，讲的是钱，租房得先交租金。他姐姐说，现在刚下岗，做生意的钱就是借的，可先缓交。在亲友的劝说下，喻伟才将这间空房租给他姐姐。

很快，他姐姐的小食品店开业了。由于她热诚的服务，赢得了许多顾客，生意颇为红火，在不到半年的时间里，家庭生活得到了很大的改善。可这时，喻伟眼睛红了，说父母都是他照顾的，其姐姐赚了钱，不仅不孝敬父母，连糖果也舍不得给他孩子买。要求加租，否则就收回房屋。

随着城市的开发，这间出租房，地段不断升值，一位生意人看中了这间房，喻伟原来出租给姐姐每月的房租费为500元，这位生意人愿出600元。喻伟动了心，几次开口想与其姐姐解除出租合同，但碍于情面，欲言又止。1999年7月，喻伟的外甥考取了北京的一所大学，他的姐姐为了孩子上学，东凑西借才凑足了3万元，因而迟交了本月的房租费。第二个月刚开始，喻伟就问其姐夫，为什么上月的房租未交。在催款时，喻伟并说，“如果你们不愿租，别人愿出高得多的租金。不要为这几百元钱反目。”

他姐夫一听，心里不是滋味，本来自己也下了岗，工作无着落，心里憋得慌；又为儿子读书的费用着急，心想在这节骨眼上做舅舅的应帮点忙，他不仅不帮，反而逼债，心里窝火极了。二人争执了几句，不欢而散。

姐夫回家后，越想越气，把气全部发向了妻子，一个人在家喝闷酒。喻伟的姐姐了解真情后，回娘家没好言语地把喻伟说了一顿。哪知不说则已，一说姐弟大吵了起来。喻伟说从下月开始，他将收回房屋，并说了许多不中听的话。喻伟的姐夫喝了几杯酒，出门也向喻伟的家走去，当听到喻伟说，这间房不出租了，让你生意做不成之话时，酒力直向上冒，争执中，喻伟被其姐夫把鼻子打出了血，在邻居的解劝下，二人被强行拉开。

喻伟被打后，立即拨了“110”，公安人员在现场对双方进行了调解。但双方互不相让，未达成调解。连续数天，喻伟进出公安机关，要求处理他姐夫。公安机关认为双方系亲戚，又因房租发生纠纷，决定不对他姐夫处罚。喻伟不服，向作出决定的上级公安机关提出复议申请。经公安机关复议，作出了维持原裁定，未对他姐夫处罚。

喻伟怒气未消，不屈不挠，在法律规定的时效内，他又向区法院提起了诉讼，要求他姐夫赔偿医药费、营养费、误工费、交通费、精神损失费等，并要求法庭对他姐夫作出刑事处分。

谁也未料到，这场家庭纠纷闹得如此激烈、亲情变得如此薄情寡义。经法院审理，判决他姐夫赔偿喻伟的医药费、误工费、交通

费900元，同时驳回了喻伟的其他诉讼请求。

喻伟的姐夫对妻弟的所作所为非常不满。他认为，他所租的房屋，属妻子姐弟共同所有，因房屋本来是喻伟父母的，子女都有一份，母亲去世后，这间房屋喻伟不能独占。要妻子继承属于自己的那一份。

姐姐为喻伟将其丈夫告上法庭，虽然弟弟赢了这场官司，但她心中却是酸楚楚的，她感到亲情被一场官司打得黯然失色。一向珍惜亲情的她也赌上了一口气，也想一纸诉状将弟弟喻伟告上法庭，要求继承母亲的部分遗产。喻梅写好诉状正在犹豫中，不想为这间房屋的争议，伤害了手足情；不想为这点事情，断送了几十年的亲情。

喻伟听说姐姐要将他告上法庭，心中非常恼怒，在他姐姐递送诉讼状之前，喻伟向法院再次递交了一份起诉状。在这份诉状中他声称：姐姐喻梅在租房屋期间，拖欠三个月租金1500元，要求解除租约；姐姐和姐夫不孝敬并辱骂殴打70多岁的老父，要求他们赡养父亲，每月给付赡养费200元，并承担全部诉讼费用。

这次在诉讼请求阶段，喻伟将老父亲推向了前线，说“房屋是父母赠送给他的，事先有口头约定，并将父母赠给的这间门面租给姐姐喻梅做生意，月租金500元，租金由父亲收取后作为养老用。然而，姐姐喻梅不仅不按时交房租，且每月少给100元房租。就在父亲出面收取租金时，姐夫居然出言不逊，辱骂和殴打近80岁的老父亲。这是天理不容的，他们打我也就算了，但我无法容忍姐姐与姐夫的这种忤逆的行为。”要求法庭追究他们伤害和虐待老人的刑事责任，并退出房屋，补齐租金。

这份诉讼，除了无情无意的词句外，其实质内容一是要钱，二是追究姐夫与姐姐的刑事责任。好像他就是法官，已为其姐夫和姐姐定了性：犯了伤害罪和虐待罪。

这份诉讼，除了堆积的仇恨外，凝聚了满腔的怒气，这哪是诉讼，简直是一份控诉书。喻梅接到法院的传票后，如遭五雷轰顶，喻梅真的不敢相信这是手足至亲的弟弟所写。喻梅也不再忍让，不

再相信手足之情，她要向世人澄清是非，向法院讨个公道。

在法庭辩论阶段，喻梅声泪俱下，她说，“是的，我是欠他的房租费，但只有两个月未给，并不是三个月，每月房租是400元，而不是500元。不过，在陈述事实前，请法庭注意一点，这间房屋，本来是父母的，母亲去世后，按国家法律规定这间房屋我也有部分继承权。在今天的法庭上，我对此提出反诉，要求享有母亲所有的部分财产的继承权。其次，因为儿子考取大学，所有的积蓄都花光了，一时资金有困难，没有按规定的时间交付房租，这是事实。不过有一点我要说明的，为了儿子上学，我向许多亲朋借钱，作为儿子的舅舅、我的弟弟，他不仅不帮我一下，反而向我逼债，三番五次的上门，出言不逊，这点如果有点良心的人不会这样无情。想当年，喻伟家里有困难时，我是怎么样照顾的，他的女儿住院期间，我不仅陪同照看，且想方设法为他们家解决困难，孩子住院期间缺钱，我找我的同事为他们筹款，凭良心说一句，我哪一点对不住他们家。今天我家有困难，他不仅不帮我，反逼债，为800元租金将我告上法庭；我只是想说一句，我站在被告席，他又有什么光荣、得到了什么？不说我只欠他800元，就是8万元，他做得太绝情了，还不说这房屋本身我还有部分继承权。第三，他说我们辱骂并殴打了父亲，证据何在？不说我未与任何人打过架，就是与邻居也没有吵过架；不说我们未打过父亲，就是大话也未与父亲说过。而这次与父亲的确是争吵了几句，原因是我儿子上大学，为了筹钱，我没有按时间交付房租，迟了一个月。我去交，父亲说要我交给喻伟，他不愿意收。当时我也明白，手心手背都是肉，在我们发生矛盾时，父亲能帮哪个呢！但我也清楚，在父亲封建意识上，嫁出的姑娘泼出的水，在收租金上，父亲肯定是帮我弟弟，可我并未在意。因为在喻伟这个家，父亲不帮他说话能行吗？我也理解可怜天下父母心。不过父亲的不公正，事实上在这场纠纷中，起了推波助澜的作用。这点我也不怨父亲，因为他在思想意识中认为，这家产只有儿子能继承，女儿是没有权利继承的，所以导致今天的结局。我相信这是父亲不愿看到的，也是父亲未想到的。说白了，不

是喻伟做得太过分，我不会主动要房屋的继承权的！”

说到动情处，喻梅热泪盈眶：“作为女儿，我问心无愧，至于父亲起诉要求我给付赡养费，这没有任何可拒绝的，就是我们不吃不喝，一定会保证每月给父亲200元的。不过讲句实话，对父亲我过年过节送了钱没有？送了礼物没有！我不会要法庭判决给付的，我保证每月给付200元。今天我感到悲哀的是，在市场经济下，没有比金钱更重要的，让金钱主宰了一切，什么亲人、手足情变得如此而已。”

“区区的几百元，使亲人反目为仇，喻梅不寒而栗。她寒心的是，亲姐弟，一奶同胞，为争一点小利，相煎太急；为区区小事，上法庭短兵相接，拼得两败俱伤。她百思不解其中的原因：难道在这个世界上，就没有亲情、没有人情吗？不是说中国是礼仪之邦吗？难道在今天的市场经济社会里，就没有仁义道德了吗？就没有情义美德了吗？”

喻梅带着困惑和疑问，始终找不到答案、找不出合理的结论。面对弟弟的起诉状，她无可奈何，在法庭上她要答辩，讲明案情；面对亲情，她无言以对。不答辩是对法庭的藐视，答辩是澄清事实的前提。为了弄清案情，喻梅现在只有一条路可走，就是说明事实的真相。

喻梅在向法庭陈述时，道出了事情的原由：1996年6月中旬的一天晚上，父母主持为儿女析产，喻梅分得一间28平方米的房屋，同样门牌的另一部分相等面积则分给了弟弟。由于喻伟对姐姐参与分房不满，最后姐姐喻梅主动放弃了分得的这间房，由喻伟所得；而另一栋150多平方米的房屋未分配，父母考虑今后为了生存，将这栋房屋留存作为养老用。当时约定，因父亲有工资，这栋房屋留存母亲出租，母亲去世后，这栋房屋再作分配。母亲于1998年去世后，一直由喻伟在继续出租，收取房租，而未对该房作出分配处理。喻梅租用的这间房，就是这栋未分配的房屋的一部分。

喻梅说，“母亲在世时，我们也尽了义务。母亲去世后，喻伟

继续在收取出租费，我们未说任何话，谁知他不讲任何情义！本来这栋房屋我们应当有部分继承权，如果是分配，我相信我所分得的不只这间房，且对别人也是出租，对我也是出租，为何这么不近人情，非要我腾出来租给别人。法官你们也是人，大家可以想想，是我不讲道理，还是喻伟太过分、欺人太甚。”

“我们都是有儿女的人，谁不想有一个好名声，谁愿意让人耻笑为不孝不义。”

喻梅说到这里，泪水忍不住地往下流。在眼泪的伴随下，她说：“我也有儿子，他今年考取了大学，他多次质问我说，妈妈，你与舅舅同根生，为了区区小利，为何非要上法庭？我想儿子问得很对，我也不想在法庭上与谁争个高低。但事与愿违，事态不由我主宰。喻伟他不讲任何亲情，一纸诉状先将我推上了法庭，今天的结局是我不愿看到的，也是不愿接受的。可我现在的出路只有一条，喻伟想把官司打多久我就奉陪到底。我想真理是掌握在讲事实、讲道理的人手中，天下不只是你喻伟的，只要有良心的人，是不会被金钱吞噬的！”

喻梅讲到这儿是那样的动情。许多话中包含了情与法、利与义的真谛，她无法左右法庭，若是只谈情，法不容情，若是只谈法，面对的是同胞亲人。自这桩房租官司姐弟在法庭上闹得如火如荼时，其父亲感到有苦难言，觉得自己很难做人，一边是姑娘、一边是儿子，站在哪边说话都有难处。自主持要把房子分给女儿后，其儿子常常借故闹矛盾，认为他胳膊肘向外拐；大姑娘租其房子做生意，为了租金，儿子索要房子，姐弟闹上法庭，他从中不好说什么，因为原来分给大姑娘的一间房屋，她主动放弃，成全了儿子的心意。现在儿子住着楼房，单位分有房子，反正房屋是出租，为何不能先满足家人，非要闹上法庭，让旁人看笑话？对于官司的进度，他在家坐卧不安，一句话，他不愿意一家人闹成这样。但他又处在十分矛盾之中，封建意识较强，总认为儿子是自家人，女儿已出嫁是外姓了。既然女儿是别人家的人，老伴去世后，靠的是儿子，不为儿子说话，怕引起家庭纠纷，造成不必要的麻烦，得到不公正的待遇；迫于儿子和亲戚压力，他不得不作出违心的证词。事后，他父亲对人讲："当我违心作出证言后，心在流血，儿子女儿、手心手背都是我的，不管伤了哪一个都会疼在我心里。"真是父爱难却、公堂难言！

风波未平，火上浇油，纠纷再起，情义不再。

这场官司由于父亲的证言，更加剧了矛盾。父亲在证词中说，这栋未析产的房屋，是他和老伴已赠给儿子喻伟了，不存在再分配的问题。喻梅被父亲的证言激怒了，她决心把这场官司打到底，要用法律保护自己的权利。1999 年 11 月 16 日，一纸诉状将父亲推上了被告席。

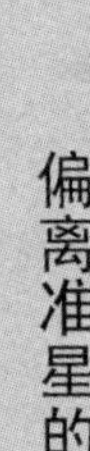

当父亲接到法院的传票后，他做梦也未想到，自己快 80 岁了，从未到过法庭，谁知耄耋之年，站在了被告席，而且是被亲生女儿所告。

在诉状中，喻梅说：1996 年 6 月父母在析产时，当时有约定，母亲去世后，对未析产的房屋再进行分配。有亲友在场为证，喻梅并向法庭提供了其姑父等人的证词，举证证实这栋房屋母亲在世时，出租的租金由母亲收取作为养老金，直到母亲去世为止。谁知母亲去世几年了，喻伟不仅占据了房屋，且继续出租收取租金。父亲更没有与我们子女商量，剥夺了我们的继承权。为此，喻梅请求法庭判决其父停止侵权，解除房屋租约，并赔偿经济损失 15000 元。

喻伟受父亲的委托答辩称：1996 年 6 月在家庭会上进行析产，当时他提出了附加条件，即自己在有生之年，以收取房租费养老，这栋房屋，是他所建，他有权处分，赠送儿子是他在职权范围内行使的权力，女儿无权干涉。要求法庭驳回喻梅的诉讼请求。

喻梅在法庭上，针对其父亲的答辩状，举证进行了反驳。她说："父亲有权把属于个人的部分财产进行处理，无可非议，问题是父亲把不属于自己的部分财产也越权进行了处理，即这栋房屋母亲也有部分所有权，父亲越权把属于母亲的部分财产也给了喻伟，这是不合法的。同时，当年进行析产时，有姑父、舅舅、姨父在

场，他们都可以证实。而父亲有独立生活来源，这栋未析产的房屋目的是留存作为母亲出租收取租金，解决生活来源，保障生活条件之用。母亲去世后，父亲单独一人生活，继续收取租金情有可原，而让喻伟收取理由就不够充分。更不能容忍的是，父亲做主剥夺我们的继承权，更是法理不容。说实话，如果喻伟讲一点情义、顾及一下手足情、不把我逼上绝路，我是不会与生我养我的父亲对簿公堂的，是不会让法律评判是非的；我如果不是下岗受人歧视，不是为了生存，我决不会向喻伟乞求的。为了解决租房纠纷，看在亲情上我几次上门向喻伟乞求，你这房间租我也是租，租他人也是租，为什么只看到钱上，非把我逼上绝路？带着请求、带着乞求，我对喻伟说：‘把房子租给我吧！看在我们是同胞手足情上、看在你外甥上大学需要钱的分上、看在我是下岗人员，拿出点同情心，不要做出不合人情之事。’可喻伟哪有半点同情心，就是外姓人，没有血缘关系的人，也不会像他这样。不知他忘记没有，小时候，家里特别穷，有一口好吃的我总是让他吃，我走到哪里，就把他背到哪里，生怕他摔伤了、撞倒了、饿着了。站着他不比我矮多少，因为我只比他大四岁；他与小弟弟只相差一岁多，他们两人都是我从小带大的。小时候出门我要带两个，将这个背向前了再返回来背另一个，生怕哪个出点事。有一次，我刚把喻伟背到前面，放在路旁，谁知他爬到路边，掉到坎下摔伤了头，我当时吓得不知所措。谁能理解我当时的感受，我还是使尽全身力气背一步走一步，生怕他再受点伤、吃点亏。护着、看着、背着、抱着，回报的是今天的结果！”

这席话的表白，引起在场许多人的同情。是呀！亲情之间的纠纷，区区利益，难道一定要诉诸法律？一定要在法庭上短兵相接，难道只有刺刀见红了才能罢休？

法庭不是万能的，它不能解决万事万物。法庭最后使亲情被剥离得血迹斑斑。血浓于水，亲人间的纠纷最好的解决方式是“和为贵”。那种动不动就诉诸法律，什么事情在法庭上见，这种解决问题的直接方式，不见得效果好。因为人类的行为可以用道德和法

律来约束，也可以用亲情与爱心来化解矛盾。法律可以裁判是非，但不能构造人生和亲情。当你通过法庭赢得利益的同时，又将在何处安慰那颗受伤的心灵？

喻伟三上法庭，在这场家庭大战中，他最终赢得了什么？他将又如何面对亲情和人生？值得人们思索。虽然在公民法律意识增强的时代，维护自身利益，诉诸法律是解决问题、化解矛盾的方法之一，但它不是必经的途径。许多事情，并不是法律可以包容的，道德的约束、民间的调解、亲朋好友的劝说，都是解决问题、化解矛盾的重要方式和方法。这种解决问题的方式方法，不仅简捷、快速，达成的结果易接受，问题易解决、矛盾易化解，且不易伤害亲情。

笔者写到这里，也想到既然这种解决问题的方式方法好，为何大多数人不为之？还要上法庭？

本来，这场诉讼是可以避免的，那年，父母怕子女在他们去世后为争夺家产发生矛盾，于 1996 年 6 月的一天晚上，将属于自己的一套楼房进行析产。谁知未析产的这栋房子还是引发了子女的纠纷，亲情、人情淡薄如水，让人不可思议；在法庭上为争夺财产，双方刺耳的话语，深深地刺痛了他们的父亲。

他与老伴勤劳苦做，靠双手建成了这栋房屋，今天被儿女视为争夺的标的物，内心在流血。尤其是被孝顺的女儿告上了法庭，站在被告席上，心里不是个滋味。如果不是自己的身体硬朗，早就抵挡不住了。在法庭上面对儿子，他能说什么呢！面对女儿，他能答什么！只能在无情的事实面前，硬着头皮抵挡各种刺人的目光，回答各种问话。他在回答法官提问时，不时瞄瞄法庭高悬的国徽，偷眼儿女的表情，环顾人们的眼光，似乎有点紧张；他有生第一次走上庄严的法庭，不知所措。他想了解周围的环境，了解人们对他回答问题的反应，想从中找出点摆脱困境的理由。因为真的假不了，假的真不了。没有经过几个回合，他已抵挡不住问话，有时答非所问。对于父亲的回答，儿子老大不高兴，女儿不时地点头示意。不同的反应、不同的表情，父亲左也难右也难。

儿女们不知道父亲此时是多么难堪。穷了一辈子，劳累了一辈子，辛苦了一辈子，为了儿女，操碎了心，吃尽了苦头。到头来不仅未享受应有的幸福，得到应有的照顾，自己已到颐养天年反被儿女为争夺财产告上了法庭，接受法院的审判。他苦恼，大喊冤屈。

面对父亲的苦恼，喻梅看在眼里，心疼的直击胸口。她最后向法庭表示，她将父亲告上法庭，只想得到个公正，并不是想要分得任何财产，得到任何利益。同时，要使喻伟明白，世上比财产宝贵得多的是亲情、人情。就是法院判决我对房屋有部分继承权，我也会放弃。我撤回我的诉讼请求。不过这里我只想再重复一点，我是被逼上梁山的，打官司的目的是让喻伟明白，世上还是好人多。

喻伟对姐姐的撤诉没有什么反应，表情还是那样的黯然；对父亲的痛苦他表现得很坦然，好像父亲是罪有应得。他不理解，父亲为什么在法庭上前言不搭后语？事先已准备好的证言，为何说不上来？为何叙述的过程与结论相佐？本来对父亲就没有好言语的他，当姐姐宣布撤诉时，他恶言恶语地对父亲说，“还不走，还嫌脸丢得不够吗？还坐在这儿干什么，家里难道没有你坐的椅子？”

喻伟不知道，父亲没有任何过错，前后不一致的表达，只是说明他面对事实真相讲了实话；面对高悬的国徽，他清醒地分清是非；面对情与法，他没有违背良知。这是对泯灭人情的最好回答。

喻伟的姐姐不计前嫌，在喻伟入狱后，多次到狱中探视，对他进行安慰，送去了同胞的手足情。

是的，这世上比金钱更珍贵的是关怀、是情意……。

人性如果被扭曲，就会放纵自己的行为，善恶颠倒、美丑不辨、好坏不分，亲情、人情、道德、伦理，对他没有任何约束力。有的人丧尽天良，以人为敌、认敌为友，把自己的幸福建立在他人的痛苦之上，为非作歹；有的人以做坏事为荣，为虎作伥，丧心病狂，人人讨伐；有的人报复社会，伤害无辜，损人利已，就连其亲人也不能饶恕他们的罪过。

我们从喻伟走过的人生之路，可以得到许多启示。许多犯罪分子，不是生下来就是坏人，很多人甚至做过许多善事，甚至是公认

的好人。就是这些好人，在名利面前把握不住自己，是名利的俘虏。有的人一旦罪恶被揭露，后悔莫及；也有的不是这样，他们不是从思想上挖根源，从主观上分析自己，而是抱着侥幸心理，最终身败名裂。

是的，任何犯罪的人都可以从他的思想、社会环境找出许多理由和原因，什么社会不公、不平等，诱发他犯罪；什么经济困境，无法生活，促使他铤而走险；什么不公正的待遇，诱导他看破红尘，走上犯罪道路；什么社会就业难，生活无保障，诱使他盗窃、抢夺，等等。

许多犯罪分子触犯刑律后，不是从主观上找原因，分析自己，而是怨天尤人；不是从思想上反省自己，从罪恶根源上分析，而是把自己复杂的心态置于客观世界之中；不是从罪恶动机上挖思想根源，分清人生的大是大非，而是强调枝节，归咎于客观原因。从本书中我们可以看出，喻伟的人生并不是无路可走，并不是生活所迫，而是经不起诱惑，主观世界偏离了正确方向。因此，他的犯罪，主要应该说是缘于自己迷失了人生道路，缘于自己把握不住方向，缘于自己……

FULU

一、她戴着手铐欢欣地与恩师离婚

——一对老少夫妻从结合到离异的追踪观察

昔日弟子向她的恩师发出凄厉的嘶喊：还我自由！一个恩怨相报的故事告诉我们什么呢？

1995年12月，湖北省荆沙某市法院以故意伤害罪判处某中学女教师吕芳有期徒刑3年。这位年仅29岁的女人将她那54岁的丈夫、另一所中学的高级教师常梦文的脸部严重砍伤。

被害人常梦文泪水横流，他喃喃地对人说："十年如梦，情分如水，恩恩怨怨，我是咎由自取，人情皆空。"

这是一个恩怨相报的真实故事。它给人的启示是厚重的。

那时他有一种伯乐般的豪气与真诚

故事要追溯到1985年3月。

常梦文是他所任教的重点中学最优秀的教师，在地区教育界享有盛名；他的学术论文发表在省市级刊物上，教学成果获得地区优秀奖；他所在班级的升学率引人注目，因而，他也是该校最早被评为高级职称的教师。尽管常老师身体矮小，甚至因劳累而腰部微驼，那双高度数的眼镜也让这位44岁的中年老师显得满脸沧桑，但是，常老师的才学弥补了这些缺陷。

在常老师众多的学生中，有一位19岁的女孩吕芳，她是全班最刻苦最优秀的学生。她出身贫寒，一边读书还一边干活来维持

学业。

常老师特别钟爱这个学生，他把她作为重点培养，曾亲手写下一副条幅送给她：“你的路就是大学的课堂，走下去灿烂辉煌!”吕芳把这条幅贴在自己的床头，鼓励和鞭策自己。

更多的时候，常老师利用休息时间帮吕芳补课。那年月，他每月工资才百余元，家有妻子和3个孩子，生活清贫而拮据，但是，他毫不吝啬地为吕芳买了许多营养品，把妻子养鸡攒下来的鸡蛋大多补贴了吕芳。吕芳因劳累过度而病倒住院了，常老师一连守护几个通宵，这份师生情感感动了许多人。

然而，在1985年的高考中，吕芳因患病和临场发挥失常而落榜。她不得不与常老师挥泪告别：“常老师，我对不起您了，辜负了您的期望。”

望着学生怏怏离去的身影。常老师清泪长流：“多好的学生啊，怎么就这么轻易毁了她的一生。”这竟使他悲伤了好久。

常老师所在班的学生有十几个考上了大学，学生们簇拥着他，为他敬酒时，发现尊敬的老师全然没有兴致，大家安慰老师：“吕芳，聪明，她准会考上大学!”此时一种豪气与责任感在常老师心中涌起，他骑着自行车跑了30多里路，来到吕芳家里。常老师恳切地对她父母说：“吕芳这孩子与众不同，她勤奋、好学、肯动脑子、善于钻研，肯定是上大学的材料，如果就此辍学就太可惜了。我建议从孩子的前途看，让她复读一年，我有把握让她上大学。”

然而，吕芳的父母是极现实的庄稼人，他们说：“老师，吕芳生在农村，一个女孩子能读完高中就算是个秀才了，再读下去，谁供得起，咱家女儿多，劳力少，我们还指望她招婿上门呢!”

吕芳沉默无语，泪水却断了线似地往下淌。

常老师连连几次苦苦劝说。1985年9月14日，他又一次来到吕家。对吕芳父母说：“我考虑好了，可以每月从我的工资中拿出50元钱资助吕芳，帮她复读一年。”

望着衣着简朴、两鬓斑白的常老师，吕芳的父母被感动了，还有什么比这无私的师生情更让人心动呢！吕芳此时也不能自已了，

她倏然跪下，对自己尊敬的恩师连磕三个响头，她说："老师，如果我能读上大学，一定加倍报答您！"

"爱情"，在一片报恩的情潮中涌上来了

1985年9月28日，吕芳重返母校，又成为常老师最认真刻苦的学生。

一分耕耘，一分收获。吕芳在常老师的细心辅导下，成绩迅速提高，几次市级模拟考试都名列前茅。每当她沉浸在喜悦中，都在心中加重了对老师的敬佩。她在日记中写道：父母生了我的身，却把我掷向了黄土地，而常老师却把我引向了理想的彼岸，他胜过父母，是我的偶像……

1986年元月3日晚上10时，常老师正在伏案为吕芳批改作业。此时，吕芳恰好经过房间，推门而入，望见老师那有些佝偻的背脊，望见老师在作文上批下的注语和提示，看着看着，眼泪就淌了下来，她感到老师的无私和崇高。

在一种青春的躁动下，她走上去，一双手从背后揽住了常老师："老师，您为我操透了心，让我怎样报答您？就让我把爱情献给您吧！"

常老师一下子懵了，没料到事情会发展到这一步，感到尴尬而迷茫，他扳开吕芳的手，用发抖的声音说："吕芳同学，别感情冲动，我是老师，已经44岁了，有妻子儿女，怎么能接受你的爱呢？"说完他匆匆逃离房间，直到半夜才回来。

这一夜，常老师失眠了。吕芳大胆而热烈的求爱行动撞动了常老师几十年平淡如水的感情世界。

第二天、第三天，一直到第七天，整整一周，常老师的课也变得草率、敷衍起来，有时甚至变得语无伦次。

吕芳整整"病"了一周，人瘦了一圈，她恨自己的冲动无知和失去面子，也恨常老师迂腐的拒绝和逃避，她也怕伤害恩情浩荡的老师。她甚至想逃回家乡……

正在吕芳苦闷的时候，常老师来看望他的女学生了，他很诚恳很艺术地谈了自己的态度——

你是一位最优秀的学生，一位最让人心疼的女孩子，老师其实从心中爱你，不然不会尽力相助。但老师是个知识分子，有社会地位，有家有口，对接受你的爱缺乏足够的勇气；尽管老师年富力强，但年龄已40多岁了，像鲁迅与许广平、马克思与燕妮的爱情也毕竟是少数；尽管老师对自己的家庭有许多遗憾，但客观上责任感是不能丢掉的。因此，老师不愿耽误你最美好的年华，但老师还会一如既往地帮助你，也把对你的爱珍藏在心里……

这番话是常梦文精心策划道出的，在一个个“客观”的后面，全是暗示，却使一位19岁的少女鼓满了勇气和信心，在吕芳看来，常老师是个有责任心，可以依托一生的男人，一种突如其来的幸福立即淹没了她，她又一次扑进了老师的怀抱。这一次，常梦文没有拒绝……

常老师为什么走出了这一步，对吕芳由拒绝到接受，10年后当他被吕芳用刀砍成重伤时曾对有关人员解释了当时的心态：“那几天我拒绝了她，看见她十分痛苦，我想到我必须去拯救她，我让她复读了，如果她得不到爱情，也许她会消沉、放弃学业半途而废，我的一片苦心便会付之东流……”

而吕芳在狱中也谈到了当时的思想：“常老师当时为我付出了那么多，于我是有恩的，我是个除了拥有年华外一无所有的农村女孩子，除了献身，我还能靠什么来报答他呢？”

错位婚姻，一分是懊悔，九分是辛酸

有了爱情的日子，充满阳光，特别是接受着吕芳偶像般的情爱，常老师仿佛感到了几十年来前所未有的精神解放，他开始以最大的投入对吕芳进行辅导。

1986年夏季的高考，常老师亲自送她走入考场。果然，他的苦心没有白费，被湖北省一所师范学院录取，成了一名大专生。

吕芳前往武汉读书，临行前，向常老师表白："我吕芳非你不嫁，你等着我吧！"这是一位19岁女孩对45岁男人的赠言。她是想在分别中对恩师说一份热烈的感激之辞。

但常梦文却是认认真真地听进去了，他说："我不会辜负你的。"他制订了一个3年计划，用两年时间离婚，用1年时间筹备婚事。

尔后，常梦文进行了一场家族性的战争。所谓家族性的，是说这位近50岁的男人正力量悬殊地与一个大家庭进行较量，他孤独地与他的妻子、3个孩子以及他的父母兄弟及常姓亲戚们对峙。他结婚22年，生有两女一男，大女儿已满20岁了，妻子是一个忍辱负重、通情达理的女人，在整个常家极有人缘。因此，他的离婚行动遭到常家人的强烈反对。他的大哥告诫他，"一个快50岁的人了，辛苦一生，别要自己掀翻了自己。"他的四弟规劝过："二嫂是个打着灯笼都难找的好女人，你已儿女成群，别让暂时的桃花运把个家给毁了。"他的老父亲更直接："老二，咱常家从未出过逆子，如果有这一天，你滚出这个家门！"

1989年3月，妻子找到学校。因在春节期间，常梦文没有回家，他专程去武汉与不想回家过年的吕芳一块度过了春节。回到学校，发现等了他两天的妻子，他咆哮如雷："我一个钱也没有，我已养了你们几十年，够了，我的血汗已被你们榨干了。"事情闹到了校长那里，校长说："老常，你是高级教师了，不仅教学上要起表率作用，生活上也要为人师表啊！"常梦文说："我都50岁的人了，用不着谁来教训我！"

常梦文感到自己的面子受到了伤害，更感到找到了机会。1989年4月6日，他向人民法院起诉，以感情不合、知识悬殊太大、自己已不能履行丈夫义务为由，向妻子提出离婚。妻子望着越来越陌生的丈夫，声泪俱下："看在我们3个孩子的分上，不要离婚，钱我不要了，我可以种田，养鸡喂猪养活自己，你可以不回家，但我不愿看到没有父亲的孩子。"常梦文不为所动，拒绝了妻子的请求："呸，你休想拖死我！"常家为此震动了。4月17日，他的大

哥和其他几个兄弟会同他的儿子闯进学校，将他的东西一搬而空，大哥说："离婚，吓不住谁，既然你不想过日子了，所有的东西你也别要了，以后常家不会认你的！"

1989 年 7 月，吕芳大学毕业，被分到了本市另一所中学任数学老师。当她出现在常梦文面前时，是四壁空空的房间和一张黑色的离婚证，常梦文既兴奋又悲伤地说："吕芳，为了 3 年前你的一句话，我可是用生命在实现诺言啊！"

事已至此，由不得吕芳当时是幼稚还是成熟了。吕芳苦涩地答应了他的求婚。

他俩开始商量结婚。常梦文又陪着吕芳回家向父母求婚。当得知眼前这位很老态的男人就是未来的女婿时，老实巴交的父亲倏地掀翻了酒桌，返身回屋里拿出了一根碗口粗的木棍，接下去是母亲的哀嚎："我们吕家欠了老天什么啊！"

常梦文和吕芳逃回了自己那个空空的家。

3 个月后，吕芳有了身孕，她必须与常老师结婚了。1989 年 11 月 2 日，她俩举行了婚礼。这是一个没有亲人祝福没有朋友参加的婚礼，他俩坐在简陋的房间里泪水直流。

婚后，吕芳因丈夫与原妻已有 3 个孩子了，她无奈之下去堕了胎。1990 年 6 月，她又一次怀孕，她很想生下这个孩子，去真真切切地做一次母亲，但是，她又一次走进了医院，躺在手术台上忍受着那种撕心裂骨的痛苦。

一桩血案最终结束了这桩老少婚姻

婚后的生活苦涩而艰难。

吕芳原是抱着一种报恩还债的心态与常梦文结婚的，如果不是她和常梦文被两个家庭的强硬态度逼到死角，将婚姻当作了爱情的避风港，她是会重新调整情感指向的。早在大学期间，她就成为不少男同学的追求对象，那种追求，使她感到当初对常梦文的许诺是多么浅薄可笑。

婚后几年，吕芳先后流产3次，她的脸上出现了皱纹，常梦文所表现的无奈和淡然使她怀疑这个家庭存在的意义，她在给大学同学的一封信中写道："一个女人失去了对家庭的依恋，变得麻木不仁，这是我的悲伤。我对梦文，过去曾是仰着头看他，但现在生活在一起了，走得很近了，我感到两个人在生活方式、思维方式上犹如处在两个不同的时代。更使我难以忍受的是常梦文对我们这种婚姻的消极态度……"

吕芳与常梦文的婚姻引起当地的轰动。在一般人眼中，看到的不是爱情，而是一种掠夺和欺骗。不少女学生家长纷纷向校长提出要求自己女儿转班转学，用一位家长的活是："我担心自己的女儿被一个不能为人师表的男人害了。"更多的女中学生见到常梦文和吕芳是退避三舍，认识吕芳的人对她表现出一种不屑和蔑视。吕芳只能让自己受辱和愤怒的情绪发泄在丈夫那里，数落他的种种不是，而常梦文更是委屈万分，他感到吕芳在一点点的伤害他，他呜咽着对她说："当初，我为了你已是倾家荡产，妻离子散，我实现了爱情的诺言，事情发展到这一步，我们都应该有一种准备，都要承担责任，你不该把所有的责任都推给我，我一个50多岁的人了，还有点起码的尊严吧！

吕芳变得郁郁寡欢，她极不愿意与丈夫同行外出。许多次，她与常梦文被误认为是父女俩。1992年4月，她参加一个聚会，人们谈论着老夫少妻的议题，对青春与金钱交易的傍大款现象众说不一，这时吕芳的一个强烈感受是：她嫁给常梦文纯粹是一种无意义的牺牲。她到底得到了什么？用这种心态去观察丈夫，使她愤愤不平：他是个连袜子都不会洗的男人，他是个连面条都不会煮的男人，他是个每月拿不到三百元工资的男人，他是个没有给她带来任何欢愉的男人……总之，那个才华横溢、高尚无私的好男人不见了。在吕芳眼里，他是个没有青春、没有精力、没有金钱、无所作为的庸俗男人。

从1992年11月起，她所在的学校分配她一间宿舍。此时一位从东北师大毕业的男老师给了她许多关照，也使她有了可以倾诉心

事的忠实听众，这使她常常借口工作忙，回家由每周两次变成了两周一次，这引起了常梦文的极度不安，他曾多次去吕芳的学校打探，却遭到了吕芳的斥责，夫妻间的不信任感在迅速扩大。

1994 年春节前两天，夫妻俩正在准备年货，突然门被踢开，常梦文的两个子女闯进来，他们是向老父"借"钱来了，且一"借"就是 1000 元。在儿子的逼迫下，常梦文抖抖索索地拿出了 400 元，他儿子一把夺了过去。他的儿子说："你抛弃了我妈，又养了小老婆，你不放血对得起人吗？小妹还差一年才满 18 岁呢。"对此，吕芳心惊胆战，她不知道这样的日子何时是尽头。她只能对丈夫发泄，而常梦文只是沮丧地坐着，束手无策。

吕芳决定离开自己的恩师了。1994 年 12 月 2 日，她给常梦文写了一封长信。她以妻子、学生、同行的身份表露了结婚几年来的矛盾痛苦。她说："我俩是两个不同时代的大学生，两辈人因一种天真的情感误会而结合在一起，而且在这个泥潭里越陷越深，弄得伤痕累累，这是你我都不期望的。我已用了 5 年时间，用我一生最美好的年华来抵了那个感情债，我想现在连利息都还清了，我恳请你能再给我一条生路，给我一次自由……"

常梦文接信后久无回音。在随后的 4 个月中，他曾两次回到前妻那里，试图在她那里寻求最后的退路。他发现前妻把一个家治理得红红火火，盖了新房，大女儿已经成了家。前妻对他的到来并不惊奇，显得不卑不亢，像客人一样待他，全没有那种崇敬。当他涉及复婚问题时，几个子女"呸"了几声，倒是前妻尚存几分夫妻情，送他的时候，悄悄地塞上了几百元钱，说了声"再见"，使他彻底断了念头。

他只能在现实的婚姻上固守了，而且他也听到了有关妻子的绯闻：她与那位东北师大毕业生热恋，那男人整整比妻子小 3 岁。

1994 年 7 月 16 日，在他与前妻离婚的同一个法院，吕芳正式起诉离婚，理由是草率结合、感情不合。常梦文在法庭上大喊冤屈，他声泪俱下地要求妻子看在往日的情分上，看在近十年的缘分上不要离开他。他说，还有几年就要退休了，那时，他已不为人师

表了，也无法在孩子面前保留什么斯文了，那时再离婚，他可返乡终身埋名隐姓。话说到这个程度上，法庭不顾吕芳的请求，决定调和。这样开始了长达 1 年的分居生活。这期间，吕芳多次提出离婚，而常梦文则多次躲藏。

1995 年 9 月 16 日，吕芳再一次找到常梦文，她拿出一张事先写好的离婚协议书，但常梦文仍是拒绝签字。吕芳告诉丈夫："我已有了孩子，不过，不是你的，我准备把他生下来。"这话激怒了常梦文，他盛怒之下，扬起了巴掌，而吕芳转身捡了把菜刀像母豹一样扑上去，把这位昔日恩师的脸颊砍得鲜血如注……

血案发生了，也加速结束了这桩婚姻。吕芳不在乎蹲大狱倒在乎离婚。她带着手铐在离婚书上签了字。

常梦文此后重病了一场。

前往医院照料他的是前妻和女儿。

二、生物学博士，终于让冷漠与"理智"的婚姻走开

爱情与婚姻，切忌盲目和疯狂。但是，美好的爱情婚姻，也拒绝没有激情的"理智"与了无生趣的冷漠！

——一位在事业上很有造就的生物学博士与一位女校医的爱情婚姻走向失败的进程，典型而生动地诠释了这样一个生活哲理。

本文取材于一份长达数万字的离婚诉讼状以及对当事人和主审法官的采访笔录。

犹豫不决中，爱情就这样降临了

本文男主人公杨跃，38 岁，湖北南漳人，现为武汉市某电脑

公司业务主管。

杨跃10岁丧父，家中有五个兄弟姐妹，他是老大。贫困的生活让他早熟，特别能吃苦。1977年，杨跃以优异成绩被武汉一所重点大学录取。从1977年到1984年，他以超常的毅力和吃苦精神走完了从学士到硕士的求学生涯，成为学生中的佼佼者。

1983年9月的一天，杨跃因患重感冒到校医院输液。当时他准备报考博士研究生，正分秒必争地复习。输液的人很多，只有一个护士在忙着，杨跃一看至少得等半个小时，便转身准备离开。这时恰好从医生值班室走出一位20岁左右的女医生，她看杨跃脸烧得通红，主动提出帮他输液，杨跃十分感动。此后的第二天，第三天……杨跃每天都计算着时间请女医生在值班时帮他输液。

在交谈中，他了解到这位漂亮的女医生名叫严晓梅，华西医科大学毕业。她的母亲是武汉市一所大学的副教授，父亲在她5岁时与母亲离异，与他的女弟子结了婚。母亲没有再婚，母女俩孤苦伶仃地生活着。为了照顾母亲，严晓梅毕业后，分回武汉妈妈所在的学校当了一名校医。严晓梅还告诉杨跃，她想利用当校医这段工作比较轻松的时间复习报考研究生，或者专攻英语到国外闯一闯。杨跃一听欣喜万分，他不禁拍胸脯说："我精通英语，可以当你的辅导老师。"全然没有想到自己已经处于紧张的备考阶段。

入学几年来。杨跃一直把全部精力都用在学习上，根本没有考虑过儿女私情，可这一次他终于有了初恋的感觉。严晓梅白帽子下那双乌黑的大眼睛紧紧攫住了杨跃的心。

严晓梅没有想到这个瘦弱而土气的年轻人会一下子爱上自己，她看着杨跃眼中炽热地跳动着爱慕，小心翼翼地说："我们还不太了解……还是先做朋友处一处吧。"

1984年5月，杨跃考取了广州一所重点大学生物系博士研究生，研究病毒学。在接到录取通知书当天，他写了长达十数页的情书向严晓梅正式求爱。在信中，他满怀信心地说："我是个农民的儿子，能有事业辉煌的今天，也能有生活幸福的明天……你难道不想做个与众不同的女人吗？"

严晓梅被深深打动了，但她很快又陷入了矛盾之中。论人才，杨跃无可挑剔；但论家境，杨跃却相差太远。他家在农村，人口多，几乎没有经济来源。在周围的同事中，有几对夫妻就是因为一方家庭在农村，穷亲戚们三天两头朝这里跑，而引起夫妻争执导致离婚的。这个问题很现实，严晓梅为此犹豫不决。

1984 年 8 月，杨跃准备离开武汉到广州读博士了。临行前，他又一次催严晓梅表态。严说："反正你还得读三年，我等你。如果结婚，你会分心的。"这不置可否的回答让杨跃产生了深深的疑虑。入学后，他展开了强大的爱情攻势，几乎是一周一信，每封信都灼热得能使人熔化。与此同时，他又很恳切地给严晓梅的母亲写信。在信中他谈到："家庭的基础应该是幸福和谐的生活加令人向往的成就。物质生活和精神生活的富有，只能靠自己，而不能靠别人……我恳求您能帮我做做晓梅的工作……"

这封信打动了严晓梅的母亲，她对女儿说："俗话说会选的选儿郎，不会选的选家当。杨跃虽然家庭条件差点，但他的一切全靠自我奋斗，这也证明了他的能力。我相信靠你们的努力，经济状况的改善应该指日可待。"她也谈了自己对杨跃的评价，勤奋、老实。不是那种风流倜傥的纨绔子弟。她对女儿说："老实点好。像你父亲，虽然潇洒帅气，但我喜欢，别人也喜欢，有什么用?!"

在母亲的开导和杨跃的强攻下，严晓梅总算答应与杨跃建立恋爱关系。但她提出了一个先决条件：读博士期间不结婚，让时间考验爱情，杨跃答应了。

1985 年春节，杨跃第一次在武汉严家过了年。杨跃的母亲听说儿子在 27 岁终于相中了一位教授的女儿时，高兴极了，特意从乡下赶到武汉，并拿出卖猪的 500 元钱给严晓梅作见面礼。严母也很喜欢杨跃，无论工作多么繁忙，总要抽出时间陪杨跃谈天说地。以致后来严晓梅在法庭上说："我与杨跃相恋时，不是他与我谈恋爱，而是他与我妈妈谈恋爱。"

在杨跃读博士期间，与杨跃同一位导师的女硕士生悄悄地爱上了他。当她得知杨跃已有女朋友时，大病了一场。病愈不久，她写

了一封信给杨跃："我很羡慕她……也许真是老天无眼，让我与所爱的人不能相聚……你的才华和为人，会永远铭刻在我心中；我们今生无缘，但愿来世相会。"杨跃接到信后，为了表示对严晓梅的忠诚，便将这封信寄给了严晓梅。哪知，严晓梅看到这封信却有了另一种心态：这是杨跃在向我示威，在显示他的魅力。怀着一种莫名妒忌，她将这封信复印了几份，分几处藏好。这在以后的法庭辩论上成了杨跃有第三者的罪证。

婚姻，浸透着没有激情的"理智"

在双方家长的大力撮合下，杨跃和严晓梅商定 1985 年 10 月结婚，并决定当年暑假筹办。但这年夏天，因杨跃要为开始动物实验准备房舍，导师不准假。他便写信给严晓梅希望她能到广州一聚。哪知严晓梅回信说她要利用假期与一位同事到桂林、柳州旅游，并且打算次年 4 月参加专业晋级考试要求推迟婚期。杨跃同意了。到了 12 月份她又告诉杨跃，准备放弃考试不日来广州结婚。杨跃接信后雀跃不已，忙向朋友借了新房还发了请柬。可是在寒假前一周，严却又来信说还是决定参加晋级考试，再次要求将婚期推至 1986 年 5 月份。望着匆匆布置好的新房，杨跃一筹莫展。5 月份到了，严晓梅却又说要报名参加湖医附一的培训班……一次次地推迟婚期，杨跃不禁尴尬万分，心中怨愤，他开始感到严晓梅不可思议，甚至怀疑她在"脚踏两只船"。于是迅速发出一封措辞强硬的信："我渴望有一个家，有一个温存贤惠的贤妻；我希望早日过上一个正常人的生活，但我追求却决不乞讨……"

信寄出不到一个星期，严晓梅便于 1986 年 9 月 18 日在未事先通知的情况下来到了广州，对杨跃说："我是来结婚的。"

怀着一种忐忑不安的心情，杨跃匆匆结了婚。

其实，严晓梅一再推迟婚期的真实原因是她在进行一场秘密的"爱情体验"。当她正处于嫁与不嫁杨跃的矛盾中，意外地遇到一位外语教师。该教师才华虽不如杨跃，但他新潮、有气质，从认识

的第二天起就每日骑着摩托车邀请她满武汉兜风，这使严晓梅有了一个参照物。严晓梅几乎逢约必去，久而久之，她竟产生了一种奇异的想法：在正式结婚之前去体验另一种情感。因此她一边推迟婚期，一边享受着被追求被呵护的甜蜜。当她情不自禁地陶醉在“爱情”中时，却突然发现那位老师竟同时“爱”着好几个女人。这使她在失望之余突然“大彻大悟”：这世上的男人没有一个会真正珍惜爱情；女人最重要的是时刻保护自己，千万不能被男人的“爱情”欺骗了！她还同时想到抛弃自己和母亲的父亲，于是才一改初衷，匆匆南下结婚。用她的话说是“让爱情在婚姻中成熟吧！”

婚礼简单而冷清，他们没请任何朋友。蜜月是在没有激情的理智与冷漠中度过的。杨跃的亲昵，常被严晓梅视作是不尊重她；正当的性要求也被严晓梅看成是“变态”和“龌龊”，两人经常在半夜闹翻了脸。而杨跃对妻子的举止也大感迷惑，他认为妻子在性心理上有障碍，是个性冷淡者。特别是新婚之夜，他发现妻子并没见“红”，也不由起了疑心。虽然碍于情面没有追问，但心中有了很大一个结。

严晓梅在广州仅住了半个月就回到了武汉，很快她发现自己怀孕了。她写信给杨跃，要求流产。杨跃接信后慌忙赶回武汉，万般劝说妻子留下孩子。经过艰难的谈判，两方终于达成协议：一、孩子生下后由杨跃母亲抚养；二、从怀孕之日起停止夫妻生活；三、杨跃每月支付250元作为营养费。

这是一个不平等的“条约”，杨跃明显感到一个男人的感情和自尊被玩弄了。他带着愤怒很快离开了武汉。

1987年8月，严晓梅生下了一个女儿，取名杨伊。

在她怀孕的这段时间里，让杨跃饱受了考验的痛苦。她常常半夜打长途电话把杨跃叫醒，对他诉说怀孕的痛苦。在7个月时间里4次用加急电报把丈夫召回。每当丈夫心急火燎地赶回家，总看到她正悠闲地看电视或打毛衣。她多次半开玩笑半认真地对丈夫说：“我一个大教授的女儿嫁给你，你一定要好好珍惜。只要你经得住

考验，我会为你付出一切。”然而，每次夫妻相见却又都在一种不愉快中度过。杨跃久别妻子，见面时有一种冲动。他作为一位生物学博士，总是企图医治妻子的性冷淡，他请了一位心理医生，作过不少尝试，但总以妻子的反抗而流产。但严晓梅却把这一切视为杨跃对她的侮辱，并因此怀疑杨跃对爱情的纯洁性。她说：“我是你的妻子，不是性伙伴。”夫妻俩常常为此争执，每次吵嘴，严晓梅都会用一条毛巾把脖子勒得紫红，或用腹部去撞门，每次都要杨跃跪下相求才肯罢休。

分居与冷战加速了婚姻的解体

1987年9月，杨跃毕业后留校任教，学校分给了他二室一厅的住房。人事部门多次催他将家属调到广州，解决两地分居问题。但严晓梅都以母亲需要照顾和在广州生活不习惯为由拒绝了。在这种情况下，杨跃想到了出国深造。1991年美国一所大学实验室愿意与他进行一项合作，但由于经费不足，杨跃没有成行。但这事在校方看来，是杨跃不安心工作的表现。加上严晓梅拒不调动，更让校方觉得杨跃肯定不会在学校长期干下去，以后便不再给他出国指标。

1993年，闹得十分不快的杨跃调到了深圳某公司，他再次为严晓梅的调动忙碌着，但再次遭到了妻子的拒绝。万般无奈之下，杨跃只好放弃优厚待遇回到武汉，回到严晓梅母亲所在的学校当老师。

杨跃怀着一腔怨气回到武汉。在分居的7年中，由于妻子接连不断的“考验”，他错过了申报国家优秀教师的机会；也丧失了学校给的出国深造的机会；所有的积蓄都花在路费上……更重要的是他那无人理解的孤独。在广州，他几乎每年都会重病一二次，有时几天卧床不起也无人探问，连杯水也喝不到。

回到武汉后，虽然妻女在身边，杨跃却感到了另一种失衡。由于刚刚调回，房子一时无法调整，学校只好暂时腾出一间平房给他

休息。一家三口仍挤在严晓梅分的一居室里。每当夫妻间为小事争执，严晓梅总会以傲慢的口吻说：“我的杨博士，请别在我的家里逞威风。”这话大大刺伤了杨跃的心。

1994 年 11 月，杨跃在清理房间时，突然在衣柜中发现一张复印件，正是几年前那位硕士师妹写给他的情书。他不由怔住了，他没想到妻子会保留它，甚至还复印。同时，他又在衣橱的底层发现了一本他在广州读书时妻子写的日记。当他看到严晓梅那段“情感体验”生活时，一种受辱的感觉油然而生，他突然感到对妻子的信任被玩弄了。他拿着信和日记质问严晓梅，哪知严晓梅冷冷地说：“对！我就是对你存有戒心。告诉你，这本日记是我杜撰的，是故意给你看的，是考验你有没有条件反射的敏感。这几年来，你的心哪里放到我们母女身上？否则，你怎么会把我们母女抛在武汉，一个人悠闲自在地在广州享受爱情……”

这串毫无关联的言词和质问终于搅起了几年来压抑在杨跃心头的仇恨。他拍案而起：“我算是彻底明白你的感情了，从结婚前起你就没爱过我。你一直居高临下，你怀疑一切，连对我最基本的信任都没有……这日子没法过了。”

这一对夫妻开始了冷战。他们一连几天不发一言，每当有事就写小纸条摆在桌上。杨跃的脾气开始一天天变坏。

1995 年 2 月，杨跃的一项科研课题进入尾声。他夜以继日在实验室工作。但实验进行得很不顺，他常常被一种莫名的烦恼支配着。直到大年三十，实验才稍有头绪。

这时他的母亲带着不少土特产从乡下赶来过年，但老人没料到的是严晓梅连正眼都不瞧她。不待杨跃回家就撂下老人，抱着孩子回了娘家。杨跃回家后得知此事非常生气。他立即赶到岳母家。一改往日的斯文，当着岳母的面痛斥妻子的不恭，严晓梅当然更不相让。两人唇枪舌剑，将几年的怨愤倾倒而出。严晓梅骂杨跃是一个“道貌岸然的伪君子”、“虐待狂”；而杨跃却嘲笑妻子是个“不贞的女人”，“性冷淡者”。

放肆的争吵使岳母气得直哆嗦，竟脑血栓发作昏倒在地。

一连两个星期，杨跃衣不解带地在医院里忙着，一家人几乎筋疲力尽。

正月十五，岳母终于脱离了危险期，醒来后的第一句话便是：“你们都老大不小了，又受过高等教育，为了这些见不得人的事情胡乱猜疑，不是太有失身份了吗？以后要么和好，要么散伙，千万不要这么不死不活地在一起了。否则，我很快便会被你们气死了。”杨跃不语。

严晓梅则愤愤地说：“我不愿与一个不尊重别人的人生活在一起。”但她还是跟着杨跃回家了。

无奈地走上法庭

以后的大半年里，杨家无战事，但也没有快乐。

杨跃开始将全部精力投入到科研工作中，他取得了几项省级科研成果，出了两本学术专著且不断有论文发表……基于他的学历和学术成果以及实际工作能力，学校开始考虑让他担任系一级的领导工作，组织部门已开始广泛征求群众意见。

然而，一件意想不到的事情发生了。

1996 年 6 月，杨跃在广州某大学任教的师妹因参加中南地区在武汉举办的一次学术会议来到武汉，特地去看望杨跃。学友相见，分外亲切，两人在宾馆聊到深夜。一连几天，杨跃陪着师妹在武汉三镇观景、逛街。

这是前所未有的举动，敏感的严晓梅头脑中的“战争”弦绷紧了。她开始跟踪丈夫。终于有一天，她在珞珈山饭店门口拦住了正要登上出租车的杨跃和师妹。

杨跃尴尬万分，他赔着笑脸介绍道：“这是我的大学同学，刚从广州来。我准备带她去见一位同济医科大学的教授。”严晓梅却冷冷一笑：“我早已领教过这位小姐了。够有能耐的，追男人追到武汉来了……”

杨跃没想到妻子这样不给他面子，气得扬起手扇了她一巴掌。

严晓梅是平生第一次挨打。她的眼泪扑簌簌地流了出来，咬牙切齿地说道：“姓杨的，你要为今天这一巴掌付出代价！”

第二天，严晓梅扶着母亲找到了办公室。严母是一位修养极好的老师，平时很有人缘，院长对她的话深信不疑。顿时，杨跃有了第三者并殴打前来规劝他的妻子的消息便在教职工中传开了。

杨跃陷入了一种尴尬的境地。严晓梅住回娘家，女儿的吃喝拉撒全得由他操持。而此时，杨的一项科研课题正进入关键阶段，他只好向母亲求救。但母亲已受够了城里儿媳的气，这辈子再也不想跨进武汉一步。杨跃只好忙里忙外，几天下来人已瘦了一圈儿。此外，原来准备提拔为系领导的事也泡汤了。

6 月 23 日。陷入绝境的杨跃一怒之下向武汉市某区人民法院提出了离婚诉讼。他用两天时间写了一份洋洋数万言的诉讼状，条理清楚，逻辑性极强，连办案法官阅后也不由感慨万分：“如果他们两人对待生活像对待学问一样认真怎会走到这一步啊。”

严晓梅猝不及防。但一向好强的她从不会认输，毅然决然同意离婚。

法院有关人员进行了耐心细致的调查和调解，但两人均表示对共同生活前景失去信心，要求离婚。

1996 年 8 月 20 日，杨跃和严晓梅解除婚姻关系。杨跃把所有的家产都留给了严晓梅和女儿。

半年之后，杨跃调离所在学校，去了一家电脑公司，完全放弃了他所学的专业。他对朋友说：“我虽然读过那么多年的书，但连简单的家庭问题都处理不好，真是有愧于博士的称呼。我决定从头干起。”

严晓梅始终没说什么。但她经常要女儿去看望爸爸，去时总带些她亲手烧的菜。

三、怨偶之战顾不得天地良心

——记一对离婚大战中的哀夫怨妻

打了那么多年，闹了那么多年，分了那么多年，聚了那么多年；恩也罢、怨也罢，毕竟相爱相守那么多年。然而，为何在离婚之后，怨恨的妻子竟弄出一张20万“借款”的协议，要这个战败了的丈夫偿还呢？

夫君长叹：天地良心啊！她什么时候借给我这么一大笔钱呢？

1996年12月5日上午，笔者在处理湖北省某市的一起因非法同居引起的债务纠纷案件的过程中，发现诉讼双方在旷日持久的对抗中两败俱伤。作为法官，我将此案披露出来，让读者从中得到某种启示。

成为城里人后的第一次“反叛”

1980年8月，21岁的刘国锐毕业于省农校，分配到湖北某市农业局，作为青年技术人员，他又被暂时派到离市区60公里的南头镇农机站工作，担任技术员。他因此感到深深的失落。但唯一感到欣慰的是，他的父母在市里均有相当职位，他相信他们有能力终究会在市区内给他安排一个合适的工作。

在乡下闲得无聊时，他在一个乡村小商店里发现了一个长得很漂亮的女营业员，这位姑娘叫汪玲，是个高中毕业生，比刘国锐小两岁，是1979年顶职工作的，在农村苦度了18个春秋。汪玲是个心气极高的女孩，她感到凭自己的才学和容貌，不该困在这个偏僻的乡村，而应该去大城市工作。于是两人有了共同语言，感情迅速升温。

半年后，刘国锐通过父亲的关系调回了市局机关，担任行政科副科长；此后，汪玲一封封热烈如火的情书彻底征服了刘国锐，刘国锐也信誓旦旦地表示，千方百计也要让心上人回到身边来。他四处活动，终于把汪玲调到市工业局当打字员。1982 年 5 月，两人结婚，1983 年 2 月，他们生了一个儿子，取名刘林亚。

1984 年 6 月，刘国锐被提拔为局办公室副主任，而汪玲也经过努力转了干，成了正式的国家干部。

起初，汪玲对丈夫有一种报恩的感情，丈夫圆了她的做城市人的梦。但久而久之，她发现丈夫以功臣自居，在家里饭来张口，衣来伸手，便感到了一种不平衡。在她周围的女同学中，像她这类情况为数不少，但唯有她像一个女佣人一样包揽了一切家务。于是，她不再殷勤地为丈夫端茶送水了，儿子也成了她对付丈夫的武器，常常把大哭大闹的儿子塞到丈夫怀中，自己甩手出门……

妻子的变化让刘国锐痛苦和愤恨，他常常愤怒地对同学说："当个叛徒还要动动刑，这个女人摇身一变就成了将军了。"

他们从结婚到生孩子一直住在公婆家里。看到儿媳的反叛，担任市卫生局副处长的婆婆不得不出面干涉了，她语重心长地对汪玲说："千万不要忘本啊，不是我家国锐，你可能现在还在一个小店站柜台，你能有今天，一定要珍惜啊！"汪玲起初是默默地听着，后来听多了，听厌了，便反唇相讥："别老给我上政治课了，如果我不跟着你家儿子，也许会过得更好。"从此婆媳关系紧张起来，婆婆召集丈夫和儿子开会，大家订出了一个协议：凡属汪玲的事情，刘家绝不伸手帮忙，让她知道离开刘家寸步难行。极为荒唐的是，大家全在协议上签了字。婆婆郑重地说，以后大家相互监督，谁也不准犯规。

哀怨的丈夫和得意的妻子

1986 年 3 月春节刚过，刘国锐突然发现妻子变得温柔体贴起来。母亲立即提醒他：这又是"阶级斗争"新动向，她一定是有

求于你。果不其然，一天晚上，汪玲在百般爱抚之后提出把她的姐姐妹妹也给调到市里来。但刘国锐却冷冷一笑："对付你我都够麻烦的了，再把你的姐妹弄到一起，那我就更要遭罪了。"顿时，汪玲杏目圆睁："告诉你刘国锐。你不要不识抬举，仗着在这个鬼城市有点根基就不知道自己是谁，我汪玲就是不靠你也同样能办成事，那时候你别后悔！"

此后，在一次应酬中，汪玲认识了市财政局一位年轻的副处长，当她得知这位副处长刚过30岁仍是单身时，便适时地给他送去了许多温暖，取得了副处长的好感，很快为汪玲的姐姐汪萍办理了城市户口，并为她在闹市区弄了一间很便宜的门面。1986年10月底，"红人精品服装店"隆重开张了。

1987年春节前，副处长被邀请参加了汪家姐妹为他专设的酒宴，席间，汪玲向副处长敬酒，并把21岁的妹妹汪红推到他面前。请他以后多多帮助照顾这个小妹妹。副处长对漂亮可人的汪红一见倾心，不久便和汪红结为夫妻，并设法把汪红安排到市区一家大型企业财务室工作。

从此，汪家三姐妹在这座城市生根落脚。

有一种成功感的汪玲更感到丈夫刘国锐的无能和可恶，她常常把姐妹们邀到家里玩，用她的话说是："用我们爽朗的笑声让他去发抖吧！"

正在这个时候，刘国锐的父母相继离退休了，显然，原来热闹的家门冷落了许多，他原来准备升迁办公室主任的事情又因工业局换届而搁置下来，刘国锐的情绪一落千丈，时常借酒消愁，发泄不满，特别是看到汪玲姐妹那种放肆的样子，更是怨恨难忍。他在写给一位中专同学的信中谈及了家庭现状，他说："我原本憧憬美好的生活，以为找个漂亮的妻子就可幸福一生。但在现实生活中，并不像我想像的那样，漂亮的脸蛋不能代替美好的心灵，我愿娶个丑陋而心灵美好的贤妻，也不愿守着漂亮而心灵丑恶的妻子。"

1987年4月的一天，汪玲的一位高中同学来看望她，朋友以为这对夫妻和睦美满，便开起了玩笑："如果我再嫁人，一定要嫁

给像刘国锐一样帅气的男人。”这句玩笑话一下子触动了汪玲的神经，她的脸立即沉下来：“啥？这样的男人也算人，整个一个‘天津狗不理’！你要，我就送给你，再另送1000元。”说完突然哭了起来，弄得那位同学尴尬万分。同学刚一走，已压抑了半天的刘国锐突然一跃而起，扑向汪玲，狠狠地卡住她的脖子，几乎发疯般地喊：“你这个忘恩负义的女人，我让你得意，我让你去死！”汪玲奋起反抗，将刘国锐抓得满脸伤痕，两人发生了婚后第一次暴力冲突。

此后，“战争”更加频繁，逐步升级，由肉搏到用上了锅铲、木棍和菜刀，总是双方拼得精疲力竭。这对夫妻与众不同的是，战争总是悄悄地进行，突然爆发瞬间结束，用汪玲的话说就是好像两人都有一种默契，好歹我们都是机关干部，闹出去对谁也没有好处，于是都咬着牙不出声地搏斗。

1987年8月12日，又一次“战斗”之后，精疲力竭的刘国锐说：“算了，打架也打麻木了，咱们还是离了好，我也快30岁，你也27岁了，离了咱们还可以重新开始。”

汪玲欣然同意：“好，不然我们都会耗死在这个鬼家。”

8月底，刘国锐单位分房，已是正科级的他有资格分得三室一厅，如果离婚他会丧失这个机会，于是在汪玲催促离婚时，他却躲躲闪闪，找了许多借口，他的计划是分了房子以后再离婚。但汪玲敏感地发现了他的“阴谋”，威胁道：“要么马上离婚，要么你给我签订一个协议，保证给我赔偿，否则，我会向你的领导汇报。”

刘国锐选择了后者，于是，由汪玲起草的一份奇特的协议书产生了——

赔偿延迟离婚协议书

男方刘国锐违反双方商定离婚的约定，单方面提出延迟离婚，以达到分配住房的目的，女方念及双方共同生活5年的感情，愿意牺牲个人利益，成全男方，将离婚时间移至分得住房之后。

对于女方的崇高牺牲与奉献，男方深表敬意，并为过去的作为忏悔，决定对女方的重大付出给予补偿。一、一次性补偿因延迟离婚而造成的精神和情感损失费2000元；二、女方可无条件使用一室半厅，一切费用均由男方支付。

双方约定，该协议在女方再婚后生效。

签名：刘国锐　汪玲

1987年8月27日

协议书签字不久，一套面积85平方米的三室一厅分了下来，这一对哀怨夫妇各怀心事地搬进了新房。

1988年元旦，他俩协议在民政部门办理了离婚手续，汪玲很高兴地对前夫说："咱们结婚后从没有安安静静吃一餐饭，今天我请你，咱们好好地喝一次酒。"

当晚，醉醺醺的刘国锐回家，推开新房的门时，说了一句很清醒的话："新房住旧人，哪有一点温暖啊！"

周而复始的"战争"与"和平"

离婚不离家的生活开始了，只是两人并不是每天都回到这里，刘国锐经常在他父母那里，而汪玲却常常在她姐姐的时装店过夜，她把儿子托付给姐姐家。

刘国锐一家又忙碌着为他物色对象，一连物色好几个，他都不满意，他拒绝的一个主要理由是，这些女人像汪玲一样，人美心不美。他宁愿找一个长得丑一些的，但相处了几个，感觉并不美好。

汪玲离婚后，出于一种报复，坚决拒绝让儿子和刘国锐见面，因此，刘国锐常常在幼儿园外面看一看儿子。他开始拒付抚养费，理由是与儿子见面的权利被剥夺了，这意味着也被剥夺了做父亲的权利。为了100元的抚养费，两人又燃战火，这次彼此不再顾及面子了，除在对方单位大闹一通外，汪玲起诉到法院，要求刘国锐履行义务，她理直气壮地说："作为母亲，不让父亲的坏习惯传染给儿子，这对儿子成长是很重要的。"而刘国锐却在法庭上大声地

喊：还我做父亲的权利！结果法院判决刘国锐必须履行义务，按时支付儿子的抚养费。

汪玲在单位的形象一下子败坏了。在妹夫的帮助下，她调到邻县司法局，儿子也随其一道生活了。这期间，她也谈了几个男友，往往是别人看上她，她却不满意，她中意的别人却瞧不上，高的不成低的不就，连连遭受了几次打击。

儿子的远离，给刘国锐精神上打击不小，他开始一蹶不振了，工作上也常常失误，多次受到领导的批评。他一连谈了几个女朋友，都很不中意。经过一段时间的感情折磨，他开始不断地反省自己，在孤独中开始回想前妻的好处，检讨自己的过失，在一番沉思与思念之后，他终于鼓起了勇气，在1991年4月给汪玲写了一封检讨信，信中说："通过近四年的分离，我认识到，既然我们今生有缘，就应该珍惜，这种缘分不是来生可有的。让我们看在孩子的分上，看在往日的情分上，给我一个改过的机会，我们和好吧！"

信写得很真诚，汪玲也动了恻隐之心。

1991年6月17日，刘国锐又以看孩子为由，找汪玲长谈了一次。1992年2月，两人同居了，同年6月，汪玲又通过妹夫的关系，调回市里一个区检察院工作。

一个月后，刘国锐要求与汪玲到民政部门补办复婚手续，不知汪玲在什么思想的支配下不愿补办结婚证。单位领导对此提出过忠告，认为作为一位政法干部不能知法犯法，而且也应该知道非法同居的危害。但他们始终未走进民政部门的大门。

两人再次走到一起不足一年，旧病复发，争吵不断升级。有时一月打几次架，一打架就是动棍拿刀，互不相让，此时他俩谁也不再顾及什么影响和名声了。汪玲常常借故不回家，1994年7至8月，汪玲以帮别人在外打官司为由，两个多月未回家。刘国锐对此产生了怀疑，疑心汪玲背着他另找新欢，常常借酒消愁，经常邀约哥们通宵打麻将。由于二人都不顾家，儿子处于无人照管的状态，不得已只能常住在大姨家。1994年11月，正当他们打得不可开交时，儿子回来了，他怦然跪下，痛哭着求父母不要再打了。第二

天，他在学校写了一篇题为《我的父亲》的300字作文，作文写道：“我比其他小朋友多一个痛苦，就是我不知道我的爸爸是不是我的爸爸，他在我心中是个什么位置呢？从我记事起，他就是位不称职的父亲，行为没有给我做出好表率，父母的好胜心均用在夫妻吵骂中，我就是在打骂声中成长起来的，所以说别人都有父爱，而我却一点没有感觉到。”刘林亚的愤懑感动了老师，老师把作文复印了两份寄给了刘国锐和汪玲，两人看了泪水横流，当即发誓以后决不再发生战斗，但是，这种许诺没几天，旧病又复发了。

从1992年2月到1995年5月，汪玲与刘国锐同居3年多的时间里，吵闹——分居——同居——再吵闹——再分居，成了这对夫妻的主要内容，以至双方都觉得忍无可忍了，1995年5月12日，他们再次协议“离婚”。

20万元的“借款”从何而来

1995年5月22日，由刘国锐起草了一份“离婚协议书”，内容包括孩子由父亲抚养；家庭的所有家具、电器归女方所有；两人共同出资购买的一套三室一厅公房归男方所有，女方在无房情况下，暂住男方的房中一年等，两人均在协议上签了名。

自签好协议后，两人在三室一厅的房中半年相安无事。1995年12月的一天，刘国锐经他人介绍相识了一个女人，这女人进门后见家中还住着另一个女人，大为不满，刘国锐立即向这女人解释说，这是他的前妻，两人已离婚，因女方无房，离婚不离家，但声称两人已无任何来往，并起身去找那份“离婚协议书”给这女人看，结果满屋子找了半天没有找到，那女人哼了一声，摔门而去。晚上，刘国锐只好要汪玲将她手中的那份原件复印一份给他。第二天，刘国锐高兴地将复印件拿给那刚结识的女人看，以证明已离婚的事实。此后连续几天晚上，在刘国锐的房中不断传出他与那女人的欢愉声，不时干扰着汪玲已平静的生活，汪玲非常气愤，她对同学说即使千刀万剐刘国锐也不解恨；她感到刘国锐是存心报复她，

故意嬉闹做爱，是故意表演给她看的，她越想越恨刘国锐，发誓要使刘国锐身败名裂，人财两空。

1996年初的一个晚上，天气晴朗，刘国锐脱下衣服在卫生间洗澡，衣服放在客厅中，不知什么时候汪玲回家了，待刘国锐洗完澡发现其口袋中一张20万元的收据不见了，立即断定是汪玲拿走了，汪玲没有否认，她斥责道："刘国锐，你不仅在感情上欺骗了我，而且从金钱上蒙骗了我，你做生意的这20万元应有我的一半，这笔钱应属婚前夫妻的共同财产。"但刘国锐否认自己有20万元钱在做生意，并愤愤地说，即使我有20万元钱也没有你的份！这句话激怒了汪玲，一连几天，她吃不下饭睡不着觉，为如何得到这笔款绞尽了脑汁。突然，一个念头涌上心来：他的那份"离婚协议书"的原件不是丢了吗？经过深思熟虑，一套计划如期出台了。她急忙地找到其姐汪萍……

1996年5月9日，市法院接到汪玲写的一份起诉状，要求刘国锐归还其20万元的借款。汪玲还向法院递交了"离婚协议书"的原件，以协议书为根据，举证刘国锐在做生意中曾经向她借了20万元。

法院对此案进行了审理。双方在辩诉举证中，刘国锐拿不出离婚协议的原件，他只是承认汪玲交的原件中，即小孩抚养、房屋归属、财产分割这三条是双方协议的，而第四条中关于他向汪玲借款20万元纯属捏造，并提请法庭注意，第四条的墨迹与前面条款有异。对此汪玲没有否定，但咬定这一条是经双方再次于1995年底协商后共同增加的，并强调称刘国锐手中也有份原件，反复要求刘国锐拿出协议书的原件。

刘国锐申辩道，自己因那份原件丢失了，而手中只有一份经汪玲亲手复印的未加第四条的复印件。刘国锐说："1994年底，我们的关系已十分紧张，她不可能借钱给我，且我从未做生意，也不存在借款做生意的事情。至于那张20万元的收据只是一个朋友为承包一个商场需要担保人，我出于义气写了担保书后，对方才给了我一张20万元的收据，且这张收据根本不是交的现金，法庭可以调

查。同时，举证说汪玲向其姐姐借款20万元，纯属伪造，她姐姐的服装店被火烧了两次，曾四处逃债，怎么会有这样一笔巨款借给她后再给我做生意?”

经过法庭调查，刘国锐跟他人担保出具的20万元的担保收据属实。但在调查中又发现刘国锐的确借款5万元给其妹做生意，对于一个月只有800元收入的干部来说，这笔款的来源刘国锐讲不清楚；对20万元借款无法举证推翻离婚协议中原始的书证，故二审法院于1996年9月13日作出如下判决：

一、解除汪玲与刘国锐非法同居关系；

二、婚生子刘林亚由汪玲抚养，刘国锐每月付给抚养费200元，抚养费到刘林亚独立生活为止；

三、由刘国锐归还汪玲的借款20万元；

四、双方共同出资所购买公房（三室一厅）一套，70%的产权归汪玲所有（另30%房屋产权系刘国锐单位所有)，而刘国锐应享受的房屋份额冲抵其20万元的借款利息。

这份判决，将刘国锐击懵了。

20万元，对他是个天文数字，他在法院大叫：“我不仅没向她借钱，且哪来这么多钱还她呢？二审甚至将我在单位购买的公房产权也判给她，判决太不公平了！且我俩原已协商，购买的公房产权也属于我，为何二审判于她？你们的判决只相信她提出的理由，从未审查我提出的理由，我不服。汪玲你太狠心了，不说夫妻一场，就是萍水相逢，你凭天地良心讲一句，你哪有这么多钱借我，我借钱又干什么？你说呀!”

这场官司未了结，刘国锐申诉后，经上级法院提审，案件被发回重审，此案又回到一审。

四、“内耗”之最：这对高知夫妻的讼争如火如荼

婚姻是人生的重要内容，但绝不是全部。在一桩不愉快的婚姻中，两个知识分子毫无意义、没有休止地空耗了他们宝贵的生命年华和聪明才智……

这是发生在武汉的一个真实的故事，一对怨气冲天的夫妻先后走向法院，相互起诉、上访、控告，大有将对方置于死地之势。这对智商颇高的知识分子在婚姻中都出人意外的缺乏理智，不肯宽容，针锋相对，展开了一场诉讼大战；在这场大战中，谁又是胜利者呢？

这是一桩无可奈何的婚姻

1974 年，邵斌毕业于北京航空学院，分配在西安某研究所工作。1981 年他结了婚并很快有一个女儿。邵斌是武汉人，一直不能适应西安的生活，1983 年，他从西安调到了武汉的一所大学工作。1984 年 9 月，邵斌考上了哈尔滨工业大学计算机系的研究生，毕业后他回到武汉，在武汉地质大学任教。由于他的学术成就颇丰，发表了不少专业的论文论著，很快被晋升为副教授。他的家庭生活却不甚美满。因为多年与西安的妻子两地分居，双方的感情都日趋冷漠。1994 年 11 月 21 日，邵斌与妻子和平友好地分手，女儿离开了邵斌，到西安去和母亲一起生活。已经是功成名就的邵斌独身一人了，他感到一种从未有过的孤独，不由自主地萌发了再婚的念头。

1995 年 6 月，邵斌在读一本生活类杂志时，被上面的一则征

婚广告吸引住了：某女，37岁，1.70米，本科，未婚，主治医师，品貌双全。觅在本市机关、党校及事业单位就职，年龄45岁内，品行端正，本科以上学历的未婚或离异身边无子女的男士。

这则不足百字的征婚，邵斌反复看了数遍。他感到自己很适合女方的条件，他斟酌再三，提笔写了一封应征信，他详尽地向对方介绍了自己的一些情况，表达了欲与女方见面的意思。

一周以后，征婚女子嘉丽给邵斌回了信，她同意与他建立恋爱关系。他们开始了中年人那种平和而理性的恋爱。但即使是中年人，也下意识地在恋爱中掩饰着自己的缺点和毛病，而把最美好的一面展示给对方，因此他们相处得十分愉快。

他们相处还不到一个月，由于邵斌独身已久，嘉丽又对爱情渴望万分，他们迫不及待地同居了。

两人有了肌肤之亲以后，彼此不再刻意地掩饰自己，两人在性格上的差异也十分明显地暴露了出来。邵斌沉默寡言，嘉丽则快人快语，两人还常常为了一些琐事发生争吵。起初急于结婚的邵斌犹豫了，他生恐与嘉丽这样个性很强的女人将来无法很好地相处。每当嘉丽提出结婚的要求时，他总是支支吾吾地不肯正面回答。

嘉丽着急了，她是个未婚的大姑娘，与邵斌有过两性关系后当然认定要嫁给他，但邵斌不冷不热的态度让她十分伤心。嘉丽认为邵斌是个玩弄女性感情的骗子，她完全是上了他的当。1995年7月30日，嘉丽服下了安眠药，她感到自己无颜面对亲朋好友了。经过抢救，嘉丽没有死。她的全家人纷纷出动了，他们找到邵斌，劝告他应该对嘉丽负责任。嘉丽拖着病体愤怒地要到法院去告邵斌，一时间闹得满城风雨。

邵斌心里非常不高兴，他感到自己是被挟持着走向婚姻，但他又不能不考虑社会影响，因为他刚刚被提拔为系党总支书记，他不想把事情闹大。于是，邵斌忍着气答应和嘉丽去登记结婚。

嘉丽和家人松了口气，但邵斌却出人意料的提出一个附带条件。他说他自己已经经历过离婚的痛苦，希望嘉丽以一个贞女的形象步入神圣的婚姻殿堂，他要求嘉丽先做处女膜修复手术，而后再

结婚。嘉丽觉得这是无稽之谈，是无理要求，但邵斌在这件事上十分强硬。1995年8月20日，嘉丽无可奈何地去做了处女膜修复手术。9月1日，邵斌和嘉丽领取了结婚证。11月，邵斌在学校分到了一套70平方米的住房。1996年元旦，邵斌和嘉丽举行了婚礼。这个婚姻从一开始就充满了尴尬与不快。

硝烟纷起掩不住渐行渐远的脚步

婚后的平静只维持了短暂的一周。

1996年1月5日中午，家中的电话铃突然响了一下，嘉丽拿起话筒，却没有人说话。起初她不以为然。可到了晚上，电话又响了，接起来无人讲话。嘉丽疑心顿起，她板着脸质问邵斌："这电话是谁打的？为什么不说话？你在外面一定有了第三者！"

邵斌生气地说："你这样不信任我，那结婚还有什么意思？你再这样无理取闹，不如明天就离婚！"

嘉丽一听这话，怒不可遏。她冲着邵斌叫道："你骗了我的人和财，要离婚可没有那么容易的！"

嘉丽感到又伤心又愤怒，她不能容忍丈夫在新婚之际就花心；她决心保卫自己，保卫婚姻，于是嘉丽开始了对邵斌的跟踪。一天，邵斌下班后在楼下与一个女同事讲了两句话，嘉丽听到了，愤怒地跑下楼来，不由分说地大声斥责邵斌，弄得邵斌十分狼狈。

1月28日，邵斌到学校门口的小卖部去买东西，刚付完钱转身要走，就被嘉丽拦住了去路："你刚才向那营业员塞的什么纸条？你背着我约她幽会？"

邵斌不敢应战，落荒而逃。他到底是读过书的人，拉不下脸来在大庭广众之下吵架。回到家，邵斌对嘉丽说："我厌倦了你这种叫骂，大家好合好散吧！"

盛怒之中的嘉丽立即同意签字离婚。邵斌起草了离婚协议书，嘉丽则不肯在协议书上签字，离婚协议书只好作废了。

嘉丽不肯签字离婚，却固执地向周围的人控诉邵斌的"卑鄙

阴谋”。她指责邵斌结婚是为了骗取住房，然后再离婚，目的是想要和一个16岁的临时工结婚。

当时，邵斌正准备报考博士研究生，又担负着繁重的教学任务，他无暇与妻子纠缠，每当嘉丽逼问他时，他就自嘲地说：“是的，我是在和一位18岁的博士生谈恋爱，你满意了吧!”

嘉丽把丈夫的回答当作证据，写了许多控告材料四处散发，弄得校园里议论纷纷。

1996年6月10日，是个周末，下午3时许，邵斌到照相馆洗照片，准备办理教师资格证书。他一回到家，嘉丽就不依不饶地追问道：“我跟踪你好久了，你老实交代，你给哪个情人打电话了?”

一个追问，一个反驳。唇枪舌剑之中两个小时过去了。邵斌只好收拾书本逃到系办公室去复习，直到夜里11点才回家。不料，怒气未消的嘉丽大发雷霆，扯着邵斌论理，邵斌也怒从中来，顺手将一摞书摔到嘉丽身上。夫妻间一场大战。

第二天，嘉丽的妹妹嘉慧带着男友和一帮朋友闯到邵斌家，质问邵斌为什么欺侮嘉丽。一语不合，双方拉扯起来，对方人多势众，邵斌被打成了轻伤。

1996年6月14日，邵斌到医院看病，花去了医药费、交通费等计1100余元。受伤的不仅仅是邵斌的身体，还有他和嘉丽原来就基础薄弱的婚姻。这场家庭恶战发生后，邵斌即与嘉丽分居。7月9日，邵斌正式向武汉市洪山区人民法院起诉离婚。

几度出手，诉讼风云波澜起伏

离婚判决还没有下来。这时夫妻间的战争则硝烟再起。

1996年8月11日，嘉丽与妹妹嘉慧回到家中清理自己的衣物。她见邵斌正在更换房门锁，意识到邵斌是企图把自己“扫地出门”，再次愤怒地与邵斌发生了争执。在激烈的争吵中，邵斌手中的钢钳碰到了嘉丽的鼻子，顿时血流如注，嘉丽住院治疗达60多天。

嘉丽不甘心吃亏，她想到了用法律保护自己，她立即为打官司做准备，去做了法医鉴定：嘉丽鼻骨骨折并移位，鼻位软组织挫伤，脑脊液鼻漏，为轻伤（重型）。嘉丽岂肯善罢甘休，她向洪山区人民法院起诉邵斌恶意伤害他人。这对名义上还是夫妻的人开始对簿公堂了。

8 月 23 日，区法院认为邵斌在民事诉讼中将诉讼参加人打伤，严重妨害了民事诉讼活动，决定对邵斌行政拘留 15 天。邵斌不服，向武汉市中级人民法院申请复议，武汉市中级人民法院驳回了邵斌的申请，维持原裁决。

嘉丽得理不让人，于 8 月 27 日又一次向区法院提起了刑事附带民事诉讼，要求追究邵斌的刑事责任，并赔偿她的经济损失。

法院受理此案后，邵斌向法庭提出嘉丽的伤情鉴定有假，请求重新鉴定。邵斌同时提出，他和嘉丽是夫妻，发生纠纷属正常现象，他希望能在互谅互让的基础上酌情对嘉丽给予赔偿。为了表达自己的诚意，邵斌还于 1996 年 9 月 6 日主动撤回了离婚起诉。

嘉丽却并不打算接受邵斌的这份好意，她觉得邵斌是理亏了。她决定“宜将剩勇追穷寇”。她不放弃对邵斌刑事责任的追究，与此同时，她还分别向法院和有关单位散发了许多材料，指责邵斌在玩弄阴谋，企图逃避法律的制裁。

嘉丽的不依不饶也激怒了邵斌。1996 年 11 月 9 日，邵斌向洪山区人民法院起诉嘉慧及男友。这场原本是夫妻间的战斗波及了亲朋好友。法庭调查后判决嘉慧及其男友对邵斌的身体造成了一定损害，应承担一定的民事责任。邵斌和嘉丽彼此间全没有了宽容，他们开始不顾生活和事业，而一味地纠缠于官司了。

1996 年 11 月 12 日，湖北省高级人民法院对嘉丽的伤情也重新作了司法鉴定，认为原鉴定轻伤（重型）依据不足。12 月 27 日，区法院据此认为邵斌的行为不构成犯罪，并依法驳回嘉丽对邵斌故意伤害罪的指控。

面对裁定结果，嘉丽感到特别委屈。于是，她向武汉市中级人民法院提出了上诉。同时，她拿着一纸刑事裁定书到省人大、省法

院上访。一起由家庭纠纷引发的诉讼案弄得沸沸扬扬。

为了慎重起见，1997 年 2 月 28 日，武汉市中级人民法院再次聘请了公安、检察和省内包括同济、协和、省人民医院及广州军区总医院各方面的 16 位专家，对嘉丽的伤情进行了会诊，最后一致认为：认定脑脊液鼻漏、颅底骨折证据不足，嘉丽的伤为“轻微伤”。

1997 年 3 月 27 日，武汉市中级人民法院二审判决：虽嘉丽的损伤程度为轻微伤，但邵斌应对嘉丽予以经济赔偿。对邵斌不予刑事追诉。

怨偶之战绵延不绝

邵斌在心理上略胜一筹，只要不用承担刑事责任，赔偿多少他是无所谓的，但这场婚姻对于他来说是早已死去了。1997 年 4 月 17 日，邵斌再次提出离婚诉讼。

已经都是遍体鳞伤的夫妻俩在公堂上互不相让，唇枪舌剑。嘉丽控诉邵斌强行与她发生性关系，导致她身心受害。为了证明自己的话，她还向法庭出具了两张医院的证明，证实邵斌对她实施过性暴力。但法庭调查鉴定发现，这两张证明都是伪造的。

邵斌则指责嘉丽无理取闹，四处散布自己有第三者的材料，败坏了他的声誉。

1997 年 11 月 13 日，洪山区人民法院认定这对夫妻感情完全破裂，准予双方离婚。

一对怨偶终告分手，缘已尽，双方都该从这场失败的婚姻中悟出些什么了，该用平和的心态去面对过去了。但嘉丽不解气，她余恨未消，感到不能这样轻易地放过邵斌。她再次以邵斌骗取了她 5 万元财物为由起诉，并要求追究邵斌的刑事责任。并以邵斌有第三者为由，也提出民事诉讼。

嘉丽请了假，开始了不遗余力的诉讼。她不辞劳苦地赶到北京，证实自己的“伤势”。1997 年 11 月至 12 月间，她分别在北

京的同仁、天坛及协和医院进行伤情诊断，她拿着三家医院的病历，于1997年12月24日到北京物证技术鉴定所鉴定，得到了“脑脊液鼻漏，颅底骨折，蝶窦和筛窦骨折”的结论。

嘉丽拿到这一纸结论，底气更足了。她满腹冤屈的到全国人大和最高人民法院上访。全国人大和最高人民法院对此案进行了督办。

案子又回到了湖北省。嘉丽的伤情又成为案件的焦点。结果，嘉丽在北京的鉴定由于没有经过司法机关的委托，不具备法律效力。武汉市洪山区人民法院于1998年1月6日再次审理认定：邵斌不构成犯罪，但须承担赔偿责任。故判决邵斌一次性赔偿嘉丽的医药费、误工费和营养费等经济损失4600元。

案件终结了。但邵斌和嘉丽都不肯就此偃旗息鼓，嘉丽仍坚持要追究邵斌的刑事责任，而邵斌则以赔偿额太高为由提出上诉。武汉市中级人民法院不得不再次受理了这起纠纷案，双方均无意和解，因而无法达成谅解，这让法官们感到十分遗憾。因为这样长久地纠缠下去，双方都会精疲力竭，最后只能是两败俱伤。

邵斌是个优秀的学术人才。在与嘉丽结婚前，他出版了三本学术专著，有两篇论文获奖。但自从与嘉丽展开官司大战以后，他把宝贵的时间和精力耗费在取证、写答辩状和申诉材料上，而把专业研究搁置了起来，这种浪费真是令人扼腕叹息。

嘉丽也是一名优秀的主治医师，但自从卷入官司以后，她长期请假，告状并到处上访，耽误了工作，也弄得自己心力交瘁。一股不平之气积郁于胸，她始终觉得这场婚姻中最吃亏的是她自己，她非得把官司打到底，给自己出一口恶气不可。

1998年5月，邵斌报考了华中理工大学的博士研究生，考试成绩合格，学校初录了他。知道此事后，嘉丽到华中理工大学找到有关领导，反映邵斌因打人正在接受起诉的情况。最后，学校决定不予录取邵斌。这样一来，邵斌和嘉丽之间的积怨简直就不可能化解了。

1998年8月7日，武汉市中级人民法院委托司法部司法鉴定科学技术研究所对嘉丽的鼻伤又进行了鉴定，结论为轻伤。9月25日，法院作出判决：认定邵斌犯故意伤害罪，判处其拘役3个月，缓刑6个月，赔偿额追加到11656元。

1998年11月18日，武汉市中级人民法院作出民事判决：嘉丽上诉邵斌有“第三者”的证据不足，予以驳回，维持洪山区人民法院的离婚判决。

嘉丽似乎是反败为胜了，她终于成功地给邵斌定了“罪”，但她的心理却无法获得平衡。在这场婚姻与连绵不断的官司中，她失去了一个女人最珍贵的东西：温柔、安宁、幸福。嘉丽把这一切都归罪于邵斌，她认定他是因为有了“第三者”，才会对她敬而远之的。她发誓一定要弄个水落石出，挖出邵斌生活中的“第三者”。于是嘉丽继续上访，继续到邵斌所在的单位和一些相关单位散发材料。

输了官司的邵斌更是不肯罢休了。他也决定以牙还牙，展开反击。这个才华横溢的学者把嘉丽在婚前与别人发生纠纷的几次官司翻出来，写成材料，以此诋毁嘉丽，告诉人们嘉丽就是一个“打官司专业户”。

1998年11月，邵斌正式向武昌区人民法院起诉嘉丽侵犯其名誉权，要求追究嘉丽的诬陷诽谤罪，并要求赔偿精神损失和名誉损失5万元。新一轮的诉讼又拉开了序幕。

法院受理了邵斌的起诉后，分别于1998年11月24日，1999年2月14日和3月1日多次开庭，案件仍在继续审理之中。

这场怨偶之间的拉锯战给双方的身心都造成了难以估量的损失，但双方目前都没有任何鸣金收兵的迹象，而他们宝贵的青春和过人的才智完全被他们浪费了。不知这一对聪明过人的知识分子何时才能醒悟：生活中还有许多美好的东西，是那无谓的婚姻纠纷所不可比拟的！

这场诉讼拉锯战硝烟未散，嘶哑的杀声又起，不知何时得了，

这里没有真正的胜利者。

一对曾经恩爱的夫妻，一对颇有才华事业有成的知识分子，本应珍惜这不易得到的幸福和淡泊宁静的生活。可是，他们偏偏说不！偏偏掀开痛苦的一页，星火燎原，以致燃起了足以烧毁婚姻乃至一生的大火。不能否定他们的智商和法律意识，一次次走向法庭向对方宣战，然而，让人心悸的却是那场诉讼已成为一场刹不住车的搏杀，战局莫测！

一场场战役打响了，枪声未远，炮火又起。所有的理性与宽容都化成了仇恨。因为疲于“内战”，那些宝贵的时间和精力都耗尽了，那原本辉煌的事业也黯淡了。即便是有了真正的赢家，其价值又有几何？

其实，这世上有的事情，实在不必过于较真，毕竟是一日夫妻百日恩，好合好散时，何妨糊涂一把呢？

五、一场由情感间谍引发的家庭风暴

放弃辩论，那个被告步步退让

1997 年 9 月，某法院受理了一桩颇为奇特的离婚案。

原告张峰，现年 36 岁，湖北大冶人，某大学制冷专业高材生，毕业后曾在武汉石化系统一家研究所工作。被告李青，系张峰之妻，某外语学校毕业生，在武汉一重点中学任教师，1994 年停薪留职，创办了一家自立服装店。

当法庭调查结束，进入法庭辩论程序时，原告张峰慷慨陈词：“我出生在山里，靠自己的勤奋进了城。在城里能找到一份固定工作，拥有一个漂亮又有文化的妻子，还有一个聪明的儿子，在人们眼中，我该知足了。可是，你们谁又知道，寄人篱下是什么滋味。在朋友眼中，我早没有男人的尊严了。我的一举一动都得看妻子的

脸色。想去朋友家串串门，得请示妻子批准，与异性正常往来，有拈花惹草之嫌。出门要请示，进门要汇报，处处受监视，没有一点人身自由。这种婚姻囚笼，让我发疯。是的，我在物质上是富足了，也算得上是个款爷，但我在精神上却是个奴隶和乞丐，我乞求法院帮我打开笼门，给我自由！……”与这位男士激动的陈述相反，被告李青却冷静得出人意料。在答辩中，她没有任何攻击张峰的言词，只要求张峰看在多年夫妻的情分上，看在儿子的面子上，原谅她的过去，请不要离婚，并针对张峰列举的“罪状”，一一作了检讨。她忏悔的时候声泪俱下，其诚挚赎罪之情感动得法庭上的不少人都为之落泪。她最后说：“我是一个刀子嘴、豆腐心的女人，如果说我对你有什么限制的话，那也是因为我太爱你的缘故，这点你也应理解。”

但李青的忏悔丝毫打动不了张峰那颗铁了的心，最后法院不得不裁决离婚。双方在离婚协议上签字时，李青又再一次恳求张峰认真考虑一下，但张峰没有丝毫犹豫，斩钉截铁地说了一个“不”字，就在协议上签了名。

李青到底做错了什么呢？笔者把她的故事写出来，或许能警示或告诫那些生活富足了的现代家庭，特别是那些被称为老板或款爷的人们。

血书为证，那是个顽强的爱情追求者

张峰出生在农民家庭，排行老三，1978 年以优异成绩，考入武汉某重点大学，1980 年 8 月一个偶然机会结识了他的一位家住武汉市青山区红钢城的亲戚的邻居李青。

李青毕业于武汉外语学校，在一所大企业子弟中学任英语教师。李青在张峰心中留下的第一印象是：这是一个美丽得无可挑剔的姑娘。此后，张峰每星期都往他亲戚家跑，且非常勤快，经常帮亲戚做家务事。他的目的很明确，找机会接近李青，后来他又常常去帮李青的父母做些事情。

在20世纪80年代，电视在我国还未普及，而李青家里有一台黑白电视机，张峰常找机会去李青家看电视。同样在80年代初，大学生受人尊重，李青的父母常常有意无意在李青面前夸张峰："看，别人跟你年龄差不多，却在读大学，有知识懂礼貌，看你一个姑娘，快20岁了，还在撒娇。"

父母的评价自然引起了李青的注意：张峰虽身材不高，不过1.68米，但非常有个性，不仅勤奋、气质佳，且肯动脑筋，反应快，的确是一位优秀的青年。

李青本为独生女，又天生丽质，因此受到许多男孩的青睐，但没有一个让她为之动心。后经人介绍，她结识了武汉大学计算机系的一位大学生，两人有过一段恋情，但很快因为这位大学生的清高、不懂人情事故而遭到李青父母的反对。李青是位孝敬父母的女孩，在与张峰相识后，又在父母的极力撮合下，俩人相爱了。

恋爱中，李青发现张峰因为出生在农民家庭，有一种自卑心理掩盖下的倔强个性。他从不轻易认输，而且得理不饶人，为此，李青几次打算分手，但都被张峰抵制住了。他太爱她了，不能轻易失去她。张峰对天发誓，今后一切言听计从，决不妄自尊大。李青也因为欣赏张峰的才学，便顺势默许了他的许诺。1982年2月，正当张峰爱李青有一种死去活来的感觉时，李青突然宣称，二人因性格不合，不再交往了。一连数天不与张峰见面，搞得张峰丈二和尚摸不着头脑。整整一个星期，李青不是在同事家躲躲闪闪，就是见面时，故意表现出对他人的兴趣，弄得张峰神不守舍。2月14日情人节那天，张峰咬破食指，向李青写了一份血书。

上面有这样一段话：你是我的太阳，失去你，我的生活将会失去温暖；你是我的上帝，没有你，我的生命将没有任何意义。请接受我的一腔痴爱，让我的热血为我的赤诚作证……

当他把这份血书递给李青时，他一下掀掉男人尊严，砰然跪下。看着那殷红的血字，李青眼睛湿润了，一连几个晚上，那血书在她脑海中萦回："你胜过我的生命。只要能与你在一起，我今生做牛当马来报答你。如果你就此了结我俩的爱，我将毁灭我的身

躯，来生再向你求爱。”

字字血，声声泪，深深打动了李青。她决心与张峰相守一辈子。

假戏真做，情感间谍找到真感受

张峰大学毕业后，被分配到十堰二汽。在张峰绝望伤感之际，李青正式表明了态度：“你去二汽报到后我们就完婚，使出混身解数我也要将你调回武汉。”

1983 年 10 月，张峰一报到，李青就开始为张峰的调动奔波了。她不知托过多少人，送过多少礼。可事情没有一点着落。1984 年 5 月 1 日，张峰与李青在武汉举行了婚礼。

婚后不久，李青怀孕了。怀孕期间，李青腆着大肚子 10 多次奔波于武汉与十堰之间。她“晓之以理，动之以情”，她不辞劳苦的精神感动了许多人。1985 年 10 月，张峰终于正式调入了武汉某石化研究所。望着妻子憔悴的面容，张峰感动万分。他对妻子说，你给我了今天，我会还你明天、后天……这样的经历，使他们婚后的家庭，形成了典型的妻主夫从的格局，凡事均由李青定夺。她办事风风火火，把个家治理得平平整整，用儿子的话说：“我们家，妈妈是司令，爸爸是警卫……”夫妻间有时发生争执，也总是以张峰失败告终。他对妻子有种畏惧感，每次都是作自我批评。他习惯了认错。有一次，他又是认错，李青开玩笑说：“你说你错在哪里？”张峰支吾了半天说不出，最后说：“我又错了，连错在哪里都不知道，这是最大的错。”天长日久，张峰以惧怕妻子而出名，常有一些同事在研究所把他当作“妻管严”的典型来告诫那些初涉爱情的年轻人。张峰变得不苟言笑，更不敢与女同事谈笑。1988 年的一天，下班后，领导要张峰与一女同事加班校对一份文件，因此未能按时回家。6 时，李青闯进办公室，一见丈夫与一位女人在一起，她不问青红皂白，对张峰就是一巴掌，结果搞得满城风雨，直到领导出面才平息事端。但从此张峰在同事面前再也抬不起头

来。1990 年，他所在研究所人员结构调整，进行优化组合，张峰决定离开那个受尽屈辱的地方下海经商。

似乎有天生的经商才能，张峰在商海里很快成功了。在不到 3 年的时间里，他就成了大款。他体会到一种从未有过的成就感。

李青为丈夫的成功所诱惑，1994 年 8 月，她也停薪留职，应聘在一家化妆品公司当推销员。很快，她就以出色的工作实绩站稳了脚跟。

由于职业的变动，原来热闹的家庭变得寂静了，夫妻俩常常碰不上面。更让李青不安的是，张峰说话的口气变大了，有些坚持自己的观点了，并开始反驳她了。她敏锐地感到这是一种新动向，是商海中的不正之风侵蚀的结果。尤其是当她在生意场上，看到那些有钱的男人们荒淫无度的生活时，她的心里就充满了恐惧。她对张峰约法三章：不准在公司招聘漂亮小姐当秘书；不准在外面滞留；不准拈花惹草……为了检查落实，她时时突击检查，令她欣慰的是丈夫并没有出格的行为。她常常被同事当作成功的妻子介绍管理丈夫的经验。1994 年 10 月中旬的一天中午，李青通过手机告诉张峰说她与某公司联系了一笔业务，要他晚上在亚洲大酒店招待客户。张峰 5 点与客户取得联系，6 时准时赶到酒店，客人是一位 20 多岁的漂亮小姐，她高雅的气质，给张峰留下了深刻的印象。

其实，这位小姐与张峰的会面是李青特意安排的，她是一位刚毕业的大学生，并没有什么业务，是李青一位要好同学的妹妹，叫邵莉，当时在一宾馆任公关部副经理，她是受李青之托来完成考验张峰的任务的。李青很认真地说："你就是我的情感间谍，去帮我考察一下我丈夫是不是一个花心的男人。"尽管这是一个荒诞的要求，但邵莉觉得富有刺激性，高兴地答应了。在张峰与邵莉谈话的时候，李青就在不远的地方盯着他们，当她看到张峰彬彬有礼，正经拘谨的神态时，自然也就放下了心。

但事与愿违，就是李青这次巧妙的安排，为自己后来婚姻的解体埋下了"定时炸弹"。

张峰自与邵小姐见面后，便再也忘不掉她了。他找各种理由与

邵莉见面，介绍客户在那家宾馆住宿，提供各种生意上的信息，甚至还在她的宾馆租了一套房间作为办公室，这样两个人开始了频繁的幽会。张峰感到与邵莉在一起轻松愉快，没有压力，也没有教诲，更主要的是邵莉是一个善解人意的听众，似乎永远在倾听。从家庭到事业，从理想到成功，张峰像换了一个人，他精神焕发，口若悬河，很有一种超脱感……

邵莉正值芳龄，身边不少追求者，但她没有找到中意的，张峰的到来让她耳目一新。他那种特有的男人气质和成熟使她留连忘返。她有一种说不清道不明的感觉，想与张峰往深处发展，又觉得他是姐姐同事的丈夫，而且又身负一种特殊的使命，她想结束这种不明不白的关系，但张峰的身影总在眼前挥之不去。痛苦之中，她与张峰进行了一场认真的对话，告诉了她作情感间谍的真相。

当张峰得知自己好不容易才找到知音的一种好感觉原来出自妻子设下的陷阱时，感到自己的感情被亵渎了。出于一种逆反心理，他决定报复妻子，假戏真做，于是他开始主动向邵莉献殷勤。事情的发展使张峰自己也无法控制了，他成了一匹脱缰的野马。

1996 年 9 月中旬的一个星期天，李青带着儿子到归元寺去玩。刚走进归元寺，就发现了一对善男信女正在那里敬香叩头，她仔细一看正是自己的丈夫张峰和邵莉，李青目瞪口呆，差点昏倒过去。在失控的情绪下，她丢下孩子，冲到张峰面前语无伦次地吼道："这就是你对我的回报？今天早上我叫你陪我们母子上街买东西，你谎说要与他人谈生意，这难道就是你的生意，你在光天化日下搞婚外恋……"这时的张峰不再像一头羊羔了，他理直气壮地说："是的，我欺骗了你，但我真爱小邵，她也真爱我，现在她已怀有身孕了，我们准备今天拜佛后，回家就向你摊牌，我要和你离婚。"

李青做梦也未想到，自己设下的圈套却套到了自己的脖子上。

1996 年 9 月 20 日，他们走进了法院，有了本文前面的那一幕。

前车之鉴：那个婚姻入侵者筑起了城堡

离婚不久，李青创办了一个服装店，她过着寂寞又平静的生活。张峰不久即与邵莉完婚，生了一个女儿，在武昌梅园小区买了一套住房，并购置了一辆富康小汽车，生意还算红火。

但事情不像张峰想象的那样。再婚后，他的行动更加受到了限制。邵莉很现实，她开诚布公地对丈夫说："我希望你珍惜第二次婚姻，我会比李青更加关怀你，你既然可以成为我的情感俘虏，当然也可以作别的女人的俘虏。这一点有前车之鉴，我作为女人不能不防。"邵莉不仅约法三章，而且为张峰建立了账目，开始控制他的经济命脉了。她比李青更泼辣、更精明，一结婚她就去公正处对婚后的财产进行了公证。为此，张峰也进行过反击，但都一次次败下阵来。站在邵莉身后的还有她的三个兄弟和两个姐姐。那位李青的同学、邵莉的姐姐很严肃地告诉张峰："你必须对我妹妹负责，她一个大姑娘，把后半生都给了你，你要有半点背叛，我们全家都不会饶恕你……"

张峰开始感到自己的选择出了毛病，每当与邵莉发生冲突时，他就强烈地怀念李青，怀念那种写血书的日子。渐渐地一种强烈的负罪感压迫着他，他开始偷偷地往李青的服装店跑，去忏悔、去检讨，比当初李青在法庭上还虔诚。但李青给他的只有一句话："好自为之吧！"

1997 年 8 月 20 日，张峰为了邵莉擅自将一笔 6 万元的款项借给二哥做摩托车生意而与她大吵一架，他说："这个公司谁是经理？是你说了算，还是我说了算？"邵莉却理直气壮："公司是我们的共同财产，我也有支配资金的权力……"盛怒之下的张峰再也控制不住自己，他对邵莉拳打脚踢一番后才息怒。但很快，他就被邵莉电话呼来的几个兄弟拳脚相加，打得鼻青脸肿。邵莉则回了娘家。

张峰的心境越来越差，公司的生意也无心去做。9 月 14 日他公司的一位副经理又抽出了入股资金，带走了一批业务骨干，这使张峰元气大伤，神志也变得恍惚起来。1997 年 10 月 3 日，他终于出了车祸，摔成骨折。在验血时，又发现患了乙肝。他独自躺在医院里，整日给妻子打电话，但邵莉得知丈夫患了传染病后，连 BP 机也不回。

正是张峰四面楚歌的时候，他的前妻李青带着儿子来到医院，开始默默地照顾他生活起居。

在笔者去看望这位患者时，他表达了一种尴尬的意愿：他准备不惜一切代价去离婚，却吞下因婚外恋种下的苦果。他说：一切美好的情感，当你失去它时，才感到真正的可贵。目前他已请了律师，准备向区法院提出诉讼，他还预料到这场由情感间谍引发的家庭风暴，还可能是一场旷日持久的离婚大战……

六、爱的谎言，逼我逃到天涯海角

女主人公吕静，26 岁，大学毕业。当她用生命去尝试爱情时，却被一个骗子无情地愚弄了，最后带着一种空虚迷茫的伤感南下海南，去寻觅灵魂的“安息地”。

孙超，男，湖北某报社招聘人员，一个以“记者”身份出现的情感猎手，当他骗取女大学生爱情时，却难以摆脱家乡那 3. 2 亩责任田和妻子儿女，他处在一种灵魂的挣扎之中……

沉默，失意人情归何处

1970 年，吕静出生在一个山区的农村。她读书刻苦，成绩一直名列前茅。1988 年她以优异成绩考上了西南政法学院。为了庆贺，父母邀请了亲朋好友，杀猪宰羊为她饯行。并在家境十分困难

的情况下，借债5000元将女儿送入了大学。

走进大学的课堂，浓郁的现代气息，使吕静感到新鲜、好奇。而城市对她的诱惑太大了，置身于现代都市生活中，联想贫穷落后的农村，她产生了极不平衡的心理，为何同样在这个世界上，城乡就有这么大的差距？她决心缩小这个差距，彻底地改变自己。从大学第二学年开始，她不断地向家里要钱，一年要1000元至3000元。起初，她编造各种理由：社会实践，支援灾区，购买书籍等。在信中她明确向父母提出："我已走出了山村，这里的生活是另一种形式，我请求你们多给我一些钱，我需要钱，我会在未来加倍偿还。亲爱的爸妈，你们会为有一个高贵的女儿感到骄傲，我又是山村方圆几十里第一个大学生。"她父母为了满足她的需要，省吃俭用，每年卖几头生猪，以保证她有足够的零花钱。1991年7月，她父亲上山挖药材时不慎摔断了一条腿。医生要他拿1000元钱住院治疗，而吕静的父亲嫌钱太多而未住院，只找了一位乡村土医生治疗，结果造成瘸腿。

1992年吕静大学毕业，根据她所学的专业，原以为可分配在政法机关工作，然而却被分配在一个区企业办公室工作。这对吕静来说，无疑是个不小的打击。

她懊恼、沮丧，她的同学当上了法官、检察官，而她只能做个小文书，她恨自己的命不好。她在日记中写道："我是一名大学毕业生，被置于自己不懂的部门工作，相反，一些不学无术的纨绔子女，却靠父母之权而选择工作，论知识我并不比谁差，如果我的父母是位局长或者厅长，我今日的下场也不至于此。"

这种对某些不公的愤恨，促使她向感情生活中寻找慰藉，她变得消沉，沉默寡言。

艳遇，粉红色的旅程

1992年春节回家探亲。在归家的汽车上，她无心观赏风光，脑海里还在不断浮现近期不顺心的工作。

“小姐，你到哪里去?”车出武汉市后，一个男中音打断了她的沉思。这是一位近30岁的小伙子，人高马大，仪表堂堂。她先是一怔，不自觉地从脖子根红到脸颊，羞答答地回答道：“回家过春节。”“咱们同道，我也在武汉工作。”小伙子乘机介绍自己：“孙超。”说着，从口袋中掏出一个本本：“我在湖北××报社工作，记者。我们家同住一个地区，还是老乡呢!”

吕静并未认真看那本本，但听他是记者，敬慕之心油然而生，在“记者”面前她除了羡慕外，并对他那一表人才也投以了赞誉的眼神，在车上二人交换了座位打开了话闸，从人生前途到社会家庭交谈得很投机。分别前二人留下了姓名、家庭住址。

说实在的，孙超确实在某某报社工作，但只是一个雇佣的核校员。他家在农村，高中毕业后，因爱好文学经常在一些报刊上发表文章而被该报聘为合同工。春节本来有20天假，他回家后，眼前不时映出着吕静的身影：高挑的身段，一副金边眼镜，显得文雅极了。正月初三他迫不及待给吕静写了一封信，相约提前回武汉。吕静收到孙超的来信后，看着那流利的文笔，适当的语言，竟连读了三遍。她酌量着每个字，感到万分陶醉，这唤起了她的初恋。双方都未休完假，便迫不及待地提前回到了武汉。

正月初十两人相见在吕静的住处。出双入对，互相倾吐着爱恋之情，不到一个月，两人便抱着不同的目的同居了，进入了“试婚”阶段。

吕静用自己的积蓄为孙超进行了包装：皮尔·卡丹的西服，火箭牌的皮鞋，连衬衣都换上了300元一件的名牌。为了照顾孙超的生活，她每天起早到市场采购新鲜蔬菜，晚上总是提前下班，做饭洗衣，任劳任怨。一天，孙超下班骑自行车不慎把脚划伤，她见孙超的腿被划了一条口子，心痛得不得了，又是给他包扎，又是帮他服药看医生，关怀备至。用孙超自己的话说，他今生无悔，只因与吕静相处了一段日子。在与吕静相处的日子里，他享受了家庭的温情。一次孙超说去湖南“采访”，时间为半个月，吕静听后竟哭得像泪人似的，为他打点行装，清早起床为他送行。十天后，孙超写

信说，他将提前回武汉，晚上吕静捧着信，像见了人一样，反复看了数遍，高兴得彻夜未眠。早晨一觉醒来，早已过了上班的时间。孙超回来的这天，吕静特意清洗了被子，房子打扫得干干净净，并上街买了些孙超喜欢吃的东西，备了一桌佳肴为孙超洗尘。

然而，吕静并不是孙超的理想伴侣，他与她邂逅相遇，只是被她的风韵所倾倒，只不过是在玩弄女性上耍了一个花招。他采用自己的小聪明，善于观言察色，利用了年轻女性的单纯、幼稚和虚荣心，干些见不得人的勾当。他根本无权采访，只不过是为回家找了个借口。说实在的，他与吕静同居只是为了品味一下偷来的禁果，他在日记中写道："我算是个文化人，我期望在我的传记里有一段粉色的回忆。"

谎言，美丽的面具

吕静一连几天感觉身体不适，厌食作呕，起先以为是感冒引发了胃病，到医院一检查，已怀孕两个月。孙超只好请假陪同吕静到家乡做了人工流产。

这是她第一次带男友回家。吕静的父母知道未来的姑爷是名记者，又仪表堂堂，从其言谈举止看是位才华横溢的后生，也感到十分满意，只是希望他们早日成家。而吕静对她父母说，他们已拿了结婚证，只是单位无房子无法结婚，为了工作暂不要孩子才回家流产，她父母深信无疑。

吕静回单位后，几次要孙超去办理结婚手续，而孙超总是说以事业为重，等干出点成就后再结婚不迟。吕静对此深信无疑，反正生米煮成了熟饭，结婚证只是一种形式，她看重的是爱情。

但吕静已被爱遮住了眼睛，对一切虚假行为反认为是爱情的兴奋剂。1994 年春节前夕，在吕静的强烈要求下，孙超不得不带吕静回家探望"公婆"。腊月二十六日，他们乘车到了孙超居住的所在县，住在一家旅社，孙超声称去邮电局给单位打个电话告诉领导自己已顺利回家。过了半个小时，他快快不语地回来，在吕静的追

问下，他说领导要他明天一早就返回单位有一个重要采访任务非他莫属。带着歉意，他深深地吻她一下说："亲爱的，感谢你，我一定向我父母转告你的一片盛情。"无奈之下吕静买了张车票一人回去了。1994年正月初三，孙超又赶到吕静家给她的父母拜年，并一再声称这几天采访收获极大，写的报道文章得到了总编辑的好评，即将在《人民日报》的头版发表。他绘声绘色地吹嘘使吕静听得如醉如痴。她深信自己找到了如意郎君。

1994年4月16日，孙超接到其父去世的电报，噩耗把他弄懵了。吕静安慰他并主动请假陪同他回家料理后事。二人一同乘汽车再次来到了县城，刚下车孙超声称先到他父亲生前的一个好友家去看看，而要吕静在车站等他。吕静人生地不熟，在车站等了近一个小时，孙超返回来告诉她：父亲的好友说，按当地风俗未过门的媳妇不能参加公公的丧事。她又一次无奈地回家了，只好将身上仅有的500元钱掏给了孙超，要他向他母亲表示问候，回到武汉后她已身无分文了。

实际上，孙超已结婚三年，有一个女儿，每次名曰出去采访，实为在农忙两个季节回家帮妻子收割种地。他有3.2亩责任田，与吕静同居后，几次"采访"，都是帮助妻子收割稻谷，他一遍遍地对妻子说，"辛苦你了，你既要照顾老人又要抚育子女，善良的美德在你身上体现得淋漓尽致"。在妻女熟睡后，他又伏案给吕静写信："爱情是甜蜜的，尤其是相爱的人在一起，活如神仙；它也是一种兴奋剂，催人奋进。我们自相爱后，我享尽人间欢乐，少活十年也心甘情愿。今生今世我将永远爱你……"

出逃，破碎春梦

1994年9月，吕静再次怀孕了，她想留住孩子，但被孙超拒绝了。不得已吕静只好再次做了人工流产。为此，两人就爱情的真实性问题发生了争吵，吕静扬言她并不是离开孙超就无法生存。孙超为此产生了一种危机感。1994年10月初，他谎称出去采访，一

个星期后，他悄悄地潜回居住地。因他怀疑吕静与邻居的租户——一个浙江男子有染，半夜回来为了捉奸。结果扑了个空，但见房里多了一个煤气罐，就询问吕静，为何还多了一个饭碗，吕静说当晚因煤气罐内无气又停电，就将那个浙江人的煤气罐借来做了晚饭。孙超听后大为不满，冲着吕静发火。为此，二人闹翻了，一连数天吕静不归，孙超开始了围追堵截，扬言如果吕静不归便要弄得她声名狼藉。吕静害怕了，只好又回到了孙超身边。但好景不长，1994年12月的一个星期天，吕静在翻阅书籍中，无意发现了一封信，她打开一看，如雷轰顶，当即差点晕倒。信是孙超的妻子写的。吕静这时才如梦初醒，她深感到自己被孙超彻底愚弄了。她欲哭无泪，此时又发现自己怀孕了。

1995年2月，吕静与孙超大吵一顿，只身逃回家乡，住进了乡卫生院。因医院条件差，技术又落后，做人工流产时手术不彻底，回到武汉又住进了医院，再次进行了刮宫，医生告诉她，她已经再也不能怀孕了，否则将有生命危险。在医院中只有眼泪陪伴着她，无一人去探访，她孤独极了。

但孙超仍是紧追不舍，他许诺自己马上与妻子离婚，今生今世再不离开吕静了。为了表示自己的“真心”，他向法院起诉，要求与妻子离婚。在孙超起诉中因妻子已身怀有孕，他们离婚化为泡影。他拿出起诉书向吕静说：“看，我可是一片真心啊！”

吕静伤透了心，含泪吞下了自己酿的苦酒，她不得已变换了租房，而孙超放弃工作跟踪追击，在吕静新的租房继续纠缠，要求吕静再给他一次机会，孙超在希望已灭的情况下，以死相威胁，企图迫使吕静就范。1995年3月5日晚上他站在吕静租的房屋上，明知不会摔死人，就从二楼跳下，脸部被地面擦伤。带着脸伤，孙超躺在地上嚎哭，结果也未感动任何人。在孙超无休止的纠缠下，吕静深感其结局的不可设想，她伤心地说：我的爱情是一杯苦酒，教训太深刻了。吕静在无可奈何的情况下，1996年元月只身逃到海南……

这出谎言搭就的爱情戏，注定会这样降下悲剧的帷幕：曲终人散，落荒而逃。孙超企图用爱情来粉饰自己空虚、贫乏的生活，而备受生活现实的煎熬，他只能躲在谎言的世界里偷欢逞强。而吕静却成了虚荣的俘虏。

粉红色褪去了，留下的只是一段苍白。

七、三上法庭，那场家庭官司风起云涌

一处房产，手掌手心皆骨肉
三起官司，原告被告系亲人

在 1997 年 10 月到 1998 年 7 月不足一年的时间内，武汉市洪山区的一个普通家庭竟连续打了 3 场官司，这 3 场官司的原告和被告全是同胞亲人。

法律无情，裁决公正。但那引发家庭大战的纷飞战火，却将那一缕亲情烧得灰飞烟灭，惨然失血了……

清贫之家手足情深

1956 年，本文女主人公李×珍出生在武汉市一个普通工人家庭里，她上有一个哥哥和一个姐姐。作为最小的女儿，李×珍也是最乖巧、最懂事的。平常百姓家，居家过日子，难免与邻里间有些磕磕碰碰；每次发生口角，都是李×珍出面去调解，她懂事、聪明、肯替别人着想，邻里间的不愉快就在她的笑容中烟消云散了，她成为家里的“和平大使”，凡事由她出面周旋。

李×珍与哥哥姐姐从小一同长大，情深意笃，他们一直都是相互爱护，情同手足，这种和睦与快乐使清寒的父母感到了生活中的

乐趣。

哥哥李×华长大成人，娶了嫂子。嫂子经常因为一些家庭琐事与父亲李×杰发生争执，每当这时，小姑子李×珍就会站出来，耐心地做双方的工作，她不偏不倚的公正和态度诚恳的劝解，一次次弥补了家庭的裂痕。

斗转星移，父母都已上了年纪，体弱多病，每次生病也都是李×珍侍奉汤药；就连几家亲戚姑姑和姨妈们也都十分喜爱这个孩子，夸她孝顺懂事。母亲真挚地对亲友们说："将来我可就靠这个小女儿了。"

后来李×珍也结了婚，丈夫彭×启是湖北省轻工业学校的职工，他们生了一个儿子，生活十分美满。李×珍在武汉灯泡厂工作，以前还有一份固定工资，后来，厂里的效益越来越差，李×珍终于下了岗，一家人的生活开始艰难起来。

李×珍和丈夫彭×启为了支撑日趋艰难的生活，决定筹借一笔款项做点小生意，恰好，她的哥哥李×华有一间空房闲置不用。

李×珍决定向哥哥借用这间房。丈夫对她说，现在什么都讲钱，找哥哥借，妥不妥当。李×珍说："都是自家人，咱们付他租金，如果自家人都讲钱，这个世道就太不像话了。"于是，他们向李×华提起了这件事，经过商量，1996年10月20日，哥哥李×华与妹妹李×珍及妹夫彭×启口头约定：同意将李×华所属坐落在武汉市洪山区珞南街石牌岭的房子租给李×珍开办文具店，每月租金400元。

很快，李×珍的文具店开张了。由于她服务热忱，赢得了许多顾客，生意颇为红火，家庭生活也有了一些改善。她还忘不了时常为哥哥的孩子们买些食品，两家人十分亲密和睦。

房租事件　兄妹反目

一段时间之后，由于随着市场的变化，这个地段处于亚贸商业大楼附近，属于黄金地段。一位生意人看中了李×华的那间小屋，

便提出要以600元的租金租李×华的这间房。李×华动了心，他几次想开口向妹妹提出解除租约，但碍于情面，都欲言又止，他只能伺机行事。1997年7月李×珍的孩子考上了大学，她交学费花了一些钱，同时偏偏又因买住房花去了家中所有的存款4万元，因此，这个月她迟了一个月向哥哥交纳房租。李×华找到了借口，提出要向妹妹收回出租房。李×珍急了，责问哥哥为什么不念兄妹之情，出尔反尔。而李×华则直言相告："有人愿出更多的钱租房，且这次你又违约在先，我们都按规矩办吧。"兄妹两人争执起来，弄得个不欢而散。

1997年10月5日上午9时，李×珍的婆母到文具商店准备开门营业时，李×华走上前阻止说，这间房子我不出租了，你们的生意也不用做了！中午12时，彭×启闻此消息，恰恰他又喝了几两酒，凭着酒力，他赶到李×华家，他一边走一边喊，敲了几下大门，见里面没动静，便捡起砖头砸起门来。李×华开了门，两人话不投机，争执起来。彭×启便朝李×华的头部、面部打了两拳。顿时，李×华的鼻子出血不止，被闻讯赶来的邻居强行拉开了。

李×华立即拨"110"报警，公安人员赶往现场进行了调解。但双方争执不下，气氛十分紧张。当天李×华到广州军区武汉总医院进行了治疗，诊断为脑外伤，医生建议全休一个月。李×华又找到法医，经鉴定为轻微伤。1997年10月28日，武汉市公安局洪山分局依据治安管理处罚规定，决定对彭×启拘留15天，自拘留之日算起。彭×启不服裁定，认为双方系亲戚关系，因房租处理不当而引起纠纷，且情节轻微，他向武汉市公安局提出了复议申请。1997年11月14日武汉市公安局回复，维持洪山公安分局的裁定。这一场纠纷以李×华的胜诉告终。但李×珍和李×华的兄妹之情也从此有了令人心痛的裂痕。

李×华怨气未消，他感到自己实在冤屈，不仅没有赚到钱，反而挨了打，他不能让事情这样了结。1997年10月21日，就在彭×启被拘留期满后，李×华即向武汉市洪山区人民法院起诉，要求彭×启赔偿医药费、营养费、误工费、交通费、精神损失费等，

并提出，由于彭×启的侵害，致使他开设的两张台球桌、一个卡拉OK室无法经营，造成了2400元损失，要求一并赔偿。

李×珍没有料到哥哥竟会这样绝情寡义，她觉得这场争执怎么说都是家庭内部矛盾，应该协商解决。她苦苦地在亲友们中寻求帮助，希望能够化干戈为玉帛，让哥哥撤回这场官司。但李×华断然拒绝了，他决意要打赢这场官司。

经洪山区人民法院和武汉市中级人民法院审理，这场官司最后有了结果：判决彭×启赔偿李×华的医药费、误工费、交通费等经济损失2154元，同时驳回了李×华的其他诉讼要求。

父爱难却　公堂难言

李×珍输了这场官司，心中酸楚万分，她感到亲情在哥哥的心中已黯然失色了。一向珍惜家庭、珍惜亲情的乖巧女性也赌了一口气。她不服一审判决，向武汉市中级人民法院提出上诉。李×华更是不甘示弱。1998年3月19日，李×华的一纸诉状再次递送到洪山区人民法院，他以妹妹李×珍拖欠租金、辱骂殴打80高龄的老父亲为由，要求妹妹李×珍、妹夫彭×启退还所租的房屋，交齐所欠9个月的房租3600元，并承担全部诉讼费用。李×珍夫妇再一次被推上了被告席。

这一次李×华抬出了老父亲李×杰，提出了一个新的请求。他说，房子本属父母赠送给我们子女的，我们兄妹口头约定，我将父母赠给我的这间门面房租给妹妹李×珍做生意，月租金400元，租金归父亲李×杰收取，供其养老用，这也算我当儿子的仁至义尽了。然而，妹妹李×珍不仅9个月不交房租，就在老父亲出面催要租金时，李×珍夫妻居然出言不逊，辱骂并殴打80岁的老人啊！这是天理不容大逆不道！我是个孝子，自己挨打也就算了，但我实在无法容忍妹妹、妹夫的不孝忤逆，我要伸张正义，坚决要求收回出租的房子，并催要所欠房租。

这份诉状，凝聚了满腔愤恨，简直是一份控诉书。李×珍夫妇

在接到诉状后，如遭五雷轰顶，她简直不敢相信这是她手足至亲的亲哥哥写的。李×珍与丈夫抱头痛哭，她决定不再忍耐，不再一味地做一个乖乖女，她要向法官、也向世人澄清真相。

1998年3月31日，在法庭答辩上，李×珍声泪俱下，痛说苦衷：1997年7月，因为儿子要上大学和单位集资买房，李×珍花光了所有的积蓄，一时资金困难，没有按时间向哥哥交房租。1997年8月6日李×珍前去交7月份的房租，父亲李×杰又拒绝接受房租。其时，父亲已了解了李×华想要转租的意思，他从心里是疼爱小女儿的，但从他的习惯意识上老是觉得嫁出去的女儿泼出去的水，要帮肯定是帮儿子。于是他故意拒收女儿的租金，而这以后，李×珍根本没有开张营业，也就谈不上交纳租金，实际上李×珍拖欠的房租只有两个月的，但矛盾却激化了，导致9月李×华逼迫妹妹退房，引起纠纷。事实上，老父亲在这场纠纷中起了推波助澜的作用。

说到动情处，李×珍热泪横流："作为女儿，我问心无愧，我也相信是非自有公论。我只是感到悲哀，现在金钱主宰一切了，什么父女情，什么手足情，统统一文不值了。"

李×珍伤心地表示，她从心底里不愿上法庭，丈夫伤了人，她可以认错，她也可以不租哥哥的那间房，但她看到亲人们为了区区几百元反目成仇，甚是心寒。

李×珍又向法庭陈述，1987年4月，父亲李×杰、母亲黄×英主持为儿女们分家产，李×珍分得了坐落于武汉市洪山区路南街石牌的一间28.84平方米的房屋，同样门牌的另一部分则分给了哥哥和姐姐。由于哥嫂一直对妹妹参与分房十分不满，最后姐姐主动放弃了分给她的一部分，由哥哥出钱给予补偿。但李×珍坚持留下自己的一部分，她认为作为女儿同样有平等继承权。5月8日，李×珍办理了房屋所有权证。但一直没有行使使用权，她把房子借给母亲让其出租，收取租金作为赡养母亲的费用；1996年1月母亲病故后，她又把房子让给了父亲任其出租收费。

"这都是女儿的孝心哪！"李×珍说着又忍不住哭了："我也有

孩子，他已上大学，他总不愿他的长辈们为了区区小钱打上法庭，今天的结局他该怎么想？这个社会，是不是人的良心全被金钱吞噬了呢？”

李×珍讲得是那样动情。法官们也一时被这桩家庭纠纷迷惑了，他们立即找李×杰了解实情。这位八旬老人感到有苦难言，认为自己也难做人，两头受气，自从把石牌岭的房子分给女儿后，儿子和儿媳时常借故找他扯皮，认为他胳膊往外拐，为此还常遭儿媳的辱骂。而向女儿索要房租，那张老脸又时时放不下来。他说，1992 年我给女儿分的是一间平房，儿子分的是楼房，现在这间平房给我在出租，我也知道女儿的孝心，我也不愿意一家人闹成这样啊！

在调查中，法官感到在这场官司中存在一种封建意识的阴影，人们普遍认为，出嫁的女儿泼掉的水，女儿既然是别人家的人，就不应分家产。李×杰老汉分家后的确受到了不少的压力，亲戚抱怨过他，儿媳与他扯皮，儿子也与他闹纠纷，在一定意义上，打这官司他也是迫于无奈，儿子女儿，手心手背都是肉，伤了哪一处都会心痛的呀！

洪山区人民法院经审理，于 1998 年 7 月 16 日下达了判决书，主要内容是：

一、李×华与李×珍、彭×启所达成的房屋租赁口头协议终止履行；

二、李×珍、彭×启归还李×华出租的房屋，偿还李×华租金 800 元；

三、驳回李×华的其他诉讼请求。

风波再起情义不再

一波未平，一波又起。李×华起诉李×珍的诉讼中，父亲李×杰也多次声称要收回已馈赠给李×珍的房屋。李×杰虽是迫于无奈，但态度上却表现得异常坚决：女儿本不该分家产。李×珍被这

变了味的亲情激怒了，她决定不再固守乖巧，她要争取自己的权利。1998年4月7日，李×珍一张诉状，将老父亲李×杰推上了被告席。

李×珍陈述说，1987年当她取得父母分家产分给她的房屋所有权后，她于1992年投入资金对该房进行了加层改造装修。并作出了一个口头协定：将改建的两层楼房的第一层出租，租金由母亲黄×英收取作为养老金，直到母亲去世为止。1996年1月母亲病逝，1996年2月父亲李×杰没有与我商量，继续将房屋出租，收取租金。为此，李×珍向法院提出，认为父亲侵占了其房屋使用权，要求其父解除租约，立即停止其侵权行为，并赔偿经济损失16800元。

作为被告的李×杰答辩称：李×珍的房屋是1987年4月20日在家庭会议上分得的，但当时他提出了一个附加条件，即在自己有生之年，以收取租金养老，故这是一种合法行为，他声称基于目前女儿的这种态度，他要收回房子。对此，李×珍进行了反驳，她取得房子所有权后，是许诺让其母收取租金，因为母亲没有工作，没有退休金，而父亲有独立生活来源。当母亲去世后，父亲不该继续将她的房子出租，收取租金。法院根据事实走访了许多证人，查明了事实真相。

李×杰、黄×英夫妇很早就怕在身后子女为争夺家产发生纠纷，于1987年4月20日，将属于自己的3间平房进行了分配。为了确保兄妹3人今后不至于产生纠纷，李×杰夫妇让子女们各立了具保书，其大致内容是：子女绝对尊重两位老人之命，保证今后对该房屋问题决不发生争执，不闹纠纷，并特立此字为据等等。

在签了具保书后，3个子女于同年5月28日在武汉市洪山区房地产管理局办理了房产证。1992年，李×珍对该房进行加层改造；从1993年5月，李×珍将该房交由母亲黄×英出租，收取租金；1996年1月黄×英去世后，租金由李×杰收取。

通过对此案的查实，洪山区人民法院于1998年7月18日下达了判决书，认为位于石牌岭的平房应属李×珍所有。但李×珍自愿

将所分得的房屋交给没有经济收入的母亲黄×英出租，以补贴生活，合理合法。李×珍在黄×英去世后明知李×杰收取了租金，李×珍未主张租金权利，李×杰收取的租金可视为黄×英的继续，李×珍要求李×杰偿还租金，法院不予支持。李×杰提出分给李×珍房产所附条件是其夫妇去世后才能由李×珍占有，对此尚无充分证据证实。据此抗辩李×珍不能行使房屋所有权，法院不予支持。李×珍要求李×杰归还房屋，理由充分，法院予以支持。李×杰应将本案争议的房屋返还给李×珍……

法院的民事判决书下达以后，胜诉了的李×珍反倒潸然泪下。这几场官司打得她心力交瘁，遍体鳞伤，而她心中更是充满了苦辣酸甜的百般滋味。与她对簿公堂的，是她在这个世界上的至爱亲人啊！法律还给她一个公正的判决，但却无法修复那已经破碎的亲情。而最让她心中不忍的是，年逾八旬的龙钟老父也被自己无奈地推上了公堂。今后，她该如何面对老父，将如何面对亲兄，又将如何面对九泉之下殷殷牵挂着他们的老母？

读罢此文，又喜又忧。喜的是公民法律意识如此强烈，为维护自身利益，诉诸法律，解决问题的直接方式是法庭上见！喜悦之下，不能不说忧心忡忡，亲人之间，难道又一定要在法庭上短兵相接，刺刀见红吗？此文的主人公们几上法庭，最后亲情被剥离得血迹斑斑，最终的结局，可否引起我们的兴叹和称赞？可否让我们评价这是一种法律意识的觉醒呢？原来有许多事情，包括可以用法律来解决的纠纷，还可以用另一种方式加以调和和处理，尤其在亲人之间，血浓于水，亲情应该是最好的调和剂了。遗憾的是，本文主人公原本温馨的亲情被世俗的观念和金钱利益剥落得苍白失血了；官司之后，他们又怎么对待亲情与人生呢？

人类的行为可以用道德和法律来约束，同时也可以用亲情与爱心来温暖自己，来化解矛盾。法律可以裁判是非，但不能构造人生和亲情，在这场家庭大战中，我们需要思考的是，当我们赢得了利益的同时又将在何处安放那颗需要慰藉和关爱的心呢？

八、一位特级女教师对家庭暴力的控诉

这是一起由女方起诉、其女儿坚决支持的离婚诉讼案。女方是武汉市一所重点中学的特级教师，她几乎是声声泪字字血控诉了她作为一个家庭暴力受害人的悲惨人生。她说，我后悔当初为什么害怕戴上女“陈世美”的帽子而背了十几年枷锁，我的身心伤痕累累。今天，我要寻求女人的解放和自由，恳求法官判决我离婚吧……

大龄时盼来的婚姻并不甜美

我是武汉市人，1949 年 6 月出生，父亲曾是武汉大学法律系教授，民革湖北委员会委员，1957 年他被错划为右派，下放到沙洋农场劳动，随即厄运连连降临。他因不懂农活，一次为棉花打枝时，将公、母枝芽留“反”了，又被打成现行反革命，开除公职，转入潜江劳改，直到 1962 年才回到武汉。此时他又无事可做，全家 5 口人生活全靠我母亲一个月几十元的工资。在接踵而来的“四清”运动、“文化大革命”中，母亲也受到株连，不堪忍受压力，于 1966 年 8 月 10 日自缢身亡。1970 年作为现行反革命的父亲，被街道下放到监利县农村，两年后，因脑溢血病亡。1968 年 12 月，只有 19 岁的我，作为第一批知识青年下放到监利县新沟区新场公社青龙大队。

少年时，我的理想是上大学，做一个像父亲那样有学问的人。因而，每天晚上，我都是在一盏昏黄的灯泡下苦读各种文化书籍。

1973 年，华中师范学院来监利招生，招生人员看了我用英语写的一篇短文，很是欣赏，但了解到我的家世后，他们抱歉地对我

说：“姑娘，你的家庭已不允许你上学了，还是安心在农村干吧，你要等待时机。”但机遇一次次从我眼前掠过，机遇似乎不钟情于我，与我同下放的6位同学，全部被招工回到了武汉。我痛苦过、彷徨过，但我从未动摇上大学的信念。

我在农村生活了6年。在这6年，我努力工作，多干活，赢得了乡亲们的信任。1974年，我作为可以改造教育好的子女的典型被推荐上了监利县师范学校，两年后被分配到监利县白螺中学。每个月拿24元的工资。我一个人教语文、数学、英语三门课，每周36节，工作繁重，但我毫无怨言。我知道，毕竟我是一位老师了，这个职业，比我整天泡在泥水里，简直像在天堂，我很知足。

岁月还一点点淹没了我的情感。我的少女生涯也变得苍白，这几年，我曾有过几次恋情。在我25岁的那年，与一位家境不错的小伙子相识相恋，但很快他那当干部的父母出面制止了一场快成为婚姻的爱情。那个时代，对政治的选择远远大于婚姻。我至今记得那小伙子分别时说的一段话：“你漂亮、正直、有知识，在我一生中永远占有位置。即使我们今生无缘，但愿来生相聚，我真心爱你，但又不能抗拒父母的压力，我的一生全仗父母的支撑，如果仅为了‘爱情’背弃了家庭，我将痛苦一辈子。”

情感上的挫折似乎改变了我的性格。我感到了一种自卑与压抑，变得寡言少语。我渐渐放弃了回武汉的念头，准备扎根农村一辈子。

这时，我的身边已没有一个亲人，两个妹妹也去了江西五七农场随叔叔一道生活，我固然很想念她们，但经济上已无力承担我与她们团聚的费用。1977年春节，我应母亲的一位挚友的一再邀请回武汉她家过年。这年的正月初四，我们高中的几位同学相聚时，我得知高中同学李凯也已30岁了，因调动工作等原因，一直也未结婚，在一些同学们的撮合下我们取得了联系。

我们二人只是高中同学，但毕业后十多年未见面，他的遭遇比我好多了。因为出身好，他虽然1969年下乡在监利，但第二年就被招工到了孝感地区汽车修理厂。1975年又从孝感调回武汉，在

一家造船厂工作。他不知什么原因，在婚姻上也受到了几次挫折，直到 30 岁也未成家。

我们彼此间有一种同情，更有一种相互慰藉的渴望，短暂的见面之后就是通信。那时，他一封封炽热的信，融化了我孤苦凄凉的心。我几乎没有再去了解他，也对未来没有做什么考虑便答应了他的求婚。1977 年 6 月，他从武汉赶到监利，在白螺中学与我举行了婚礼。

我紧紧地依偎在他的怀中，感到我的生命之船有了一个港湾。

失望中我找到了一条读书的道路

我们结婚不久，我发现李凯大男人气太足了，以致让人有些不堪忍受。记得我们婚后一道去云南昆明看望我的舅舅，一路上，他处处摆出一副大男人的派头，一切全是我张罗，稍有怠慢，他就一脸的不高兴。一次火车中途停站时，我又下火车去买吃的，上车时因扶一位老人稍慢了一点，他就当众羞辱我是“白痴”。我委屈得泪水直流，但又害怕坏了兴致，于是，强作笑容道：“急什么，你还怕我掉了车不是。”谁知他一听脾气更大，啪地一下把茶杯摔在地下。

从昆明回来后，他开始喋喋不休，说自己是一个根正苗红的工人阶级，这辈子算倒霉找了一个没有用的老婆，一个臭老九……

蜜月期间，我们便有些不愉快了。为了我们的婚姻，我决定用女人特有的温柔来感化他，来表达一个妻子对丈夫的爱。在武汉，我总是将他带到朋友家串门。我的朋友多数是那种有教养的读书人，我想用朋友和睦的家庭气氛让他领悟到家庭的温馨。我回到监利后，也写信劝他做男人要大度、冷静。我说我能有这样的婚姻的确不易，我一定会加倍珍惜。

但李凯却每次都是一种嘲讽，他说：“我不做那种‘妻管严’的窝囊男人。”

在以后的日子里，怨天尤人，成了他的习惯，他在单位没有一

个知心的朋友，仿佛这世界上只有他自己。我几次在武汉联系工作，邀他一块去找人帮忙，他都拒绝。我说："为人在世，总有一个求人的时候，何况又是为了我们夫妻早点团圆。"

1978 年 6 月底的一天，我到监利县城关去办事，无意中在报刊橱窗中的《光明日报》上看到了一则消息：根据教育部有关文件的规定，凡是"老三届"的学生，因历史的原因，婚否不限，可以报考大学。

这一则消息，无疑给我打了一针强心剂，我无法通过正常调动回到武汉，但我可以凭借我的知识力量走另一条路。我赶回学校，在校长的支持下，我办了报考手续，而这已是报名的最后一天，结果，我如愿以偿，被华中师范学院物理系录取了。

我感到命运并没有亏待我，我的婚姻虽然有几分灰暗，但我毕竟在事业上有了新的起点。在学校，我发愤读书，常常读书到深夜，加上原来的功底，很快，我成为班上学习的尖子。

"当代陈世美"成了我心头上不堪忍受的压力

机遇圆了我上大学的梦，但我的婚姻却未能出现转机。我上了大学，李凯有一种危机感。他的同事们不断地开他的玩笑，有的说他一堆牛粪上插了一朵鲜花；有的警告他别把个如花似玉的老婆丢掉了……他的脸色变得很难看。

从此，他常为些小事同我吵架。我们当时是住的一个集体宿舍，我生怕别人知道我们吵架来看笑话，每次都是压低音量和他讲话。他发现了我的胆怯，总是三句话不对头，就故意大声吵闹，有时甚至打开房门，站在走廊上跟我吵，因此，我总是败下阵来，用沉默来抵制他。

我的忍让，使他得寸进尺，他开始规定我每天回家，不得住校，而且必须晚 6 点前回家。1980 年年底的一天，老师讲课延长了半小时，待我赶到家里，他就大发雷霆，说我一定是与哪个野汉子鬼混去了。我诚恳地对他说："我已是 30 多岁的人了，你不要

轻率地怀疑我，也要尊重我的人格。”话未说完，他就扑上来，啪地甩了我几个耳光，打得我右眼充血，脸也被打青了。第二天，我无法去学校上课，我同宿舍的同学事后知道了此事，告诉了班主任，大家都很气愤，要来与李凯理论。但我却央求大家，他毕竟是我的丈夫，家丑不可外扬。1982 年夏天，我毕业前夕的一天下午，我手里提了一床棉絮，从学校回家，一个男同学碰上我，见我身怀有孕，走路不便，便主动帮我提包上公共汽车。哪知在学校大门口，他一见那位同学，便上前大声斥责那男同学行为不轨，我尴尬万分地去劝阻，那位男同学早已耳闻李凯的作为，便大声斥责李凯缺乏修养。李凯摔下自行车，又要动手打人，这下引起围观者的一片谴责。

严酷的事实，逼得我不得不考虑离婚。一天，我鼓起勇气说：“让我们暂时分居一段时间，调整一下各自的情绪……”话还未讲完，李凯就威胁说：“只要你提出分居，我就让你身败名裂。你能从监利回到武汉工作，全是依仗我这个靠山才实现的。我供你上了大学，没有我的武汉户口你也不会留在武汉……”我申辩道：“我们结婚后，我是带工资上学，我没有沾你一点光。我如果能分配在武汉，是武汉的中学需要师范毕业的学生。你根本不是‘救世主’，也没有什么值得我感恩报德的。”这席话更加激起了李凯的不满，他大声叫道：“你不要以为读了几年大学就想当‘陈世美’。我这个‘秦香莲’也不是好欺负的。”此后他四处对人散布他是一个被当代女“陈世美”抛弃的劳苦功高的男人……一时间，周围的人有的在我背后指指点点，说我大学毕业了，却要甩掉当工人的丈夫。这对我是一个无形的压力，一直压了我许多年。

当时，李凯周围有一些不明真相的人纷纷为他打气：“拖住她，不要让‘陈世美’的阴谋得逞。”“咱们工人也不是让别人说甩掉就甩得掉的。”当时，女人尤其是知识女性提出离婚，是很少得到支持和理解的。就这样，我只好与李凯勉强生活下去。

1982 年 9 月 23 日，我生了一个女儿，女儿的出生未能使我的婚姻有任何转机。1983 年春我大学毕业分配到中学工作，不久我

的小妹妹赶来看我，由于我们仅有一间住房，我想留妹妹住一个晚上，请李凯去他父亲家住一晚上，哪知他不但不同意，反而大骂我想赶走他是想让野男人来。我听不入耳，顶了他几句，这时他像一头发疯的恶狼，抓住我拳打脚踢，甚至连我妹妹也不放过。我们姐妹俩的哭喊声引起了学校老师的公愤，大家义正词严地对他进行了斥责。他只好去了他父亲家，但临走时将衣柜锁上，并拿走了购粮证。好几天我们都无法买米，靠着邻居们的帮助才渡过了难关。我终于忍无可忍，在 1983 年 4 月，第一次向武汉市某区人民法院提出了离婚诉讼。但最后由于孩子太小，双方组织出面做工作，加上李凯的“检讨”、“悔过”，我撤诉原谅了他。但李凯的德性和暴力行为仍无改变，他一不顺心，抓住什么就砸什么，拿着什么就用什么东西打我。我害怕同事们发现我被打的模样，有时为了遮丑，不得不戴上墨镜，尽量回避自己受虐待的事。在我的印象里，家，这个本该温馨无比的地方却演变成了暴力的场所，我既要维护我为人师表的形象，又要时刻提防着李凯动辄对我的虐待和凌辱，岁月就这样在凄凄惨惨之中流逝……

1995 年因我带毕业班，工作相当辛苦，加上家庭矛盾升级，耗费了我很大精力。10 月 5 日晚 9 时，我正在备课，李凯要与我同床，我未同意，他发疯似的又是打又是闹，将我备课本撕了并打伤了我的左眼。为此，我第二次起诉离婚。而当时正值夏日，我累病了。那几天，他细心地照料我，使我享受到一些温暖，在他的“软化’下，我再次撤诉。

就是要当一次女“陈世美”

1995 年年底，因为企业效益不景气，李凯内退了。他平常除了上股票市场转转外，在家中饭来张口，衣来伸手，什么事都不做，一天到晚除了看电视就是睡大觉，稍有不顺心，就拿我出气。1996 年春节，我的一位在深圳工作的高中同学回汉探亲，他邀请同学及家属聚会，我和李凯也到了场。我们这群 20 多年未见面的

同学，见面后分外亲切，其中有个女同学指着我开玩笑说：“当年的校花，长得非常漂亮，我们嫉妒死了，当时不知有多少男生追求……”

谁知这句玩笑话，引起了李凯的不满，他不顾众人挽留，站起来就要强拽着我回家。一到家，他便大吵大闹，说我在高中时就有情人且现在仍然藕断丝连。我急得不知说什么好，当我面对这无端的诽谤而无法证明自己的清白时，他又大打出手，他那粗大的拳头直落在我的脸上，又将我的左眼眶打得充血。

1997 年 4 月初，学校开学不久，我与另一位老师在学校的门口捡了一个 6 岁的小女孩，我见小孩可怜，就将她带回家，给她洗澡，照顾她吃饭。李凯回家后，见小女孩穿的是自己姑娘的衣服，就大骂，说这是我在外跟野男人生的野种，他余意未尽，又跑到校工会找工会主席吵骂。无论别人怎么解释他就是咬定我有外心……

我这些年来，一方面在家里承受了巨大的痛苦，另一方面我又用事业的成功来减少心理上的悲伤。我被评上了特级教师，成为我所在的省重点中学的骨干教师。但我算得什么特级老师，我简直就是一个被“秦香莲”虐待了十几年的“陈世美”。我不知道我所有的成就和名誉对于我还有什么意义。

1997 年 10 月 8 日，我们那一段时间因为吵架已互不理睬对方了，交流凭着一张纸条。这天李凯病了，躺在床上哼哼叽叽，我毕竟是妻子，便动了恻隐之心，下午出去为他买药顺便办了其他一些事，回家已是晚 9 时多。可当我走到离家不远的地方时，李凯突然从一暗处窜出，吓得我几乎昏了过去。他这时却急忙赶回家，把门锁上，我只好叫女儿开门。当门还未完全打开时，我的脸上就挨了几拳，眼睛被打肿。他一边打一边叫：“我让你去外面撒野，打死你这个贱妇。”我手上拿的药全撒在地上。第二天，我不能去学校讲课了。1997 年 10 月 13 日，我在女儿的支持下，第三次向法院起诉离婚。1998 年 2 月 3 日在法庭上，我宣读了诉状，并拿出女儿的声援书，要求法院为我解脱精神上的痛苦。我说，我起诉离婚的这个时期，正值我女儿中考前夕，说实话，我也知道这可能影响

女儿的中考，但她在这样一种充满暴力的家庭，怎能安心学习？我想为了早日结束家庭暴力，免受身心之苦，也早日让女儿有一个安静的学习环境，我只能走出这一步。我乞求法院为我做主，就是这次法院不判决我离婚，再过半年我还会起诉，一直起诉到离婚为止，一直起诉到我生命中止的那一天……

九、婆婆啊，你该如何面对长眠的儿媳

这本是个不该发生的故事，然而谁能想到，生活的饱暖和安逸竟无端的使人多疑的本性张扬起来，于是悲剧就这样不可避免、接二连三地在一个小家出现了……

在离城区只有30多公里的市郊，住着一户祁氏人家，三代同堂，上慈下孝，团结和睦，一块“五好家庭”的匾牌常年挂在门上，十分显眼。邻里都知晓这是一户模范家庭。可是不知何故，祁家的一棵独苗已二十有五，论长相，仪表堂堂，风度翩翩；论才智，高中毕业，聪明能干；论家境，生活富裕，独苗继业。与他同龄的人，大多成家立业，而他至今还是独身。每当熟人侃家常，婆婆总是不失时机，托人说媒，说自己三十有余才得一子，祁家的香火全靠他一人接续。但是，事违人愿，儿子多次相亲，不是高的不成，就是低的不就，相对不结缘。随着儿子的年龄增大，婆婆的心病不断添忧。

世上之事真是无巧不成书。1990年在一次赶集时，不知是什么缘分，婆婆相识了一个姑娘，二人在生意场上谈得很投机。一天，结伴返程时又碰上了雨天，姑娘只好随婆婆到家避雨，一来二往，1991年终于促成了儿子的百年好合。

这姑娘就是后来的儿媳。

儿媳进门，砸破醋罐

邂逅相遇，婆婆促成了儿子的婚事，皆大欢喜。儿媳既漂亮又贤惠，粗细一把手，深得全家人的喜欢。婆婆为自己娶了个好儿媳，高兴得逢人便夸自己前生积了德，今生为儿子娶了个天仙女；公公心想自己一生无女，待她如同亲生女儿。别人说新娶的媳妇三天客，而祁家几年来却一直视儿媳为稀客，不管轻重活计，从不让她先动手，好吃的让儿媳吃，新衣服让儿媳穿，甚至早中晚饭都是婆婆亲自下厨。只要儿媳过得好，祁家就心满意足了。

儿媳在怀孕期间，早晨要婆婆煨汤打蛋，晚上要婆婆买肉加餐补身子，只求儿媳为祁家添续香火。一次儿媳动手帮家里搬煤，公公看见后把儿子骂了一顿。公公不管大事小事都不让儿媳动手，吃饭挟菜，干活帮忙，处处亲善，事事关怀，像一位慈父。可是，日久天长，婆婆心中起疑：是否老伴心术不正，怀有他意？她越想越觉不对劲，认为自己娶的是儿媳，而不是供品，不能太娇惯。而老伴这样宠爱只会娇纵了儿媳，因而，越发引起她的醋意。从1994年开始，她不时寻衅找茬儿，不准老伴单独接触儿媳，甚至不让老伴从儿媳怀中抱走孙子。有一次，老伴进城返家，在门前从儿媳手中抱过孙子，同儿媳一起进屋，婆婆见后，对老伴冷言冷语地说："哟，你出了门，还有人在家望呢?"说得公、媳很是下不来台。有时她抹抹脸上的皱纹，看看头上的白发，比比年轻的儿媳，总自寻烦恼，挑起事端，制造矛盾。

为了证实自己的猜测，婆婆开始了一系列的跟踪活动。1994年儿子外出做生意，只要公公与儿媳同时下地劳动，婆婆总要疑神疑鬼，下田插秧，只要儿媳挽袖卷裤，婆婆就疑是在脱衣服，总躲在旁看个究竟。有一次，婆婆躲在田旁一直守到中午，顶着日晒，忍受蚊咬蚂蚁爬的折磨，又渴又饿，最后还是一无所获，搞得老伴回家无饭吃，孙子托在邻居家哭成泪人。有时老伴晚上出外串门，

她像丢了魂，坐在卧室，守着儿媳熄灯，等待老伴回房。半年下来，愁白了发，累出了病。

一次一次的失败，一次一次的扑空，婆婆并不甘心，决心不管付出多大代价一定要查个水落石出。

乔装老公，“强奸”儿媳

1994 年 8 月 17 日，天气格外晴朗，酷热并未收敛其淫威，空气在灼人的阳光下颤抖着恣纵，土地被太阳烤裂，等待解渴的甘霖。夜半时分，人们被这闷热的空气搅得不能入眠，三五成群地躲在阴影下乘凉，各自侃着东南西北的新鲜事。祁家也像散了席的客人，各奔东西。这天公公又到邻居家打牌去了，儿媳带着孩子已进入梦乡，婆婆关掉电视机，守着空房感到无聊，思前想后，总觉得人生是一杯苦酒。她越想越觉得不是滋味：为何人要老而不能永葆美丽青春，永远年轻？老伴会不会接受新的信息赶时髦？她越联想越觉老伴与儿媳有那个事儿。望望窗外的灯光，看看摇摆的树枝，她想想老伴近日的行为，越发觉得可疑。她躲在厨房门后，注视着儿媳的卧室门，观察儿媳屋内的动静，认为老伴名为去打牌，实想与儿媳私通，决心今晚一定要捉双。可是一直守到凌晨，站了几个小时，眼皮直打架，腰发酸，腿发软，还未出现任何疑点。她伸了伸腰，刚要抬脚，突然窜出一只猫，“咪”的一声把她吓了一大跳。她叹了口气，自觉无趣，准备回房休息。但转念一想，今晚不能白费劲，一定要抓住老伴与儿媳的证据。她决定孤注一掷，要用自己的行为考验儿媳的贞洁。他绞尽脑汁，终于想出一着。她走到卧室里，换上老伴的衣服，学着老伴平日的装束，头上缠着毛巾，口叼一根旱烟袋，到堂屋拉掉电匣刀后，拨门来到儿媳的床前，掀开被单，故意深吸了几口旱烟，借助一闪一闪的烟火，在儿媳的身上从上至下触摸。就在这一瞬间，儿媳惊醒了坐起来，先伸手拉灯未亮，然后用左手直捣来人的脸部。在黑暗中，儿媳借助抽烟的火光，发现来人的装束，断定是自己的“公公”，便求饶道：“爹，

你不能这样，我是你的儿媳，你这样做对不起你儿子，对不起你的孙子，你……你不能这样……”儿媳乞求着。不知是哀求的作用打动了婆婆的心，还是怕事情败露，婆婆便仓皇逃进自己的卧室。她喘着粗气，感觉脸部疼痛，伸手摸了摸被划破的伤口，陷入了沉思。不知是后悔，还是反思，她在床上翻来覆去睡不着，生平第一次失眠了。

屋里异常寂静，只有钟摆嘀嗒嘀嗒地响着。儿媳被辱后，哭肿了眼睛，她恨公公，更怪丈夫只顾赚钱。第二天天刚亮婆婆还未起床，她就对婆婆说有事去找丈夫，怀抱小孩出门了。儿媳刚出门，婆婆也慌忙起床连早饭都未吃就走亲戚去了。

公媳同日入殓，疯婆哭双柩

公公在邻居家与牌友鏖战了一宿，太阳升起来后才回家，心中还在为“结交”了几个“孔方兄”高兴得意，回家后既未发现老伴，也未见到儿媳，虽感到蹊跷，但未十分在意。过了一天，儿媳带着儿子回家了，公公刚起床，儿子上前伸出巴掌就是三嘴巴，并骂：“你这个老不死的东西，敢欺负自己的儿媳。”父亲被打得莫名其妙，但儿子还不解恨，还在大声诅咒。于是两人打了起来，邻居们闻讯而来。劝架人不明事因，有人说，这老人一生忠厚正直，助人为乐，平日连小孩都不得罪，为何被儿子打；有人谴责儿子鲁莽，有人指责儿媳挑拨父子关系；有人交头接耳，说儿媳未过门前，祁家幸福美满，自儿媳过门后，祁家成了事非之地；也有人声讨社会风气不好：“现在一个老子养活十个儿子，十个儿子养不活一个老子。儿媳是婆婆，婆婆变佣人……。”

一片议论声，一片谴责话，总算平息了这场风波。父亲被这突如其来的巴掌打懵了，自己一泡屎、一泡尿地含辛茹苦，把儿子拉扯成人、娶媳立家，却被儿子打嘴巴，他越想越气，越想越不是滋味，转身进房拿了根绳子，悬吊在卧室的一根檩条上……

他走了，带着恨，带着不明的原因，死不瞑目！

公公死后，人们的一片谴责声都集中在儿媳身上。有人当面问罪让她把事情讲清楚……

儿媳面对眼前的事实，受不住压力，心想：自己被辱反被问罪，哪有天理。她伤心得哭了。她看看顽皮的儿子，想想深情的丈夫，泪水像断了线的珍珠，她该怎样回答亲戚的责问，又如何解释前天晚上发生的事情呢？她从来没有受过这么大的委屈，怎么想也想不通，只恨公公做事荒唐，只恨自己今生为女人。她抱过儿子亲了又亲，对丈夫瞧了又瞧，猛地走进空房，拿起一瓶农药喝了个光。

她带着不解之谜死了，死在了医院，带着遗憾走了。

村干部来了，公安人员接到报案后也赶到现场，在调查询问中，一些疑点引起了公安人员的注意。为何婆婆早上出走？邻居证实公公打牌一夜未归而旱烟袋又是怎样到了儿媳的房中……当公安人员找到在外走亲戚的婆婆询问时，发现她脸上有抓痕。面对事实，婆婆才说出了事情的真相。当其得知老伴因涉嫌“强奸”儿媳而自缢，儿媳不堪压力而自尽后，悲痛欲绝。

她痛恨自己草率从事，也无法接受眼前的事实，哭着、哭着竟一头撞在老伴的灵柩上，头上的血直往下淌。“是我害人，是我……”她后悔，后悔不信任几十年同床共枕的结发丈夫，凭着想像制造事端害死了老伴和儿媳。突然，她大声地狂叫了起来：“是我……”然后语无伦次地向田野奔去……

她疯了，再也未回首看双柩。

一个令人羡慕的幸福家庭就这样被无端的悲剧给毁灭了，触目惊心的结局难道不值得人们深思吗？猜疑，在日常生活中并不少见，可它的隐患却几乎不为人所注意，请记住，人与人之间的信任是融洽相处的前提，更是家庭和睦的基础。

十、畸形的情人泥泞道

1994 年 9 月 24 日，李崇海被处决了。

他付出的代价太大了。年仅 46 岁，有一个漂亮的妻子和一个聪明的儿子，有一份舒适的工作。为了满足自己的情欲，他不惜破坏家庭的幸福和美好的前程，婚外又恋着一个年仅 20 岁的姑娘王某。为了达到结婚的目的，竟杀害了自己的结发妻子，最终将自己送上了断头台。

而她——王某，年仅 20 岁，是一个刚出花季的少女，为了一份工作，出卖人格，最终身败名裂，在人生的道路上为自己写下了不光彩的一页。

鱼塘边的头颅

1993 年 11 月 10 日。深冬的早晨，寒冷的北风，吹袭着大地。邹某像往日一样，带着工具，来到做工的鱼塘，驾驶着小舟，操起耙子打捞着鱼塘里的垃圾。在鱼塘的南岸西侧，意外地打捞起一个塑料袋，因忙于劳作，他不在意地将此塑料袋扔在鱼塘岸边。

翌日上午戴某从此路过，出于好奇，用脚踢了一下塑料袋，不料滚动的塑料袋里面露出一颗人头，他当即喊来他人，并向公安机关报了案。

蹊跷的失踪人

1993 年 11 月 11 日中午 2 时许。宜昌市公安局刑警队干警，正

准备利用午饭的时间松弛一下紧张的神经。突然，清脆震耳的电话铃声，又将他们召到了勘验犯罪的现场。

现场位于宜昌市胜利四路八宝塘。

经勘验，除人头外，现场未获取任何有价值的线索，但可断定，鱼塘不是作案的第一现场，那么人头又是从何而来？且人头因毁损无法辨清是男是女，为此，弄清死者的性别已是该案的关键。

为了获得犯罪的证据，公安机关以寻找失踪的人为重点，开展了一系列调查工作。同月 17 日，闻讯赶来一男子向公安机关报案：李志英，女，45 岁，系宜昌市西陵邮政分局营业员，于 1993 年 10 月 7 日失踪。这一信息，无疑给破案提供了有价值的线索，但此案是否与李志英失踪有关，因无确凿证据，不能完全确定。

公安机关为了弄清事实，对现场进行了进一步勘验。18 日，在鱼塘的南岸西侧又打捞出一块盆骨，经鉴定，确系女性盆骨，且李志英家住鱼塘附近。人头、盆骨的腐烂时间均在一个月以上。

结合李志英“失踪”的时间。公安干警坚定了信心。在调查中得知，李志英夫妻关系不好，失踪后的第 4 天，其丈夫李崇海就将女友王某带到庐山游玩，且李志英“出走”时未带任何证件和现金，其同事证实，李志英在失踪的前一天，无任何出走的迹象；相反“失踪”又是其丈夫李崇海一人所言。故认为李崇海具有重大作案嫌疑。

为此，围绕李崇海进行了调查。19 日，公安机关在李崇海宿舍的化粪池内打捞出女性头皮、乳房、外阴及肠系膜等组织。下午，公安机关依法传唤了李崇海。李崇海进行无理的狡辩、抵赖。

为了证据确凿、充分，20 日公安机关用高压水注对李崇海宿舍的便池管道进行了冲洗，冲出三块尸块。20 日至 24 日，公安机关再次在李崇海宿舍的化粪池内打捞出皮肉、心脏、肺及棕色健美裤碎片及白色图案绒衣碎片。经证人证实，李志英失踪前一天所穿的健美裤为棕色，与打捞出来的健美裤碎片颜色相符。在事实面前，李崇海供认了犯罪的事实。

26 日，根据李崇海的交代，公安人员在鱼塘西岸靠宜昌市酒

厂围墙东北角打捞起一人体股骨，所打捞的尸块及骨骼血型与李志英的血型相符。全案的侦破终于画上了句号。

那么，李崇海为何要置妻子死地呢？

舞池中的艳遇

1993年6月的一天晚上9时许。宜昌市商业俱乐部舞厅里人头攒动，华灯闪烁，舞池中一男子搂着一少女伴随着舞曲，悠悠自得，一曲又一曲。男的就是李崇海。女的姓王，刚满20岁，她五官端正，身段苗条匀称，一头披发似瀑布，垂挂在肩上，婀娜多姿的身影把李崇海迷得如醉如痴。

他有他的目的，她有她的所图，两人怀着不同的心思相约在舞场。他和她是在5月的一个晚上，经人介绍相识，因招工王某未被录取，有人托他为王某找一份工作。李崇海许诺可以帮忙，并被王某的美貌所迷住。当即王某被邀泡进了舞池，从此李崇海三天两头去找王某。

为了找一份好工作，王某今晚只好赴约，在舞场她被他那三寸不烂之舌夸得昏昏然，依偎在他的怀中跳着情人舞，并不停地送去佩服的眼神。李崇海虽然皱纹布满额头，头发已渐灰白，但他博学聪颖，沉稳豁达，见识深邃，深深地吸引着她，特别是那潇洒的舞步令她惊叹不已。

他的确不是一般的角色。1961年高中毕业后在云南省东川市公安局工作，1968年入伍，先后在昆明市武警部队，东川市武警部队服役。1980年转业到宜昌市副食品公司工作，1983年调任宜昌商场任副书记，1985年在宜昌市保险公司任人事科副科长，1993年在中国银行宜昌分行任办公室副主任，同时担任该行创办的中银实业开发总公司经理，可谓事业上一帆风顺。

李和王认识以后，很快就勾搭成奸。

李崇海先后三次为王某调换工作。开始在夷陵饭店工作了3个月，王某觉得当服务员太累，李崇海又将她安排学美发，不久干脆

将她调到了他所属的公司任出纳。二人过着俨如夫妻的生活。

苛刻的离婚协议

李崇海的目的达到了，为了讨得与自己儿子年龄相仿的情人的欢心，他不惜重金相送，多次表示要与王某组成新的家庭，并几次要到王某家里去登门拜访“未来的丈人”均被王某拒绝。

她只想利用李崇海为自己谋一份舒适的工作。

这时的李崇海已鬼迷心窍。在家里有意找岔与其妻李志英争吵，为了达到离婚的目的，他答应了李志英提出的一切苛刻条件。1993年8月10日，他们共同起草了一份离婚协议书，规定：家中除男方的衣物和日用品外，一切物品归女方；儿子随母亲生活，其费用一切由男方供给，直到大学毕业；现在所住的房子归女方使用。当李崇海拿到这份苛刻的离婚协议书后，喜上眉梢。

在双方离婚协议书拟好后，李志英又反悔不同意离婚。这期间，实际上二人已分灶分居，俨然不相识的过路人。同年10月6日晚，二人再次发生争吵，李崇海随即用手卡住李志英的脖子，致其当即死亡。李崇海为了毁灭罪证，将李志英的尸体拖入卫生间，持刀肢解尸体。

庐山上的情话

庐山，山清水秀，美极了！她兴奋地发出感慨。在游客中他和她手拉手，亲昵地谈论着庐山的好风光。她今日特别高兴，一路上依偎在他的怀中，娇滴滴地撒着娇，“我爱你”，这句话不知说了多少遍；有时二人又疯疯癫癫地打情骂俏，若不是看见他们一路上这样放肆，一般人还以为他们是父女俩呢。

这对年龄如父女的野“鸳鸯”，就是李崇海和王某。

10月6日晚，李崇海杀害李志英后，第二天就约王某到家中，商定二人出外旅游。不巧，李崇海的妻妹从枝江来，见其姐不在

家，就问李崇海其姐的去向，李崇海当即说："你的姐姐跟一个有钱人跑了。"闻讯赶来的妻弟要李崇海去报案，李崇海说，为了你姐的名誉，不要报案。谎言欺骗了许多人。

10 月 10 日，李崇海即将王某带到了庐山，想以此解脱自己。十多天的旅游，并没有给他带来什么欢乐。他无心观赏风景，有时为了迎合王某，笑比哭更难看。白天，其妻阴魂未散，杀害其妻的情景萦绕着心头，晚上，噩梦不断，搅得他心神不定，夜不能寐。谁知庐山归来，他前脚进屋，妻弟接踵而至。在妻弟的强迫下，10 月 27 日，李崇海才在宜昌市某媒体上登了寻人启事。

罪孽深重法不容

1994 年 3 月 12 日，来自各方面的群众涌向宜昌市中级人民法院。人们关注的这起杀人碎尸案，是日在这里开庭。李崇海在法庭上一反常态，推翻原供，编造谎言，无理狡辩。他声称自己夫妻关系尚好，没有杀人动机。

法庭当即宣读了王某等人的证言。证明李崇海早已与其妻分居。就连他的辩护律师，听了他的狡辩，也当庭拒绝为其辩护。

李崇海的算盘拨错了，合议庭经过审理认为，被告人李崇海仅因家庭矛盾杀害其妻，并肢解尸体，其行为已构成故意杀人罪，手段特别残忍，罪行特别严重。且归案后认罪态度恶劣，依照刑法第 132 条、第 53 条第一款之规定，判处故意杀人犯李崇海死刑，剥夺政治权利终身。李崇海不服提出上诉。湖北省高级人民法院经审理认为，原判事实清楚，证据确凿充分，定罪准确，量刑适当，审判程序合法，驳回李崇海的上诉，维持原判。

法国著名作家英洛亚说：既然"我和她或他缔结了终身，我已选定，今后我的目的不是寻访使我喜欢的人，而是要使我选定的人喜欢。"然而，进入 20 世纪 80 年代末期，由于两性的社会地位的变化。相互的社会交往日趋频繁，个体意识的独立性和家庭职责重新划分所带来的不适应等因素，促成两性组合的婚姻矛盾日渐尖

锐，冲破许多原由两性自由恋爱而富有诗情画意的浪漫性，形成了新的感情纠葛。这种“不相容的意愿”，构成“婚外恋”，有的似洪水猛兽，形成悲剧。李崇海一案就是其中的一例。

十一、继父杀子，九龄童死里逃生

人们常说：“虎毒不食子”，然而这位丧尽天良的继父却将罪恶之手伸向了无辜的孩子，九岁的孩子侥幸逃出了死神的阴影，然而这个由婚外恋造成的恶果并没有结束。

奇迹般复活

“卢洋，现年9岁，身高一米四，身穿……若知其下落者，请告诉……”

己巳年7月19日，宜昌市人民广播电台、电视台同时中断晚间新闻，播出了一条令人揪心的寻人启事。

六天之后的一个下午，大雨滂沱。柳州市东大桥偏僻竹林深处，一个9岁的男孩经雨水的淋浴，惊醒后发现自己被竹枝埋住，左耳和肛门都被戳伤，他艰难地拔掉左耳和肛门内的竹枝，忍着伤痛拼命地向柳州市大街爬行。不知爬了多久，一位老太太发现了他，把他送往医院抢救，医生们望着这位苦命的孩子，无不流下同情的眼泪。经鉴定：脑震荡，上腔静脉压迫综合征；头面部外伤；左外耳道裂伤；肛门会阴裂伤；乙状结肠不完全性裂伤并发腹膜炎。罕见的重伤，他能活下来，的确是个奇迹。这个九岁的孩子就是卢洋！

他为什么会遭到如此灭绝人性的伤害，是谁这么残酷地残害一位无辜的儿童？人们在痛恨之余不禁发出愤怒的责问？这一切到底为什么？

事情还得从1986年谈起。

船上邂逅缠绵悱恻

1986年6月，酷热的暑天已提前将六朝古都南京占据，葛洲坝水力发电厂工程师申友光买好船票后，不急不慢地持着轮船票向码头走去，他不时地远眺着古都南京的风貌。在他前面走着一个30余岁的妇女，提着鼓鼓囊囊的提包，也往船上赶。她那婀娜的身姿，深深将申友光吸引。

上船后，申友光找到了自己的舱室，刚放下行李，发现这位女士站在他的面前等候过道，申抬起头赶快接过这位女士的行李包，问："你也在这个舱室？"

她见他热情大方，风度翩翩，长得又帅，脸上泛起红晕。

"你到哪儿去？"

"宜昌！"申友光回答着。

"那太巧了，我也是去宜昌。"

"去宜昌出差？"申友光又问。

"不，我是去四川探亲，路过宜昌。那你呢？"女士反问着。

"我在葛洲坝水力发电厂工作。"说着申友光从荷包里掏出工作证，递给了她。

她接过工作证，端详了一会，像发现了新大陆，竟叫起来："呀！还是个工程师呢！"

"是这么个称呼！"申友光谦虚地说。女士刚要开口说什么，申友光又问："你在南京工作？"

"不，我在江苏镇江一军工企业工作，我姓刘。"女士自我介绍道，并不时地用手理头发，用毛巾擦去脸上的汗珠，笑着又说，"看来今天我们有缘分，结伴而行，我正愁几天时间怎么过，碰上了你，就不用担心了。"

就这样，申友光与刘某相识了。一路上，进餐厅，出舱室，观风景，两人谈得非常投机，大有相见恨晚之感。船到宜昌港，两人

已如胶似漆，难舍难分……

甚至两人在花前月夜下，海誓山盟，商定各自离婚再续鸳鸯谱。

尽管他们两人自认为“婚外恋”做得神不知鬼不觉，但最终还是被刘某的丈夫发现。他将刘某与申友光的丑行印成传单，跑到葛洲坝水力发电厂散发，并找到申的领导，要求对申进行教育，不要破坏他的家庭。

同事们的议论讥讽，领导的批评教育，刘某前夫的传单，反加快了申友光与刘某重组新家的速度。于是，两人都积极策划并采取行动，很快就实现了双宿双飞的愿望。刘某的9岁儿子卢洋随母来到宜昌，组成了一个新三口之家。

卢洋长得聪明伶俐，活泼可爱，但由于父母的离异在其幼小的心灵投下了深刻的阴影，他怀着一颗创伤而早熟的心随母亲走进这个新家后，过早地领略了人生的艰辛和世事的繁杂。申友光也以一种复杂的心情接纳了他。起初，申友光出于讨刘某的欢心，尽量努力去关心、接近卢洋，买了许多玩具陪同卢洋玩。可是，他发现无论自己怎样努力，卢洋总是阴郁地默默接受，即使偶尔有笑声也带着些忧郁的冷漠。两个月来，卢洋不仅未喊申友光一声“爸爸”，且显得更加阴郁，申友光发觉卢洋的眼睛中含有一种仇视的冷光。

申友光与卢洋间的冷战僵持了两个月，申感到严重不安，有时看见卢洋就联想起将来：这孩子长大后对自己这个继父一定不会善待。想来想去，越发心情不安，卢洋成了他一块心病。

痛苦不能自拔

现实证明：不惜一切追求的东西，并不一定全是正确的。

短暂的新婚蜜月之后，申友光越来越发现生活不像他原来想像的那样美好。刘某原先如火如荼的恋情大大消减了，对儿子的爱远远超出了对他的爱。苦闷、怀旧，使他总感到失去了点什么，缺少了点什么。刘某对儿子的爱分散了她大部分的精力，男人的一半是

女人，女人的一半是孩子。

申友光悟出了这个道理。

原形毕露

经过激烈的思想斗争，他决定除掉孩子，扫清他生活中的障碍。

新婚两个月后的7月中旬，申友光开始休假，准备到特区海南省海口市去联系工作。在收拾行李时，一个大胆计划产生了。15日和16日连续两天，申友光一反常态，将正在度暑假的卢洋带到儿童公园，看录像，坐碰碰车，划船，尽情地满足卢洋的要求。卢洋高兴极了，申友光陪卢洋划着船，问卢洋，划船好玩吗？卢洋兴致浓浓地说，好玩，而申友光说这里并没有什么好玩的，大海边才真正地好玩。大海有汹涌的波涛，海边有柔软宽广的大沙滩，色彩斑斓的小贝壳，还有大片的森林，树上结着大而漂亮的芒果、椰子……申友光的描绘诱惑着天真无邪且充满好奇心的卢洋。讲完后，申友光问卢洋，你愿不愿意跟我去海南？卢洋早已被那沙滩、贝壳、芒果所迷住，答应愿去。申友光见时机已成熟，又说："但有一条，你不能把这件事告诉你妈妈，否则，你妈妈晓得了，就不会让你走。她要你在家做作业，不准你去玩。"

"我不告诉妈妈，那明天怎么走呢？"卢洋天真地问。

"你明天吃过晚饭，就说到同学家去玩，出门后，就在工艺大楼门口等我，我马上来接你走，你说好不好？"卢洋听后高兴极了。

第二天晚上，卢洋按照申的要求做了，申友光特地为卢洋买了一套夏装和拖鞋，要他换下了旧衣裳，并让卢洋再等一会儿，说把旧衣服拿回家后再来一起走。于是，申抱着衣服急匆匆地来到长江边，把衣服、鞋子放在长江岸边，制造卢洋自己游泳被淹死的假象。

当晚，申友光带着卢洋从宜昌启程南下了。7月17日和23

日，申在枝城市的长江边和广东省海安县的海边，两次准备杀死卢洋，都因人多没有机会下手。25 日凌晨 5 时许，返程的列车到达风景秀丽的柳州市，申友光看着身边的卢洋余兴未尽，意识到如果再不下手，恐怕将来永远没有机会了。于是，申友光将卢洋带下车，逛遍了柳州的夜景，天亮后，申将卢洋带到了柳州市东大桥边的一偏僻竹林深处。此时的卢洋一点也不知道危险已逐步向其逼近，他顾不上旅途的疲惫，被这陌生的城市所吸引。

“我们到河里去游泳好吗?”申友光的声调正好迎合了卢洋的心理。二人相继投入水中，畅游了近一个小时。之后，卢洋软绵绵地爬上岸，依偎在继父的身旁。于是，申便给卢洋讲故事，说笑话儿。讲着谈着，申突然对卢洋说，为了将来不被人欺侮，我教你武功，说着申友光站起来：

“你看，就是这样——使力，摔倒，这叫力托千斤!”申胡乱地做着示范。

“哟，敌人爬不起来了!”天真无邪的卢洋看得直拍手。

“你看，用力卡住，嗯——嗨！出来了，这叫双钩锁喉!”申友光假意伸长自己的脖子，一本正经地表演着，并说：“这一招最重要，人人要学会，不然就会被坏蛋欺负！来，我再教一遍。”说着申走近卢洋，把一块手帕捏成一团，塞进了卢洋的口中。

“嗯嗯!”卢洋说不出话来，用眼神示意继父的手帕塞紧了，出不了气!

申友光突然露出狰狞的面孔，双手迅速地扼住卢洋的脖子，死死地用劲……卢洋被卡昏过去。可怜的孩子不明白刚才还是那么和善的继父此刻为什么变得如此残忍。申友光喘了几口气，看看四周无人，见卢洋还在动，喉咙里还有响声，灭绝人性的申友光连忙朝卢洋的颈部连踩几脚，恐卢不死，又惨绝人寰地从竹林里找来一根拇指般粗细、一尺多长的竹竿捅进他的肛门，并使劲地搅动，然后抽出血淋淋的竹竿，发疯般地戳进他的左耳……一见卢还在抽搐，又用自动伞尖朝卢洋的颈部连续猛戳……直至认为卢洋已死，用竹枝掩埋了“尸体”，仓皇逃离了现场。申友光返回宜昌后，卢洋的

母亲一再追问卢洋是否跟其去玩了，申一口否定，并拿出买的崭新的玩具手枪，以示自己未带卢洋去海南，企图进一步迷惑他人，制造假象！

罪恶的申友光哪里料到，卢洋以惊人的生命力奇迹般地苏醒了，带着浑身的创伤，顽强地回到了人间。他以血的事实控诉道：

“那天是7月16日，我和继父从宜昌坐火车，转了两次车，从湛江转到海口。25日早晨到达柳州，在城郊的大桥下边的小河里游泳上岸后，在竹林里他教我武功，就把一手帕塞进了我的喉咙里。并猛卡我脖子，我被卡昏了……不知过了多久，当我苏醒时，发现浑身是血，我挣扎着爬到河边，用水洗了洗，才向大路爬行，后被一老奶奶送到派出所……”

在血的事实和庄严的法律面前，申友光不得不低下罪恶的头颅。

在法庭上他痛哭流涕，唯一的希望是要求政府给他一条生路，他写道：“党和人民把我培养为一名电气工程师，我具有丰富的实际工作经验，能够熟练地组织和领导现场技术工作。在葛洲坝工程建设中作出了一定的贡献，先后多次参加过国内外设备鉴定。希望国家和政府给我一次重新做人的机会。”而其辩护人在法庭上也一再声辩：论申友光之罪，应判处死刑，但念其过去为党和人民做过许多有益的事情，且案发后，认罪态度较好，请求法庭能给他最后一次戴罪立功的机会，再者申友光是一位中年知识分子，具有丰富的理论知识和实践经验，我国的建设急需人才，且杀害继子未遂，请法庭考虑从宽……

法律无情。9月23日，湖北省高级人民法院依法驳回申友光的上诉，维持原判并下达了执行死刑的命令！

临刑前，终于醒悟的申友光留下了这样一段遗言：“请法庭转告我的前妻，我本有一个很好的家庭和贤惠的妻子，有个聪明的女儿，是我把这个家拆散了，害苦了她们母女，她们恨我是应该的。我希望她们拿出勇气来，走向新的生活。”

一切忏悔，一切醒悟，为时太晚了，法律无情！

一声正义的枪声过后，一个罪恶的生命结束了，但是，留给社会的思考是沉重的……

十二、一个贪官落网后的亲情风暴

2003 年 8 月，正在服刑的原湖北省咸宁市某局局长刘明写了一篇情真意切的忏悔录。当他坐在风光无限的局长位置上时，有红颜娇美投怀送抱；当他一夜之间沦为阶下囚时，风花雪月顿成泡影，而“留守”在身边的竟是他当年无情背叛的前妻。这两个女人以截然相反的态度成为他生命中最难忘的记忆。有情是大义如山，无情是绝境背叛，有情无情间，世态炎凉，人心冷酷，事事刻骨铭心……

恩断义绝，花心局长背弃爱妻

刘明与郭春华曾经是一对幸福美满的夫妻。

1955 年，刘明出生于湖北通城，上高中时，他认识了同班同学郭春华。高中毕业后，刘明考上了咸宁农业学校，郭春华也考入武汉音乐学院音乐系师范班。刘明毕业后被分配到咸宁地区农科所，而郭春华则被分配到咸宁地区温泉镇小学教书。1978 年，相爱已久的郭春华和刘明结了婚。1979 年，他们的儿子出生了。刘明喜欢根雕，郭春华喜欢音乐，他们夫唱妇随的歌声琴声和轻盈和谐的舞步令人艳羡不已。

刘明在工作上表现突出，他不断地得到提升。1991 年，刘明调往咸宁市担任副市长兼某道路工程的指挥长。虽然相隔不远，但刘明对妻子依然难离难舍。一次，刘明到地区开会，半夜时会才结束，这时已经没有车了，他思妻心切，竟徒步走了十几公里，赶回了家，只是为了见上爱妻一面。

郭春华被丈夫的深情感动了。1992 年，她调往咸宁某局，担任副局长。夫妻团聚，刘明心满意足。1994 年，刘明升任咸宁地区某局局长，郭春华也调到咸宁地区温泉开发区某局担任副局长。

刘明每月的工资都如数交给妻子，由妻子安排全家人的生活。刘明在妻子的支持下，读完了本科和研究生，并获得了硕士学位。

可自从刘明担任了局里的一把手，权力大了，求他办事的人多了，身边的女人也多了。1996 年，刘明认识了一个有夫之妇许梅萍，这个美艳少妇使尽全身解数，很快与刘明熟悉起来。在许梅萍与众不同的魅力面前，刘明欲罢不能。他们一拍即合，很快就打得火热。为了牢牢地把刘明抓在手里，许梅萍孤注一掷，与丈夫离了婚，成为单身女子的许梅萍几乎天天都跟刘明泡在一起。在这段近乎疯狂的婚外情中，刘明陷得很深，他完全忘记了他的爱妻、儿子和年迈的母亲。

一次，在派出所打击卖淫嫖娼的行动中，正在非法场所苟合的刘明和许梅萍被抓了个正着。许梅萍没有给刘明留面子，把他们通奸的事情一五一十地全都说了出来。为了刘明的前途，郭春华挺身而出，到派出所把丈夫保了出来，还到单位去帮他解释。郭春华忍着心痛做这些事情，只有一个目的，希望丈夫迷途知返，回到家庭，回到正确的人生道路上来。

但郭春华的所有努力都毫无结果。事情已经公开化，刘明反倒更加无所顾虑了。他离开妻子和儿子，公然与许梅萍同居。1997 年 1 月，刘明以感情不和为由，在咸宁地区中级人民法院起诉与妻子离婚。

1 月 20 日，郭春华含泪给刘明写了一封长信，这是一封爱恨交织、泪雨纷飞的信：“明，离春节已不足 20 天，我还不知道你在哪里？我觉得有必要给我那见不到的、精神委靡的丈夫写封信，让你知道你对我的折磨有多深、对自己的事业和家庭造成的危害有多大。几个月来，你日夜不归家，抛弃了妻儿老母，沉溺于女色。我在你的折磨下日益憔悴，已到了精神崩溃的边缘；儿子因你的所作所为觉得无脸见人，学业大受影响；老母无时无刻不在为你担

忧，不知增添了多少白发。自古被女色害得亡国亡家的故事你知道得不会比我少。现在你虽说是局长，但欠债几百万元，车子、传真、沙发都被人拿去抵债，已到了这个地步，还不发愤图强，还继续与那些女人鬼混，后果是可想而知的呀……”

妻子含泪的呼唤没能唤回刘明远走远的心。这年春节，刘明没有回家过年，他一直与许梅萍厮守在一起。郭春华含悲忍泪，带着儿子回到通城老家过了年。

地委的主要领导也痛心，他们语重心长地劝诫他，他的许多老前辈、老同事、老同学也纷纷上门劝说，但刘明对所有人的劝说都充耳不闻，一意孤行。

法庭经过认真调查后认为，刘明提出与妻子离婚，主要是与许某某关系过于密切所致。刘明起诉离婚的理由不足，本院不予支持。法庭于 1997 年 4 月 1 日下达判决，不准刘明与郭春华离婚。

法院的判决下达了，刘明却依然不肯回家，郭春华见丈夫如此绝情寡义，实难挽回，而儿子又因为受到父母离婚影响，学习成绩一落千丈，心如刀绞。最后，她作出了一个决定：法院的判决下达一个星期后，郭春华通知刘明，她同意协议离婚。他们离婚后不到一个星期，刘明与许梅萍正式结婚。

身陷囹圄，新婚的娇妻无情逃离

为了讨好新婚的娇妻，刘明为许梅萍在市区买了房子，作为他们的新房。许梅萍千娇百媚，风情万种，她对刘明山盟海誓，承诺此生不变。刘明搂着新妻，万分感动，他觉得自己终于获得了人生真爱。沉浸在新婚快乐中的刘明无暇顾及前妻和儿子，他不知道因为他的背弃，正在读高三的儿子受到了极大的影响，当年高考本科落榜，只能读自修大学。

刘明的幸福生活并没有太长久，1999 年 4 月，被“双规”。5 月 17 日，刘明被正式逮捕。

刘明被捕的消息传到郭春华耳里，她痛心不已，这是她早已预

料到的结局，如今真的出现了。

1999 年 9 月，法庭开庭审理了刘明贪污受贿一案。郭春华犹豫再三，尽管她现在与刘明已没有任何关系，但他毕竟还是儿子的父亲，她不可能置身事外。

1999 年 10 月 9 日，咸宁市中级人民法院下达判决刘明在职期间，利用职权贪污受贿计 10 万余元，被告人刘明犯受贿罪，判处有期徒刑 10 年，犯贪污罪，判处有期徒刑 4 年，决定执行有期徒刑 13 年。

宣判后，郭春华在法官陪同下见到了刘明。看着自己曾无情背弃的前妻，刘明的眼圈红了。他低着头对郭春华说，他的确做了对不起国家和人民的事情，但他觉得量刑过重，希望提出上诉。郭春华问“由谁代你提出上诉呢?”刘明知道，上诉必须由直系亲属代为提出，但他直到现在也没有见到许梅萍的面。郭春华看着他无助的样子，心疼莫名。她笑着说：“如果你不介意，我就帮你办吧。”刘明的泪水终于忍不住夺眶而出。

郭春华找到了许梅萍，在许漂亮迷人的脸上，看不出一丝的忧伤烦恼。郭春华向她讲述了刘明的案情，希望由她出面提起上诉。许梅萍冷冷地说：“刘明的事我不知道，我也不管。”说完，她拂袖而去。

郭春华没有想到，这个刘明不惜为她抛妻弃子的女人竟会如此绝情。想到刘明对自己的无情伤害，她又何尝想再管他的事。但毕竟是曾经的夫妻，毕竟有过刻骨铭心的爱情。郭春华找到了刘明的母亲，老人对儿子的事情一无所知，儿子闹离婚，要抛弃发妻和儿子，老人不答应，却阻止不了。刘明入狱前，把自己所有的工资和存款交给了许梅萍，委托她照顾自己的老母。许梅萍却抛下母亲，独自走了。这一段时间老人的生活全靠亲朋好友接济。不久，郭春华自己花了 2000 元请了律师，替刘明写了上诉状，为刘明进行二审辩护。1999 年 12 月 6 日，湖北省高法重新核定了刘明关于受贿罪的量刑，改判其有期徒刑七年。

刘明入狱服刑，其时已是冬季，刘明被逮捕时，只穿着单衣，

现在天气冷了，他带的衣服根本不够抵挡寒气。他身材高大，监狱里的狱服又穿不上。刘明托人给许梅萍带话，让她送几件衣服来，而刘明心里也深切地思念着爱妻，想借此机会见她一面。但刘明不知道不甘寂寞的许梅萍已有了新的恋人，根本无暇顾及刘明。

老母抱着寒衣，辗转奔波到监狱去看望儿子。刘明看着母亲满是皱纹的脸，担忧地问："你是怎么生活的?"母亲说，她在单位宿舍前的山坡上开垦了一小块菜地，又在单位厕所旁搭了一个小猪圈养猪。母亲颤巍巍地端给儿子一小罐肉汤，哭着问儿子："你在这里吃得怎么样？有没有人打你?"刘明一个劲地摇头，一句话也说不出来。母亲说："只要我活着一天，就经常来看你，你要好好改造，争取早日回家。"

母亲走了，刘明在铁栏边号啕痛哭。

郭春华也到监狱看望刘明，她知道刘明不放心老母，就对他说："你放心，以后让你妈妈跟着我过吧，我想办法把她老人家的户口转到城镇来。"

刘明问起儿子，郭春华的眼圈也红了，儿子因为父亲被判刑，只好辍学在家。他外出打工，独立谋生，却因为没有文凭而处处碰壁。他毅然改名换姓，回到老家复读。刘明犹豫着说"我知道儿子恨我，可我真的很想他。"郭春华答应他，将来一定想办法让儿子来看看他。她真诚地说如果你需要，我也会经常来看你的。"

在前妻和母亲的鼓励下，刘明的精神状态有了明显好转，他努力改造，积极参加劳动和学习，多次受到表扬。2001年春节，因为刘明的表现良好，并有立功表现，他获准出狱几天与家人团聚。刘明欣喜若狂地把这个消息告诉了许梅萍。因为有管教干部同行，临行前，刘明给许梅萍打了个电话，让她安排一辆车迎接一下。许梅萍一口回绝说："没有车。"

刘明兴冲冲地回到家，眼前的场景令他失望万分。许梅萍请来了很多朋友在家里聚餐，其中甚至包括她的绯闻男友。家里门庭若市，当着众人的面，许梅萍对刘明形同路人。他一个人闷闷不乐地坐在一旁，神情沮丧。直到晚上，这些人也没有散去，刘明与妻子

亲密团聚的梦想破灭了。

第二天，刘明回到了郭春华家，他情绪低落，心神不宁。郭春华问他发生了什么事，他把在许梅萍那里的遭遇告诉了前妻。郭春华忍不住把许梅萍的风流韵事和盘托出，她想让刘明知道，那种权色相交换的爱情和婚姻是不能长久的。

回到监狱不久，刘明就收到了许梅萍的离婚起诉书。尽管自己入狱后，许梅萍不闻不问，冷若冰霜，但刘明总还是心存一线奢望，希望自己刑满后回到家，能与她重新开始。而这突如其来的离婚诉讼彻底粉碎了刘明的梦想，他抱着最后一丝幻想，坚决不同意离婚。但许梅萍的态度却很坚定，2001 年 6 月，她专门聘请了律师。刘明以财产分割不当为由拒绝签字，但在许梅萍的一再坚持下，法庭依法判决他们离婚。法官将离婚判决书送达到监狱，那一瞬间，他一下子老了十岁。为了这段婚姻，他抛妻弃子，甚至不惜赌上了自己的政治前途，而这场建立在权力与美色之上的风花雪月的婚姻竟是如此脆弱，他失去了原本美好的家庭，失去了光明的政治前途，而现在，他仅有的退路、惟一的避风港也轰然坍塌，他的精神彻底崩溃了。

非关爱情，大义的前妻情义深长

万念俱灰的刘明想到以死谢罪。郭春华得知他离婚的消息，马上赶到监狱探望。她苦口婆心地劝告刘明，要珍惜生命，珍惜自己。在郭春华的安慰下，刘明的情绪稍稍稳定了下来。

此后，郭春华探视的时间改为每月两次，每一次，她都要从小到大地讲许多道理。刘明起初不吭声，一副求死的模样，后来，他渐渐地开始跟郭春华交流，谈自己心里的想法。最后，刘明终于痛哭流涕地说：“春华，是我对不起你，我不值得你这样对我呀！你放心，我不会再想死了，我要好好地活着，报答你和儿子。”

在痛苦之中，刘明对儿子的思念更为深切。一天，郭春华终于说服儿子，带着他一起到监狱去看望刘明。刘明流着泪对儿子说了

许多话，儿子始终坐在一旁，默不作声。要走了，刘明问儿子"你有什么话说没有？"儿子摇了摇头说："没有。"看着儿子远去的背影，刘明悲从中来，他第一次深切地感到，他是如此的罪孽深重。

一天，刘明的妹妹来看望哥哥，她告诉刘明，母亲病了，不能亲自来，母亲把自己亲手养的两头猪杀了，换钱做路费，好去探望儿子。留下了一个猪肚，熬好了汤，让妹妹带给他。刘明捧着热腾腾的汤，仿佛看到了母亲慈爱的脸。他这个负罪而不争气的儿子，面对这大山一样沉重的母爱，何以下咽啊！妹妹告诉刘明，母亲自从他出事后，一次也没有回过老家，怕丢人现眼，她嘱咐刘明好好改造，早日出狱，她才能面对父老乡亲。刘明听着妹妹的话，热泪纵横。

2001 年夏天，郭春华特意赶到监狱，告诉了刘明一个好消息，儿子复读后又参加了高考，以优秀的成绩考上了江汉石油学院。为了解除刘明的后顾之忧，郭春华想办法把他母亲的户口转为城镇户口，还为老人争取到了城镇最低生活保障费。

失而复得的亲情成为刘明最有力的支持，他重新振作起来，努力学习，积极劳动，在服刑期间，他获得表扬二次，三次单项表扬，监狱记功一次，并被评为"改造积极分子"。2001 年、2002 年两次被减刑，共计两年六个月。

2002 年春节，刘明再次获准回家探亲，他回到了郭春华的家。对于他来说，这是他惟一的家了。儿子依然没有跟父亲说太多的话，但看得出来，父亲回家，他是很高兴的。在长谈中，刘明向郭春华提出复婚的想法。郭春华征求儿子的意见，儿子懂事地对母亲说："妈妈，这是你自己的事，你自己做决定，无论你怎样决定，我都会尊重你的选择。"

郭春华百感交集。这几年来，她失去了婚姻，却从来没有失去自己，她在事业上也有着长足的进步，在单位也是举足轻重的人物。她为刘明所做的一切，都是出于道义和良知，他毕竟是自己曾经的丈夫，毕竟是自己儿子的父亲，她不能看着他落入深渊不闻不

问。至于夫妻之缘，她只能顺其自然了。

因刘明对受贿罪的量刑部分仍有争议，郭春华继续帮刘明申诉，在她的努力下，2003 年 2 月，湖北省高级人民法院就刘明一案作出了再审决定。如果申诉成功，刘明可获得再次减刑。

身在狱中的刘明想了很多，2003 年 3 月，他写了一篇忏悔文章，名为《决裂自我塑新生——刘明忏悔录》。在文中，他深刻地检讨了自己的罪孽“我已懂得，风花雪月中那些投怀送抱的女孩，她们的海誓山盟是为着你手中的权力和财富做出的承诺，当你一旦失去了附身的光环，你就会失去梦幻般的一切，还原一个无足轻重的你。这种构筑在权力与虚荣之上的投机婚姻，本身就注定了它的悲剧性结局。所以，如果允许我重来，我决不会嫌弃真心爱我的糟糠之妻。在无穷的悔恨中，我惟一能做的，而且也决心去做的，就是认真接受改造，彻底决裂旧我，力争早日回归社会，重塑新生。”

一个人真的是必须经历风暴后才能见证真心真情。在刘明从风光无限的官场到身陷囹圄的跌落中，一场亲情风暴在这个家庭横扫而过，有情无情间，人心自知。

十三、女处长之死

时间一晃已几年过去了，但至今，这起故意杀人案仍使我记忆犹新，今日发表此文，以飨读者，从中得到教益。

人们常说，水火不相容，警察是罪犯的“克星”。然而，这仅是相对行为规范而言的，二者并没有不可逾越的鸿沟，一旦行为超越法律规范，警察亦可成为罪犯。

急促的报案声

1986 年元月 24 日。

武汉市公安局总值班室像往常一样，接待着各种信息和报案。下午 5 时 30 分，一条不寻常的报案，震惊了在场的人……

武汉市公安局二处副处长刘春珍被杀害在家中。

急促的报案声，震惊了武汉市公安局。闻讯赶到的公安人员对现场进行了紧张的勘验。

现场位于武汉市江岸区青岛路附 1 号。“五好家庭”的匾牌悬挂在门框上，十分显眼。房外围满了看热闹的人，人们从不同角度，议论纷纷：听说公安局的这位女处长，为人正派，工作认真，是罪犯的众矢之的，看样子属报复谋杀；当处长的有权有势，送钱送物多的是，屋里像“金银洞”，不排除谋财害命……

房间内除公安局的勘查人员外，一位 50 开外的男子正在大声哭诉着，数落着妻子的勤奋、贤惠、几十年的夫妻情。悲恸无不打动着在场的每一位同情者。当他的养女赶回家时，他通红的脸上才滴下几滴眼泪，对其养女说：“你去看看你妈妈，她死得好惨呀！她不该这样死，死得太惨了！我的妻……”

是啊！她死得太惨了

经现场勘查：死者尸卧北室，头朝窗，脚朝门，衣着完好地倒在血泊之中，头部有 11 处挫裂创伤，其中 10 处深达颅骨，后枕部大面积颅骨粉碎性凹陷骨折，头部损伤分布零乱，方向不一，两侧胸部有对称性多发性肋骨骨折，两手有抵抗性伤。靠南室的床头柜、食品柜、大衣柜及木箱都被打开，衣服、被单散落一地。地面留有杂乱的脚印。这无疑给破案带来了困难，但足以证明刘春珍系他杀。

在调查询问过程中，死者的丈夫称：下午5时30分下班回家，用钥匙打开门，即发现其妻被杀害在家中，旋即电话报了案。此外，除提供死者有1300余元现金放在抽屉里外，其他情况一概不详。但经勘查，大门及抽屉无撬压痕迹，而1300余元现金不翼而飞。死者的养女除对死因提出疑问，讲明其母没有自杀迹象外，提不出任何有价值的线索！

现场杂乱的脚印，报案提供的线索，家属的愤慨，的确给破案带来了许多疑惑，也为破案提供了有益的材料。参战的公安人员目击战友的惨死，个个义愤填膺，表示要尽快破案，抓获罪犯，为战友报仇。

惊诧的结论

是谁这么凶残、这么狡猾？现场的各种假象，迷惑不住机智的公安干警。他们拨开各种烟雾，结合现场勘验结论，全面仔细地分析着案情：

是政治谋杀、刑事杀人？还是图财害命？办案人员思索着。据现场勘查表明：刘春珍夫妇卧室衣柜下方虽然发现了加层指纹，尸体旁的一折叠椅和现场地面上有皮鞋印，但床头柜里的存有2200余元的存折未动，卧室内也无明显的翻动痕迹，显然，可以排除图财杀人。

那么究竟出于什么动机杀人，的确令人困惑不解，案情布满了荆棘，但公安人员在调查中得知，刘春珍平时有非熟人到家一律不开门的习惯，可见其具有高度的警惕性，因此，可排除陌生人入室报复杀人。

种种的推断和猜测，一度使案情陷入泥泞之中。

难道是……有人联想着。

不，这只能是猜测、联想！不仅是因为他们是“五好家庭”，且一家三口人全是公安干警。

当案情进一步明朗时，办案人员简直怀疑勘验结果，不敢相信

事实，也无法对结论作出解答。死者的女儿虽属养女，母女关系较好，经查证无杀人动机和作案时间。而他——死者的丈夫，武汉市公安局十处副处长刘寿林引起了他的下属们的注意：第一位现场目睹报案者，下午2时左右去向不明，且办案人员在向其了解情况时，发现所穿的警服和衬衣上喷有许多血迹；在被讯问记录上按指印时，办案人员同时发现其左手指上有伤。根据可疑迹象，武汉市公安局元月25日决定正式传讯这位副处长。面对昔日自己部下的讯问，刘寿林一连两天否认犯罪事实。时而回避问题或者答非所问；时而哭悼妻室恩情，死的悲惨；时而编造谎言，捏造事实。企图逃避法律的惩罚。

开锁专家揭发犯罪

就在刘寿林被传讯时，刘寿林部下的一位女副科长郑某，当听到同事的传闻后，便浑身颤抖、两腿发软，在过道被他人扶进办公室。连日来坐卧不安，日不思饭，夜不就寝，整天低头不语，以泪洗面，几次忍不住找来其妹妹，想诉说由衷而又言未道明。

她一改不送客的习惯，其妹走时送出门外后还含泪恋恋不舍。其妹觉察反常，便一再追问，郑某才向其妹道出事因，而其妹几次劝她站出来揭发犯罪，但郑某顾虑重重。揭发吧，怕连累自己，作茧自缚，影响自己的声誉，甚至丢掉饭碗。不揭发吧，纸是包不住火的，总有一天事情会败露，事情败露后怎么办？不揭发且是一种失职，追究起来，也难以逃脱，不是同伙也算知情人。她思想进行着激烈的斗争。

元月25日，武汉市公安局为了获取嫌疑人犯罪证据，特派郑某——这位破案开锁的专家参与现场勘查。在进入刘寿林的住宅时，郑某触景生情，对照自己已知的情况，自疑公安机关已怀疑自己参与了作案，心中不寒而栗。平时将一把锁打开，凭着她的绝活，不费什么劲，而今日，她不是丢三就是落四，手直打颤，额头的汗水直冒，一把抽屉锁，打开的时间比平时多几倍。

她无力地工作着，两次被同事搀扶回家休息。回家后，更觉得办案人员已经怀疑到自己。这时，她再也按捺不住自己，26日凌晨，向其领导自首并揭发了刘寿林的犯罪事实，当即交出了刘寿林作案后交给她的1370元现金及自己过去的立功勋章。

理智焚于情欲

此案终于大白于天下。尽管结论出乎人们的意料，但凶手毕竟是死者的丈夫，一位具有几十年党龄的公安处长。令人不解的是，刘寿林杀死妻子后，为什么要将1370元现金交给郑某？

事情还得从1983年谈起。

1983年年底，身为副处长的刘寿林，带郑某到上海、杭州出差。沿途别有心计的他对三十有五但仍未成家的郑某大谈人的情感、情欲，处处表明自己与其妻的关系不好，女儿又不是亲生的，扰动着郑某的春心。在上海的一天晚上，刘寿林在向郑某倾吐所谓的一些烦恼后，见时机已成熟，情不自禁，提出要与郑某亲吻，郑某面对自己顶头上司的无理要求，无所适从。拒绝吧，他是自己的直接领导，恐怕今后的日子不好过；不拒绝吧，自己还未成家，又怕事情败露。刘寿林见郑某犹豫不定，便不断地向郑某靠近。在强烈的情欲诱导下，郑某向刘寿林献出了处女的贞操。从1984年下半年开始，两人勾搭成奸，刘寿林从此常借口工作在郑某家留宿。

实际上，刘寿林与其妻刘春珍自由恋爱，夫妻关系一直较好。二人虽未生育，但他们将养女视为亲生女，且都在武汉市公安局工作，家庭和睦、幸福。自1984年刘寿林与郑某勾搭成奸后，经常昼夜不归，家庭开始出现波折。

为了达到与郑某结婚的目的，刘寿林不择手段，玩弄戏法。有时说要给郑某介绍对象，有时又干涉郑某的来往电话。当别人给郑某介绍对象时，他又从中作梗，并采取卑鄙的手段，亲自替郑某写信拒绝郑某的恋爱对象，还捏造事实，诋毁对方的名誉。1986年元月23日晚，在郑某的家中，刘寿林对郑说，要杀死其妻，然后

与郑某结婚。郑某当即表示反对。而被情欲冲昏头脑的刘寿林已丧心病狂，决意铤而走险。

次日下午2时许，刘寿林从单位溜回家中，故意找茬向在家休假的妻子挑衅。双方在扭打中，刘寿林拿起事先准备好的斧头朝其妻的头部猛砍，致刘春珍的颅脑严重损伤而死亡。刘寿林作案后，在室内的抽屉内胡乱翻了一阵，拿走现金1370元后。返回单位，他将杀害其妻的事告诉了郑某，并将现金如数交给了郑某，要她保管好，以备将来他们结婚之用。

低下傲慢的头

刘寿林被传讯后，进行百般抵赖。然而，再狡猾的狐狸，也会露出尾巴。刘寿林作案时在现场留下了大量的证据，经鉴定，现场有他的鞋印，所穿警服、衬衣上留有死者的血迹，且左手被划伤后，在卧室的木柜及烟盒上留下了血迹，现场的指纹也系刘寿林所留。

在铁的事实面前，元月26日下午6时许，刘寿林不得不低下傲慢的头，供认了其犯罪事实。他在交代其杀害妻子的动机时，又是那样的简单：郑某年轻、听话、聪明，有魅力，懂得爱情，对其真心，目的是想与郑结婚。

人失去理智，必将走上歧途，这是事物发展的规律，刘寿林就是其中一例。按理讲，刘寿林身为一名公安干部，应模范地遵守法律，维护社会治安。然而，他为了满足个人的情欲，杀害了与其共同生活了几十年的妻子，且手段残忍、情节恶劣，实属不杀不能平民愤。1986年2月5日，经湖北省高级人民法院复核，以故意杀人罪核准了刘寿林的死刑，剥夺政治权利终身。